東洋文庫 896

神の書

イスラーム神秘主義と
自分探しの旅

アッタール
佐々木あや乃 訳注

平凡社

装幀　原　弘

目　次

序章 21

第一章 25

【第一話】夫が旅に出てしまった高潔な女の物語　26

第二章 45

【第一話】王子に懸想《けそう》した女の話　46

【第二話】ビザンツで捕らえられたアリーの末裔と学者と女男の話　50

【第三話】ダーウード（ダビデ）の息子スライマーン（ソロモン）――彼らに平安あれ――と恋する蟻の話　51

【第四話】信徒の長アリー――神よ、彼の存在を守りたまえ――と蟻の話　53

【第五話】公正なヌーシールヴァーン王と年老いた農夫の話　54

【第六話】師ジュンディーと犬の話　56

【第七話】トゥースのマアシュークと犬、そして馬に乗った天使の話　57

【第八話】老師アブー・サイードとスーフィーが犬をめぐって議論する話　58

【第九話】アブー・アル・ファズル・ハサンが臨終の時に語った言葉の話　60

第三章 ……… 62
【第一話】貧しい男へのイブラーヒーム・アドハムの問い 63
【第二話】導師《シャイフ》クッラカーニーと猫の話 64
【第三話】キリスト教徒の少年の話 66
【第四話】美しい息子を持つ老師の話 67
【第五話】ヤアクーブ（ヤコブ）とユースフ（ヨセフ）の物語 68
【第六話】ユースフ（ヨセフ）とイブン・ヤーミーン（ベンヤミン）の話 70
【第七話】若い罪人と彼を任された地獄の天使たちの話 75
【第八話】神秘的直観知《マアリファ》を持つ若者が天国に入り、全能の神に会い見《まみ》える話 77
【第九話】托鉢僧がマジュヌーンに年齢を問う話 79
【第十話】熱っぽいマジュヌーンの話 80

第四章 ……… 01
【第一話】インド人サルパータクの物語 81
【第二話】美しい息子をもつ大臣の話 88
【第三話】軍隊から逃げた王の物語 90
【第四話】将軍に懸《け》想《そう》された王子の物語 91
【第五話】薪売りの老翁とスルタン・マフムードの物語 97

第五章 ……… 101

【第一話】シブリーとパン屋の物語　102
【第二話】敬虔な男とモスクと犬の物語　104
【第三話】イーサー（イエス）――彼に平安あれ――と現世との論争　106
【第四話】キリスト教徒の修道士とアブー・アル・カースィム・ハマダーニー師の物語　109
【第五話】イスラーム教徒になったキリスト教徒の男の話　111
【第六話】信徒の長ウマル――神よ、彼に満足あれ――の物語　112
【第七話】橋を造った拝火教徒の物語　113
【第八話】托鉢僧のジャアファル・サーディクへの問い　116
【第九話】一片のパンにも値しない祈りについての狂人の言　117
【第十話】狂人と金曜礼拝の話　118
第六章 …………………………………………………………… 120
【第一話】死天使イズラーイールとスライマーン（ソロモン）――彼らに平安あれ――とある男の物語　121
【第二話】投石器で落命した若者の話　123
【第三話】カイロの町の狂人の話　124
【第四話】ファフルッディーン・グルガーニーとスルタンの小姓の物語　125
【第五話】絞首台に架けられたフサイン・ハッラージュの物語　129
【第六話】ライラーに対する愛がマジュヌーンを支配した話　130
【第七話】月のような美少年と高徳な托鉢僧の物語　131

【第八話】盲目の男と導師《シャイフ》ヌーリーの物語　133
【第九話】導師《シャイフ》アブー・アル・カースィム・ハマダーニーの物語　134

第七章 …… 137

【第一話】イーサー（イエス）――彼に平安あれ――と至高なる神の御名を求めた男の物語　138
【第二話】イブラーヒーム（アブラハム）――彼に平安あれ――とナムルード（ニムロド）の物語　139
【第三話】キリスト教徒の男と導師《シャイフ》バーヤズィードの物語　141
【第四話】頭をカアバ神殿の扉に打ちつけている狂人の話　142
【第五話】アイユーブ（ヨブ）――彼に平安あれ――の物語　143
【第六話】ユースフ・ハマダーニーの物語　144
【第七話】寓話　146
【第八話】アブー・バクル・スファーラの話　146
【第九話】スルタン・マフムードと狂人の物語　147
【第十話】伐《き》られた木の話　148
【第十一話】バスラのハサンとラービア――神が彼らに満足されるように――の物語　149
【第十二話】ムーサー（モーセ）――彼に平安あれ――の物語　150
【第十三話】沈黙を守る狂人の話　151
【第十四話】ライラーについてマジュヌーンに問いかける話　153
【第十五話】ムイッズィン（礼拝の時刻を美声で人々に呼びかける人）についてある男が狂人に質問する話　154

【第十六話】導師《シャイフ》アブー・サイード――神よ、彼にお慈悲を――の逸話　155
【第十七話】スルタン・マフムードとアヤーズの物語　156

第八章 …… 160

【第一話】悪魔の子とアーダム（アダム）とハッヴァー（イブ）の話　160
【第二話】悪魔イブリースと彼の嘆きについての話　163
【第三話】ユースフ（ヨセフ）とイブン・ヤーミーン（ベンヤミン）の物語　164
【第四話】スルタン・マフムードとアヤーズの物語　165
【第五話】美少年と、彼に狂おしいまでに恋する男の話　167
【第六話】臨終のスルタン・マフムードとアヤーズの話　169
【第七話】手を切られた泥棒の話　171
【第八話】月が太陽を妬む話　172
【第九話】マジュヌーンへのある男の問い　172
【第十話】イブリースの物語　173
【第十一話】誇り高い信者たちがスルタン・マフムードに願いを伝える話　174
【第十二話】シブリー――彼に神の祝福あれ――の物語　175
【第十三話】シナイ山でのムーサー（モーセ）――彼に平安あれ――とイブリースの物語　176

第九章 …… 179

【第一話】スルタン・マフムードと老婆の話　180

【第二話】ブフルールと墓場の話　182
【第三話】天文学に精通する王の物語　184
【第四話】神に対して正直であり、神を信じ抜くこと　185
【第五話】バルフのシャキークが神を信じることについて語った話　186
【第六話】神に帆布を求める狂人の話　187
【第七話】涙を流しつづけていた狂人の話　188
【第八話】導師《シャイフ》アブー・バクル・ワースィティーと狂人の物語　190
【第九話】心燃え尽きた老婆の話　191
【第十話】火と焼片《ほくち》の話　192
【第十一話】アブー・アリー・ファールマディーの物語　194
【第十二話】最後の審判の日の罪人の物語　195
【第十三話】スルタン・マフムードの閲兵《えっぺい》の話　197

第十章

第十章……198
【第一話】スルタン・サンジャルとアッバーサ・トゥースィーの逸話　199
【第二話】ムーサー（モーセ）と至高なる神との対話のなかで、ムーサーがある聖者に会いたいと頼む話　201
【第三話】肉体が創造される前の魂の状態についての話　203
【第四話】預言者ムハンマドの妻たちの話　205
【第五話】聖女ラービアの物語　207

【第六話】ブフルールの物語　208
【第七話】ライス・ブー・サンジャの逸話　212
【第八話】ムーサー（モーセ）と敬虔な信者の逸話　213
【第九話】ブハラの聖者と女男の話　215
【第十話】ガザーリーと異教徒の逸話　216
【第十一話】祈禱師と狂人の物語　217
【第十二話】泣いていた狂人の話　218
【第十三話】狂人と至高なる神の物語　218
【第十四話】幸運の訪れについての導師《シャイフ》の言　219
第十一章……220
【第一話】沙漠で修行していた男の話　221
【第二話】棺を目にした狂人の話　222
【第三話】預言者ムハンマドが、生まれたての赤ん坊について語った話　223
【第四話】バスラのハサンとペルシアのハビーブ——神よ、彼らに祝福を与え給え——の話　225
【第五話】シブリーと質問者の話　226
【第六話】浴場でのスルタン・マフムードとアヤーズの話　227
【第七話】導師《シャイフ》バーヤズィードと鞭打たれていたごろつきの話　229
【第八話】アブドゥッラー・ムバーラクと奴隷の話　230
【第九話】預言者ムハンマドの許にやって来たアビシニア人の話　231

【第十話】花嫁が処女ではないと知った男の話　233
【第十一話】賢人がアレキサンダーに語った言葉の話　235
【第十二話】狂人の物語　235
【第十三話】バスラのハサンとシャムウーンの逸話　238
第十二章……242
【第一話】カイホスローとジャムの酒杯の物語　242
【第二話】石と土塊の話　245
【第三話】沙漠でのシブリーと若者の話　246
【第四話】墓石の前にいる狂人の話　248
【第五話】神に秘密を語った狂人の話　249
【第六話】スルタン・マリクシャーと歩哨《ほしょう》の話　250
【第七話】導師《シャイフ》アブー・サイードとトゥース出身のマアシュークの話　252
【第八話】アヤーズとスルタン（・マフムード）の話　254
【第九話】月が太陽を恋い慕う話　255
【第十話】バーヤズィードを夢に見た質問者の話　256
【第十一話】シブリーへの托鉢僧の質問　257
【第十二話】イブラーヒーム・アドハムの物語　259
第十三章……261

【第一話】ビザンツのアレキサンダーと賢人の話　262
【第二話】逸話　265
【第三話】飢饉とイエメンのターウースの返答　265
【第四話】天界飛行の夜の預言者ムハンマドの話　266
【第五話】吝嗇家《りんしょくか》と死天使イズラーイールの話　268
【第六話】賢人マルズバーンの息子が殺される話　269
【第七話】説教　271
【第八話】ブズルジミフルとアヌーシールヴァーンの物語　271
【第九話】一年のうち四十日卵を産む鳥の話　274
【第十話】ブフルールと菓子と丸焼き肉の話　275
【第十一話】ムーサー（モーセ）の神への問い　276
【第十二話】キスラー（ホスロー）の忠告　276
【第十三話】ある敬虔な聖者が至高なる神に捧げる祈禱　277
【第十四話】シャウビーがゴシキヒワ（小鳥の一種）を捕まえた男の話を語る　278
【第十五話】蜂と蟻の話　280
【第十六話】預言者ムハンマドとアビシニアの婢女《はしため》の話　281
【第十七話】ラビーウの息子ファズルの許へ来た男の話　283
【第十八話】ブフルールの物語　284
【第十九話】狂人と気取り屋たちの話　285

第十四章 …………………………………………………… 286
【第一話】アレキサンダーの死　286
【第二話】ナムルード（ニムロド）の話　290
【第三話】托鉢僧に施しをした男の話　293
【第四話】イスラーム法に適《かな》った一口の食べ物の話　293
【第五話】老婆が導師《シャイフ》に忠告する話　294
【第六話】信徒の長ウマル・ハッターブ――神よ、彼に満足あれ――と恋する若者の話　296
【第七話】大雨を望んだ托鉢僧の話　297
【第八話】洗濯屋の若者に惚れた老人の話　299
【第九話】マジュヌーンと質問者の話　301
【第十話】罠にかかった狐の話　303
【第十一話】スルタン・マフムードとアヤーズの物語　304
【第十二話】ムハンマド・イーサーと狂女の話　306
【第十三話】狂人と並んで坐っていたスルタン・マフムードの話　307
【第十四話】絨毯《じゅうたん》を売った狂人の話　308
【第十五話】メッカに巡礼する女と彼女を見つめていた男の話　309
【第十六話】女性宮廷書記マハスティーとスルタン・サンジャルの話　310
【第十七話】マフムードと象を数える話　313
【第十八話】イーサー（イエス）とユダヤ人たちの話　314

【第十九話】捕らわれた泥棒の話　315
【第二十話】木の棒に跨がった狂人の話　316
【第二十一話】城砦を築いた将軍と狂人の話　317
【第二十二話】スルタン・マフムードと嘆願者の話　318
【第二十三話】マジュヌーンの話　319
【第二十四話】アヤーズに恋した塩売りの若者の話　320

第十五章…………326

【第一話】狩猟をするスルタン・マフムードの話　328
【第二話】導師《シャイフ》と霊鳥フマーの話　329
【第三話】ガザーリーとスルタン・サンジャルの話　330
【第四話】スルタン・マフムードと同じ名前の男の話　331
【第五話】スルタン・マフムードと洗濯屋と日干し煉瓦職人の話　332
【第六話】賢人とアレキサンダーの話　334
【第七話】王の指輪の話　336
【第八話】イブラーヒーム・イブン・アドハムとヒズルの話　337
【第九話】マフムードと道で出会った物乞いの話　339
【第十話】ルクヌッディーン・アッカーフの許を訪れたサンジャルの話　340
【第十一話】茨の中に財布を見つけた男の話　341
【第十二話】スルタン・マフムードと老婆の話　342

第十六章 …… 344
【第一話】ハールーン・アッラシードの息子の物語 345
【第二話】ハールーンとブフルールの話 352
【第三話】スライマーン（ソロモン）が壺を求める話 355
【第四話】托鉢僧に怒った王の話 356
【第五話】美しい妻を迎えたもののその妻が亡くなってしまった若者の話 357

第十七章 …… 359
【第一話】羊と肉屋の話 360
【第二話】ハヤブサと家禽の話 361
【第三話】亡くなった人の行状が見える者の話 362
【第四話】気の触れた男がこの世について答える話 364
【第五話】狂人の男が至高なる神の御業《みわざ》について質問される話 364
【第六話】ファーティマの嫁入り道具の話 366
【第七話】若い娘と結婚した老人の話 369
【第八話】托鉢僧とアブー・バクル・ヴァッラークの話 371
【第九話】二つの墓の間に埋めてほしいと願った老師の話 372
【第十話】スフィヤーン・サウリー――彼に神のご加護あれ――の話 373
【第十一話】ユダヤ人がムスリムになる話とその人の心的境地についての話 375

第十八章 …… 379
【第一話】ブルキヤーとアッファーンの話 379
【第二話】スライマーン（ソロモン）と彼の絨毯の話 381
【第三話】王《カリフ》マアムーンと小姓の話 382
【第四話】アスマイーと彼を招いた主人と駱駝追いの黒人の話 385
【第五話】大天使ジャブラーイール（ガブリエル）とユースフ（ヨセフ）の話 387
【第六話】サラフスの老師ハールーの物語 389
【第七話】ムアーズの息子、導師《シャイフ》ヤヒヤーとバーヤズィードの話 391
【第八話】導師《シャイフ》アリー・ルードバーリーの話 392
【第九話】スルタン・マフムードとペテン師の男の話 395
【第十話】導師《シャイフ》アブー・サイードと博打《ばくち》打ちの話 396
【第十一話】マジュヌーンとライラーの物語 398
第十九章 …… 400
【第一話】ハルーウと呼ばれる獣の話 401
【第二話】イーサー（イエス）――彼に平安あれ――の話 402
【第三話】公正なアヌーシールヴァーンの話 404
【第四話】現世を拒絶する話 405
【第五話】現世を拒絶する話 406

【第六話】現世についてのトゥースのアッバーサの言葉　406
【第七話】ジャアファル・サーディクの言葉　407
【第八話】ヤヒヤー・ムアーズ・ラーズィーの逸話　408
【第九話】現世を拒絶する話　408
【第十話】王子とその花嫁の話　410
【第十一話】イブラーヒーム（アブラハム）の物語　412
【第十二話】ハッラージュと息子の話　416
【第十三話】陰口は大罪であることについて　417
【第十四話】陰口についてある男が語ったこと　418

第二十章 ……………………………………………………………… 419
【第一話】導師《シャイフ》とキリスト教徒の話　419
【第二話】神を識ることについての聖者の言　421
【第三話】ズバイダに恋したスーフィーの話　421
【第四話】アルダシールとゾロアスター教の司祭と王子シャープールの話　423
【第五話】アヤーズと彼の眼病の話　426
【第六話】ジルジース――彼に平安あれ――の話　428
【第七話】ユースフ（ヨセフ）とズライハー――彼らに平安あれ――の話　429
【第八話】荒野でのイブラーヒーム・アドハムの話　431
【第九話】シュアイブ――彼に平安あれ――の物語　433

【第十話】地獄に堕ちた人々の話 434
【第十一話】スルタン・マフムードとアヤーズの話 436
【第十二話】マジュヌーンとライラーの話 437

第二十一章 …… 438
【第一話】バルフの太守の娘が恋に落ちた話 439

第二十二章 …… 462
【第一話】プラトンとアレキサンダーの物語 462
【第二話】聖者とアブー・アリー・トゥースィーの物語 465
【第三話】苦痛とは何たるかと問われた狂人の話 466
【第四話】母親と市場に行き迷子になった子供の話 467
【第五話】ユースフ(ヨセフ)――彼に平安あれ――が鏡を見る話 468
【第六話】アフマド・ガザーリーの話 470
【第七話】アブー・アリー・ファールマディーの話 472
【第八話】ある人がマジュヌーンに質問する話 472
【第九話】バーヤズィードと旅人の話 474
【第十話】マフムードと師ハルカーニーの物語 476
【第十一話】麝香鹿の話 477

終章 …… 479
【第一話】学舎を通りかかった男の話　480
【第二話】神を崇める男の言葉　482
【第三話】ウワイスに質問した男の話　484
【第四話】ビザンツのアレキサンダーの死の話　486
【第五話】土を篩《ふるい》にかける男の話　489
【第六話】預言者アイユーブ（ヨブ）の話　490
【第七話】アラブ人と預言者ムハンマドの話　492
【第八話】預言者の御前にいた女の話　493
【第九話】アラファート山でのシブリーとイブリース　494
【第十話】バーヤズィードが異教徒帯《ズンナール》を結ぶ話　496
【第十一話】イブラーヒーム・アドハムの祈禱　498
【第十二話】店から物を欲しがった放蕩者の話　499
【第十三話】マスウードの息子アブドゥッラーとその婢女の話　501
【第十四話】至高なる神の御名を麝香で香《かぐわ》しくしたバシャル・ハーフィーの話　504
註 …… 506
解説（佐々木あや乃）…… 531

神《かみ》の書《しょ》

イスラーム神秘主義と自分探しの旅

アッタール 著
佐々木《ささき》あや乃《の》 訳注

序章

おお、人間の魂という麝香《じゃこう》よ、その香りを振りまきなさい。なぜならあなただけが創造できるのですから。「魂は我らが神の命令によって生じる」という言葉をあなたは持っているのですから。精神界の王国の王にあなたはふさわしいのですから。両世界は共に一握《いちあく》の砂にすぎず、神聖な空間は清浄な王国の中にあります。

宇宙すべてがあなたに依《よ》るのであり、大地も天空もあなたに結びついているのです。あなたは私たちに結びついていますが、私たちから断たれてもいます。視界から遠く離れていますが、まるで眼の中にいるようでもあります。

天国や地獄、最後の審判の日はすべてあなたの名前の代わりの徴《しるし》にすぎません。天使たちに神秘の徴によって神秘的直観知《マアリファア》を与えなさい。神の創造物には百ものさまざまな姿形を与えなさい。あなたが輝けば百もの太陽のようです。いや、あなたを構成する微粒子ひとつひとつが百もの太陽なのです。あなたの陽光の強さはますます増していくので、あなたの微粒子のひとつから、栄光ある最高天が生まれるのです。

あなたは全能の神の永遠の仲間なのです。ほかに私の言うことなどありません。あなたは常に知られているのですから。あなたはなんと不思議な鳥なのでしょう。私にはあなたがどのようなのかわかりません。あなたは肯定や否定の外にいるのですから。天に在るのでもなく、地に在るのでもなく、あなたはどこに在るのですか？　あなたは両世界を支配する神の御前《ごぜん》に在るのですね。あなたはすべてであると同時に、何でもないのです。どう言えばよいのでしょう、あなたは真っ直ぐでもあり、曲がってもいるのです。

麝香のように香《かぐわ》しい息を清らかな願いと共にあなたの心から吐いてください。なぜならみなの人生があなたの息という香によって特別な香炉《こうろ》となったのですから、我々から離れないでください。

あなたは永遠に王《カリフ》なのです。あなたには六人の息子がいてどの息子も比類ない唯一の存在です。どの息子も強力な王です。一人ひとりが各々の道において一つの完全なる世界なのです。一人は欲情。感覚が司《つかさど》ります。一人は悪魔。人を妄想させます。一人は理性。知性的な事柄について語ります。一人は知識。識《し》ることを探求します。一人は清貧。無を求めます。一人は神が唯一であることへの信仰。唯一の神を求めます。この六人があなたの命令に従って歩を進めるならば、彼らは永遠となるでしょう。

あなたは絶えず永遠に王なのですから、世界はあなたの優雅さによって美しさに満ちることでしょう。アーダム（アダム）のように王の黒い上衣(1)を纏《まと》いなさい。世界でさまざまな出来事が起こるように、自分の胸の内を巡《めぐ》りなさい。巡る天があなたの埃《ほこり》を被《かぶ》らないほど高く。ヒズルの如く、天より高く昇りなさい。おお、高みにおわすお方よ、あなたの居場所はヌーフ（ノア）の箱船であり、あなたの居る時間はクルアーンにも登場する「聖なる夜明け」と「運命の夜」(2)です。スライマーン（ソロモン）のように玉座にゆったりと腰掛けなさい、でも指には指輪をはめるのを忘れないように。ユースフ（ヨセフ）のような美しさを誇示し、イブラーヒーム（アブラハム）のように全身で見るのです。

親友へ愛の言葉を語りなさい。イムラーンの息子、ムーサー（モーセ）の仲間となるために、生命の水をあなたの魂の杯で飲みなさい。神のおそばに近づくよう努めなさい。イドリースと共に坐《ざ》すために、錬金術を行いなさい。あなたが数えきれないほどの努力をしたら、預言者の魂から助けを得ることでしょう。

信仰においてあなたがこの完璧さを手に入れたら、言葉を語ることがあなたに許されるでしょう。言葉に対して決して侮蔑の眼差しを向けてはいけません。なぜなら両世界は「在れかし」という言葉から創られているのですから。両世界の礎《いしずえ》は言葉以外の何ものでもありません。なぜなら「在れかし」という言葉によって創られたのであり、「無であれ」という言葉によってではないからです。言葉は至高たる神から下されたもので、それが預言者の栄光なのです。神がムーサーのみに語りかけたのであれば、ムーサーの言葉は神の言葉なのです。もしイーサーが神の言葉でなかったなら、(3)神の栄光による純粋なる魂はどこに在るというのでしょうか。ムハンマドも「在れかし」というお言葉によって生じたのであり、天界飛行の夜、言葉の持つ力ゆえに王であったのです。

言葉は両世界の通貨であり、絶対的なものです。結婚、離婚や取引も、言葉によって成立するのです。神を愛する人間たちがまだ生まれてくる前の小さな存在として神の御前に召された時、(4)言葉が彼らの契約の礎なのです。見る価値があれば、聞く価値があれば、理性で理解できるなら、理解の域を超えたものであるなら、触れたり嗅いだり、理解できたり理解不可能だったりすれば、そしてもしあなたの思考や想像が礎であり、もし可能や不可能な何かであるなら、言葉にされないかぎりすべては限られています。神の守られた碑板は言葉の力によって存在するのです。(5)この世に存在するものも、存在しないものも、言葉が完全に支配しているのです。さらに多くの例を挙げることもできます。

以上述べてきたことによって、言葉は天からのものであると結論づけることができます。言葉はありとあらゆるものの礎なので、今言葉を求め、言葉で尋ね、言葉を語りなさい。アッタールに祈りの言葉を捧げてくれる人が、常に光と共に在りますように。

第一章

世界中をめぐり、友を失い、途方に暮れ、心千々《ちぢ》に乱れた者が、ある人から聞いた話です。

ある王《カリフ》に六人の息子がおりました。みな大志を抱き、高慢さを捨てきれずにおりました。当時の学識は各自会得《えとく》しており、どの息子も世に誇る技芸に秀《ひい》でており、どの息子も現世と来世でも物足りないほどでした。

ある日父王は息子らを座らせて言いました。

「お前たちは一人ひとり、この世の知識を身につけたな。お前たちは王《カリフ》の息子、王子である。お前たち一人ひとりのこの世の望みは何じゃ？　百の望みだろうと一つだろうと、一人ずつ、すぐに申し述べるがよい。お前たち各々の信ずるところがわかれば、それぞれの望みが叶うようにしてやろう。」

第一の王子が心に秘めた願いを述べました。

「立派な聖者たちから聞いたのですが、妖精の王に純潔な娘がいて、言葉にできないほど、他に例を見ないほどと評判です。その美しさと賢さは生命への恩恵であり、この世の美女なのです。もしこの望みが完全に叶うなら、最後の審判の日まで他に望むものはありません。このような美女を手に入れたなら、これ以上何を望むというのでしょう。太陽の近くに座を得た者は、光に透《す》かしてしか見えない微粒子の近くに行きたいなどと望まないもの。これが僕の望みです。これが叶わないのなら、僕には狂気以外残りはしないでしょう。」

父王は言いました。

「ああ、気をつけるがよい、お前は欲情に溺れているのだ。すっかり溺れきっているではないか。欲情に囚われきった男は、自分の存在という今持ち合わせるものすべてを使い果たしてしまうだろう。だが正義と高潔に生きる女は誰も、こうした欲情とは全く無縁でいられるものなのだ。夫と離れたある女が、神の御前の者らの長になったようにな。」

【第一話】夫が旅に出てしまった高潔な女の物語

昼のように明るい頬と夜のような黒髪をもつ、たいそう美しい女がおりました。たいへん美しく善良で、深慮に長《た》け慎み深く、その美しさは広く知られ、魅力的でもありました。その髪は数多《あまた》の輪を描き、彼女の眼と眉もその美しさを神がお誓いになったほど、日を見るより明らかでした。真珠のような価値ある言葉がこぼれる瑪瑙《めのう》のような唇が開くと、まるで敵を生命の水で殺すかのよう、笑みをたたえた唇は貝のよう、貝の中の真珠とは彼女の歯のことです。微笑む紅玉《ルビー》の奥にある宝石のように、真珠のような歯が垣間見《かいまみ》えます。あごがわずかに窪《くぼ》んで白銀のりんごのようでしたが、手の届かないそのりんごが人々を苦難に陥れるのでした。彼女に心寄せる者たちが彼女のまわりを巡るように、大も彼女に心奪われ巡るのでした。彼女について賛辞を述べる者たちは彼女を「マルフーマ（神の御加護を受けし者）」と呼びました。天輪がその凜々《りり》しさを認めるほどの女性でした。彼女には夫がいましたが、突然メッカ巡礼(1)に出かけることになりました。夫には弟が一人おりました。弟は女々《めめ》しく臆病者でした。夫は弟に家族や財産を守ってくれるよう頼んで、メッカへと出かけてしまいました。弟は兄に言われたとおり、ずっと兄嫁の世話をしました。昼夜を問わず兄嫁のために尽くし、一時間ごとに物を届けたり訪ねたりして気遣いました。

ある日の早朝、弟が兄嫁の許《もと》を訪れると、兄嫁の麗しい顔が面紗《ヴェール》の間から見えてしまいました。弟の心は千々に乱れ、平静を失《な》くしました。いや、平静を失くしたなどという表現では間に合わないほどです、いったいどう表現すればよいでしょうか。いたくその麗人の魅力に捕らわれてしまったので、一瞬のうちに百人分の人生が降ってきたかのように感じられたほどです。何度も理性と格闘しましたが、瞬く間に兄嫁への愛は燃え上がっていきました。どうすることもできないとわかっていても、自分を制御することもできませんでした。ついに激しい恋慕の情に負け、理性を失い、弟は兄嫁に自分の胸の内を明かしました。力ずくで、泣き叫んですがりついて、涙を流し懇願して求めましたが、兄嫁は穢《けが》らわしいと彼を追い出し、こう言いました。

「神に対して恥ずかしいとは思わないの？　お兄さまをこんなふうに苦しめるの？　あなたにとっての信念はこれなの？　お兄さまからよろしくと頼まれた結果がこれなの？　反省し、神を思って過ごしなさい。こんな腐った考えはお捨てなさい。」

弟はこう言いました。

「こんなことをしてあなたの得にはなりませんよ。早く僕を満足させてくれないとひどい仕打ちをすることになるぞ。悪評をたててあなたの面子《めんつ》を潰してやる。今すぐにひどい目にあわせてやるぞ。恐ろしい思いをさせるからな。」

兄嫁は言いました。

「あなたに殺されたって怖くなどありませんわ。自分の名誉や恥や貞節を失くすよりは、この世から消えるほうがましよ。」

女がその性悪男《しょうわるおとこ》を恐れるはずもなく、義弟に抵抗し説いてきかせたのですが、その忌まわしい男は自分の身を護るため、すぐに金《かね》で四人の男を買収したのです。(2) 四人は女が不貞をはたらいたと嘘の証言をしました。裁判官はその偽証を認め、すぐに彼女に石打ちの刑を科しました。女は街道沿いの荒野へと連れていかれ、四方から石が投げつけられました。数えきれないほどの石が投げつけられたので、女はぐったりと死んだように見えました。みせしめとして、彼女は殺されることなくそこに放置されました。哀れな女は平原にただ一人、土埃と血に塗《まみ》れ動けずにおりました。夜になり新たな一日が始まろうとした時、女はようやく息を吹き返しました。悲痛に泣き叫び、水仙のような目から頬に真っ赤な血の露がとめどなく溢れました。

朝、駱駝《らくだ》に乗った一人のアラブ人が、偶然そこを通りかかりました。女の泣き声を聞きつけ、たいそう心を痛め、駱駝から降りて女の許に来ました。

「お前は誰だい？　生きているとも思えないありさまだ。生きているのか？」と尋ねました。

女は言いました。

「私は傷ついた、哀れでみじめな者でございます。」

アラブ人は、

「私が介抱し面倒をみようではないか。」

と言うと、女を駱駝に乗せ、急いで家へ連れ帰り、家人に彼女を託したのでした。

日夜たいそう手厚い看護を受け、その魅力的な女は元気を取り戻しました。すると再びその魅力が明らかになり、また人を惹きつけるようになったのです。また頬に赤みが戻り、髪も豊かに波打つようになりました。原石から紅玉《ルビー》が現れるように、石打ちに処された彼女は、美しい元の姿を現したのです。アラブ人は彼女の美しさを目の当たりにし、彼女に身も心も捧げる準備ができました。彼女への愛で我を忘れ、愛に苦悩するあまりシャツが死装束になるかと思われるほどでした。アラブ人は女にこう言ったのです。

「私の妻になっておくれ。私は死んだも同然。そなたと結ばれることで私を生き返らせておくれ。」

女は言いました。

「私には夫がいるのです。どうしてさらに夫をもつことなどできましょうか？」

アラブ人の女への愛はあまりに激しかったため、ついに彼は女を密かに自分の許へと呼び寄せました。しかし、女は言いました。

「神の教えに背いたお方、神の怒りを畏《おそ》れないのですか？　あなたは神ゆえに私を救ってお世話してくださいましたのに、今や悪魔の命令に従うのですね。徳を積まれたのですから、災難を持ちこむのはおやめください。信仰心を傷つけないでくださいませ。私はこうした依頼を承諾しなかったがため、不幸を味わい、石打ちの刑に処されたのです。今あなたさまもこうした望みを私にお持ちだなんて、私がどれほど貞淑か、あなたはご存じないのですね？　もし私を八つ裂きにしようとも、私の清らかな身体に欠陥はありません。たった一度の欲望ゆえに永遠の罪をご自分のために背負い込まないようになさいませ。」

貞淑な女の誠実さを理解し、アラブ人は彼女と兄妹の契りを交わすことにし、目論見《もくろみ》は悪魔の仕業《しわざ》だったと後悔したのでした。

そのアラブ人には黒人の下僕がおりました。その下僕が女の顔を見て心奪われてしまったのです。身も心も悶え、死をも覚悟するほど恋い焦がれました。彼女と結ばれたいと強く願うようになったものの、その思いが遂げられることはありませんでした。下僕は女に言いました。

「私は夜、あなたは月。どうして共にいることを望まないのですか?」

女は下僕に言いました。

「それはありえないこと。お前の主人がそれを強くお望みだったのですよ。月の顔のように美しいご主人が私と結ばれなかったというのに、真っ黒なお前なんてありえないこと!」

下僕は言いました。

「私の申し出を受けずに私を放したら、私から逃れることはできないぞ。一人の男としてお前を策略にはめ、すぐさまこの館から追い出してやるぞ。」

女は言いました。

「どうぞお好きなように。怖くなどありませんわ。もし死が与えられるとしてもかまわないわ。」

下僕はかんかんに怒り、彼女への愛情はこれからお話しするような敵意へと形を変えたのです。

ある夜、下僕は彼女への憎しみで目覚めました。主人の妻にはかわいらしい赤ん坊がおりました。下僕は揺り籠の中にいたその子を殺し、血に塗れた短刀を女の枕の下に隠し、この女の仕業に見せかけたのです。朝になり、あの嘆かわしくも殺された子の母親は、お乳を飲ませようと目を覚まし、子供の首が切られているのを見て、泣き叫びました。その泣き声がこの世を包み、母親は髪をわざと荒く切り、腰に結んで深い悲しみを示しました。いったい誰の仕業なのか? あんなにいたいけな子を殺すなど、誰のしたことか？　女の枕の下から血塗れの刃《やいば》が出てきました。これはあの女の仕業、あのかわいそうな子をこのひとでなしが殺したのだとみな言いました。下僕と子供の母親はこの女を言葉で表せないほどひどく叩きました。アラブ人がやって来て女に言いました。

「なんということをしでかしてくれたのか。月のようなかわいい子を殺すなんて。そなたは罪なき者の血を怖れないのか。」

女は言いました。

「お兄さま、この世で誰がこのようなことを示したでしょう。神はあなたに理性と知恵を、利益のために使うようにとお与えになられたのですよ。理性の目でご覧なさいな、清らかなお兄さま、あなたは私に善を施してくださいました。神ゆえに私を妹にもしてくださいました。私に多くのお慈悲をかけてくださいました。そのご恩に報いるのがこれなのでしょうか？　考えてみてくださいな。この殺人を犯すことで私に対する敬意が増すとでもおっしゃいますの？」

アラブ人は賢い人でしたから、女の言うことがもっともだとわかりました。この女は無実であると確信しました。しかし、自分の家にこのまま置いておくのはよろしくないと判断し、女にこう言いました。

「こうした悲劇が起こってしまった以上、今後そなたを見ると不愉快な思いをする者がいるだろう。妻はそなたの仕業と思っている。そなたを見るたび子供のことを思い出してしまうだろう。毎時間妻は新たな悲しみを味わうことになり、苦しみも際限なく深まってしまう。そなたに悪口を言いこそすれ、優しく接することなどなかろう。私がそなたに優しく接しても妻はそうはなるまい。そなたはここから出て行くのがよかろう。自分で決めるがよい。」

アラブ人はそっと、銀貨三百枚をすぐに女に渡してこう言いました。

「道中使うがよい。」

哀れな女がしばらく歩を進めると、遠くの村が不意に見えてきました。道の脇に絞首台が立てられ、そこに人だかりがしているのが見えました。悲しみに沈痛な面持ちの若者一人が、その日絞首刑に処されようとしていたのです。女は一人の男に尋ねました。

「あの人は誰？　何の罪を犯したの？」

答えて、

「この村は、残虐で横暴なことにかけては比類のない王侯のものです。この村では税が納められない者は、あの残虐な王によって絞首台に逆さに吊られることになっていて、それが今まさにおこなわれようとしているのさ。」

女はその男に尋ねました。

「必要な税はいくらなの？」

男が答えました。

「それは毎年きまっているんだ、彼の税は銀貨三百枚。」

心優しい女は心の中でこう言いました。

「この人を買い戻すべきよ。今がその時。石や絞首台から自分は救われたのだから、今度はあの人を絞首台から救うべきだわ。」

そして女は役人に向かって言いました。

「もし私がこの金額を払えば、彼を私に売ってくださるの？」

役人は「もちろん、すぐにでも」と答えました。すぐさま女が役人に銀貨三百枚を支払うと、その若者はたちまち悲しみから解き放たれました。女はお金を払うとすぐに歩きはじめました。若者も矢のような速さで女の後を追いかけはじめました。若者は女の顔を遠くから見て、その美しさに危うく息がとまりそうになりました。うろたえ、こう叫びました。

「どうして僕を絞首台から自由の身にしたのか？　絞首刑にあっていたら、こんな月のような美女に突然恋することもなかったのに。」

女に言い寄りましたが、全く功をなしませんでした。女が火でないわけですから、煙が立つはずもありません。長い道程を女について歩き、泣いて懇願し、女に恥じることもしませんでした。女は若者に言いました。

「私への報いがこれなの？　あなたを解放してあげたというのに、私が受ける報いはこれなの？」

若者は言いました。

「僕の身も心もあなたは奪ったんだ。一瞬たりともあなたから顔をそむけることなどできやしない。」

女は若者に言いました。

「私をあきらめないとしても、髪の毛一本分ですら私と結ばれるなんてありえませんから。」

さらに二人はどんどん歩きながら、言いあいをし、そうこうしているうちに海に着きました。海岸には大きな船が着いていて、多くの品々と大勢の商人を乗せていました。若者は女がどうしても言うことを聞かず、がっかりし、この女をどうしたものかと思っていたので、商人の一人を呼び寄せて、こう言いました。

「月のように美しい婢女がいるのだ。高慢ちきなのを除けば完璧だ。こいつほど不従順な者を見たことがない。こいつにいつまで振り回されなければならないのだろう。こいつほどの外見の持ち主はいないが、私はもうこいつの悪い性質には耐えられない。私も随分と頑張ってはみたのだが、いつまで骨折りつづけなければならないのか。だから、もしお前が望むなら、こいつをお前に売ってやるぞ。」

女はその商人にこう言いました。

「気をつけて。私をこの人から買ってはだめよ。私は結婚していて自由の身。それに私がこの人を暴虐から救ったのです。」

商人は彼女の言葉に耳を傾けず、金貨百枚で彼女を買ってしまいました。抵抗する彼女をやっとの思いでなんとか船に乗せ、商人たちは出帆しました。

女を買った商人は、面紗《ヴェール》に隠れた女の姿と物腰を見て、すっかり心奪われてしまいました。出帆した海で、男の心はかき乱され欲情は高まる一方でした。商人は女に近づきました。彼女は船床に身を投げ出し、こう叫びました。

「誰か、助けて。みなさん、助けてください。あなたがたはムスリム、私もそうです。あなたがたは信仰篤《あつ》い方々、私もそうです。私は自由の身で、結婚しているのです。神が今この瞬間の私の真なる証人ですわ。あなたがたにはお母さんや姉妹がいるでしょう。幕帳《とばり》の奥に娘さんをお持ちでしょう。もし誰かがこういうあなたがたの大事な方々に手を出そうなどと考えれば、あなたがたは間違いなく慌てふためくことでしょう。あなたがたの大事な人たちがひどい目に遭うことが許せないというのに、なぜ私がひどい目に遭っているのをよしとするのですか。私は他処者《よそもの》で、みじめで不幸です。か弱く無力で、悲惨な状態にいます。この魂をすり減らした者をこれ以上いじめないでください。いずれは最後の審判の日を迎えるのですよ。」

その女が雄弁かつ誠実に語ったので、船に乗り合わせた人々は彼女に同情しました。船上の人々みなが一斉に彼女の友となり、そのみじめな女の守護者となりました。

しかし、彼女の顔を見た者は誰もが彼女の虜《とりこ》となりました。つまり、船の人々が一斉に、彼女を熱烈に愛してしまったのです。

しばらくの間人々は彼女への想いを互いに語り合いました。が、その想いを彼女には隠しておきました。一人ひとりの心が彼女を熱望してやまなくなると、突然彼らはみな一斉に彼女を力ずくでつかまえ、欲望を満たそうとしたのです。女がこの忌まわしい人々の様子を察知した時、広い海のはらわたが煮えくりかえりました。女は口を開き、こう言いました。

「秘密を知るお方よ、私をこの忌まわしい者どもからお守りください。現世と来世であなた以外私には誰もいないのです。この者らの頭からこの欲情を取り去ってください。死を私にお与えになるなら従います。こんな人生より死んだほうがましです。今、私をお救いくださるか、死を与えてくださるか、どちらかになさってください。私にはこの苦しみは耐えられません。どれだけ血の中を歩かせるのですか。私より不幸な者を見つけられはしないでしょう。」

女がこう言って気を失うと、海面が波立ちはじめました。わきたった海面から火が噴き出し、海はまるで地獄の様相を呈しました。あっという間に、船上の人々は一斉に火の中へと真っ逆さまに放り出されてしまったのです。彼らは見る間に灰と化しましたが、船の積み荷は無事でした。

風が船をとある町へと運びました。女は船から灰を投げ捨て、自らは男装しました。もう愛欲の手から逃れたい、誇り高い男の姿で暮らしたい、と思ったからです。町からやって来たたくさんの人々は、月のような顔の凜々《かんばせ》しい若者を見ました。世界中の品々がしっかりと縛り付けられた船に、一人座っておりました。人々はその太陽のような頬の若者に尋ねました。

「この品物全部を持って、あなた一人だけで来たのですか？」

彼女はこう答えました。

「王が会いに来ないかぎり、私はどなたにも身の上話をするつもりはありません。」

人々は王に彼女のことをこう話しました。

「今日、たいそう美しい若者がやって来ました。一人で、品物を積んだ船に乗ってきたのですが、もう何も話さないのです。その若者は陛下に会えたら話をする、そして船とあの積み荷について話してもよいと申しているのです。」

王は驚き、月のように美しい男の許へとやって来ました。賢い王が尋ねると、彼女はこう話しはじめました。

「私たちは大勢いたのです。出航し長い旅を続けていました。船に乗っていたろくでなしたちが私を見て、一斉に私への情欲を選んだのです。私は神に祈りました。邪念にとりつかれた人々の一握の悪を取り去って欲しいと。火が立ち上りすべてを焼いてしまいました。神は私をお救いになり、我が魂を輝かせてくださったのです。ほら、ご覧ください。一人そこに残っていますね、人でなしの、炭の塊が。この出来事から私は学んだのです。俗世の物など望みはしません。すべてお持ちください。数えきれないほどの品々です。ただ、私は陛下に一つだけお願いがあるのです。私のため海岸に美しい神殿を建ててください。そして、穢れのある者ない者を問わず、誰も私に近づかないこと。それが叶えられるならここに留まり、日夜神を崇めます。」

王と軍は彼女の話を聞き、彼女のもつ不思議な力と品位を目にしたので、みなすぐに彼女の言葉を信じ、髪の毛一本たりとも彼女の命令に背くことはありませんでした。彼女のために礼拝所を建立し、それはまるでカアバ神殿そのもののようでした。女はそこに入り、神にお仕えし、長い間満ち足りた思いで暮らしたのでした。

王は死の床に伏した時、国の重臣らと軍を呼び寄せ、こう言いました。

「どうやら余がこの世から去る時が来たようだ。この清貧なる若者が、余の代わりにお前らに命令を下す王となるべきだ。彼のおかげで国の民は安楽になるだろう。みなの者よ、この申しつけを実行せよ。」

こう言うと、彼の純粋な魂は天に召され、その身体は地中へと呑まれたのでした。

すぐに重臣らは一堂に会し、王侯や臣民も集まりました。女の許へ行き、秘密を打ち明けました。

彼らは亡き王の遺言を彼女に告げたのです。

彼らは女にこう言いました。

「ご命令をなんなりと。この王国はあなたのものですから。」

無論、女はそうしたことへの願望はありません。隠者がいつこの世の支配者になりたいなどと思うでしょうか。

彼らは女に言いました。

「清貧なるお方よ、支配の道をお選びなさい。もうあれこれおっしゃいますな。」

女は言いました。

「仕方がない。だが、私は月の分身とみまがうほどの美女を妻に迎えたい。もう孤独には飽き飽きしてしまったので、法にかなった正式な妻が欲しいのだ。」

貴族たちはこう言いました。

「王よ、我々の娘のうち、誰でもお望みの娘を。」

彼女は貴族たちに言いました。

「百人の娘をよこしなさい。ただし、みな母親同伴のこと。一人ひとりよく見て、全員のなかから私の目にかなう者を選ぼうと思う。」

貴族たちは大喜びで、その日のうちに百人の麗《うるわ》しい乙女を送り届けました。みな母親に付き添われて御前に進み出ましたが、恥じらいで心ここにあらずの状態でした。みな王が誰を望まれ、または誰が王のお目にかなうのかと待ちました。女は集まった女たちに自分が女であることを明かし、

「どうして女に王の地位がふさわしいことがありましょう。みなの者よ、このことを夫たちに告げ、私をこの重荷から解放しておくれ。」

と言いました。女たちは唖然として帰り、夫たちにその旨告げました。それを聞いた者は貴賤を問わずみな、女の話に驚嘆しました。彼らは一人の女を再び送り、こう伝えました。

「あなたは王の遺志を継ぐお方ですから、誰か他の者を我々の頭上に王としてお選びください。さもなくば男まさりに、あなたが国を治めてください。」

彼女はみなのなかからふさわしい一人を選び、それからは自分の仕事に打ち込みました。彼女は自分の手で王国を一人の王に委《ゆだ》ねましたが、王として一寸たりとも動きはしませんでした。

若き読者諸君、あなたたなら一片のパンのため大騒ぎして駆けずり回るかもしれません。でもこの女

は王国を手にしようと動くことはなかったのです。男のなかにもこの女のような者が一人でもいたら示してほしいものです。

　世界中に、この女の名声が広まりました。どこそこに某《なにがし》という者がいて、彼女が祈れば必ず願いが叶えられることにかけては類を見ず、男と比べてもこの女と肩を並べる者はいないと。多くの手足の不自由な者らがあちこちからやって来て、歩けるようになって帰っていきました。彼女の名声があまりに広まったので、誰も彼女の本当の偉大さがわからないほどでした。

　巡礼に出かけていた、女の夫が戻ってきましたが、どこを探しても妻がおりません。突然、家が荒れ果て、弟が目も見えず困り果てているのに気づきました。さらに弟は手も足も動かせず、動き回ることもできずにいたのでした。弟は昼夜兄嫁を思って悲しみ、地獄の苦しみから逃れられずにいたのです。兄のために魂が燃えさかることもあれば、手の施しようもない苦痛に胸がしめつけられることもありました。

　兄が妻について弟に尋ねると、弟は兄にこう語りはじめました。

「あの女はある黒人と不貞をはたらいたので、おお、あろうことか、多くの人が証言をしたのです。裁判官はこの証言を聞くと、石打ちの刑を彼女に宣告しました。そして裁判官は無慈悲に彼女に石を投げつけました。兄さん、あなたはここにいてください。あの女は逝ってしまいましたけれど。」

　その見捨てられた男はこの話を聞くと、妻の死と裏切りにいたく傷つきました。泣いて自らを打ち据えると、部屋の隅に座り、喪に服し、沈黙を守りました。

　しかし、兄は弟が話す以外にはからだの自由が全く利かないのを見て、こう言いました。

「手足を失いし者よ、今現在、どこそこの場所で、太陽のように有名な女性がおり、彼女の祈りは神に聞き届けられると耳にした。盲《めし》いた多くの者が彼女の祈りのおかげで見えるようになり、肢体の不自由だった者の多くも歩きはじめたそうな。もしお前が望むなら、私がお前を連れていってやろうと思う。その女がお前に元どおりの生活を取り戻してくれるかもしれん。」

弟は喜んで言いました。

「急ぎましょう。私はもう死にそうです。もしできることなら、一刻も早く行きましょう。」

善良な兄は驢馬《ろば》を持っていたので、弟を驢馬に乗せ、出発しました。

ある夜、兄弟は偶然、あのアラブ人の家に辿り着きました。アラブ人は高潔な男だったので、その夜二人を客人として泊めました。アラブ人がこう会話の口火を切りました。

「ここからどちらまで行かれるのですか。」

兄が答えて、

「あるところに清貧な女がおり、多くの盲《めしい》や病人が彼女のまじないや祈りで快復したと耳にしたのです。この弟も病気になり、手足が不自由で目が見えません。その女の許に連れていけば、もしかしたら再び歩けるようになり、視力も取り戻せるかもしれないのです。」

アラブ人はこう言いました。

「しばらく前に、とても賢い女が偶然ここに来ました。私の下僕が彼女を叩くという暴力を振るい、そのせいでそいつは手足が不自由になり、視力も失ったのです。今そいつも連れてきますので、あなた方とご一緒させていただけば、もしかしたらその女の祈りで快復するかもしれません。」

ついに彼らは多くの道程を経て、例の村の宿駅にやってきました。あの若者が絞首台に架けられようとしていた村です。そこの一部屋を宿に選びました。その隊商にはふさわしい部屋でした。なぜなら、その部屋の持ち主はあの残酷な若者だったからです。なんという不思議、その若者も身動きができず、目も見えず、手足が不自由だったのです。彼らは互いにこう言い合いました。

「僕らと同じだ。僕らの身にもこうしたことが起こり、これこそが僕らの悲しみだ。こうした不幸が僕らにも起こったので、ここに留まることにしたのはよかったのかもしれない。」

若者には母親がおりました。母親は手足が不自由な二人を見て、彼らの苦痛や苦悩について知りたがりました。彼らはすぐさま本当のことを話しはじめました。母親はひどく涙を流して、こう言いました。

「私にもお二人のような息子が一人いるのです。私もあなた方とご一緒させてくださいな。」

すぐさま支度をし、息子を乗り物用の動物にしっかりと縛りつけました。

五人は一緒に出発し、朝早く件《くだん》の女の許に到着しました。夜明けに幸福の朝が呼吸をすると、清貧な女が隠遁の場から姿を現しました。女は遠くから自分の夫を見つけ、歓喜のあまりひざまずき、神に感謝しました。女は大いに涙を流し、こう自分に言いました。

「恥ずかしいわ。どうやって出て行けばよいのかしら。夫に対して、どうすれば、どう話せばいいの。顔を見せることなんてできやしないわ。」

夫の後方に目をやるとあの三人の姿が見えました。心底憎い敵であるあの三人です。女は心の中でこう言いました。

「わが夫が道連れとして証人を連れてくるなんて。あの三人はみな大罪人。三人の両の手足が何よりの証人。あの三人の目を見て、私に何を願えというの。何を言えばいいの。神が私の完全なる証人。」

女は歩み寄り、夫に視線を投げかけました。しかし、彼女は顔に面紗《ヴェール》をかけておりました。彼女は夫に言いました。

「何をお望みなのか、言いなさい。」

その信心深い男は答えました。

「祈っていただくためにここに参りました。目が見えず苦しんでいる者がいるのです。」

女は夫に言いました。

「この者は罪深き者です。彼が罪を告白すれば、この見苦しい痛みから解放されるでしょう。さもなければ、目は見えぬまま、苦しみつづけることでしょう。」

メッカ巡礼をした男は弟に尋ねました。

「お前はほとほと困り果てていて治してもらう必要があるのだから、罪を告白するがよい。そうすれば救われるかもしれないのだぞ。さもなくば、永遠に悲しみを道連れにすることになろうぞ。」

弟は言いました。

「僕にとっては、百年の苦痛と痛みのほうが、話すことよりましだ。」

兄弟でしばらく押し問答した結果、ようやく弟は、恥じながら事の顚末を語るに至ったのでした。

「僕はその罪によっていざりになったのです。さあ、僕を殺したければ殺せばいいし、赦《ゆる》したければ赦せばいい。」

兄はしばし考えました。兄にとってはとても辛いことではありましたが、心の中でこう言いました。

「妻はいなくなってしまったのだから、私は弟を生かしておくべきだ。」

そしてついに弟を赦したので、女は祈禱し、一時間ほどで弟は数多の痛みから解放されたのでした。

弟は再び歩み、摑むことができるようになり、両の目の視力も取り戻したのです。

するど、あの立派なお方が下僕に求めて曰く、

「自分の罪を正直に言うがよい。」

下僕は主人に向かってこう言いました。

「もし私を殺そうとされても、私は自分の罪を口にすることはありません。」

そこで、アラブ人はこう言いました。

「真実を語りなさい、今日私への畏れの念がお前に起こったのだ。私は永遠にお前を赦す。何を怖れるのか。なぜ言い訳をするのか。」

ついに、下僕はあの秘密を、次のように明かしました。

「揺り籠の中にいた御主人様の子供は、私が殺しました。あの女はこの殺人において無実です。私の悪しきおこないが私を苦しめたのです。」

女は下僕が真実を語るのを見て、すぐに祈りを捧げました。彼は視力を取り戻し、彼の願いは叶えられたのです。

老婆も息子を前へ連れ出し、その男も自らの罪を語りました。

「その女が私を救ってくれたのです。突然彼女は私を絞首台から下ろしてくれました。彼女が私をお金で救ってくれたのに、私は彼女を売ったのです。つまりはそういうことなのです。」

女が祈るとその若者もまた、一瞬にして、見えるようにも歩けるようにもなりました。

それから、女は人払いをして、夫だけにその場に残るように言いました。夫の許で顔を覆っていた面紗《ヴェール》を外しました。夫は叫び声をあげ、すぐに妻だと気づきましたが、気を失ってしまいました。正

気にかえると、心優しい女は歩み寄り、夫にこう言いました。

「急に叫んだかと思ったら地面に倒れこんだりして、いったいどうなさったっていうの。」

夫は妻に言いました。

「私には妻がいたのですが、一瞬あなたが妻だと思ったのです。あなたの手足が妻のとよく似ており、髪の毛一本の違いほどもないと言えるほどに。話し方も妻にそっくりです。見かけも背丈も身のこなしも。もし妻が死んでいなかったら、ああ、清らかな方よ、あなたが我が妻だと言ったことでしょう。」

女はこう言いました。

「ああ、よくご覧あれ、その女は過ちも不貞も犯してはいません。その女は私です。信仰の道を歩みつづけてきました。石に打たれて殺されもしなかったし、命を落としてなどいないのです。神が多くの艱難辛苦《かんなんしんく》から私をお救いくださいました。神の叡知が私をこの世界の片隅へと導いたのです。いま、この一瞬一瞬に、神に数多の感謝を。私にこの再会をもたらしてくださったのですから。」

男は地面にひざまずき、こう口を開きました。

「おお、清らかなる神よ、どうやってあなたへの感謝の言葉を述べればよいのか。もし言葉にすれば、私の心と魂の限界を超えてしまう。」

彼は外に出て、仲間らを呼び、事の顚末を、ありとあらゆる善と悪を語りました。一人一人の口から天に届く叫びが起こりました。下僕と、弟とあの若者もまた、たいへん恥じながらも喜びました。

女は最初に彼らに恥をかかせましたので、今度は財産を与え、彼らを赦しました。自分の夫を王座に据え、アラブ人を大臣にしました。女は幸せに満ち溢れ、その神殿で神にお仕えしました。

第二章

息子は父王に言いました。

「もし夫婦の間にこうした快楽への欲望がなければ、この世の創造物は存続しないし、宇宙の摂理も残りはしないでしょう。もしこの叡知と結合がなければ、王国全体が混乱に陥ったことでしょう。そうですとも、千と一人の真っ当な人間の口に一口の食物がきちんと入るようにしなければならないのです。この道の為政者らは、叡知をもって世の中すべてを治めるのです。大地は天の泡で輝き、天は煙から生じます。何かは必然的に生じるものです。男女の快楽への欲望がなければ、この世に僕も父上もいなかったはずです。父上は男たちの快楽への欲望を断とうとなさるでしょうが、私にこの秘密を明らかにしてください。」

父の答え

父王は息子に言いました。

「わしが欲情をあらかじめ取り除こうとしているなどと思うな！　だが、お前は欲情を選んでから、それについて語ったり、聞いたりしてきた。まるで数多の神秘の世界のうち、お前は欲情についてのみ精通しているかのようだ。わしはお前に二人きりでこのことについて語った。そちが欲情の外へ足を踏み出してくれるようにと考えたからだ。驢馬と親友になりたいと思うような者が、いつイーサー（イエス）の親友になることができようか？　イーサーと二人きりになれたというのに、なぜ欲情において驢馬と仲間になるのか？　欲情など一瞬にすぎない。永遠に二人きりでいられるほうがよいとは思わぬか？　永遠に二人きりでいられるのだから、欲情は一瞬でやり過ごすがよい。欲情では二人きりになることはできない。この秘密を知らぬ者は誰も不完全なのだ。だが、欲情が頂点に達すると、そこからきわめて強い情熱的な愛が生まれる。しかし、情熱的な愛が非常に強まると、精神的な愛が生まれる。精神的な愛がその限界に達すると、お前の魂はその愛の対象の中で消滅するのだ。欲情を抑えよ、なぜならそれが目指すところではないからだ。すべての源は愛の対象そのものなのだ。もし途中で残酷に殺されるとしても、欲情に捕らわれるよりはずっとましだ。」

【第一話】王子に懸想《けそう》した女の話

ある王に白銀の胸をした息子があり、垂れた前髪の中に月が捕らえられているかのようでした。その月のように麗しい若者の顔を見た者は誰でもすぐに心を傾けるのでした。彼は世界の不思議といわんばかりに美しかったので、世界中の人々が彼を愛しました。彼の両の眉《ハージブ》は弓と同形で、まるでスルタンの魂の戸口に立つ二人の侍従《ハージブ》のようでした。どの眼も彼の弓形になった睫毛《まつげ》を見て愛するようになり、服従しました。あの心奪う眉を見た者は誰でも心奪われました。彼の口には三十の宝石がついていて、二つのつやつやした紅玉《ルビー》のような唇の中に閉じ込められていました。彼の顔をふちどる髭を見た者は誰でも、その愛のため死ぬ覚悟ができていました。その髭はまるで眉のように美しく弧を描いていました。彼の顎のくぼみを見て男たちは死に、どの男よりも男らしかったのでした。

ある女がその美男に恋をして夢中になりました。彼女の心はひどく乱れ、血に染まりました。彼に会えない辛さで、うろたえ困窮しました。足許に灰をまくと、彼女は火だったので、そこに留まりました。いつもあの月を想って嘆き悲しみ、血の涙を流すこともあれば、ため息をつくこともありました。

ある日、その月のような美男が平原に出かけた時、哀れな女も道へと走り出ようとしました。球のように彼の馬の前に走り出て、二つに編んだ髪を打球杖（ポロ競技に用いる棒）のように用いようとしました。その月の背後からじっと見つめ、道に雨のように涙を降らせようとしました。百人もの護衛に続けざまに棒で打たれても、女は泣き叫びもせず、暴れもしませんでした。多くの人々がこれを見守っており、男たちにその女を指し示しました。男たちはみな、この女に驚きました。哀れな女は茫然としたままでした。

ついにこれが限界を超えたので、王子の心がこの重荷に対して悲しくなりました。王子は父親に言いました。

「いつまでこの乞食に関わらなきゃならないのですか？　私をこの女の不名誉から救ってください。」

すると至高なる王はこう言いました。

「今すぐあの子馬を広場に連れていきなさい。その子馬の脚にあの女の髪を結びつけ、その馬を四方から追わせるのだ。そうすればあの忌まわしい女はバラバラになってこの世がこのことに関わらずにすむようになるだろう。その桂馬（子馬）はまるで酔った象のように彼女を道に引きずり出し、女はもう二度と立ち上がることもなく、王を見ることもなくなるだろう。」

王と王子が広場に行くと、多くの群衆が立っておりました。みなその女に同情して血の涙を流し、その血で地面は柘榴《ざくろ》の花と化していたのです。

兵士らが女の髪を馬の脚に結ぼうと一斉に駆け寄ると、哀れな茫然とした女は王の前に身を投げ出し、慈悲を乞うてこう言いました。

「陛下が私を殺すなら、しかも残酷なやり方で殺すのなら、最後に一つだけお願いがあるのです。」

王は女に言いました。

「もしそちの願いが命乞いなら、余はそちの命を奪おうとしていると知るがよい。もし髪を引っ張るのをやめてほしいと言っても馬の脚元以外にそちの血を流すつもりはない。もししばし猶予を与えてほしいと言っても、猶予はありえない。もし王子との同席を望んでも、そちは彼の顔を見ることなどないであろう。」

女は王に言いました。

「命は惜しくありません。猶予をいただきたいとも思いません。「慈悲深い王様、私を馬の脚元でさかさに殺さないでくださいまし」などとも申し上げるつもりはございません。世界の王がもし私に手をさしのべても、私には今おっしゃった四つ以外に一つ願いがあるのです。私には永遠にそれがすべての願いなのです。」

王は言いました。

「申してみよ。そちの願いが何なのか、もし余の言った四つの願い以外なら、望みを叶えてやろうではないか。」

女は王に言いました。

「もし今日馬の脚元でみじめに私を殺すなら、おお神よ、私には願いがあるのです。私の髪を王子の馬の脚に結んでください。そして馬が駆け出せばそれによって私を彼の馬の脚元で神が殺すなら、私はあの月のような美男に殺された者となり、この道でずっと生きつづけることになるのです。ええ、そうです、愛しい人に殺されるのなら、愛の光によってカペラ星より高く昇るでしょう。私は女で、男らしさは持ち合わせておりません。心は血となり、まるで命を失った者のようです。こうした時に、私のような従順な女の願いを叶えてやってくださいまし。たやすいことのはずです。」

女の誠実さと献身ぶりに王の心は和《やわ》らぎ、何と言えばよいでしょうか、王の涙で地面がぬかるんでしまいました。女を赦し、彼女を宮殿に送り届けました。新しい生命を得た者のように、女をその恋人の許へと送ったのでした。

＊　＊　＊

さあ男よ、もしわれらと友であるなら、真の愛を女から学ぶがよい。そしてもし女に劣るなら頭《こうべ》を垂れよ。女男（男であるのに女の風体を公にする者）に劣りはしないのなら、次の話を聞くがよい。

【第二話】ビザンツで捕らえられたアリー（1）の末裔と学者と女男の話

アリーの末裔、学者、女男の三人が自分たちの持ち物すべてをビザンツに運んでいました。この三人を異教徒たちが捕らえ、突然偶像の前に引きずり出しました。異教徒たちは三人にこう言いました。

「お前たちは偶像に跪拝しなければならない。さもなくば、三人ともの血を流してやろうぞ。容赦はせん。それとも今すぐ殺そうか。」

異教徒たちに三人の男は言いました。

「一晩猶予をください。今夜考えれば、偶像崇拝者になるかもしれません。」

異教徒たちは三人が各々自分と向き合うようにと一晩猶予を与えました。

アリーの末裔が口を開きました。

「やむをえまい。偶像の前で異教徒帯《ズンナール》を締めよう。私にはアリーの絶対的権威がある。アリーが明日よしなにとりなしてくれるだろう。」

学者はこう言いました。

「私も肉体と魂に別れを告げることなどできぬ。もし偶像にひれ伏すなら、学問と信仰にしたがって、とりなしてくれる人を見つけなければ。」

女男は言いました。

「あたしはどうしたらいいかわかんない。だってあたしにはとりなしてくれる人もいないもの。あなたたちにはとりなしてくれる人がいるけど、あたしにはいないのよ。でも、この跪拝はあたしにとって赦されることじゃないわ。もし奴らが、まるで蠟燭みたいにあたしの首を落とすとしてもこわがるもんですか。あたしは偶像崇拝なんてできないわ。だってそれは破滅なのよ。偶像に跪拝するなんてできない、たとえ首を切り落とされようとも、あたしこわくなんかないもの。」

他の二人が命を惜しがったというのに、女男はこの状況下で男らしく立派な振る舞いを見せたのでした。

＊　＊　＊

試練の時に男らしさを讃えられるのが、女男だったとは実に驚きである。財力を誇るカールーン[2]のような大金持ちたちが信仰の道において何も持たず何もできない時、強い力を誇る獅子たちは無力な蟻に助けを求める。もし信仰への愛においてあなたがこの女男にひけをとったとしても、間違いなくこの道において蟻に劣りはしないはず。（だから信仰心を強くもちなさい。）

【第三話】ダーウード（ダビデ）の息子スライマーン[3]（ソロモン）——彼らに平安あれ——と恋する蟻の話

権力も財力も威光もあるスライマーンが、蟻の大群の脇を通り過ぎました。蟻たちがみな敬意を表して前に進み出ました。一時間で数千匹以上にもなりました。急ぎ進み出ない蟻が一匹だけおりました。なぜなら、彼の家の前に土の小山があったからです。その蟻は風のような速さで土を少しずつ運び出し、小山はあっという間になくなりました。スライマーンはその蟻を呼んで言いました。

「蟻よ、お前には忍耐も力もないように見える。お前がヌーフ（ノア）の寿命とアイユーブ（ヨブ）の忍耐を手に入れないかぎり、やり遂げられないだろうと思った。お前のような力ではこれは終わらない。お前にはこの小山はなくせないと思ったのだ。」

蟻は口を開き言いました。

「王様、志があればこの道を進むことができるのです。私の体格や性質に目を向けないでください。私の意図すべてをご覧ください。私には姿の見えない一匹のメス蟻がいます。彼女は自分の巣を愛していて、私を巣に引き入れ、こう言ったのです。

「もし、この土だらけの小山をここからなくして道をきれいにしてくれたら、あたし、あんたに会えなくしている大きな石をどけてあんたと一緒になるわ。」

今私はこれに取り組もうと思います。この土を運ぶこと以外、なすべきことはありません。もしこの土がなくなれば、彼女と結ばれるのです。そしてもし私が道半ばで命果てても、少なくとも、何もしないで自慢だけしてほらを吹く奴ではないといえるでしょう。」

＊　＊　＊

愛しい者よ、蟻から愛を学びなさい。こうした見識を盲目の人から学びなさい。蟻が不運な星のもとに生まれついているとしても、蟻には何かをやり遂げようという心構えがある。蟻を卑しいものを見る目つきで見てはいけない。蟻の心にも情熱があるのだから。神への信仰や愛というこの道において、蟻が獅子を非難するとはなんと不思議なことなのか、私にはわからぬが。

【第四話】信徒の長アリー——神よ、彼の存在を守りたまえ——と蟻の話

ある暑い日の昼下がり、アリーは歩いていてうっかり足許の蟻に傷を負わせてしまいました。蟻は仰向けで手足をもがき、アリーはなす術《すべ》もなくうちひしがれました。アリーは神に対して申しわけが立たないと思い、ひどく心かき乱されました。これほど立派な獅子(4)が蟻一匹に動揺したのです。いたく悲しみ涙を流したところ、その蟻はまた歩けるようになりました。

夜、アリーは預言者ムハンマドを夢に見ました。ムハンマドはこう言いました。

「アリーよ、慌てるでない。二日間ずっとそなたは一匹の蟻のことで天界を悲しみで満たしてしまった。そなたは道中蟻を傷つけてしまった自分の歩き方に注意を向けておらぬ。すべての存在物には存在する意味があり、この蟻にも意味があったのだ。神に感謝していたのだぞ。」

アリーはうちふるえました。一匹の蟻によって真の獅子と称されるアリーが罠に落ちたのです。

預言者は言いました。

「喜べ、悲しむな。あの蟻がそなたを神にとりなしてくれたのだ。「おお、神よ、獅子《ハイダル》たるアリーはわざと私を傷つけたのではない。もしアリーにあの時敵意があったとしても、今はもう敵ではない。」」

＊　＊　＊

寛大なる者よ、一匹の蟻に一頭の獅子がこのように振る舞うのが信仰への忠誠であると知るがよい。

獅子《ハイダル》のような力をもつアリーのような勇敢な者が、蟻に対して何もできずにいたのを誰が見たであろうか。真実を知り、神の命にしたがって歩を進めた者は幸せだ。あなたがもし何も知らずに歩むなら、たとえ王族であろうと完全な乞食だ。人は目を見開き、それから歩を進めるべきだ。見ずして歩むことはできないからだ。もしあなたが慧眼をもたずに歩めば、結局不運に見舞われるだろう。驢馬のようにめくらめっぽうに歩き回り足許に注意を向けなければ、理性があろうと、鷲のごとく他の者に勝ることはできない。もしあなたが神秘主義の道を歩む者であるなら、熟慮のうえで歩を進めよ。この世のものは月から魚に至るまで(5)すべてあらかじめ定められているのだから。何ら秩序もなく歩みはじめれば、癒《いや》しようのない痛みに見舞われることだろう。この世で費やすいかなる時も、あの世ではその百倍もの世界の時間を蓄《たくわ》えたことになる。なぜなら、この世で行ったほんのわずかなことが、あの世では百倍の重みをもつのだから。この世で歩む一歩は、墓の中での百もの世界に値する。もし今日穢れのない清らかな歩みを始めるなら、土中で苦しむ必要はない。悲しいことに、あなたには多くの御利益《ごりやく》が見えないのだ。もし見えたのならば一瞬たりとも善行の歩をゆるめなかっただろう。あなたは今日踏み出す善行の一歩によって、神からすばらしい贈り物を受け取るだろう。こうした御利益がいつの瞬間にもいただけるというのに、なぜ怠惰によって損害をこうむらなければならないのか？

【第五話】公正なヌーシールヴァーン王(6)と年老いた農夫の話

ヌーシールヴァーンが矢のように馬を駆っていた時、弓のように腰の曲がった老人が道端にいるのを見かけました。その老人は木を数本植えているところでした。王は老人に言いました。

「そなたの髪が乳のように白くなり、そなたにはさほど日数も残されていないというのに、なぜここに木を植えているのか?」

老人は王に言いました。

「理由は十分にございます。多くの人が私たちのために木を植えてきたからです。今日に至るまで私たちはここから恩恵を受けております。私どもも他の人々のために植えていこうではありませんか。人は自分のできる範囲で事をなすべきであり、規則にしたがって事を行うことが必要です。」

王は老人の答えが気に入り、片手いっぱいの黄金を握り言いました。

「さあ、取るがよい。」

老人は王に言いました。

「おお、勝利の王よ、私が植えた木はまさに今日実をつけました。たとえ私は七十歳過ぎまで生きましょうとも、この木を植えたことでなんとかやってこられたことはおわかりでしょう。私が植えた木は、十年も経たないうちに実をつけ、まさに今日、黄金という果実を私にもたらしたのです。」

王はこの答えがさらに気に入り、村の土地と水を老人に下賜《かし》したのでした。

＊　＊　＊

あなたは今日善を行わなければならない。何もせずに何かを得ることはないからだ。信仰の道に足を置き、自惚れや虚栄を捨て置くべきである。男なら男らしく、頭を垂れ、汚く卑しいこと、例えばご不浄の掃除なども進んで行いなさい。私はどれほど小さいことであっても自分の力で成し遂げたことを恥じはしない。自分を犬以上だと見なしているなら、あなたは犬にも劣るのだ。(7) 次の話を聞くがよい。

【第六話】師ジュンディー(8)と犬の話

ある人が、師ジュンディーに、

「あなたと犬と、どちらがより重要で優れているでしょうか?」

と尋ね、誰をも怖れませんでした。弟子たちは公然と、引き裂いてやろうかとばかりにその男に駆け寄りました。師ジュンディーが弟子たちをさえぎり、男に言いました。

「おお、愛しき若者よ、私は運命を知ってなどいない。どうお前に答えればよいだろうか? もしありとあらゆる障害をものともせず信仰心を持ちつづけて神秘主義道を歩むことができれば、犬よりはましと言えるのだが。しかし、困難に負けて信仰を守ることができなければ、犬ですらなく犬の一本の毛よりも軽いのだ。」

＊　＊　＊

誰もの真なる姿を明らかにするため、真実を隠す幕帳《とばり》が下り真実は明らかになったわけではないのだから、自らを髪の毛一本分たりとも犬より優れているなどと見なすことなかれ。犬は地べたに暮らし、卑しいと見なされているが、犬もあなたと同じく、神の創造物なのだ。

【第七話】トゥースのマアシュークと犬、そして馬に乗った天使の話

トゥースのマアシューク(9)が昼の暑いさなか、我を忘れてぼうっと道を歩き出した時のことです。一匹の犬が彼の前にやって来たので、ついうっかり石を犬に投げつけてしまいました。緑の服を纏った天使が馬に乗って見ており、トゥースのマアシュークの背後から現れました。天使に後光が射していたので、天使の顔はよく見えませんでした。その天使はトゥースのマアシュークにぴしゃりと鞭打ち、こう言いました。

「おい、心せよ、愚か者め、誰に対して石を投げたかわかっておるのか？　もともとはお前もその犬と同じ本質であることを知らぬのか？　姿形は違えど、なぜ犬がお前より劣るなどと思うのか？」

＊　＊　＊

犬も全能の神によって創造されたのだから、あなたが犬よりも自分のほうが優れていて高尚だと考えるのは不当である。友よ、犬たちは真実という幕帳《とばり》の向こう側に隠されているのだ。あなたの内面が外見よりも穢れがなく清らかであるかどうか見るがよい。犬の外見が称讃に値しないとしても、犬の性質はとても立派である。犬の外見からはそれがわからなくても、神の創造の神秘は犬にもあてはまるのだ。

【第八話】老師アブー・サイード(10)とスーフィーが犬をめぐって議論する話

一人のスーフィーが、通りすがりに突然、杖で一匹の犬を打ちすえました。犬は前脚をひどく痛め、うめき声をあげ、苦しまぎれに走りだしました。啼《な》き声を上げながらアブー・サイードの前にやって来て、恨みに燃えさかる心で地面に倒れました。犬は、アブー・サイードに傷ついた前脚を見せると起き上がり、思慮に欠けるスーフィーの許へ行き公正な裁きを求めました。導師《シャイフ》はスーフィーに言いました。

「おお、不実な男よ、口のきけないものに対してこのような残酷な仕打ちをした者が、これまでいただろうか？ お前が前脚を折ったためこの犬は動けなくなり、死にかけているのだぞ。」

スーフィーは口を開いて言いました。

「老師よ、私のせいではありません。この犬が悪いのです。私の服を穢したので、私の杖の一撃を喰らったのです、戯れではなく。」

それを聞いて犬は静まるどころか吠えつづけ、その場で足をばたつかせました。

そこで比類なき老師は犬に言いました。

「お前が喜ぶことはなんでも、私の命に賭けて償おう。最後の審判の日までもちこされることのないよう決定を下すがよい。もし私が奴に答えてほしいと望むなら、お前のため、私はここで奴を罰しよう。お前が怒るのを見たくはない。お前が喜ぶのを見たいのじゃ。」

するると犬は言いました。

「比類なき師よ、彼の服がスーフィーの服装だったので、まさか私に危害を加えるなどとは思わなかったのです。彼が私の足をひりひりするほど傷つけるなどと思うはずもありませんでした。もしふつうの人が纏う、前あきの長い服を着た人が道にいたなら、その時私は彼を避けられたでしょうに。善良な徒の服を目にしたので信じてしまったのです。すべてを知りえなかったのです。もし彼を罰するなら、真の男が身につけるべきこの服を今すぐ剝ぎ取ってください。ならず者ですらこんなことをするのを見たことがない彼の邪悪さから、みなが無事でいられるように。善良な徒の衣を彼から剝ぎ取ってください。そうすれば、彼への罰は最後の審判の日まで十分です。」

＊　＊　＊

神秘主義道において、この犬は、このようにアブー・サイードが畏れ喜ばせようとする地位にあるのだから、あなたが犬より上位となることは禁じられている。もしあなたが自身を犬より優れていると思うなら、間違いなく犬のようなあなたの卑しい性質のせいでそう思っているにすぎない。あなたはこのように卑しく地に投げつけられ、たいした力もないと見なされた時、いつも謙虚でなければならない。あなたがこれから頭をもたげて不遜な態度をとるかぎり、疑いなく何度も堕ちていくだろう。ほんの一握りの土でしかないくせに、これほど自分を吹聴するのはなぜか？　生まれた時から土に還る運命にあるのだ。この世で、謙虚でつつましい者は誰も、あの世ではより清らかで穢《けが》れがないと確信せよ。人は自分を取るに足らぬ者と見なした時、完全人間となり魂も身体も清めたことになるのだ。神への道を歩む、栄誉ある人々は、見栄や身勝手さをすべてかなぐり捨てたがゆえに高貴なのである。

【第九話】アブー・アル・ファズル・ハサン(11)が臨終の時に語った言葉の話

アブー・アル・ファズルが死の床についた時、ある人が彼に言いました。

「イスラーム法を栄えさせる者よ！ そなたの魂というユースフ(12)（ヨセフ）が井戸から救われる時、我々はそなたをかくかくしかじかの場所に葬るだろう。」

師は口を開いてこう言いました。

「心せよ、そこは偉人と聖人の場所。百人の哀れな者にも劣るような私のような者が、どうしてそのような場所を自分の墓に、と望めるだろうか。」

人々は彼に言いました。

「おお、善良で心清き者よ、ではどこに葬ってほしいのか？」

彼は興奮しきった魂で口を開いて言いました。

「私の墓はあの丘の上にすべきだ。あそこには大勢のろくでなしたちがいるし、たくさんのへぼな泥棒たちまでもいる。賭けごと好きもいっぱい、多くの罪人たちもいる。私を彼らと一緒に埋めておくれ。そして私の頭を彼らの足許に置いてくれ。私は常に彼らの仲間にふさわしいし、本質的に私は彼らと同じなのだ。私はこれらの罪人の間で生きてきたし、神のおそば近くへ行くことのできる立派な方々の間に身を置くことなど耐えられない。もしこの罪人たちが真っ暗闇の中にいるとしても、彼らは神の慈悲という光のそばにいるのだ。」

＊　＊　＊

あまりに喉が渇きすぎると、結局自分で水を引き寄せることになる。無力が待ち伏せているところにはどこでも、慈悲の眼差しがより多く注がれるものである。

第三章

息子は言いました。

「女の目的は子が価値ある存在になること。無比の息子を持てば、その子の名が永遠に語り継がれるだろうから。もし私の息子が賢ければ、最後の審判の日に息子が私のためにとりなしてくれるだろう。もし本分を尽くす息子が生まれれば、親はできることは何でもする価値がある。誰にとってもこのような優れた息子を持つのはよいことだ。このような善い息子を持つ者は、自分がその父であることを誇りに思うのがふさわしい。」

父の答え

父王は言いました。

「息子を望む値打ちはある。だが、息子を持たないからといって、その男に欠点があることにはならない。精神性や神秘的直観知《マアリファ》に精通しきれていない者は誰でも、たとえ息子を授かってもその息子もその道に邁進することができず、自分で決断することができず、神秘的直観知《マアリファ》に気づくことができない。もしお前にイブラーヒーム(1)（アブラハム）への信仰があるのなら、息子を犠牲にしようとしたことから教訓を得るだろう。」

【第一話】貧しい男へのイブラーヒーム・アドハム(2)の問い

ある日、イブラーヒーム・アドハムが、悲しみに沈んだ貧しい男に尋ねました。

「妻や子供と過ごしたことはあるかい？」

彼が、

「いや。」

と言うと、イブラーヒーム・アドハムは
「実にすばらしい！」

と答えました。貧しい男が彼に言いました。

「おお、聖者の中の聖者よ、なぜそのように言うのか？　教えておくれ。」

するとイブラーヒームは言いました。

「おお、男よ、妻をめとった不幸な貧しい男は誰も、食物も眠りもなく船に乗っているようなもの。そしてもし子供がいれば、船ごと溺れるようなものだからさ。」

＊　＊　＊

あなたの心が子供に縛られていれば、子供はあなたにとって愛すべき敵となってしまう。あなたがいかに教養と品格のある者でも、子供が誕生すれば、もはやかつてのあなたではいられない。たとえ立派な禁欲者であろうと、子供ができればあなたも堕落しきった者でしかありえない。

【第二話】導師《シャイフ》クッラカーニー(3)と猫の話

当時の精神的支柱と見なされた、誠実と真実の体現者たる導師《シャイフ》クッラカーニーは、庵《いおり》に一匹の猫を飼っていました。導師《シャイフ》は日に数回、ある猫を目にしていました。その猫は庵の外に行っても手足が汚れないように、いつも手足に革製のカバーをぴったりつけていました。猫は導師《シャイフ》のそばに行くこともあれば、礼拝用敷物の上で眠ることもありました。しばらくすると、導師《シャイフ》が召使を呼びつけ、召使が自分の手で猫に靴を履かせ、そこから送り出すこともありました。

猫は台所に居場所をつくり、そこでは必ず肉にありついていました。しかし、生肉でも調理済みのものでも猫は盗むことはせず、決まった時間に与えられるものだけを食べていました。庵でも食卓でも、猫は信頼されておりました。誰も猫が何かを盗むのを見たことはありませんでした。

しかしある日の夜、猫は突然台所にあったフライパンの肉塊を盗んだのです。ついに召使が猫を見つけてひどく懲《こ》らしめました。するともう猫は導師《シャイフ》のところにやって来なくなりました。怒って隣の部屋の隅に座ったきりでした。

そこで導師《シャイフ》が召使に猫について尋ねたところ、召使は事の経緯を導師《シャイフ》に話しました。誠実な導師《シャイフ》はその猫を呼んでこう言いました。

「なぜあんなことをしたのか？」

猫はその時ちょうど身ごもっていました。三度の出産で三匹の子猫を生みました。子猫らを導師《シャイフ》の前の地面に置き、そこに木が生えているのを見ると、悲しげな表情で木に上りました。召使への怒りのせいで、乱暴に木に座り、眼をかっと見開いて唇をきっと固く結んでおりました。

導師《シャイフ》はそれを見て、召使に対して苛立ちをおぼえました。導師《シャイフ》は驚き、心の中でこう思いました。

「猫には間違いなく理由があった。自らの利益などまったく顧みずにいたのだから。猫がこんなことをしたのは、礼儀を捨てたからではなく、必要があったから求めたのだ。人はいざ必要となれば、たとえそれなりの地位にあっても、してはならぬことも許されるもの。子供のために一匹の蜘蛛にも劣るものが、獅子の口から食べ物をひったくったのだ。猫の行動はおかしなことではない。なぜなら子供への執着が不可思議なことだからだ。子猫が生まれるまでは、一匹の子猫への心配などお前の心に浮かびもしなかったはず。」

経験豊富な導師《シャイフ》は召使に言いました。

「こいつは言葉を持たぬゆえ、ひどい目に遭わされた。お前に怒って枝に上ったままだ。もしお前が許しを求めれば、猫はお前と打ち解けるだろう。」

召使は頭から頭布《ターバン》を外し、猫の前に立って許しを乞いました。しかし、召使の謝罪の言葉は何の効き目もなく、猫は召使に見向きもしませんでした。

ついに導師《シャイフ》が猫のところに行って話しかけ、仲裁に入り、枝から下りてくるよう呼びかけました。猫は一気に枝から下りてきて、導師《シャイフ》の足許で転がりまわりました。そこにいた人々みなから歓声があがりました。一人一人の心に蠟燭のように火が灯《とも》りました。みな一匹の猫のおかげで心がぽっとあたたかくなったのです。みな一様にその心あたたまる話に感謝しました。

＊　＊　＊

もしあなたが百もの世界と結ばれていようとも、一人の子供との絆には勝るまい。子供に執着せず、生むことも生まれることもないのは、清らかで唯一の存在たる神のみである。

【第三話】キリスト教徒の少年の話

ある国に、裕福で地位の高いキリスト教徒の商人がおりました。彼には見目麗しい息子がおり、そのキリスト教徒の少年はこの世を照らす蠟燭のようでした。菫《すみれ》の花は麝香の香る巻き髪をこの少年から得、たおやかな薔薇はその微笑む唇を彼から得ました。面紗《ヴェール》が彼の顔を露わにすると、夜だというのに昼になったかのようでした。その麝香の香りの髪はしっかり結んであったので、恋する者たちは皆、愛ゆえに自らの信仰を変えたものでした。彼の髪はあまりに見事な輪を描いており、一本たりとも彼にはまっすぐな髪はありませんでした。睫毛を矢として武器にして戦えば、現世も来世も瞬《まばた》きするうちに打ち負かしました。眉を弓の弦にすれば、その矢に命を奪われるのではと怖れ、この世は震え上がりました。唇から砂糖のような甘美な言葉を語るのが彼のやり方でした。なぜなら、彼の唇そのものが甘美の中心地だったからです。彼が微笑むと、真紅の唇から真珠のような歯が見え、恋する者らは喜びのあまり涙を流し、真珠を抱く海ができたものでした。

その息子が突然病気になり、あっという間に若いみそらで亡くなってしまいました。父親は息子の死をいたく悲しみ、今にも死んでしまいそうでした。生命も知性もどうでもよくなりました。ついに自らを清め、イスラーム教徒（ムスリム）となり、それから息子を葬り、このように言いました。

「今日、息子の死により真なる信仰を見つけた。無論、神は子供をお持ちではない。妻や子供といった絆から解放されていらっしゃる。だがもし、神に子供がいたとしたら、神は私の悲しみをよしとするはずはない。理由のないものなど存在はしない。神は誰かの子供ではなく子供も持たないのだ。信徒でなく幸せな者などいないことに私は気づいたのだ。」

【第四話】美しい息子を持つ老師の話

ある老師に、月のように美しい息子がおりました。父親は息子のことを、性格も能力もその美しい顔だちに似つかわしいと思っており、息子に大きな望みを抱いておりました。ところが急に息子は死んでしまい、父親の魂は燃え尽きてしまいました。なんと言えばよいのでしょうか。肝一つ、いや百もの肝を燃やしたとでも言うべきでしょうか。

父親は茫然自失、棺の後を追いました。途方に暮れ、放心状態でした。父親は何度も土を自分の頭にかけ、泣き叫ぶと、悲しみに張り裂けんばかりの心でこう言いました。

「絆で結ばれた存在を持たぬ者よ、あなたには理由がある、子供がいないのだから。あなたには私の痛みへの関心すらない。いと高き世界という幕帳《とばり》の向こう側で心安らかにおられるのだから。」

たとえ全く誰にも助けを求める必要がなかったとしても、悲哀の館の話[4]を聞いたことはあるだろう。息子が井戸や牢屋におり、一方父親は悲哀の館にいるのだ。もし神にあなたと同じように家族があったなら、疑いなくもう一人神に似た存在がいたことだろう。長い年月にわたり、神は息子と父親の間に愛情を育まれたのに、なぜ神は息子の死後、一瞬たりとも父親の痛みを和らげてくださらないのか？　また、もし「神には子がいる」とでも書き残されていようともそれは誤りにほかならず、誰かが何か言っているとしてもそれも正しくはないのだ。

＊　＊　＊

【第五話】ヤアクーブ（ヤコブ）とユースフ（ヨセフ）の物語

ヤアクーブとユースフ、互いをとてもいとおしんでいる二人が、ついに再会を果たした時、父ヤアクーブは息子ユースフに言いました。

「おお、わが目の光よ、お前のことを思って涙を流し、私が理性を失った時、お前はわしを悲哀の館に座らせ、私の魂に火の世界を投げつけた。あの時お前は沈黙しつづけたままで、一日たりとも私のことなど識らないかのようだった。なぜあのようなひどいことをしたのか？　私に手紙一通すら送ってくれなかったではないか。お前の父はお前のことを思って悲しみに暮れることがしばしばあったのに、お前は自分のことを知らせずによく平気でいられたな。」

ユースフは下僕にこう言いました。

「おお、強き者よ、あの手紙の束を私のもとに持っておいで。」

その男は手紙を取りに行き、すべて同じ千通以上の手紙を持ってきました。書き出しは「神の御名において」でしたが、あとは雪のように白いままでした。ユースフは父に言いました。

「おお、我が天国の灯よ、私はこの「神の御名において」という書き出しであなた宛てに手紙を書きました。私の様子や体調も含め、すべてを書き終えると、手紙の冒頭の神の名以外、手紙全体一行も残らなかったのです。すべての手紙は雪のように白くなってしまい、一行も一語も残らなかったのです。その時大天使ジャブラーイール[5]（ガブリエル）が全能の神のもとからやって来て、「気をつけよ、父親に一通たりとも送ってはならぬ。なぜなら、もし父親に手紙を送れば、すべての文字が消え手紙は白くなってしまうからだ。」今私が最も言いたいのは、手紙を送らなかったのは神が望まれたことだった、ということです。たとえ私がそうしたいと望んだとしても神がお望みにならず、よって私にはどうにもできなかったのです。」

＊　＊　＊

もし息子への愛を胸に抱くなら、あなたは多くの悲しみに耐え、それを心に秘めるだろう。あなたの息子がもしユースフのように美しかったとしても、あなたもヤアクーブのような悲しみを味わうだろう。誰がユースフのような息子を持つことができるというのか？　ヤアクーブはユースフのため多くの悲しみを味わったのだ。ヤアクーブのような父親はおらず、あの麗しのユースフなしで彼はひどく辛い思いをしたのだ。

もしあなたがた読者のみなさんが息子なら、子供として父親のために心を傷めるだろうし、もしあなたが父親なら、息子のため涙涸れ果てるまで嘆くことになるだろう。あなたには古びたこの世での証明がある。息子よ、もうこの話は十分だろう。

【第六話】ユースフ（ヨセフ）とイブン・ヤーミーン(6)（ベンヤミン）の話

イブン・ヤーミーンがユースフの許へやって来ると、ユースフは黄金の玉座に親弟たるイブン・ヤーミーンを座らせました。ユースフは面紗《ヴェール》を纏って座していましたが、太陽を誰が隠すことができましょうか？　イブン・ヤーミーンは自分の脇に愛しい兄がいることをどうして知りえたでしょうか？　イブン・ヤーミーンは、目の前にいるのはエジプト王のスルタン・アズィーズだと思っていたのです。彼が愛しい兄であるなどとどうして知りえたでしょう？　もし彼が愛しさにおいて価値がなかったなら、エジプトの王になるほど愛されはしなかったでしょう。ユースフはイブン・ヤーミーンを自分の脇に座らせましたが、イブン・ヤーミーンは礼節にしたがって頭を上げませんでした。

そこでユースフは彼に優しい言葉をかけました。ヤアクーブ（ヤコブ）が元気にしているかと尋ねました。イブン・ヤーミーンは他の人に気取られないようそっと一通の手紙を差し出しました。そこにはヤアクーブがいかに悲痛な気持ちでいるかが綴られておりました。

ユースフが手紙を受け取ると、館の奥から呼ばれたので、自分の子供たちがいるほうへと行きました。どう言えばよいでしょう。ついに手紙が開封され、ユースフはそれを読み、皆もそれを読んで敬愛の念を抱き、手紙を丁重に扱いました。

ユースフ一家の間に抑えきれないほどの情熱が起こり、叫び声があがりました。彼らはヤアクーブを思ってたいへん悲しみ、当惑しました。

ついにユースフは立ち戻り、多くの尊敬を受けつつ自分の玉座に座しました。しばらくすると、召使たちがやって来て、一つの食布が屋根つきバルコニーの中央に置かれました。愛される王ユースフは次のように命じました。

「ヤアクーブの子息らは全員来るように。あなたがたは互いに一人を選んで、一つの食布に二人の兄弟が座るように。」

ユースフが命じたとおりに彼らは一斉に座りました。イブン・ヤーミーンは喪に服して悲しげに一人座りました。イブン・ヤーミーンは独りぼっちで座り、ユースフのことを思って寂しくなりました。ユースフのことを思って大いに泣き、ユースフとの別れを大いに悲しみました。気高き王ユースフは彼に尋ねました。

「おお幼き者よ、なぜこれほどまでに泣くのか?」

イブン・ヤーミーンは言いました。

「だって独りになってしまったのですから。この悲しみで血の涙を流さずにいられましょうか。ああ、王様、私には兄が一人いたのです。僕と兄は同じ二親でした。今や兄は長いこと行方知れず、誰も兄さんをどうやって見つければいいのかわかりません。もしその兄もこの悲しみに打ちひしがれた僕とこの場にいたら、僕と一緒のテーブルについてくれていただろうに。」

こう言ってイブン・ヤーミーンは目の前にあった食布を涙でいっぱいにしました。誰もこれほど多くの涙を流すのを見たことがあるでしょうか?! ユースフはあまりに激しくイブン・ヤーミーンが嘆くのを見て、彼の心がそれまでに味わった苦しみと同じくらい、イブン・ヤーミーンもつらい思いをしたことがわかりました。ユースフはイブン・ヤーミーンに言いました。

「若者よ、泣くでない。今は私をユースフと思えばよい。お前と共に食盆につく間、お前の大切な人となろうぞ。共に食事をするのに、私以上にふさわしい者がいるだろうか?」

その時、執事が口を開いて言いました。

「この食布は彼の涙でいっぱいです、王様。どのように血の涙を召し上がるのですか。パンと血を一緒に召し上がるのがよいこととは思えませんが。」

するとユースフはこう言いました。

「控えよ! 私の血はこの悲しみで煮えたぎっており、言いようのないほどに悲しいのだ。まるで我が心はこの血で魂が生き返ったかのよう。このような血は、悲しみを味わい苦しんだ者だからこそわかること。彼はみなしご。親のない子を思って私もいたく悲しんでおるのだ。」

ヤアクーブの息子たちはこう言いました。

「イブン・ヤーミーンがたとえ愛されるべき存在であっても、まだ幼すぎる。彼は貴人に対する礼儀を何もわきまえてない。どうして王様の御前でふさわしい振る舞いをしてお仕えできましょうや。よって、礼儀作法を重んじる王の御前にお仕えするには幼すぎますので、いかがなものかと思いますが。」

するとと美しいユースフはこう答えました。

「ヤアクーブの息子であれば問題ない。ヤアクーブを父に持つ者は誰でも立派な者である。」

そしてこう言いました。

「おお、イブン・ヤーミーンよ、なぜ顔色が変わって青ざめたのか、言うがよい。」

イブン・ヤーミーンは言いました。

「ユースフと離れたことで、私は死ぬほど辛い思いをし、彼に会いたいと思う一心で顔が青ざめたのです。」

ユースフがイブン・ヤーミーンに言いました。

「顔が青ざめたとしても、お前の麝香の薫る黒髪は、なぜぼさぼさなのか？」

イブン・ヤーミーンは言いました。

「僕には母がいないので、髪も人生も乱れています。」

するとユースフは言いました。

「父親はいるだろう。息子を失くしたなどと誰が言うのだ？」

イブン・ヤーミーンは言いました。

「父は目が見えなくなったままです。ユースフがいないので、父は独りぼっちなのです。この世を焼き尽くすような炎が彼の魂に棲みつき、悲哀の館に座しています。あまりに多くの涙を流し、血と涙の渦潮の只中にいました。父はユースフのことを思って泣き疲れると、僕をそばに呼びます。父が不安で涙を流すのがどれほど辛いか、僕はどう言えばよいのかわかりません。もしその日、たとえ心を持たない石がその場にあったとしても、それは瞬く間に血になってしまうでしょう。」

ヤアクーブの様子を知って、ユースフの面紗《ヴェール》はすぐに涙で湿ってしまいました。ユースフが悲哀の涙を隠すと、神の御使いがユースフの許にやって来て言いました。

「顔を見せよ、なぜ自身とイブン・ヤーミーンを苦しめるのか？　お前は強く、獅子の力をも持つというのに。」

ユースフの涙に面紗《ヴェール》が浸ってしまったので、ユースフは面紗《ヴェール》をついに顔から外しました。つまり、イブン・ヤーミーンはそれを目にし、まるで彼から甘美な魂が解き放たれたかのように、死ぬのではないかと思うほど喜びました。イブン・ヤーミーンの心は海のように激しく波打ち、叫び声を上げて気を失ってしまいました。あれこれ手を尽くし、やっとのことでイブン・ヤーミーンが正気にかえると、ユースフはイブン・ヤーミーンに尋ねました。

「おお、佳《よ》き弟よ！　意識を失うとは、何がお前に起こったのか？　がっかりし、動揺するとは？」

イブン・ヤーミーンは言いました。

「なぜあなたがエジプト王なのにユースフだなどと言うのか、わかりません。ユースフの代わりに私はあなたを選びました。まるでこれ以前に私はあなたに会ったことがあるかのよう。神のおかげでしょうか、あなたはユースフに似ています。もしあなたが本物のユースフなら、どうして私を苦しめるでしょうか？　独りぼっちの私は羽根も翼もない鳥のようです。私にはわかりません。あなたにはわかっているのですから、お話ししてください。」

＊　　＊　　＊

誰かがこの話をおとぎ話と呼ぶなら、その者は叡知も知恵も持たない。あなたの魂の幕帳《とばり》の中にはよく識る者がいる。もしあなたが一瞬その者を再認識すれば世の人々に先んじたことになろう。だがもしあなたの心がその者をよそ者と見なすなら、あなたは神秘主義の道を歩むうえで異国人《とつくにびと》でしかない。

あなたの心がもしその者を知らぬなら、あなたは決して真実に到達することはできないだろう。旧知の仲と見なされる者は、神の御前に達することができる。その者が神と共にあるのだから、神も永遠に真実の光からその者を遠ざけはしないのだ。

【第七話】若い罪人と彼を任された地獄の天使たちの話

聞いたところによると、最後の審判の日に、一人の若者が前に進み出て神に赦《ゆる》しを乞います。彼はあまりに罪深いのですが、慈悲深き裁判官たる神は彼の味方につきます。そこで天使たちは彼のことは急いで片をつけようと、地獄の苦しみに送り込もうとします。たちまち神の御座所から声が聞こえます。

「なぜお前たちは彼をこちらに引っ張ろうとするのか?」

天使たちは言いました。

「彼を追いやるのです。彼を地獄に送るために。」

また声がしますが、今度は曖昧ではっきり聞き取れない声です。

「我々は共にあるのだ。言うのも妙だが、お前たちには我々二人は共にあるということを聞いていないに違いない。」

天使たちはこの言葉を聞いたことがなく、この寛大さを見たことも決してありませんでした。この威厳により、みな押し黙ります。そしてからだを震わせ、意識を失います。若者に対して声がします。

「おお、悩み苦しむ者よ！　なぜ留まっているのか？　さあ、彼らから逃げよ。」

若者が言います。

「神様、始まりも終わりもわからない、こんな谷のような場所で、審判から逃れてどこへ行けるというのでしょうか？　ここには逃げ道はないのでしょうか？」

声がします。

「おお、前後不覚の者よ、さあ、我の中へ逃げ込め、あらゆるものから逃れられようぞ。」

若者が言います。

「僕にはそんな力はありません。僕には惨めさ以外にすぐに使えるものがないのです。あなたご自身が慈悲ぶかくお振る舞いくださり、僕を神秘の幕帳《とばり》の向こう側へお連れくださらないかぎりは。」

神は彼をご自身の寛大さにより覆い、最後の審判の場にいる人々から彼を隠します。神は神秘というこの上ない幸福な場所に彼を連れていき、彼に会うことのできる私室へ連れていきます。その時、天使たちが正気に戻ります。が、あの若者を地獄への道に見つけることができません。ありとあらゆる場所を探し回りますが、見つけられません。あちこち真剣に急ぎ探し回ります。天使たちは神に申し述べます。

「我らが罪人は何処へ行ったでしょうか、永遠の都市で神と合一したのではないでしょうか。天国も地獄もくまなく探したけれど彼が見つかりません。もう彼奴《きゃつ》のことはあきらめましょう。神よ、あなたは彼奴がどこに行ったかご存じでしょう。もし我々に教えてくださらないなら、我らの魂が去ってしまうことでしょう。」

声が聞こえてきます。

「これは我が叡知によるものなり。彼は我が神聖さという幕帳《とばり》の向こうにいる。彼が我とともにいるので、お前たちは彼になんら手出しはできぬ。今や彼はそれを知り、我々にも永遠にわかっている。だからお前は邪魔立てをしてはならないのだ。」

＊　＊　＊

神の下僕に対するお慈悲が、太古の昔から救いの手を差し伸べてくれたのなら、どうしてよそ者が間に割って入ることなどできるだろうか。しかし、導く際には、まず預言者に対しひとすじの慈悲の光が示される。慈悲がもしあなたを特別に扱うなら、あなたのありとあらゆる欠点は美徳となるだろう。神はご自身の顔をあなたに対して明らかにされ、あなたはただそれを見つめるだけなのだ。

【第八話】神秘的直観知《マアリファ》を持つ若者が天国に入り、全能の神に会い見《まみ》える話

語り継がれているところによると、最後の審判の日が訪れ、あのあらゆる苦痛が起こる日に、一人の若者が多くの太鼓奏者を従えて着飾って現れます。そしてその太鼓奏者たちは若者のために道をあけ、みな彼に道を譲ります。天国の番人である天使に、神からの声が届きます。

「彼をかくかくしかじかの宮殿へお連れするように。」

彼らは喜んで彼を案内し、天使たちは歓喜の叫びをあげます。

その宮殿にはこぎれいな小窓があり、彼のために千、二千の方角を向いていました。若者がどの窓から外を眺めても、そこに自分の神がおわすのが見えたのです。常に数千の窓が開いていて、どの窓からも彼の目には一つの世界が見えました。しかし、そこに男女の群衆がいたとしても、彼は自らの神以外を見ることはないのです。

＊　＊　＊

現世ではみな、神に会い見えたいという願いをもつが、それはかなわぬ願いというもの。誰にもその願いがかなうわけではなく、誰もがその位階に辿り着けるわけでもない。神に対する畏怖の念と熱情を抱き、神へ辿り着く道を尋ね求め、神を怖れなければならない。

もしあなたが自らをよく識《し》り、自身をしっかりと見失わずにおり、自らの心的境地を支配できるなら、あなたのすべきことは常に神を怖れ、さまざまな人に尋ねることである。あなたの全存在がこの考えで占められ、あなたの心すべてがこれを生業とするのだ。たとえ一瞬であってもあの芳香を嗅《か》ぐことができるように。しかしその香りは魂でしか嗅ぐことができないのだ。

その一瞬、あなたは、あなたの魂が愛しい御方の許にいたあの時の真なる人生を歩むだろう。そしてもしあなたの人生がこのようでないなら、一瞬ごとにあなたの進む道に百もの幕帳《とばり》が妨げとなることだろう。

【第九話】托鉢僧がマジュヌーン(7)に年齢を問う話

ある托鉢僧がマジュヌーンに尋ねたそうな。

「おお、若者よ、今お前は何歳かの?」

あの心乱れしものは答えて曰く、

「私の年齢は千と四十歳。」

托鉢僧は彼に言いました。

「何を言っているのだ、不注意者め、さらに気が狂ったか、無知な奴め。」

マジュヌーンが答えます。

「ライラーが一瞬私に顔を見せてくれた時から、ずいぶん時が経ってしまいました。私は四十年生きてきましたが、すべて無駄なのです。でもあの瞬間は千年に等しいのです。この四十年間、私は自らとともにおりました。本当の意味で我が人生を生きてはいなかったのです。でもあの瞬間は千年に値するのです。ライラーとともにいた時間は私にとってはかりしれないものなのです。」

＊　＊　＊

そこでは数千年という時が一瞬であり、いや、そこでは一瞬よりさらに短いのだ。終わりのない存在を得ると、現世と来世にはともに無が残る。

おお、友よ、ご覧なさい、これは何たる存在であろうか。ひとつひとつの微粒子がその前に跪拝するとは。それは増減することのない絶対的な存在。その中ではすべてのものは無となった。その中ですべてのこうした存在物が歓喜とともに消えていく絶対的な存在とは、なんと高貴であることか！人はその場所で無となり、彼の失ったものはすべてそこで得となる。

もしこの世の人々が、自らの存在の消滅に成功した者を捕らえようと手を伸ばしても、一人としてその者に危害を加えることなどできはしない。なぜなら、その者自体も、その者の服の裾《すそ》すらも存在しないのだから、一瞬たりともその者のまわりを回ることなど誰ができようか。自らを消滅させた者にとって、「時」は意味をもたないのである。

【第十話】熱っぽいマジュヌーンの話

ある人が熱のあるマジュヌーンに尋ねました。

「熱はお前を消耗させせないかい？」

マジュヌーンは驚きました。恋するマジュヌーンの答えは次のとおり。

「私がもし死んだら、熱は誰を捕らえればよいのか？」

第四章

息子が言いました。

「僕の心は驚きに包まれたままです。妖精のような美しい王女がいないままだからです。その娘が称讃され愛すべきなら、せめて僕にその娘について話してください。彼女に会えないと、僕はそのせいで蠟燭のように燃え上がり、会いたいという激しい衝動に駆られてしまいます。」

父の答え

父王は、ある花嫁が神秘の面紗《ヴェール》をはずした話を始めました。

【第一話】インド人サルパータクの物語

インドに住むある人に息子がおりました。その息子はまだ年端《としは》もいかないのにたいへん賢い子供でした。あらゆる学問を習得し、その点については誰より優れていました。どの学問にも精通していましたが、なかでも天文学がお気に入りでした。天文学の書物のなかには妖精《ジーニー》たちの王についての描写があり、その王の娘の美しさについての記述もありました。少年はすぐにその王女に魅せられてしまいました。妖精と恋に落ちるのはたやすいことですから。

別の遠い町に一人の賢者がおり、天文学と医学に精通しておりました。賢者は誰の訪問をも受け付けず、心を打ち明けられる親友もおらず、孤独に座していましたので、他の人が彼の知識に気づくことはありませんでしたが、少年だけにはそれがわかっていたのでした。

息子が父親に言いました。

「いつか僕をあのすばらしい老師の許に連れていってよ。みんなが「妖精の王と娘がそこにやって来る」って言ってるんだ。僕は彼に会いたくてたまらない。愛すべき人の顔を見られるかもしれないし。あらゆる学問に精通しないうちは、死すべき運命にあるこの世の人々みたいに死んだりはしないぞ。」

父親は言いました。

「あの人には妻も子もないが、大勢の人々が彼に会いたがっている。でも彼は誰の訪問をも許さないので、お前同様多くの人が彼に会うことを切望している。彼はもし誰かが近寄れば自分の学問や知識に気づかれてしまうのではないかと恐れているのだ。」

息子は言いました。

「そこへ僕をこっそり連れていっておくれよ。僕はこういう場合どうすればいいか自分で知っているんだから。」

それから、少年は父親と共に出発し、父に何を企んでいるか明かしました。

「あのインドの賢者の許へ行ってください。そして心から恨みを退け、優しく接してください。彼にこう言うのです。「私には、口がきけず耳の聴こえない息子がおります。私は何の力も財力もない、哀れな男です。来世の功徳《くどく》のため、息子を受け入れてください。この重い荷物を私から受け取ってください。あなたにお仕えするうち、いつかあなたのお命じになることをするようになるかもしれません。あなたのために火を灯《とも》したり、水を持ってきたり、あなたにお仕えして夜着《やぎ》の用意をしたりするでしょうし、あなたが外出する時にはドアを閉めたりと、百もの用事をあなたのためにするでしょう。とても賢いのですが、口がきけず、耳が聴こえないのです。私を落胆させないでくださいまし。このような者はもし誰かが論拠を示せば、存在しないに等しくなってしまうのですから。」」

父親が賢者の許へ行き、懇願したので、ついに賢者は少年を受け入れることにしました。賢者はすぐに少年が口がきけず耳も聴こえないのかどうか試してみることにしました。

賢者は少年に眠り薬を飲ませました。少年は薬を飲むとすぐに横になりました。老師が医療行為のためドアから外に出ると、少年は飛び起きて自分の足で立ち上がりました。少年には、これが彼の魂がすっかり酔って眠るかどうかの試験だとわかっていたのです。老師が作業をしている間に、少年は家のまわりを疾風のように回りました。なぜ少年がそれほど急いで走ったかというと、薬が効いて眠ってしまわないためです。

老師が戻ってきてドアを開けると、少年はもといた場所で眠りについておりました。眠りながらいびきをかき、酩酊した様子も興奮した素振りも見せませんでした。老師は少年に近づき枕元に座ると、千枚通しを少年の脚にぷすりと刺しました。子供は跳び上がり転げ落ち、口のきけない人がするように泣き叫びました。少年の口からこうした叫び声が出たので、その声が彼は口のきけないということを証明したのです。

老師は少年が叫んでいる最中に突然こう尋ねました。

「子供よ、どうしたというのだ?」

もちろん、少年は答えませんでした。彼の賢さが正しい振る舞いに彼を導きました。賢い老師は、この試験によって少年は耳が聴こえず、口がきけないことを確信したのです。

どう語ればよいでしょうか? 昼夜、十年が過ぎ、こうして少年はその家に留まりつづけました。老師が外出すると、少年は本をすっかり暗記したものでした。老師は家にいればあらゆる学問について語り、少年はそれに耳を傾けたものでした。少年はその話を暗記し、家で独りでいる時に書き留めました。

少年はあらゆる学問に精通するようになり、もはや師を必要としなくなりました。師が幕帳《とばり》の下に隠しておいた、鍵のかかった箱がありました。師は封蠟を破ることも箱を開けることもせず、その箱は誰の目にも触れることはありませんでした。

子供は心の中でこう思いました。

「僕が探しているものがあの中にあるのは明らかだ。」

しかし、彼にはそれを開ける勇気はありませんでしたので、ただひたすら辛抱するよりほかありませんでした。

王女が病気に罹《かか》り、この名高い老師の許にある人がやって来てこう言いました。

「王女の頭の中に何かがあって、それが王女が寝付いてしまった原因なのです。」

時は猛獣のごとく過ぎ去り、誰にもそれを治す知識がありませんでした。師が原因を突き止めればよいのですが。さもなくば姫は今日にも哀れに死んでしまうことでしょう。

少年はその病気について何も知りませんでした。師が出発すると少年もついて行き、自分の身が露わにならないようチャードルを被りました。

師は王女の御前に進み出て、少年は師が何をするか見ようと高いところに立ちました。王女の頭皮は膨《ふく》れ上がり、瘤《こぶ》ができていて、その中に何か生き物がおりました。師は王女の髪を刈り、頭皮を裂きました。カニのような生き物が中で動いているのを見つけました。その生き物は皮膚に深く爪を食い込ませていたので、師はその生き物を皮膚から取り除くため、直ちに道具を取り出しました。鉄で取り除くことができるかもしれないと思ったのです。鉄がその背中に入れられるとその生き物は皮膚にさらに強く爪を食い込ませました。王女はその傷のせいで起きた頭の痛みに呻き声をあげました。

高いところからその一部始終を見ていた弟子は、ついに我慢しきれなくなって口を開きました。

「全世界の師よ、鉄がこの結びつきを強くしてしまうのです。でも、もし熱い鉄がその生き物の背中に触れれば、そいつの爪は姫の頭から離れることでしょう。」

師は事の秘密を知ると、悲しみのあまりあの世へ逝ってしまいました。師が亡くなってしまったので、少年が呼ばれ、師の代わりに崇《あが》められました。焼き鏝《ごて》でその生き物を取り除き、その体液で王女の治療に適した膏薬を作りました。

王女は苦痛から解放され、少年に「サルパータク」というインド人の名を与えました。黄金を与え、衣服を下賜《かし》し、少年に師と同等の医者としての必要な器具を与えました。

少年は箱を開けに行きました。箱の中には愛しい妖精の王女の顔の描写がありました。そこには天文学関連の本があったので、彼はそれをすべて読み、全世界における天文学の師となりました。ついには、あの愛しい恋人に会いたいと昼夜を問わず切に望むようになり、一時たりとも耐えられなくなりました。

ついに、彼は線を引いて円を描き、その真ん中に坐り込んで、そこを支配しました。彼が呪文を唱えると四十日後、愛らしい妖精《パリー》が現れました。その美しさを描写しようとしても言葉が見つからないのです。語れないのです。私もどう言えばよいでしょう？　彼女の美しさを言葉で表すのは不可能です。

サルパータクは彼女をくまなく見つめると、自分の胸の内に彼女の居場所があることがわかり、それに驚いてこう言いました。

「どうやって僕の内に陣取ったのですか？　おお、月のように美しい、愛しい人よ。」

あの愛らしい月が答えました。

「私は最初からずっとあなたと一緒におりました。私はあなたの魂《ナフス》です(1)。あなたはあなた自身を求めているのです。なぜあなたは知性で物事を判断しようとしないのですか？　もしあなたが知性の眼で見さえすれば、あなたは全世界となるでしょうに。内実ともにあなたは全世界の親友となるでしょうに。」

賢者は妖精に言いました。

「『悪を命ずる魂《ナフス》』というものは、明らかに蛇や犬や豚といった卑しいもの。そなたは天地の間に存在するこの世の美そのもの。これほどすばらしいのだから、『悪を命ずる魂《ナフス》』に似るはずなどない。」

妖精は彼に言いました。

「もし私が「悪を命ずる魂《ナフス》」であるなら、豚や犬の百倍も悪となります。でも、私が「安寧の魂《ナフス》」なら、どうか誰も私を「悪を命ずる魂《ナフス》」などと考えることのないように。「安寧の魂《ナフス》」となれば、その時、神の御座所から「神の御許へ戻れ」という声がすることでしょう。今私はあなたの魂です。おお、唯一無二のお方、もし私が悪魔に追随すれば、信仰篤い人は私を「悪を命ずる魂《ナフス》」と呼ぶでしょう、私の悪魔がムスリムにならないかぎりは。」

＊　＊　＊

もしここで悪魔がムスリムになれば、すべてまるくおさまる。その求道者の男はとても苦労したので、彼の命は「悪を命ずる魂《ナフス》」に勝ち、彼が魂を支配するに至った。魂の秘密を、心の求めに応じて追求する者は、この道において非常に多くの苦労を耐え忍ばなければならない。おお、息子よ、今何かを追い求めているなら、それはすべてあなたの中にあるのだ。あなたの努力が足りないのだ。もし神のなせる業《わざ》において、あなたが勇敢で堂々と神への道に邁進するなら、あなたはあらゆるものとなり、神と一つ屋根の下に住むようになる。あなたは我を失《な》くして急に迷っているのだ。あなたはこの道で自分自身を求めているというのに。

あなたは自分自身を愛している。さあ、荒野へと出ていくのではなく、故郷へ戻るのだ。故郷への愛の源は清らかな信仰心、あなたの愛する者は清らかな命の中にあるのだから。

【第二話】美しい息子をもつ大臣の話

ある大臣に美しい息子が一人おりました。彼への愛のせいで月が動揺するほどでした。その美しさは魅惑の最たるもので、彼の唇はコウサル河（天国に流れるとされる河の名）の澄んだ水を味わっていました。美しさにかけては弓なりの眉が示すとおり、唯一無二の存在で、その水仙のような瞳で恋する者たちを待ち伏せしては襲うのでした。

あるスーフィーが彼への思いに耐えきれなくなり、私にもわからないのですが、ありえないほど恋してしまいました。友よ、彼にはその愛を打ち明ける力が全くなかったのです。あまりに常時その愛を嘆いていたので、頭のてっぺんから爪先まで身を焦がし苦しんでいました。一緒に嘆き、語り合う相手がいないので、悲しみに暮れていても秘密を打ち明ける人もいませんでした。心の内にその思いを秘め、心ここにあらずの状態でした。彼の両の眼は雨が降るかのように血の涙を流し、一度に両眼とも視力を失ってしまいました。見えなくなったことが明らかになり、彼の味わう苦痛は千倍になりました。

ついに彼の秘密が明らかになり、世間の人々が彼に注目しました。彼は視力を失い青ざめ、人々の心も彼の苦しみによって痛むのでした。その場にいたお歴々や王侯たちはみな、彼に会いたいと切に望みました。

王の大臣が息子と一緒にやって来ました。大臣は恋する男の様子を耳にしており、人々の前で馬から降りました。大臣は息子を好きなように、自由で気楽に、自分の脇に、その托鉢僧の前に座らせました。息子は父の身上丸《しんしょうがん》(2)でしたが、あの恋する者には視力がなかったのです。その息子ゆえに恋する者の眼は見えなくなっていたのです。しかし、父の大切な眼である息子が去るはずはありません。良き大臣は、視力を失った眼が人々の注目を浴びることに満足し、怒りもちませんでした。大臣は、眼の見えない無力な者に向かってこう言いました。

「もしそなたの眼が今そなたの眼の前に座っている少年、月のような顔から離れるなら、そなたは他に何を望むか、おお、盲《めし》いた者よ！」

恋する者はこの言葉を聞くと立ち上がり、叫び声をあげ、その場に倒れこみました。その恋を煩うスーフィーは、雲ですらこれほどたくさん雨を降らせたことはないほど涙を流しました。大臣は彼に言いました。

「おお、不注意な者め、息子がお前と共にいるというのに、なぜこれほどひどく泣くのか？」

悲しみでいっぱいの、目の見えない男はこう口を開きました。

「わが心痛で石さえも血に変わるでしょう。この少年が私の許に一瞬でも来ることを、私は一生涯待っていたのです。今この恋する者の喜びたる月の顔が来たのですから、私は私の両眼を世界中探さなければなりません。もしこれまでに私が探し求めていたのが彼であったなら、今や私は自身の両眼を求めているのです。もし私が自分の眼を見つけさえすれば、彼の美しさを我が命で買い取るでしょう。私に両眼がなければ、私はどうすればよいのでしょう、唯一の愛しい人よ！　もしこの世すべてが崇拝の対象だとしても、盲いた者には何になるというのでしょう？　私には眼が必要なのであって、愛する対象ではありません。なぜなら眼の見えない者にとっては、創造主も被創造物も違いはないのですから。」

＊　＊　＊

全世界は美の連続だが、盲いた者は言う、「それはありえぬ」と。もしあなたがこの道を見る者となれば、あなたはあなた自身の美しさに気づくであろう。あなたの心がこの世という牢から清らかに出づるなら、ありとあらゆる部分から百もの庭が生まれるだろう。あなたの不毛な土くれの各々《おのおの》から、月と太陽があなたと似たものとなるだろう。あなたの身体は盲目で明敏さも理解力もないが、魂の住《すみ》処《か》なのだから、その住処たる身体の各部分は価値があり、愛《いと》おしむべき大切なものである。

二つの世は一つの本質から生まれ、それらは各々の原子から生まれるのだ。どこにも棘《とげ》があり、その下に絵に描かれたような楽園があることを確信せよ。しかしもしそれが幕帳《とばり》から姿を現せば、あの盲いた者たちは邪視に憑かれるだろう。

【第三話】軍隊から逃げた王の物語

ある軍隊が、とある町にやって来ました。その町から王がひそかに逃げました。別の町に着くと、貴人も庶民も彼が王とわからないように王は服を替えました。王を識る者が王を見かけてそれとわかり、こう言いました。

「なぜこのように乞食のような姿なのですか？　「朕は王なり」とお言いなさい。なぜ苦痛の中に卑しく座しているのですか？」

王は彼に言いました。

「私は見られるだけで十分だ。もし私が王だと言えば私はバラバラにされるだろう。」

神《スルタン》へのまなざしを持たぬ者は神《スルタン》の許へ行く可能性はありません。または、眼を持たずに神の近くに行くことを求めれば、その時死ぬことになるでしょう。

【第四話】将軍に懸想《けそう》された王子の物語

月と見まがうような美しい王子がいました。彼の美しさを妬《ねた》んで、太陽が彷徨《さまよ》い人となるほどでした。王たる太陽がその顔を見ると、新月に反応する癲癇《てんかん》もちのようになりました（癲癇もちの人は新月に反応して発作を起こすと考えられていた）。王子の額は銀板のように白く輝き、その上に麝香の香り高い前髪がみごとに波打っており、ジームとミーム(3)が書かれていました。そのジームとミームで善と美の王ジャムシード(4)の王国を征服したかのようでした。眉で月の従者のごとく振る舞い、睫毛《まつげ》で時に心を、時に魂を捕らえていました。誘惑が彼の眼という黒毛の馬を見ると、それを狩って乗ろうとするほどでした。すばらしきかな、この黒毛の馬、そして戦闘！　実にすばらしい狩りの知識と馬術！　王子の甘美さは、（腰がくびれているため、常に腰に帯を締めて準備万端なように見える）蜜蜂ですら彼を自らの蜜より甘いと見なし、砂糖黍のような王子に仕える準備ができていたほどでした。王子の唇は蜂蜜でもあり、砂糖でもあり、一方の唇は他方よりもより甘美なのでした。その唇には二列に並んだ三十の珊瑚《さんご》があり、紅い瑪瑙《めのう》のような唇に囲まれた三十粒の真珠のように輝いておりました。天空の頂《いただき》の第七天から、星たちが王子を見つめておりました。王子の顔を見た者は誰でも、命ある者は彼に捧げたことでしょう。

ある将軍が、その月のように美しい王子に懸想しました。将軍の心は沸き立ち、理性を失いました。恋の病の治療法がなかったので、将軍は苦痛に陥りました。彼にはその愛しい者にふさわしい魂がなかったからです。将軍があまりに激しく恋の痛みにのたうち回ったので、誰も彼だと識る者がいなくなるほどでした。恋の残酷さを味わった将軍は、いかなる受難者も味わったことのない悲しみのせいで多くの血を流しました。

偶然、この王子の父王に復讐を企てる一人の王が現れました。父王は自分の息子をその敵に送り込みました。魚に鱗があるように、月の顔の王子に鎧《よろい》を着せ、送り込みました。大勢の歩兵を伴った軍隊とともに、王子は出発しました。軍は残酷な天のごとく、敵の心臓の血に飢えていました(5)。

将軍にこのことが知らされるや否や、私は将軍が足で立ち上がったのか、頭で立ったのか述べられないほどです。将軍は戦いの知らせに、寂しい男が浮かれ騒ぎをするように大いに喜びました。将軍は馬を手に入れ、出発しました。自分は胴甲を纏《まと》い、馬にも鎧を着せました。王子の軍勢の中、将軍の身体は馬上にありましたが、魂は地上を歩んでおりました。将軍は王子の顔を盗み見していました。将軍は絶えず視線を送って王子を見つめつづけていたのです。ああ、愛しい人の顔をひそかに見つめる時、なんと楽しく素晴らしい人生であることでしょう！　ひそかに愛しい人の顔を見る時、人は誰もその面差しを魂の内で、そして目で、見ることができるものなのです。ついに、軍隊が向かい合い、突撃の合図で二つの隊列が入り乱れました。大地は両国の軍勢で覆われて暗くなり、天は軍勢のまきあげる土埃で一点の明るさも残りませんでした。

しかし、気まぐれな天輪のせいで、王子は捕らわれてしまいました。軍隊は逃げ、王子は取り残されて途方に暮れました。あれほど多くの人がいたのに、将軍と王子だけになってしまったのです。誰かが将軍を捕らえたわけではありませんでしたが、将軍は自ら進んで捕虜になることを申し出たのです。

二人は同じ牢に入れられました。大臣にとっては愛しい人と共にいられる喜びでしたが、王子にとっては城や父王との別れという辛《つら》いものでした。二人の脚は縛られ、二人一緒に同じ場所に監禁されました。

とうとう王子が将軍に尋ねました。

「いつ戦闘に来たのですか？　存じ上げないのですけど。どの隊の方ですか？　それとも我が軍を頼ってきた方ですか？」

迷える将軍は口を開きました。

「私はこの世の王の崇拝者。ずっとその王にお仕えすることを赦してくださるのを待ち望んでおりました。王がこの遠征に突如出発されたので、私も後を追いました。そして自分にこう言ったのです。『立派に戦うぞ。王の御前で幸運がきっと味方してくれようぞ。』貴方さまから糧も名声も得、我が人生すべてが貴方さまから何らかの地位を得られることになるだろう」と。

王子は将軍からこの言葉を聞くと悲しみから解放され、将軍がいることを喜びました。その誇らしげな将軍は、大いに心を熱くして王子を励ましました。将軍自身も長い間の想いが叶って心を熱くしていました。将軍の心は喜びに溢れ、まるで彼の手中に百の世界を収めたかのようでした。惑溺した将軍は囚われの身ではありましたが、男らしく毅然として、王子の前に自分の身を投げ出しはしませんでした。昼夜王子に仕え、一瞬ごとにその献身の度合いは増していきました。夜はずっと夜が明けるまで王子の脚をさすり、昼は王子に気分が明るくなるような話を語りつづけました。将軍はそのジャスミンの香り高い王子ととても親しくなり、その様は語り手が描写できないほどの睦まじさでした。

恋に思い悩む将軍は、

「おお、神よ、この叶わぬ想いと苦痛すべてがいや増しますように。王子との別れが訪れませぬよう、そして我らをこの牢獄から解き放つことのないよう。私にはこの牢獄は天国なのです。百の果樹園と引き換えでもこの牢の煉瓦一つたりとも売りはしません。」

と毎日祈りを捧げました。

父王は王子が囚われたことを知ると、あの月のような王子なしでは王の目の前は暗くなりました。あれほど心を魅惑する王子が囚われてしまっては、父親がどれだけ辛抱できるというのでしょう?

このようなゆゆしき事態となったため、双方の王にとって長い戦闘が続きました。ついに和睦が結ばれ平和が訪れた時、互いに条件を提示し、取引がおこなわれることになりました。つまり、賢明な敵王は捕虜にした王子に自分の娘を嫁がせることにしたのです。敵王は王子の許へ行き、王子に月のように美しい娘を与えました。敵王は王子と将軍をも呼んで「もう戦う必要はなくなった」と告げました。

敵王はこの両人をとても丁重に扱い、誰もそれを言葉で表せないほどでした。それから、敵王は娘の輿入れのためにカールーンの十倍の財宝を贈らせました。

王子は自分の領地《くに》に戻り、囚われの身から一転、愛しい花嫁を得ることとなりました。世界を照らす王子は、故郷の民に囲まれ結婚式を挙げ、四十日夜祝宴を張りました。

王子は心奪う愛しい花嫁を胸に抱き、その間誰も王子に会う者はいませんでした。将軍の心は、死に瀕した者が死を怖れるかのようで、忍耐も休息もなく、血の涙をひたすら流しつづけたので、その傍らは血だらけになりました。その四十日夜の間、熱を帯びて落ち着きを失い、食べ物も喉を通らず、眠ることもできず、将軍は蠟燭のように痩せ細ってしまいました。あまりの嫉妬に駆られ絶えず血の中を転げまわったので、どんどん顔色も褪せていき、具合が悪くなりました。このようなことになり、愛しい人といることに慣れてしまった人の魂は燃え尽きてはしまわないのでしょうか？

四十日経ったある朝、若く幸運な王子は王冠を被って王座につきました。武官らは誇らしげに、各々が敵の首を切り落とす鋭い剣を携えて整列しました。下僕らは睫毛のように顔を上げて力強く隊列を作りましたが、みな眼のごとく大胆で反抗的でした。王子の大臣らはみな、最高天である第九天を頭上にして第八天に座しているかのごとく、高い地位におりました。

世の輝きを増す王子は、その日将軍のことが気にかかりはじめました。彼を召し出すと将軍はやってきました。挨拶をし、すぐに控えて頭を下げると地面に倒れこみ、意識を失いました。将軍の喉から、自然と叫び声が上がりました。地面に倒れこんだ将軍が正気にかえると清らかな王子はこう尋ねました。

「おお将軍よ、どうしたというのですか？　嘆き悲しみ、身体も葦のようにか細くなってしまって。まるで気がふれた者のようになってしまったではありませんか。私がいない間に何かたいへんな不幸にでも見舞われたのですか？」

将軍は口を開きました。

「王様、牢獄にいた間は貴方のことをさほど意識していなかったのです。四十日の間貴方と離れ、四十日経って今日貴方に会い見《まみ》えました。世界の隅々に心を配ってお忙しくしていらっしゃるのを見ました。貴方とお別れするなどつゆほども思わず親しくさせていただいたので、このように離れ離れでいることに私は耐えられないのです。もしあの囚われていた時の状態や服であなたが現れれば、もう一度貴方を愛することができるでしょう。でも、王衣を纏って王でありつづけられるのであれば、この恋に狂ったわが魂は、これほどの権力を有し王位にある人をどうして胸に抱くことができましょうや。」

こう言うと、彼は息絶えてしまいました。多くの嘆き声があがり、彼の清らかな魂を悼《いた》んだのでした。

＊　＊　＊

もしあなたが毅然として大志を抱くなら、世界を支配する王と共に棲むことだろう。もしあなたも罪深ければ、将軍のようにすぐに弱さが露呈してしまうだろう。おお、神秘主義の求道者たる友よ、もし道を歩むのなら、その道をしっかりご覧なされ。ありとあらゆるものを神の纏う衣と見なすがよい。もし神が千もの衣を纏っても、あなたは心穏やかならぬ者とはならないだろうから。道を誤ることなく、真なる人のごとく確かなことを知るがよい。なぜなら王は次々と服を替えるのだから。この世はたとえ白や黒に満ち溢れていようとも、それらがすべて神の衣なのだ。現世と来世は唯一神の衣のようなもの。一つと見なすがよい。眇《すがめ》の者はマギたちの多神教信者なのだから(6)。王は衣装部屋に多くの衣装をお持ちだ。あなたは衣装を見るのではなく、唯一の神をご覧なされ。外見だけを知る者は誰も、永遠に内面に到達できないのだから。神とともにあることで快活で生気に満ち溢れた人は、来世の眼でものごとを見る。

あなたにもこのような眼があれば、あなたも来世の眼でありとあらゆるものを見るだろう。あなたの外側の眼は、暴徒の絵を見たせいで、少しも画家に影響することはない。だが、それは画家にとっては彼自身の絵を隠すためにいつもしていることなのだ。なぜなら、画家の顔ははかりしれないほど美しく、その美しさはとてつもなく魅力的なのに、彼の光の面紗《ヴェール》のせいで彼は見えないのだ。たとえ太陽の美が明らかだとしても、まさにその表面の光が見る者を遠ざける。この世が引き抜かれた剣であろうとも、慧眼を持つ者らはスルタンへの道を見つけるだろう。あなたには剣があり、軍の「どいたどいた」の声もあるというのに、何をしているのか。神だけをご覧なされ。あなたの前や後ろに見えるものすべては、過ぎゆくべきものなのだ、あなた自身も。絵があなたの前から外れる時、唯一絶対の画家はあなたに自身の御前をお与えになるだろう。

【第五話】薪売りの老翁とスルタン・マフムード(7)の物語

マフムードが五十人の騎兵を伴い、狩場から宮廷へ戻る途中、道沿いに天幕を張り獲物を火にくべました。王は道の途中で背中に大きな薪《たきぎ》の束を背負った、哀れな老翁を見かけました。かわいそうに思い、マフムードは彼の許へ行き、こう言いました。

「この薪の束はいくらか?」

その懸命な老翁は、薪の買い手がマフムードであるとはつゆ知らず、こう口を開きました。

「アミール、麦二粒分（ごくわずかの量と価値を示す表現）で売りますよ。ですが麦二粒なくてもお持ちになってくださいまし。」

王は百ディナール金貨の入った財布を持っておりました。金貨一枚は麦二粒より重かったのでした。

王は財布を開け、老翁の許に腰を下ろしました。老翁の掌に金貨一枚をのせ、こう言いました。

「爺や、これが麦二粒分の重さの黄金です。私から受け取りたいと思うなら、取るがよい。」

老翁は言いました。

「たぶん、これは麦二粒以上の重さ。でも秤がないのでどうやって量ればよいのやら。」

マフムードはもう一枚、翁の手にのせて言いました。

「さあ、これで大麦二粒分になるか？」

老翁は答えました。

「これでは多すぎます。量らなくても経験でわかります。」

マフムードはさらに一枚渡して言いました。

「どうかな？」

老翁が答えます。

「この一枚は余計です。」

このようにして、マフムードは一枚ずつ老翁に与えつづけましたが、老翁は多すぎることを百も承知していました。ついにマフムードは財布を空にしてしまって不愉快になり、財布を老翁に投げ、こう言いました。

「この財布に黄金を入れなさい、これはお前の財布なのだから。町へ持っていきなさい。町には秤もあるでしょう。大麦二粒分を取り、残りは早くスルタンの侍従に渡しなさい。」

老翁は王から黄金を受け取り、王は馬を駆って老翁の許を去りました。

翌日、王が玉座に上るとあの不運な老翁が宮殿にやってきました。老翁は王を見るとあまりのことに驚き、身動きできなくなり、おそろしくなって体が震えだしました。王が自分の鏡であることを、目の前にいるこの王が彼が昨日知り合ったその人だと確信したのです。

王は老翁を見て言いました。

「通すがよい。最前列にこの者の場所をしつらえよ。」

彼が座ると王は言いました。

「おお、爺や、何をしたのか？　全部申してみよ。」

老翁はこう答えました。

「活力をお与えくださる王よ、昨夜私は夜が明けるまで腹を空かせて眠っておりました。」

王が老翁に言いました。

「なぜだ？」

答えて曰く、

「あの道であの時陛下は私に何も売ってはくださいませんでした。陛下は私が裕福な男だと思って、昨夜私を空腹のままにしたのです。」

王は言いました。

「さあ、その黄金を大事にせよ、全部お前だけの物なのだから。」

老翁は口を開いて言いました。

「王よ、私にその黄金すべてをお与えくださるなら、なぜ昨日私にくださらなかったのですか？　なぜ一枚ずつ私の掌に置いたのですか？」

王は老翁に言いました。

「爺や、そなたは余をアミールと呼んだが、余が王だとは知らなかっただろう。余を世界の王と識ってほしいという思いが浮かんだのだ。余が王であることに気づいたので、そなたはどんな願いにも到達できようぞ。」

＊　＊　＊

親愛なる者よ、木こりの老翁とはこの神秘主義道におけるあなたであり、神の光があの王。あなたは神から一息ずつ、まるで一枚ずつ金を得るように享《う》けるのだ。明日あの世で永遠の生を享ける時、神の玉座の前であの財布を得るだろう。貴重な生命の幾千という時代は一瞬ではない。もし愚かでないのなら、このことを知っておくがよい。その瞬間は過ぎ去るのではなく、幾千もの時代は髪の毛一本で計れるような刹那ではない（「時と切り離された存在」は過去・現在・未来とは別ものである、ということ）。

もしあなたがそこで一時《いっとき》疲れを感じたら、あなたは永遠の生命を嚙みしめるがよい。そしてもし足に時という枷《かせ》をつけたなら、時に支配されることになり、その場で死ぬことになろう。

第五章

二番目の息子がやって来て父王にこう言いました。

「僕は魔術で真珠に穴をあけたいのです。僕が世界中で切望するのは魔術。もし僕が魔術師になったら、各地を訪れ、どこの岸辺でも楽しく過ごすに違いありません。平和に過ごしたり戦ってみたり、僕は西に東に飛び回ります。自分を鳥の姿に変えたり、男らしく誇らしげでいたり、豹のように山に現れてみたり、鰐《わに》のように河を荒らしてみたりします。美女すべてに会い、一人一人と幕帳《とばり》の内で過ごします。僕が望むありとあらゆるものを手に入れ、この世のものすべて(1)に権力を行使するのです。父上、この地位をよく考えてください。これより幸せな人が誰かいるとでも言うのですか、父上。」

父の答え

父王は息子に言いました。

「悪魔に征服されたな。だからお前は魔術の虜《とりこ》になったのだ。もしこれが悪魔の仕業でなかったら、お前はこのような望みを抱きはしなかった。もしお前が悪魔をやり過ごせば救われるだろうが、そうできなければお前は不運な悪魔崇拝者だ。神の為せる業をお前は何一つ知らずに悪魔の仕業だけを求めるとは！　神のために貧者にパン一片も与えはしないだろうが、自分のためなら百もの扉を開けて風を通すのだろう。お前は偽善と快楽には寛大だが、神にとってはお前は地獄の住人だ。」

【第一話】シブリー(2)とパン屋の物語

あるところにパン屋がおりました。彼はシブリーについての出来事を耳にしました。シブリーの名声をたくさん聞いていましたが、シブリーの尊顔を拝したことはありませんでした。彼に会いたいと座り込む様は、まるでシブリーに恋しているかのようでした。シブリーに会って恋したのではなく、シブリーの噂を耳にして恋したのでした。

そんなある日、シブリーが暑い昼下がりに遠方より姿を現したのです。パン屋がそうと知る前にシブリーはパン屋の許へ行き、店の丸パンを求めました。パン屋はシブリーの手からパンを取り上げ、言いました。

「貧しき者よ、お前にパンはやらんぞ。」

パン屋はパンを渡さず、シブリーは彼の許を去りました。

パン屋に次のように言ってシブリーのことを知らせた人がいました。

「あの人がシブリーだぞ。彼を大切に思っているなら、なぜ丸パン一つあげなかったのかい？」

パン屋は飛び出し走りました。自分の行いを恥じて手の甲を噛みながら（手の甲を噛むのは後悔のしるし）大声で悲しみ、泣き叫びながらシブリーを追いかけました。嘆き方が瞬間ごとに変わり、なんとか赦しを乞おうと必死でした。つまり、大いに詫び、シブリーへの敬意を表しながら、どうすればよいのかと言ったのです。

シブリーは道端で嘆くパン屋を見て、こう言いました。

「もしあの失態を取り除きたいのなら、明日改めて私を招待するがよい。宴を催すと公言しなさい。」

すぐさまパン屋は出かけ、宮殿を瀟洒《しょうしゃ》に飾り立てました。あまりに美しく準備したので、宴一つに金貨百枚が費やされたほどでした。他の誰もそれを賄《まかな》うことができないほどの費用も惜しみなく出して宴をしつらえました。あらゆる手段を講じて人々にシブリーがやって来るぞと知らせました。

ついに全員が宴席につき、シブリーの食前の神への祈りの後、人々はパンに手をつけはじめました。

一人狂気じみた神秘主義修行者がおり、シブリーにこう尋ねました。

「私には善悪の区別がつきません。地獄へ行くのは誰で、天国に行けるのは誰か教えてください。」

シブリー答えて曰く、

「地獄行きの人を見たいなら、私の名声ゆえに我々を招いたご主人をご覧あれ。神のためには奴は丸パン一つも与えないというのに、私のために百ディナールも使った。シブリーのため、奴は百もの償いをするのに、神に対しては最後の審判の日まで丸パン一つも与えないであろう。惜しみなく丸パン一つくれていれば、地獄行きではなく天国に行けたというのに。さあ、今地獄の住人となる人を見たいならご覧あれ、奴が不幸となれ！」

＊　　＊　　＊

もしあなたが地獄の住人となりたいなら、寛大な人と見なされるよう、このように振る舞えばよい。もし神を衷心《ちゅうしん》から崇めるなら、偽善から身を遠ざけるよう努めよ。あなたは犬に対しては自らの欲を抑えることができ、罪を回避し、神へのお勤めもきちんとするだろう。それならなぜ神に対してはできないのか？　それこそがあなたが異端者であるということなのだ！

【第二話】敬虔な男とモスクと犬の物語

ある夜、とあるモスクに善男《ぜんなん》が出かけました。彼は信仰について些細な悩みを抱いておりました。その夜、その憐れみ深い男は夜が明けるまでただ祈ろうと決めていました。夜暗くなると何か叫び声がモスクで起こりました。その敬虔な男は、これが完全人間(3)の祈りなのだと思い、心の中でこう言いました。

「このようなところに、このような人が、神を崇めるためだけに来るとは。この善男はきっと私に気づき、私の祈りや勤行《ごんぎょう》を耳にするだろう。」

彼は朝まで夜の間ずっと勤行にいそしみ、一刻たりとも休みませんでした。大いに祈り、大いに涙を流し、後悔したり罪の赦しを乞うたりしました。祈りの所作や慣例を守り、実にすばらしく振る舞ってみせました。

東の空が白み、モスクに光が射し込みました。敬虔な男がそっと目を開けると、モスクで一匹の犬が眠り込んでいました。（犬はイスラームでは不浄とされているので）恥じる思いが心に芽生え、雨のように睫毛に涙が溢れました。恥という炎が心に激しく燃え、彼の口から漏れた溜息が口や舌を焦がすほどでした。彼は自身にこう言いました。

「おお、なんと非礼な奴め。昨夜神がこの犬を介してお前に所作を教え給うたとは。一晩中お前はこの犬のために勤行をしたのか？　一晩中神のために寝ずにいたのか？　夜の間中誠実に礼拝をしたとは全く思えないし、神のためだけにお勤めしたとも思えない。犬のほうがお前よりずっとましだ。おお、偽善者よ、犬とお前の間にどれほどの違いがあるか、見るがよい。偽善に溺れ、恥知らずになったな。ついに神に対して恥じる気持ちもないのだな。ついに幕帳《とばり》がお前の前に下りる時、お前はお前の神に何と言うつもりか？　今自身のいる階梯がどこかを見て、自分の為すべきことへの希望がなくなった。私はこの世で何ら事を為すことはなく、もしできるとしても犬たちのためにふさわしいことにすぎぬだろう。」

＊　＊　＊

なぜ悪魔の仲間にならんとするのか。なぜ犬のような性質に由来する、狂いし者にならんと欲するのか。この悪魔の棲家という暴虐から逃れよ。狂いし者だらけの牢獄から逃げよ。この世の終末前に現れる、邪《よこしま》なペテン師に何を求めるのか。この救世主然とした者に何を求めるのか。あなたには友人のなかから敵が現れ、あなたの歩む道中の茨《いばら》は果樹園から生じるのだから、多くの救世主然としたペテン師がいる。彼らはペテン師のようにすっかり思い込みに酔いしれている。魔法のペテン師の後をどれだけ追いかけるのか？　つまり教訓を得られる時も来ないのだ。もし、この不完全な男がペテン師を追って七歩進めば、神秘を知る者の間では、「その者は一瞬たりともペテン師から逃れることはできない。いかなる階梯においてもペテン師に従うようになり、ペテン師の集団のなかに永遠に残るのだ」と言われている。七歩程度のわずかな距離でもペテン師を追い求める者は、このように道を踏み外し、正しい道に戻ることができなくなる。七十年詐欺と欺瞞によって歩を進めた者は、なんと驚くべきことに、悪魔の歩みを進めたことになるのだ。その者のペテン師が悪魔なのだから、その者がどの階梯にあるのか、私にはわからない。人を騙す悪魔があなたを征服し、あなたを影響下においている。この悪魔は実際には二人の悪魔であり、一つはあなたをがんじがらめにし来世から隔てるこの世、いま一つはあなたの残虐な魂《ナフス》。人にとってはこれらはみな反抗的なペテン師。一瞬たりとも楽しい瞬間が訪れることなどどうしてあろうか、訪れるわけがない！　なんと多くの、清らかな行いをする、救世主のような心根の人々が、この世のペテン師によって囚われの身となってしまったことか。どれほど多くの血をこのペテン師は流したことか。一日ではなく何万年という月日の中で！

【第三話】イーサー（イエス）――彼に平安あれ――と現世との論争

かの世で高い地位をもち、常に来世を見つめ来世に思いを馳せる清らかなイーサーが、現世を見たいと切望していました。ある日、偶然陽だまりの中を歩いていると、道の遠くに老婆がいるのが見えました。髪は白くなっていて、腰は曲がり、歯もすべて抜け落ちておりました。両眼は青く、頬はタールのように黒ずみ、体中から悪臭が漂っていました。色とりどりの服を纏い、心は恨みと敵意に満ちていました。彼女の片手はさまざまな色に染まり、もう片方の手はいつも血塗れでした。どの髪の毛も鷲のくちばしのようで、顔には面紗《ヴェール》が垂れ下がっていました。イーサーは、彼女を見て言いました。

「お婆さん、醜く高慢な人よ、あなたは誰なのですか。」

老婆は答えました。

「貴方はとても正しいお方、あなたがお望みなのはこの私。」

イーサーは言いました。

「あなたは卑しい世界なのですか？」

「ええ、私です。」さらに老婆は続けました。「こんなですが、いかがです？」

イーサーは言いました。

「あなたは面紗《ヴェール》を被っているのに、なぜこのような色とりどりの服を身につけているのですか。」

老婆は言いました。

「面紗《ヴェール》を被っているのは誰も決して私をはっきり見ることがないようにするためです。もしこんな醜い顔を見れば、いったい誰が私の許で一瞬たりと腰をおろすでしょうか。こうやって色とりどりの服を纏ったのも、世の中の人々を欺《あざむ》いて罠を仕掛けるためなのです。私が色とりどりの服を着ているのを見れば、みな自分の意思に反して私のことを好きになるのです。」

イーサーは言いました。

「おお、卑しき牢獄よ、なぜあなたの片手は血塗れなのですか。」

老婆は言いました。

「ああ唯一無二のお方よ、この世で私は多くの夫を殺したのです。」

イーサーは言いました。

「おお、酩酊した白髪の老婆よ、それならもう片方の手をなにゆえに染めたのですか。」

老婆は答えて曰く、

「夫を唆《そそのか》して誘惑する時に、自分を飾るために染めなければならなかったのです。」

イーサーは言いました。

「この世の人々を殺した時、彼らを哀れには思わなかったのですか。」

老婆は答えて曰く、

「哀れみなんて私の知ったこっちゃない！　私が知っているのはみなの血を流すことだけ。」

イーサーは言いました。

「おお、不運な老婆よ、彼らに対してほんのわずかな同情も抱かなかったのですか。」

老婆は答えて曰く、

「同情については聞いたことはあります。でも誰に対しても同情を感じたことなどありません。私は、この世の人々が私の罠に落ちるように、ずっとこの世を彷徨い歩きつづけてきたのです。私は彼らみなの喉をつかみ、私は自らの信徒の老師《ピール》となったのです。」

イーサーは彼女に驚いてこう言いました。

「私はこんな相手には辟易しました。この何も知らない愚者たちをご覧なさい。互いにこの世を手に入れようとしているのです。この悪女から何も教訓を得ようとしません。この世をあきらめず、現世に執着しているのです。ああ、なんということか、人間に信仰が失くなるとこの世に生きた証も失せるということの意味がわからないとは！」

その清く穢《けが》れなきイーサーはこう話すと、卑しい世界から顔をそむけたのでした。

＊　＊　＊

この狡猾な世界は死肉のようなもの、そしてあなたは死肉に喰らいつく犬のようなもの。あなたは犬の鎖と死肉に縛られているがゆえ、そのどちらよりも百倍劣っている。この犬が死肉で満足しないなら、あなたは決してこの犬に飽きはしない。その犬を縛りつけておけば、あなたは犬から解放されるだろう。さもなくば必ずやそれに苦しみ悩むことになるだろう。

【第四話】キリスト教徒の修道士とアブー・アル・カースィム・ハマダーニー師(4)の物語

ある修道士がこぢんまりとした修道院を建て、戸を閉め、たった一つの窓をつけました。そこにしばらく修行のために坐し、多くの苦行に身を捧げました。

偶然、アブー・アル・カースィム・ハマダーニー師が旅の途中で立ち寄り、一月《ひとつき》の間その修道院の周囲を回りました。彼は修道院のあらゆる側から何度も叫びましたが、修道士が彼の許にやって来ることはありませんでした。あまりに師が叫びつづけたので、とうとう修道士は高所から頭をのぞかせこう言いました。

「おお、おせっかいな男よ、苦悩の中にいる私をなぜこのように動揺させるのですか。私に何を求めるのですか。本当のことを言ってください。」

導師《シャイフ》は修道士に言いました。

「私が求めているのは、あなたがこの場所で何をしているのか、どうにかして教えていただけないかということです。」

修道士はこう言いました。

「おお、師よ、どの苦行のことですか。そんなことを言うのはおやめなさい。私は自分の中に獰猛な犬を見つけました。町をあてもなく走っていたのです。ですから、この修道院にその犬を閉じ込め、戸を閉めたままにしておいたのです。これは、世の中の人々にはよく起こってきたことで、それと同じことがこの私の修道院で今起きているのです。私は妻も子供も捨て、犬を牢に縛りつけました。いつでもいかなる狂った人をも苦しめることのないように、貴方も貴方の犬をしっかり閉じ込めておきなされ。」

*　*　*

明日あなたが変身させられることのないよう、あなたの犬を縛っておくがよい。いつまでこの世のことを考えつづけているのか。

預言者は質問した者にこう言ったそうだ。

「私の心の中には私の性質を犬に変えるということが存在する。」

あなたの心は醜い信仰を抱いた魂《ナフス》の犠牲なのだ。その信仰により、あなたはこれからも多くの犠牲を払うことになるだろう。アフラースィヤーブの性質をもつその魂は、突然あなたをビージャンのようにこの井戸という現世に幽閉したのだ。(5)

しかし、悪鬼アクヴァーンが戦いにやって来て、この井戸の上にこの世の人々が動かすことのできないほどの巨岩を置いた。だから、あなたには、この重い石を井戸から取り除いてくれるロスタムのような存在が必要なのだ。彼があなたをこの暗黒の井戸から救い出し、精神的な隠居所へと導く。策略に満ちたトゥーラーンから神聖な法のあるイランへと、あなたの顔を向けさせる。あなたを魂のカイホスローの許へと導き、ジャムの酒杯をあなたの手に置いてくれる(6)。その酒杯が自分の眼で太陽のようにはっきりと一粒の微粒子をも見ることができるように。

よって、あなたにとってこの神秘主義道のロスタムは導師である。幸運というラクシュはそのロスタムたる人の馬である（ロスタムの愛馬がラクシュ）。狂った犬の息は人に与える影響がはっきりしている。実も利益もある偉大な人の許に座れ、その人の影響はとても強いのだから。というのは、導師を愛する人は誰でもすべての不足が余剰となるのだから。

しかしあなたは導師でも弟子でもない。ある瞬間はバーヤズィードで、次の瞬間にはヤズィードなのだから(7)。あなたはいつまで異端と信仰の間に位置する双体宮にいるのか。あなたは弊衣を纏う者でもなく、帯を締めた異教徒でもない。いずれでもないのに、ただどちらでもあると主張するだけなのだ。愚かさゆえにあなたはイスラームに背を向け、完全なキリスト教徒になることもなかったのだ。

【第五話】イスラーム教徒になったキリスト教徒の男の話

キリスト教徒の男がイスラーム教徒になりました。勝ち誇った気分になり、翌日その愚かな男は酒を飲みに出かけました。母親は酔っ払った息子を見て嘆き悲しみ、こう言いました。

「息子よ、何をしているのですか。イエスさまは早々に気分を害されお前に愛想をつかし、預言者ムハンマドさまはお前のことを喜んでなどおられませんよ。」

＊　＊　＊

男であるのに女々《めめ》しく道を歩むのはよくない。なぜなら傲慢で矜持《きょうじ》を持つ者は誰も、神の下僕ではないから。勇敢に堂々とあなたの今いる信仰の道を突き進むがよい。信仰において偶像崇拝は臆病なのだから。

【第六話】信徒の長ウマル(8)――神よ、彼に満足あれ――の物語

ウマルが旧約五書（ユダヤ教の聖典）の一篇を手にしました。預言者はそれを見てこう言いました。

「旧約五書をもてあそぶこと、まかりならんぞ！　真のユダヤ教徒にならぬかぎり。」

＊　＊　＊

あなたは完全で純粋なユダヤ教徒であるべきだ。なぜならそのようなユダヤ教徒は信仰が完全でない者よりはましだから。あなたは信仰において完全なユダヤ教徒でもなければ、完全なムスリムでもない。これはよからぬこと、禁忌《ハラーム》である。信仰における不完全さは完結しておらず不足しているとい

うことだからである。あなたは、自分の宗教において完全であるユダヤ教徒のようでもないし、イスラームにおいても完全ではない。いったいあなたは異端なのか、ムスリムなのか、どこに位置しているのか教えてはくれまいか？

【第七話】橋を造った拝火教徒の物語

ピールという名の拝火教徒がおりました。彼はたいへん敬虔な拝火教信徒でした。彼は旅人たちを心底大切に思い、自分の財産を使って橋を造りました。

ある日、信仰篤きスルタン・マフムード[9]が凱旋途中その橋に出くわしました。彼は自分の行く手に格好の橋があるのを見て、なかなかよい橋でその場にふさわしいと思い、傍にいた者にこう言いました。

「これはすばらしい慈善事業だ。いったい誰がこのような橋を造ったのか？」

「ピールという名の拝火教徒です」との答え。王は癪《しゃく》に思い、その場に立ち止まり、その者を呼んでこう言いました。

「そちがピールだな。だが、そちは信徒たちの敵のように思える。さあ、そちが橋の工事にかけた費用をすべて黄金で余から受け取るがよい。なぜなら、そちは拝火教徒。そちの魂は神に祝福されてはいないからだ。そちにとってこのような橋は無駄なものではないか。もしこの黄金を取らないなら、どうやってそちは困難を解決できるというのか？」

その拝火教徒は公然とこう言いました。

「もし陛下が私のからだをバラバラになさろうとも、この橋は売りもしませんし、黄金を受け取りもしません。私はこれを信仰心ゆえに造ったからです。」

王は彼を投獄し拷問させ、牢に入れてパンも水も与えませんでした。ついに拷問が限界を超え、拝火教徒の心は地に落ち、血となりました。王にこうメッセージを送りました。

「さあ、この橋の価値を十分に評価できる高名な師を連れてすぐ馬にお乗りください。」

これを聞いて王は喜び、民と共に橋へと向かいました。

王が多くの民とそこに着くと、あの賢い拝火教徒が橋の上に立っておりました。彼は口を開くとこう言いました。

「王よ、さあ今、私にこの橋の値段をお尋ねあれ。私はこの橋で自らの身を滅ぼし、あの世へと渡る橋で陛下へのお答えを出すでしょう。さあ、いと高き王よ、今、この橋にいくらの価値があるかご覧あれ。」

こう言うと即、水に飛び込んだのです。水に落ち、水にさらわれ、彼のからだも魂も犠牲となりました。からだと魂は犠牲となりましたが、心は信仰を失いませんでした。心からの信仰は、彼にとって肉体と命よりも価値があったのです。

＊　　＊　　＊

信仰心に傷がつかぬよう、拝火教徒は自ら水の中へ身を投げた。しかし、あなたはムスリムでありながら、永遠に水に連れ去られる。拝火教徒はあなたより多くの信仰心があるのだから、あなたはムスリムたることを拝火教徒から学ぶがよい。

この世で誰が神の御前に贋金を持っていく厚かましさをもつだろうか。人は誰も最後の審判の日のため、価値ある功徳という良質の貨幣を造らなければならない。それが試金分析者たる神を満足させるために。あなたの肉体から魂が離れる時に、あなたは偶像に満ちた心でどのように神の御前に現れることができるのか。あなたと交わったこれらすべての偶像を捨てよ。偶像の館と共には、愛しい神の御許へ行くことはできないのだから。もし誰かの足が痺《しび》れていたら、彼はどのように説教壇に向かって歩めばよいのか。人は痺れた足で説教壇に行くことなどできないのだから、眠ったままで覚醒していない心は神に到達できないのである。もしある人が、たとえほんの一瞬であろうと目覚めるならば、それは非常にすばらしいことなのである。あなたは無自覚に気づかず一生休んだままで、覚醒の顔を見たことがなかった。このような、目覚めたら死であるような、無駄に長い惰眠を誰が貪るというのか？

　おお、人間よ、もしあなた自身が来世に思いを馳せぬなら、誰があなたのことを考えるというのか？　不満を漏らさず逆らうことなく、背負った荷を運べ、今ある仕事を自分の手で行うのだ。他人は誰もあなたのなすべきことに同情などしないのだから。誰もあなたの荷をたとえ一瞬であれ運んではくれないのだから。

【第八話】托鉢僧のジャアファル・サーディク[10]への問い

ある境地に達した托鉢僧が、ジャアファル・サーディクに誠心誠意こう問うたことがありました。

「これほど昼夜絶え間なく苦行をされるのはなぜですか？」

心を燃やす蠟燭のごときジャアファル・サーディクが答えて曰く、

「誰も私のなすべきことを行ってはくれないし、私のように悲哀という日々の糧を食《は》む者もおらぬ。私のなすべきことは私自身がやらねばならぬ。私は来世のための勤行や地獄に落ちぬためになすべきことをせずにいることなどできないのだ。私の日々の糧は太初の日から分配されていたのだから、もっと欲しいと思うことはなかった。私の死も私の意志に関係なく決められたのだから、私は死に向かって歩んできた。人々の間に敬虔で誠実な信仰心を見出せなかったので、魂と身体を使って神への信仰を選んだのだ。私がずっと想像していたほかのいかなることも真実ではないとわかったので、もうやめたのだ。」

＊　＊　＊

あなたが自分自身としっかり向き合うかどうか、そして心の乱れや神を思わずに過ごしてしまうことから、あなたが立ち直れるのかどうか、私にはわからない。

我々人間の望みは、神とこの世と我々自身という三つである。それなのに、あなたはそれが双六盤《ナルド》の駒のように四辺になることを（＝三つ以上になることを）望んでいる。人間よ、カアバのように一つになれ。なぜあなたは、神を意識せず神に気づかずに双六盤《ナルド》の駒のように四点、すなわちあちこちに注意を払うのか？

あなたは戯《たわむ》れのために創られたのではない。栄誉のために創られたのだ。人生を無駄にするでない、人生をこれ以上あてにするでない。毎夜朝が急ぎ去り、眠っている間にあなたの人生という襟《えり》が破られ、時間が無駄に過ぎてしまうことをあなたは知らない。目覚めた時すぐに使えるお金がなくて惨めな思いをするのではと私は怖れる。あなたのしてきたことはすべて戯れに映る。あなたの祈りも穢《けが》れのように見える。あなたが無頓着に行ってきた祈りは、たった一片の丸パンにも値しないのだ。

【第九話】一片のパンにも値しない祈りについての狂人の言

非難の道を歩みつづけていたある狂人に、人々がこう言いました。

「最後の審判の日、十年間の祈りが谷間に響き渡る者がおり、どんなに群衆に向かってその祈りについて多くを語ろうとも、誰もその祈りに対して一片のパンも与えはしないでしょう。」

狂人が答えて曰く、

「それは価値がないからさ。そいつの祈りすべてをもってしても一片のパンにも値しないのさ。もし最後の審判の日にあらゆる場所で人々がその祈りを買ったのなら、それほど叫ぶ必要などなかったであろうから。」

あなたに百もの無益な世俗の雑念があれば、祈っている間中それを思ってしまい、神に注意を向けることはないだろう。あなたの祈りがこのようであれば、それは真の祈りではなく無益である。このような祈りは実際祈りではなく意味をなさない。祈りとは心から意識を神に集中させて行うものなのだから。

＊　＊　＊

【第十話】狂人と金曜礼拝の話

神秘に精通した、独りでしか祈らない、ある狂人がおりました。ある人が大いに懇願し、彼を金曜礼拝に連れてきました。礼拝の導師《イマーム》が声をあげると、この狂人は牛の真似をしはじめました。礼拝後、ある人がその狂人に尋ねました。

「お前の魂は礼拝時に神を怖れないのか？　群衆の前で牛の啼《な》き真似をするなんて、蠟燭の頭のように首を切られてしまうに違いない。」

狂人は言いました。

「イマームはわが導師、だから私は彼のするとおりに振る舞わなければならなかったのだ。導師さまが、開扉章の最初の節《スーラ》を唱えながら牛を一頭買っていたので、私の声が牛の啼き声に聞こえたのですよ。私はあらゆることについてイマームを導師としたので、彼のすることは何でもやるのです。」

　ある人が急ぎそのイマームの許へ行き、この件につき事細かに質問しました。イマームはその者に言いました。

「私が礼拝を始める際の「神は偉大なり」を言い終えると、私は人里離れたところに所有している村のことを思い出したのじゃ。開扉章の最初の節を唱えはじめると、村の牛のことが思い浮かんだ。私は牛を所有していないので牛を買おうと思い至った時、背後で牛の啼き声が聞こえたのだ。」

第六章

息子は父王に言いました。

「人間なら誰しもみな、欲望に心動かされるものです。欲望の赴くままに歩み、偽善や欺瞞なしに、ただの一歩たりとも誠実へと踏み出すことはないのです。今は欲に生きる時代なのですから、欲に打ち勝つ心など僕には見えません。もしも欲のためなら、僕は少しばかり魔術だって使うでしょう。結局後悔もするかもしれないけれど、父上、僕にはたいした害は及ばないのですから。」

父王の返答

父王は息子に言いました。

「ああ、惑わされし者よ、真実の神秘から遠ざけられし者よ、今日のこの人生を無駄にするでない。明日もうお前はいないということをお前もわかっているのだから。おお、愚かで弱き男よ、ハールートとマールートという二天使(1)から魔術を学ぶためにお前はバビロンへ行くのだ。あの二天使が、とある場所で渇きに耐えつつ逆さに吊るされてから数千年の時が流れた。二天使から井戸の水までは、驚くべきことに片手を広げたほどの距離しか離れていないというのに。自分に水を飲ますことができないというのに、どうやって扉をお前に開けてくれようか。師がこのように心乱している時に、誰が弟子になるだろうか。わしの眼には今お前は悪魔の姿に映る。わしは明日現世で積んだ善行や功徳ゆえに天使になるだろうけれども。死が、行くあてもなく、何も気づかずにいるお前をバビロンへ駆《か》る。もしお前の死がバビロンの地でなかったならば[2]、こんな願いがお前の心に浮かぶこともなかっただろうに。」

【第一話】死天使イズラーイール[3]とスライマーン（ソロモン）——彼らに平安あれ——とある男の物語

聞いたところによると、ある日、魂を燃やすイズラーイールがスライマーンの宮殿に出かけました。目の前に若者が坐しているのを見ると、天使はその若者をじっと見つめました。若者を見るとイズラーイールは出ていきました。若者は怖くなって慌てふためき、すぐにスライマーンにこう言いました。

「雲が今すぐ僕をここからどこか遠いところに運んでくれるよう命じてください。死ぬのは怖くてたまりませんから。」

スライマーンは雲に、若者をファールスからインドに連れていくように言いました。

この不思議な出来事から一日が経ち、再びイズラーイールがスライマーンの玉座の前に姿を現しました。スライマーンは死天使に言いました。

「おお、剣を持たずに血を流す者よ、なぜあの若者に鋭い視線を投げかけたのか？」

するとイズラーイールがこう答えました。

「神のお館《やかた》から私に、三日のうちにあの若者の魂をインドで不意に奪うようにと命が下っていたのです。なのに、ここで彼を見たので、三日でここからあそこまでどうやって行くのかと訝《いぶか》しく思ったのです。ですが、雲が彼をインドへ運んでくれたので、私も出かけていって彼の命を奪いました。」

＊　＊　＊

この逸話は、常なるあなたの心的境地（精神《こころ》の状態）を示している。というのも、太初の定めから逃れることは不可能だからである。行われてきたことをどうすればよいというのか、人々に定められた運命は彼らの意志に反しているというのに。太初の命令を常にまっすぐ見よ、斜《はす》に見てはならない。神のなせる業があなたの思いどおりでなければ、薔薇が咲いてもあなたにとっては棘となるのだ。自身を二元性のうちに見出す者は誰でも多神教徒なのだから、私の不幸は自分と相手とを分けて考えることであったのだ。二元性が完全になくなれば、これとあれは一つになる。一本の睫毛から百もの血の涙が流れれば、あなたは目を閉じるだろう。どうして開けてなどいられようか。あなたの手が縛られているというのに、ああ、疲れし者よ、縛られた手をどうやって緩めるというのか。

賢人たちは信仰の苦痛に囚われているというのに、あなたは自身を魔術の中に見出そうというのか。この世のありとあらゆるものは人々に苦痛を与える。人々の首を戦場に散らすのだ。あなたは一瞬たりとも信仰の痛みを味わったことがあるのか？　ないであろう。怠惰で無為に時を過ごすことしか切望してはいない。もしほんのわずかでも信仰の痛みがわかれば、行きたいと切に願うがゆえに死んでしまうだろう。しかし、肝に剣が触れないかぎり、あなたには痛みも悲しみもわかりはしまい。

【第二話】投石器で落命した若者の話

ある若者に古くからの友人がおりました。その若者に投石器の石が当たりました。若者は土埃と血に塗《まみ》れ、魂が口元まで出かかり、うろたえました。彼の生命も間もなく尽きようかという時に、友人が何もできないままにこう言いました。

「で、どんな気分だい？」

答えて曰く、

「ついに君は狂ったのか。投石器から石が飛んできて君に当たれば、友がどんな気分かわかるだろうに。だが、石に当たっていないのだから、君にわかるはずもない。」

こう言うと、若者は息をひきとりました。

＊　＊　＊

人々がどのような苦痛を味わっているか、あなたは知らない。しかし階梯の困難さや苦しみを味わいそれらを怖れぬ人は、神に到達するための厳しい修行の道を耐え抜く。もし私の苦痛につける薬を知っているなら治しておくれ。さもなければ立ち去り、別のところに座るがよい。私に割り当てられた運命は――我が月は雲に隠されている（不運な様の喩え）が――悲しみ以外にはない、ただそれのみである。私にはこの世で百もの悲しみがある。その各々が百もの山よりも大きい。もし私が悲しみについて語るなら、海に向かって、山に向かって話すだろう。悲しみで山は洪水のようになり、すべての山が海のようになって涙と化すだろう。

こうした伝承は真実であり、毎日朝が来れば明らかになること。四元素（＝水、風、土、火）と七惑星の間にあって、見えない七十もの雲から現れるのだ。悲しみを抱くどの心にも悲しみの雨が六十九の雲から降り注ぐ。しかし、神を求める道での不幸や困難を耐え忍ぶ心には、一つの雲から喜びの雨が降り注ぐ。地も天も苦痛の海、だが真の人間は決してそこに溺れはしない。海沿いに家を持てば、常に波を怖れなければならない。友よ、私は海に潜《もぐ》った、そこでは何十万という魂が溺れている。多くの魂が常に沈んでいる時、半死の魂がどうやって見えるというのか？　私は神秘主義道の艱難辛苦という海岸に居をかまえたことがあるので、もし溺れたり、迷ったりしてもなんら不思議はない。私が溺れもせず迷いもせず、はっきり見えるなら、それこそ驚くべきことだ。

＊　＊　＊

【第三話】カイロの町の狂人の話

カイロの町に狂人がおりました。彼は真実を見極める目を持っていて、このように言いました。

「神への道に迷った者は愛しいお方の悲しみのせいで突然死にますが、それは驚くべきことでけありません。驚くべきは、恋する者は自分の中の熱情によって一日生き延びるということです。」

もし恋する者が一日生き延びるなら、その人は蠟燭のように涙を流しながら燃えつづける。恋する者は別離に際し、蠟燭のように燃えなければ良い結果を得られはしない。恋する者の苦悩は百もの蠟燭にも勝る。彼の光は蠟燭の灯光のようだが、自らの蠟に源を発しているからだ。もし愛しきあのお方が恋して悩み苦しむ者に到達すれば、恋する者はまともに愛しきお方を見ることもできず、コンパスのようにそのまわりを回り、遠ざかってしまうだろう。

【第四話】ファフルッディーン・グルガーニー(4)とスルタンの小姓の物語

グルガーンの地に先見の明のある王がおり、立派な人柄で信仰に篤《あつ》い人でした。温厚で権力も名声も持ち合わせていたため、ファフルッディーン・グルガーニーが御前にやってきました。詩人は王への頌《しょう》を十分吟味して慎重に言葉を選びました。王が詩人を大切にしてくれていたからです。

時代の月たる王には一人の小姓がおりました。まるでユースフ（ヨセフ）のように無類の美形でした。二房に振り分けられた髪は麝香かおる二匹の魚のようで、どう言えばよいでしょう、陶器のように色白な顔に二人の浅黒いインド人がいるかのようでした。その頬は月のよう、髪は魚。魚から月までが彼の王国でした。彼の眉はといえば、その弓形の眉によって目が邪視の害を蒙ることでしょう。睫毛のせいで二輪の水仙（＝眼）は棘（＝睫毛）と同居し、唇は柘榴《ざくろ》と瓜二つでした。彼の唇は砂糖のように甘かったので、砂糖黍が彼の唇の御前に仕える準備ができているほどでした。彼の口は針穴よりも狭かったので、その針穴が彼の口に気づかないほどでした。

ある日、崇高なる王が軍を召集し、宴を始めました。その日ファフルッディーンも心楽しく座っていたところ、世界を照らす、あの小姓が入ってきました。その美しさによって、小姓は命あるものすべてから身ぐるみ剝ぎ、その甘美さによって、世界中に砂糖を振り撒きました。幾千もの心が彼の睫毛で奪われ、髪の毛一本ごとに百もの魂が奪われました。彼は巻き毛という投げ縄を地に投げて人々を魅了し、その唇を見た人々から漏れる溜息や叫びが天を覆うほどでした。

ファフルはその小姓の顔を見た時、完全に彼に参ってしまいました。彼の魂はすっかり離脱し、心を小姓に捧げたのでした。しかし、王を怖れるあまり、小姓の月のような顔を再び見る勇気はありませんでした。ファフルは気を失いかけましたが、小姓に対する気持ちは保ち、男らしく自分の目に気をつけておりました。

王はすぐにその秘密に気づきましたが、その幕帳《とばり》を開けはしませんでした。宴の客人らは酒に酔うと、酔ったせいで立ち上がれなくなりました。ファフルはその宴で、酒にも、愛しい人の美しい顔にも、酔っておりました。彼の魂は火で激しく波打ち、魂が燃え尽きるほどでした。興奮した人々の熱情の間で、ファフルは蠟燭のように自分を制御しました。グルガーンの王はこのようなファフルを見て、彼の心が愛と火の間にあるとわかりました。

王はすぐに自分の小姓をファフルに与え、口がきけないほど喜んでいるその姿を見て雄弁になりました。愛の熱情と気高い王への恥じらいで、ファフルはどうしてよいかわからずどぎまぎしてしまいました。

王はファフルに言いました。

「生きた心地がしないような顔をして、どうしたというのだ。そなたのものぞ、手をとって連れて行くがよい。」

小姓とファフルは二人共に喜んで王の宴をあとにしました。ファフルはどれほど酔って自制心を失っていようとも、哲学者の知性を用いました。王の御前にいた貴族たちはみな、善と悪とに精通していました。ファフルは彼らに向かって言いました。

「今宵、王様は酔っておられる。この小姓も酒にすっかり酔いつぶれている。もし今宵私がこの小姓を王の御前から我が家へ朝まで連れ帰れば、翌日王様が正気に戻られた時、ご自身の行動を悔やまれるかもしれません。もしかするとご自分のなされたことをお忘れになられているかもしれないし、嫉妬で血を煮えくりかえさせるかもしれません。王様の小姓が我が胸にあるのを見れば、どれほど申し上げても何の役にも立たないでしょう。王様は私を疑って無実の我が血を流すでしょうし、私を犬の通り道に投げ捨て、こうおっしゃることでしょう。「無知な奴め、酔っ払いの言にまともな話などないことを知らなかったのか。なぜ一晩、夜が明けるまで、勝利の王が正気になるのを待てなかったのか」と。だから、私は今は小姓を連れては行きません。王は酔っておられるので、今は善悪の判断がおつきにならないのです。」

みなが言いました。

「お前の意見は正しい。今夜小姓の寝場所は王の許だ。」

偉大なる王の玉座の下に、堅い石でできた地下金庫がありました。その地下金庫の中に美しい石があり、その上に十もの錦の布がかけられていました。その場にいた人々の前で、ファフルは二、三本の蠟燭を置いて、酔った小姓を寝かせました。小姓を大切に思い、ファファルはその三本の蠟燭を灯し、外へ出ましたが、自分は蠟燭のように燃えておりました。グルガーンのファフルは貴族たちの前で鍵をかけ、地下金庫の扉を閉めました。そしてその鍵を貴族たちに渡し、朝まで心燃やす愛を胸に、その扉の前で眠ったのでした。

　その翌日、王がまた酒を飲もうと着席すると、ファフルがやって来て御前に控えました。貴族たちは奏上を始め、それから王の前に件《くだん》の鍵を置きました。貴族らはファフルがどのように振る舞ったか、どれほど彼の注意深さが行き届いていたか、語りました。王が酔っている時に小姓をファフルに与えたので、ファフルは王への尊敬を保持しました。ファフルは十人の人々の前で小姓を閉じ込め鍵をかけ、彼らは王の命令を待ったのです。

　王はファフルに言いました。

「お前のわしに対する振る舞いは完璧だ。この小姓はファフルの所有物である。」

　これを聞いてファフルはたいへん喜び、嬉しさのあまり心から炎が燃え上がるかのようでした。ついにファフルは金庫を開けましたが、彼の両目から多くの血の涙が流れました。なぜなら、あの月のような美しい顔が醜く変わり果て、すっかり炭のようになっていたからです。蠟燭の火が飛んで妖精とみまがうばかりだった者の覆い布に燃え移ったのでしょう。一瞬のうちに小姓はすっかり燃えてしまい、衣服も寝台も何もかも失くなっていたのです。葡萄酒と眠りに酔ったせいで、小姓は燃えさかる火に飲み込まれてしまったのです。ファフルは愛しい人の顔がこのように変わり果てたのを見た瞬間、ひどく心を痛め、まるで命が火の世界に包まれてしまったかのようでした。

　自分の愛しい人が火の中に倒れてしまったので、彼のできるすべては自分の身を火にくべることでした。どう言えばよいのでしょう。彼の心がどのように狂ったことか、あまりに狂ってしまったことが証明されたのです。愛が限界を超えたので、彼は苦痛と折り合いをつけ、ヴィースとラーミーンの恋物語を作りました。ヴィースとラーミーンの物語という名を借りて、彼は自分が味わった悲しみを語り尽くしたのです。荒野で昼も夜も語り、歩き回りました。土埃と血に塗れながら眠り、彷徨い続けたのでした。

＊　＊　＊

あなたはこの道において経験が浅い。恋する者らの秘密に気づいてはいない。恋する者はどれほど辛い思いをしていることだろう。恋する者が祈りを捧げる場は、かのハッラージュ(5)がそうであったように、絞首台の上なのだ。

あなたは自身の血で身を清めねばならぬ。崇拝の対象があなたの目の前に連れてこられるように。

【第五話】絞首台に架けられたフサイン・ハッラージュの物語

突然、絞首台の上でハッラージュの手があれほどむごたらしく切り落とされた時、ハッラージュは手から滴《したた》り落ちる血を顔と前腕に塗りたくりました。

人々は言いました。

「おお狂人よ、なぜ身体を血《ち》塗《まみ》れにしたのか？」

そこでハッラージュは言いました。

「愛の秘密に精通した者は、礼拝の前に顔や手を血で清めるものだ。血で身体を清められないなら、そなたの礼拝は偽善に満ち、唯一神のみに意識を集中させられない、偽の礼拝だ。」

人として恥じぬよう、愛しい人の小径《こみち》に足を置きなさい。いかなる人々の恥や悪評をも恐れるでない。永遠の存在たる神ゆえに不動の心はどれも難癖をつけたがる者らの非難を微塵《みじん》も恐れはしないもの。さあ、堂々と勇気をもって神へのお勤めに励みなさい、よそ者には目もくれず、自分の為すべきことに専心しなさい。天が大地を巡るようになぜあなたは無意味に世界を巡るのか？　人として恥ずかしくないよう私利私欲を超えて高みへ行くがよい。もしあなたの愛があまりに臆病であれば、あなた自身のふしぶしが恥で痛むのだから。

強い力を持つ多くの獅子たちが、愛の力ゆえに蟻のようになったのだ。あなたは蟻以下の強さや大きさしか持ち合わせないのだから、どうやって愛の前に姿を現すことができようか？

＊　＊　＊

【第六話】ライラーに対する愛がマジュヌーンを支配した話

マジュヌーンはライラーの家の戸口が目に入ると、それを見ることに耐えきれず駆け出しました。彼の顔は青ざめ、(6)全身の毛が根元から先まで槍先のように逆立ちました。彼の肢体はすべて獰猛な獅子に見つめられた狐のように震えました。人々は彼にこう言いました。

「別離にいる者よ、誰もお前ほど勇敢な者を見たことがない。お前には茂みに潜む獅子への恐れもなく、豹をこわがりもしない。平原や山を彷徨い、勇敢で、全世界を恐れることもない。だのに、ライラーの戸口が見えると、顔色が失せ、白楊のように震えるのだなあ。」

するとマジュヌーンは悲しみにうちひしがれてこう言いました。

「現世も来世も恐れない者よ、愛の獅子の力がいかに強いことかご覧あれ。我らはその足許に投げ出されている蟻のようなもの。」

＊　＊　＊

ありとあらゆる存在の源である、ありとあらゆる力でも、愛の手が持つ力の前では無に等しい。もしあなたが愛を解する人であるなら、あの糸杉のようなお方の傍らに座るだろう。恋する者は試練を経て真実に辿り着くと、愛しい相手を永遠に手に入れるのだ。

【第七話】月のような美少年と高徳な托鉢僧の物語

月のような美少年がおりました。彼の巻き毛一本から香り高い麝香《じゃこう》が生まれ、その巻き毛の先はダールの文字[7]のようで、悪へと誘うものにほかなりませんでした。彼の頬は鏡の中の月のようであり、唇は紅玉《ルビー》のようでした。絶えず眉で心を射止めていたので、記録が更新されていきました。彼の口は辰砂《しんしゃ》（画家が使う朱色の素）でできた、二十九のアルファベット[8]の文字の上に付して母音がつかないことを示す発音符号の小さい丸[9]のようでした。その小さな口から言葉が語られるはずもなく、二十九文字以上は収まらないようになっていました。真珠が彼の下僕となる時もあれば、月が彼の下僕となる時もありました。

ある托鉢僧がこの少年に恋するあまり病に罹りました。彼の持てるすべては心でしたが、それすらも血となりました。熱い愛が彼を火に投げ込んだので、彼の身体のふしぶしが火で熱くなりました。ついに彼は耐えきれなくなり、あの愛しい人の前にやって来てこう言いました。

「私のこの痛みには手の施しようがありません。あなたなしでは生きられません。あなたなしでは一瞬たりとも生きてはいないでしょう。私にはこの命一つしかありません。あとはあなたがご存じのはず。もし赦してくれるなら我が身をあなたの前に投げ出します。もし私を殺すなら、それも結構。あなたなしでは私は耐えられないのです。これからしようとしていることを、さあ、早くやってください。」

その美少年は恋する者からこの秘密を聞くと、托鉢僧にこう言いました。

「あなたがもしご自身の命を賭けるなら、あなたを試して篩《ふるい》にかけます。どれくらい私を敬い、あなたの命にどれほどの価値があるのか、見せてもらいましょう。」

托鉢僧はこの言葉を聞くと立ち上がりました。火のように熱くなり、煙のように立ち上がったのです。

少年はすぐに馬にまたがり、人里離れた荒野へ向かいました。托鉢僧の首に縄を投げると自分の馬を前へ駆り立てました。少年は馬を駆けさせ、托鉢僧はこれを見て首に縄をつけたまま後を追って駆けました。少年はあまりにも托鉢僧をあちこち駆けさせ、あまりにも苦しめました。ついに、托鉢僧を走り回らせて、棘だらけの荒野へと引っ張っていきました。そのあまりに不幸な托鉢僧は多くの棘が脚中至るところに刺さり、まるで薔薇の枝のようでした。

托鉢僧に愛された者は托鉢僧の秘密に気づくと、つまりその恋を煩《わずら》いし者が真に恋にがんじがらめになっているとわかり、托鉢僧の心に微塵も官能的な欲望がなく、求愛行為の秘密にふさわしいとわかると、世界が称讃するその美少年は馬から下り、心からの愛情を彼の脚に注ぎました。自らの手で、痛みを与えた棘を一本一本、一日中抜きつづけました。

恋する哀れな托鉢僧は、心の中で自分にこう言いました。

「棘一本一本がもし百本だったとしたらどうなっていただろう。私の身体はもっとひどく傷ついていたとしても、我が心と魂はもっと安んじていただろう。」

托鉢僧が心の中でそっとこう言うと、彼の脚の棘からは何輪もの薔薇の花がほころびました。

「もしこの棘が私の脚になかったなら、この少年の傍らに私はいなかっただろう。」

＊　＊　＊

あなたの脚に刺さった棘は愛する人のためなので、その一本一本が薔薇園であって棘ではない。殺されるまで愛しい人の御名《みな》を呼びつづけ、四肢は血に浸る。愛しい人の別の呼び名は「あなたを殺す者」であり、恋するあなたの思いが叶わずひどく苦しみ悶え悲しむのをじっと見つめるのである。

【第八話】盲目の男と導師《シャイフ》ヌーリー(10)の物語

道でアッラー、アッラーと言いつづけている盲目の男がおりました。ヌーリーは神の御名を彼の口から聞き、いてもたってもいられずその男の許に駆け寄り、こう言いました。

「神について何を知っているのか？　神を知っているなら、なぜ生き永らえているのか？」

こう言うとヌーリーは我を忘れ、まるで彼の切なる魂が肉体から離れたかのようでした。恍惚の中で荒野へと飛び出し、途中刈られた葦原に出くわしました。ヌーリーは葦原に身を投げ出し打ちつけ、身体を傷だらけにしてしまいました。ついに身体が血塗れになり、彼の命は悲しみで血と一緒に流れ出てしまいました。人々はヌーリーが亡くなっており、あたり一面が彼の血で満たされているのを目にしました。神への道の途中で息絶えたヌーリーの胸の血で、葦一本一本の先に「アッラー」という語が書かれてあったのです。

＊　＊　＊

葦によって殺され血の中に眠るかのように、葦の音に耳を傾けなさい。神の御名を聞くときにはこのようでありなさい。一滴ずつ火の海となりなさい。あなたが神への愛において命を賭けないなら、あなたにとってその愛は真なるものではない。もしあなたが愛において秘密を知る人であるなら、愛の誠実さの証として命を惜しみはしないだろう。

【第九話】導師《シャイフ》アブー・アル・カースィム・ハマダーニー(11)の物語

ある時、アブー・アル・カースィム・ハマダーニーがハマダーンを発《た》ちますと、偶像が祀られた聖所に出くわし、そこには人が集まっておりました。油でいっぱいの鍋が火にかけられているのが見え、それは泡だった海のように沸いていました。

しばらくすると、一人のキリスト教徒がやって来て、その偶像の前にひれ伏しました。人々が彼に尋ねました。

「おお、謙虚なる者よ、お前は神にとって何であるか？」

答えて曰く、

「下僕《しもべ》です。」

人々は彼に言いました。

「ならば、早く供物を置きなされ。」

彼は供物を置くと煙のように去ってしまいました。また一人やって来て、同じように振る舞いました。このようにして十人が来ては去っていきました。

ついに別の者が進み出ましたが、たいへん弱々しい人でした。痩せて顔が青白く、しなびて細く、まるで横たわった屍のようでした。人々は尋ねました。

「あなたは誰ですか？　死んでいるのか、それとも生きているのか？」

答えて曰く、

「皮を一枚纏ったにすぎぬ者です。私の神をお慕いしているのです。」

彼がこう言うと人々は言いました。

「座りなさい。」

彼は嬉しそうに黄金の玉座に腰をおろしました。人々はあの油を持ってくると一気に彼の頭にかけました。油の入った鍋の熱で、困窮した男の頭はすぐさま足許に転げ落ちました。男の頭が落ちるとすぐに、人々はその男の身体すべてを燃やしてしまいました。この男の遺体の灰はありとあらゆる痛みを治しました。

導師《シャイフ》はこの様子を遠くから見て逃げ出し、この出来事について黙ってひたすら考え抜きました。心の中でこう言いました。

「おお、遊びに興じる者よ、あるキリスト教徒は偽の愛を抱いているというのに、神への愛のために命を賭けた者がいた。もしお前の命が秘密を知っているなら、お前も神への愛においてこのようであれ。さもなくば女男と共に坐すがよい。彼は偶像崇拝においてこのようなのだから、お前がもし神への愛に確信があるなら、命に別れを告げるか、または信仰を捨てるかせよ。前者が無理なら後者をなすがよい。」

第七章

息子は父王に言いました。

「これは高尚なことです。誰に愛の高貴さがはかれましょうか。人は自らの器に応じた高さに登ることができるもの。一歩ずつ上がっていけるもの。命賭《と》す愛の頂《いただき》はあまりに高く、一日で辿り着ける者などおりません。我が手が届かない枝になぜ絶えず手を伸ばしつづけなければならないのですか？魔術への思いを断ち切ることはできません。僕は魔術をきちんと学ばねばならないのです。そうしたいと強く望んでいるのですから、どうしようもないのです。心が空虚になり、僕が血塗れになろうとも。」

父の答え

父王は答えて言いました。

「お前は至高なる神の御前で正しいことを求めなければならない。お前が望むことがお前にふさわしくなければ、それはお前を破滅させるだけだからな。」

【第一話】イーサー（イエス）――彼に平安あれ――と至高なる神の御名を求めた男の物語

ある男が、ある日イーサーに言いました。

「私に神の最も偉大な御名を教えてください。」

イーサーは彼に言いました。

「あなたはそれに値しません。なぜ自分に相応《ふさわ》しくないものを求めるのですか？」

男は多くの誓いを立て、言いました。

「この名について私は知らされなければならないのです。」

ついにイーサーが彼に至高なる神の御名を教えると、男の心は喜びで蠟燭のように燃え上がりました。

ある日その男が荒野を一陣の風のごとく急ぎ通り過ぎようとしていたところ、道の真ん中に骨がいっぱい入った窪《くぼ》みを見つけました。彼はじっくり考えてから、偉大なる神の御名のしるしを探し、いちばん損をしない方法で試してみようと決めました。自分の神のあの御名を呼ぶことによって、その骨を生き返らせようとしたのです。あの御名を口にすると、すぐに骨どうしがくっつき、すぐに生き返りました。そのなかから一頭の獅子が現れました。その目からは炎が噴いており、男に飛びかかると殺してしまいました。獅子は一撃で男の背中をへし折ってしまったのです。獅子はすぐにその場で残酷に貪《むさぼ》り食うと、骨を道の真ん中に置き去りにしました。そこには牡《おす》獅子の骨もあったので、窪みに男の骨を入れるといっぱいになりました。この話を聞くとイーサーは悲しみ、口を開いて友らにこう言いました。

「人が自身に相応しくないものを神に求めても、神はその願いをお聞き届けにはならない。神にありとあらゆる善なるものを求めてはならないのだ。なぜなら、人は自分の身の丈《たけ》に相応しい分しか神に求めることはできないのだから。」

＊　＊　＊

もしあなた自身にそれ相応の価値があるなら、何を望もうともそれ以上のものを手にするであろう。あなたの為すことが懇願と祈りであれば、神はすぐに与えてくださるからだ。理屈などない。神は相応しければ授けてくださる。

【第二話】イブラーヒーム（アブラハム）――彼に平安あれ――とナムルード（ニムロド）(1)の物語

ナムルードは八百歳の時、急に不幸に打ちのめされました。誇り高く象のような強靭な身体でしたが、一匹の蚊が彼を待ち伏せていたのです。ナムルードは自分が神を否定していたので、神がこの蚊を遣わされたのだと確信し、イブラーヒームにこう言いました。

「今や私に千を超える宝があるのは周知の事実。すべて純金と宝石だ。もしそなたがこう祈ってくれれば与えるぞ。「神の恩寵とご慈悲により、全能の神は信仰の光により、完璧さをわれに与え給え。」」

神の友たるイブラーヒームはその場で顔を地に押し付け、こう言いました。

「おお、清らかさを持つ者よ、この無知な男の心の鍵を外しておくれ。鎖を解き扉を開けておくれ。彼奴《きゃつ》の酔った魂を清新に蘇らせ、汝の恩寵により盲目的な偶像崇拝者として死ぬという苦しみを彼奴が味わわずにすむようにしておくれ。」

するとと天の声が聞こえました。

「おお、預言者イブラーヒームよ、彼奴にかまわず、苦労を背負い込むでない。我らには売買できる信仰心はない。信仰というこの宝石は神から与えられた贈り物。我らが求めるとき命令が下される。キリスト教徒からイスラーム教徒になるのだ。」

＊　　＊　　＊

信仰篤くとも神を必要としない者は、夜も眠れず昼も安らぐことができない。目の不自由な人のように何も見えないのに、すべてその者に対しては神秘という掟があるので、神を必要としない信仰篤い者にとっても、神のなせる業はすべて覆い隠され見えない。神の神秘というものは目に見えるものではないため、皆コンパスのように、ぐるぐるとその周囲を回るだけなのである。

人間は最後の瞬間について知る由《よし》もないので、その瞬間に恐怖と危険を共有するしかないのだ。

【第三話】キリスト教徒の男と導師《シャイフ》バーヤズィード（2）の物語

一人のキリスト教徒が腰に異教徒帯《ズンナール》を締め、バーザールからバーヤズィードの許へやってきました。彼はイスラーム教徒になり疑念も取り払ったので、異教徒帯《ズンナール》を切り刻みました。男がイスラーム教徒になり異教徒帯《ズンナール》を切ると、導師《シャイフ》はいたく涙を流し、悲しみました。ある人が尋ねました。

「導師《シャイフ》よ、喜ばれる代わりにお泣きになるとは、どうなさったのですか？」

導師《シャイフ》は言いました。

「七十年も経ってから腰の異教徒帯《ズンナール》を解き、瞬時に益が害に変わるなどどうしてあり得ようかと思ったら泣けてきたのだ。もしあの異教徒帯《ズンナール》が私の腰に締められていたなら、私はどうしたらよいのか、どう振る舞えばよいのやら。そう思い、泣いているのだ。」

＊　＊　＊

もし神がこの解いたばかりの異教徒帯《ズンナール》を別の人に締めさせたなら、その人はどうすればよいのか？もし異教徒帯《ズンナール》を解くことが過ちでないなら、なぜ異教徒帯《ズンナール》を締めることは許されないのだろうか。数千もの肝や心は、結局どうなるのかわからないうちに水と血になるのだ。もしそこで魂に何の価値もなければ、人の死も動物の殺生《せっしょう》もなかっただろう。あなたが頭を天まで持ち上げようとも、井戸の中に住処をつくろうとも、そして頭を割ったり、頭を高々と持ち上げたりしようとも、あなたの始まりも終わりも変わらないだろう。あなたに頭がなかろうと傲慢であろうと、私にはあなたが神に何も求めはしないという点で、あなたの価値は変わらないように見える。

【第四話】頭をカアバ神殿の扉に打ちつけている狂人の話

ある夜、一人の狂人が心熱く涙をこぼしながら、カアバ神殿の前で陽が昇るまで佇んでおりました。彼は嬉しそうにこう言っていました。

「神が私に扉を開けてくださらないなら、私は扉の叩き金のように、頭をこの扉に打ちつけますよ、そうすれば結局は頭が割れて私の心は絶えず燃えているこの思いから解放されるでしょう。」

すると、天からの声が聞こえました。

「二、三度このカアバは偶像でいっぱいになったことがあるのだ。中にあった偶像は壊された。外にある偶像一つが壊されたと仮定してご覧なさい。もしお前が外で頭をかち割っても、やがては滅びゆく偶像と変わりはない。この神秘主義の道においては、その者の海が一滴にも値しないような頭が少なくはないのだ。」

ある神秘主義の導師もこの天の声を聞いたので、あの神秘について密かに知るところとなりました。地に倒れ伏し、目から血の涙を流しました。多くの命はこのような悲しみによって血を流すことができるのです。

＊　＊　＊

我々は神と闘うことなどできないのだから、どれほど嘆き叫んでみたところで、どうしようもないのだ。

【第五話】アイユーブ(3)(ヨブ)――彼に平安あれ――の物語

伝承によれば、預言者アイユーブは生涯苦しい試練に苛《さいな》まれていました。この世にいる狼らにも苦しめられ、虫けらどもにも辛酸を舐めさせられていました。大天使ジャブラーイール（ガブリエル）が現れ、彼にこう告げました。

「おお、清らかなる者よ、そなたはなぜ黙っているのか？　悲哀に満ちた魂をお嘆きなさい。もしそなたがいつ死んでもおかしくないなら、神にとってそなたの嘆きはたいした問題ではなく、注意を払ってくださりはしまい。そなたが生涯忍耐強く生きようとも、神にとってそなたの忍耐は重要ではないのだ。なぜならその忍耐力も、神がそなたにお授けになったからだ。」

＊　＊　＊

運命があまりにぐるぐるとコンパスを回すので、誰も中心の一点に気づくことはない。心は心を知らず、魂もまた同じ。しかし、事は心や魂がなくとも進んでいくのである。

【第六話】ユースフ・ハマダーニー[4]の物語

あの心燃え立つ蠟燭、すべてを知るユースフ・ハマダーニーが、ある日こう言ったそうです。

「貴人たちがユースフ[5]（ヨセフ）に言いました。

「ズライハーの心を壊した者よ、彼女は無力となり友も失い、そなたに必要とされずに病んでしまったぞ。そなたは彼女の心を奪ってしまったのだ、彼女は生きているというのに。もし心を返してやろうと思うなら、返しておやりなさい。」

するとユースフは言いました。

「私は決してあの無力な老女の心を奪ってなどおりません。私は彼女の心を奪うことについて知りもしませんし、彼女の心を盗もうなどと思ったこともありません。私は彼女の心に関心もなく、盗もうなどと考えたこともないのです。お前は二十年間心ここにあらずの状態とみなさまはおっしゃいますが、それはあり得ません。自身の心に気づかぬ者が、どうして他人の心の中へ入っていくことができましょうか。」

ズライハーと親しい人が、彼女に尋ねました。

「どうやってユースフはあなたの心を奪ったの？　あなたは自分の心は失っていないのにユースフがあなたの心を奪ってユースフの虜になったふりをしているの？　それとも、ユースフは本当にあなたの心を奪ったので、ユースフから心を取り戻したいと思っているの？」

ズライハーは強く誓って言いました。

「もし私が髪一本分ほどでも自分の心に気づいていたなら……。心がなぜ恋をしたのか知りませんし、恋に落ちたのならどこへ行ってしまったことやら。ユースフは私の心をしっかり受け止めてくれないので、ズライハーにもこうした心はありません。」

＊　＊　＊

どちらがどちらに関わったわけでもないのだから、どちらが心を奪い、どちらが恋をしたのでもない。この心はどこへ去ってしまったのだろう。（すべての愛の仕掛けは神によるのだから）我々の目に映るこの出来事や理由づけについて、私は何と言えばよいのだろう？　見事に球を打つポロの棒が東から西へと動き、こう言ったのだ。

「おお、鋭敏なる球よ、穴に落ちぬよう用心して行け。球よ、もしそなたが曲がって進めば永遠に火と穴の中にとどまることになろうぞ。球の進みは棒なくしては起こり得ないのだから、転がる球に罪はない。」

＊　＊　＊

あの罪があなたのなしたことでないとしても、その罪はあなたの首にかかっているのだ。

【第七話】寓話

敬虔な人が言いました。

「太初とは弓のよう。数千という矢がそこから常に射掛けられる。一方、永遠の世界とは標的のよう。神のご意志が矢のように真っ直ぐ放たれ、それが人間の望みと合致すれば神からの恩恵となる。しかし、曲がって飛んで来る矢はその矢に呪いあれ。」

これほど不思議なことをほかに私は知りません。わが心は血と化し、もう私にはわからないのです。


【第八話】アブー・バクル・スファーラ(6)の話

すべてを常に神と関係づける神秘家のアブー・バクル・スファーラがこう言いました。

「神は私を水につけてこうおっしゃいました。「おお、生き残りし者よ、たとえ溺れていようとも決して濡れてはならぬ。もし濡れてしまえば自堕落な罪深き人(7)になってしまうのだから。」」

＊　＊　＊

たとえ常に水の中にいようとも、濡れてはならない。こんな状況に晒されて森に棲む獅子に何ができようか。この悲しみの中、血の中を無残にも人々がどうやって歩くのか、誰が知っていようか？

もしこの苦痛をそなたも味わうなら、全世界があなたの心から血を吸うであろう。

【第九話】スルタン・マフムードと狂人の物語

ある日マフムードが荒野に行くと、激しい苦痛に苛まれている狂人に出会いました。彼はフェルト帽を被り、この世の善悪を受け容れようとしませんでした。スルタンが近づいても、まるでこの世のすべての悲しみを抱えているかのようでした。一瞬たりともスルタンのほうを見ることもなく、一瞬たりとも自らの悲しみから解放されることもありませんでした。

王は彼にこう言いました。

「どんな悲しみを抱いているのか？　まるで心に百もの山を抱えているかのようではないか。」

狂った男は神秘の幕帳《とばり》の奥からこう答えました。

「百もの贅の幕帳《とばり》の奥で慈《いつく》しみ育てられたお方、もしあなたがこれと同じフェルト帽をお持ちだったなら、あなたもこの悲しみを味わったことでしょう。でも、王という身分に浸っておられて、どうして別離の苦しみがおわかりになりましょうか。なぜなら、百もの贅に包まれ、蜜の胁で眠る蠟は、火にも火消しばさみにも気づかないのですから。でも、その蠟から蠟燭が作られると、いつでも燃えて集《つど》いを明るく照らすのです。そして火によってその王冠が涙に変わると、何が起こったかに気づくのです。」

あなたもこの瞬間、自身のことに気づいていない。しかし、連れ去られようとする瞬間に、一息ごとにはっきりとわかるようになるのだ、生きていたのに死んでいたということが。

＊　＊　＊

【第十話】伐《き》られた木の話

ある男が青々とした木を伐りました。偶然そこを通りかかった、痛みを知る者がこう言いました。「このたくましい枝は伐りとられたが、今この瞬間にはまだ生き生きとして樹液に満ちている。まだ伐られてしまったことに気づいていないからだ。まだ傷つけられたことを知らないのだ。一週間も経てば知ることになろう。」

＊　＊　＊

あなたは今自分の状態について何も知らない。あなたの魂という鳥が唇まで出てこようとする時にならないとわからないのだ。あなたの魂という鳥が一粒の種ゆえに罠にかかっているのを目にするだろう。誰がその鳥にこの種を与えるのか？　アーダム（アダム）が魂の鳥に種を与えた時、彼は永遠の楽園から追放されたのだ。でも、アーダムがもし小麦の粒を食さなかったならば、アーダムの子孫たる人類も小麦を食することはなく、人間同士を食《は》むこともなかったはずである。もし鳥や動物があなたから逃げるのであれば、あなたが彼らを食すがゆえ、彼らがあなたから逃げるのだ。

【第十一話】バスラのハサンとラービア(8)——神が彼らに満足されるように——の物語

ある日ハサンがバスラの町を出ると、荒野でラービアに出会いました。多くの山羊、カモシカや鹿が彼女のまわりにあちこちから集まっておりました。動物たちはハサンを遠くから見かけると、驚いてすぐにラービアの許から逃げました。ハサンはこれを見て面食らい、プライドが傷つき、しばらく呆気《あっけ》にとられていました。

それから彼はラービアに率直に尋ねました。

「なぜここの動物たちはあなたからは逃げないのに、私からは驚いて逃げたのでしょう？　もしかして私のことを性悪《しょうわる》な奴と見てとったのでしょうか？」

するとラービアは彼にそっとこう尋ねたのです。

「何を召し上がりました？」

ハサンが答えました。

「脂《あぶら》で炒《いた》めた玉ねぎだ。おお、汚れなき人よ、今日玉ねぎと脂が少し手に入ったのだ。大いに苦労して、私はわずかの脂を溶かし、家を出てくる前にそれを食したのだ。」

この秘密を聞くと、ラービアははっきり、堂々とこう述べました。

「あなたはこの哀れな動物たちの脂を食したのですから、あなたから彼らが逃げないわけがありませんわ。」

＊　＊　＊

もしあなたが蟻のようにわずかしか食さないなら、あなたの墓に群がる蛆虫《うじむし》たちはごくわずかの食いぶちにしかあずかれない。もしあなたが一粒の棗椰子で日々力を得るなら、棺の蛆虫に襲われずに無事にいられるだろう。蛆虫《ケルマーン》たちはあなたの身体のあちこちにとりつくので、ケルマーン産の棗椰子一粒で満足するはず(9)。あなたは水とパンでしっかり支えられているのだから、英雄のごとくお腹は満ち足りているはず。人間よ、あなたは排泄や食事なしでは生きていられない。あなたの心は厠《かわや》と台所という二つの地獄に疲れてはいないのか？　あなたは一つの地獄からもう一つの地獄へとやって来る。厠から台所へ。食欲と情欲を我慢できずに、いつまで妄想の中を彷徨《さまよ》うのか？　あなたは魂を清め、身体を常に鍛えるようにと言われたはず。内面の真実に常に敬意を払わなければならない。外見だけに使えることしかできないわけではないのだから。

誰かがこう言っていた。

「自らの内に火を放て。一口の食物を口にしたら腰を下ろして黙すがよい。」

【第十二話】ムーサー（モーセ）——彼に平安あれ——の物語

神がムーサーにおっしゃいました。

「おお、神秘を知る男よ、一人の時には自身の心を見つめよ。また、人々と共に居る時には優しくありなさい。そういう時には言葉に気をつけなさい。道を歩んでいる時には前方をしっかり見て顔を上げて進みなさい。前方を見据えて歩むのです。もし人々があなたの前に十の食布を広げようとも、食べないようになさい。」

＊　＊　＊

あなたはあまりに吝嗇《けち》でしみったれているので、食事にありつかんとばかり用意周到に過ぎるのだ。非力な子供がこの世に生まれてくると、乳房からは乳が糧として湧き出してくる。その子が生を享ける時に糧として乳が両の乳房から出るように定められているのと同様、あなたの食事は常にあなたと共にあるというのに、なぜ人間たちは互いに争うのか？　おお狂いし者よ、みな気が触れている。この狂気をなぜ追い求めるのか。もしあなたに理性があるなら、狂気を捨てよ。あなたは今日を生きているのだ。明日の悲しみなど捨ててしまうがよい。

【第十三話】沈黙を守る狂人の話

バグダードに一人の狂人がおりました。彼は一言も発することなく、聴くこともできませんでした。人々は彼に言いました。

「おお、無力な狂人よ、なぜ一言も発しないのですか？」

彼はこう言いました。

「誰に話せばよいというのか？　私が答えを求める人はここにはいないじゃないか。」

人々は言いました。

「今ここにいる人々、彼らみなが見えないのですか？」

彼は言いました。

「この人たちじゃしょうがない。精神的偉大さがある人というのは、昨日のことも明日のことも憂うことなく、つまらぬことを気にせず、まだ訪れない悲しみを持つことなく、去りしものに屈することもない。困窮と日々の糧を案ずることなく、昼夜ただ一つのこと以外気にかけることはない。現世と来世において気がかりなことは一つだけ。私が言うことは確かで、疑う余地もない。」

＊　＊　＊

もし今日あなたが明日のことを憂うなら、人生のうちの今日という日の価値を失ったことになろう。憂うことなかれ、この世は同情してはくれぬのだから。悲しみ嘆き続ければその憂いは一瞬ごとに千倍に膨れ上がるだろう。不幸中の幸いは完全である。なぜなら、今すぐ手に入る幸せを求めるのは不可能だからである。これから起こることはこれより悪いのだろうが、今現世に百もの憂いがあるというのにまだ悲しみが訪れるというのか？　悲しみが生む喜びに、無が生む有に、あなたは何を求めるのか？　あなたにとっての喜びは神の中にあるべきである。さもなければ、不運という悲しみを味わうよりほかない。神の中であなたが喜んでいる時、あなたは現世の喜びそのものを味わうのだ。もしあなたが一時《いっとき》であろうと神の名を口にしないなら、ひどい悪名を口にしたのと同じである。

【第十四話】ライラーについてマジュヌーンに問いかける話

ある人が、悲しみにうちひしがれたマジュヌーンにこう尋ねました。

「哀れな奴よ、ライラーについて何を語るのか？」

マジュヌーンは頭から地に倒れこみ、こう言いました。

「『ライラー』ともう一度言っておくれ！　あなたはなぜ私に言葉のいくつもの意味を求めるのですか。あなたがライラーと口にすることで十分。語という真珠に穴があけられ、それがどれほど多くの深い意味をもち、そしてその謎が解明されたとしても、ライラーと語るほどにはなりません。ライラーの名と彼女への称讃をあなたがまた口にしたということは、あなたは神秘界における一つの世界に言及したのです。誰でも絶えずライラーの名を口にすることができるので、私にとっては一瞬たりとも別の名を呼ぶのは、冒瀆に値するように思えるのです。」

＊　　＊　　＊

誰かがマジュヌーンの面前でライラーの名を口にしはじめると、マジュヌーンは理性を取り戻したものだった。そしてライラー以外の名が口にされると正気を失い、叫びはじめるのだった。もしあなたが自身を見失ったという自覚があるなら、神に思いを馳せなさい。しかし、自分の壁があなたの前にまだあるうちは、たとえ神に思いを馳せているつもりでも、あなたは自分のことしか考えていないのだ。

【第十五話】ムイッズィン（礼拝の時刻を美声で人々に呼びかける人）についてある男が狂人に質問する話

美声の持ち主で優しいムイッズィンがイスファハンにおりました。町にはドームが高くそびえていて、巡《めぐ》る天にドームの頭が届くほどでした。誇り高きムイッズィンはこのドームに登り、人々を礼拝へと誘いました。そこへ狂人が通りかかりました。ある人がその狂人にこう尋ねました。

「賢明なお方よ、このドームでムイッズィンは何を言っているのですか？」

善良な狂人はこう答えました。

「友よ、これはどこをどう見てもすっかり殻《から》だけの木の実で、それを彼はドームに振り撒いている、つまり無駄なことをしているにすぎませんよ。彼は精神的に内から湧きあがる誠実さによって動かされていないので、殻だけの木の実をドームに撒くのと同じ、無駄なことだと確信しなさい。」

＊　＊　＊

あなたは無頓着ゆえ、まるで木の実のよう。あなたは神の九十九の御名を数えている。いかなる名前もあなたに影響を及ぼしはしないのだから、百のうちの一つでさえ、さらにはその一つのうちの百分の一ですら、あなたは知らないのだ。では、これほど数え上げているのは何のためなのか？　あなたは崇拝する者を思っているのか、それとも崇拝の対象たる神を思うのか？　神は数千ものあなたへの恩恵を数えないのだから、あなたも話すのを得意とする者のように神の御名を数え上げてはならない。神はご自身の御名の兆候をお示しにならないというのに、どうやって神を思い、口にすることができようか？　神の本質について語ることは誰にもできないのだから、誰に関してもあれこれ語るべきではない。

【第十六話】導師《シャイフ》アブー・サイード(10)――神よ、彼にお慈悲を――の逸話

ミーハナの導師《シャイフ》(11)がある日こう言ったそうです。

「私はこの世を照らす老師の許へ行きました。彼があまりに沈黙を貫き、果てなき大海の中に沈み込んでいるのを見て、こう言いました。

「老師さま、何か一言おっしゃってください。あなたのお言葉でわが心を元気づけたいのです。」

老師はしばらく恍惚のため頭を垂れていましたが、それからこう言いました。

「おお、言葉を求める者よ、神以外にそなたは何を知っておるのじゃ？　私が何を求めようぞ？　言葉に価値などないというに、私は何を言えばよいのじゃ？　確かな真理を口にすることなど誰にもできぬ。私が沈黙を通しているのはこのためだ。」」

＊　　＊　　＊

口にすることができないなら、これほどの言葉が何になろう？　どの言葉でも神について語れるわけではない。だが、誰もがしばらく沈黙を保ちつづけられるわけでもない。この神秘主義道において

たいそう驚いたのは、愛の対象たる神はあまりに心奪う存在だったということだ。一人の恋する者には彼を無にしたり有にしたりするような愛の対象が必要だった。愛する者と愛される者の間には我々が言葉で表現できないような関係がある。もしあなたが雄弁であるにもかかわらず口を閉ざすなら、あなたにできるのはその境地を語ることだけだ。愛される存在たる神はあまりに美しいので、天も地も照らす太陽のような存在になった。愛される存在は美において唯一となったので、疑いなく神には熱烈に恋する者が必要だった。神が魅力をふりまくと、すべての恋する者の眼が泉に変わってしまう。もし神に恋する者がいなかったら、神は愛されるに値しなかったということになっただろう。愛が創造物によって与えられないことなどない。ほかでもない、恋する者だけが神の真価を知ることができるのだから。

　神の美しさは、恋する者らの情熱によって、賑わうバーザールのように明らかになる。愛される側たる神が自らに恋する者を生むのだから、神には自分にふさわしい恋人は自分以外にいないと知るのである。神が自らを愛する時、神以外恋する者はいないのである。もし恋する者が永遠にいなくなり、現世からも来世においても失せてしまい、生きていようとも死んでしまおうとも、恋する者の手には神の心が握られている。

【第十七話】スルタン・マフムードとアヤーズ[12]の物語

ある早朝、公正なる王マフムードがお気に入りのアヤーズにこう言いました。

「おお、心優しき者よ、今日は狩りをしたい気分じゃ。そちも来るなら許すぞ。」

アヤーズは答えました。

「私はすでに獲物を一つ捕らえております。なぜなら私はここに捕らわれているからです。」

王は彼に言いました。

「そちは何を捕らえたのじゃ？」

答えて曰く、

「それはマフムードという名です。」

王は彼に言いました。

「これは実に見事な馬さばき。何を用いてここで獲物を仕留めたのか？」

アヤーズは言いました。

「おお、いと高き王よ、私は自分の弓で獲物を射止めました。」

王は彼に言いました。

「そちの弓を見せい。」

アヤーズは長い髪をふりほどき、足許まで垂らしました。アヤーズは言いました。

「私の弓は安らぎを失った巻き毛です。この世の王をこのわが弓が捕らえたのです。」

この言葉はマフムードの魂を深く揺り動かしました。王は頭《こうべ》を垂れ、ウード（お香）のように身を焦がしておりました。蛇のように身をよじったり、悲しんで蠍《さそり》のように自らを刺したりして苦しみました。

王はある者に、あのすらりとした糸杉を輪縄で縛って連れてくるよう命じました。ジャスミンの胸をした人を束縛はしたものの、ひそかに百もの魂で彼の心が惹き付けられてしまっていたかのようでした。王はアヤーズに言いました。

「アヤーズよ、これで十分じゃ。我らのうちのどちらが弓に捕らえられた獲物かの？」

アヤーズは口を開いてこう言いました。

「王様、もし陛下が私を永遠に井戸に投げ込むなら、または、もし残酷にも私の血をお流しになるなら、陛下が我が永遠の獲物となることでしょう。」

王は彼に言いました。

「罠にかかったはそなたぞ。なぜ余を獲物と呼ぶのだ？」

アヤーズは王に言いました。

「肉体は付属であり、心が源です。私は陛下の純粋で清らかな心と完全に結ばれています。もし私の身体が一瞬陛下の罠に落ちたなら、陛下のお心は永遠に私の罠に落ちたことになるのです。もし私の髪を切ったり、燃やしたりなされれば、ご自身の心は一日たりとも生きられないことでしょう。鴉の濡れ羽色の私の髪は今後、陛下のお心の血以外を飲むことはないと確信なさってください。もし陛下の惨めな僕《しもべ》が土になったら、その土も陛下の血を貪るのです。もし私が消滅しようとも生き永らえようとも、私はマフムードの血を飲みつづけるのです。陛下のお心が常に私の罠にかかるので、私にはいつでも獲物があるのです。もし陛下がご自身の歩む無知において完璧に振る舞われるなら、陛下の心を私の手から解き放つのは不可能なのです。もし私を殺したら、陛下が私の死を嘆き悲しんで、自ら命を絶たれるほど苦しまれることが私にはわかっているのです。私が生きていようがいまいが、この神秘主義という愛の道においては、私が愛される側、私が主、私が王です。でも私が物乞いであろうと王侯であろうと、私があるのは陛下ゆえです。」

第八章

息子は言いました。

「魔術とは何ですか？　それが欲しくてたまらなくて、その思いなしには生きていられません。魔術というものがこれほどまでに僕にとって愛すべきものとなったというのに、なぜ父上はそれほどまでにいかがわしいと思われるのですか？　僕に魔術の秘密を教えてください。それから僕を道連れにしてください。」

父の答え

父王は言葉の宝の扉を開け、息子に言いました。

【第一話】悪魔の子とアーダム（アダム）とハッヴァー（イブ）の話

賢者《ハキーム》ティルミズィー(1)が次のようなアーダムとハッヴァーの話を語りました。

二人は後悔とともに楽園を去り、この世の一隅を選びました。アーダムが外出してしまうと、呪われた悪魔がハッヴァーの許にやってきました。悪魔には「ハンナース」という名の子供がおりましたが、その子をハッヴァーに託し、その場を去りました。

アーダムが戻ってきてその子を見ると、ハッヴァーに怒ってこう尋ねました。

「なぜこの子を悪魔から受け取ったのか？　お前はまた悪魔の嘘に欺かれたのだぞ。」

アーダムはその子を殺してバラバラにしてしまいました。それを平原に運び、撒いてしまいました。アーダムがその場から去ると悪魔がやって来て、魔法で子供を蘇らせました。子供は断片になり、断片は寄り集まってもとの子供になりました。子供が生き返ると、また悪魔はハッヴァーに強く懇願したので、ハッヴァーは再び受け容れざるをえませんでした。

悪魔が去るとアーダムが戻ってきました。悪魔の子をそこに見つけ、再びハッヴァーを叱ってこう言いました。

「また俺たちを神のお怒りの炎で焼きたいのか？」

アーダムはその子を殺し、火を起こしてその火で燃やしました。灰を風で飛ばし、とにもかくにもハッヴァーに対して嘆きわめきながら去り、ハッヴァーはひとり残りました。

またまた黒い顔の悪魔が戻ってきて、あらゆる方角から子供を呼び寄せました。すべての灰が集まってくっつき、あの子供になりました。子供が生き返ると悪魔はハッヴァーに何度も誓わせ、次のように彼女に言いました。

「子供を受け容れ、二度と再び風に撒き散らしたりするな。子供から目を離して放っておくことはできない。私は戻ったらこの子を連れていく。」

こう言うと悪魔は去り、そこへアーダムが戻ってきました。ハンナースを見てまたアーダムは怒りました。ハッヴァーをまた非難し、こう言いました。

「悪魔と永遠に友達にでもなったのか。残虐な悪魔が俺たちにまた何をしようとしているのか、俺にはわからん。」

こう言うと、また悪魔の子を殺し、それで食事の準備をしました。それをハッヴァーと一緒に喜んで食し、アーダムは火に満ちた心で出発しました。

呪われた悪魔がまたやって来て、子供を大声で呼びました。ハンナースは悪魔の叫び声を聞くと、ハッヴァーの胸から返事をしました。狡猾な悪魔はハンナースの声を聞くとこう言いました。

「これでなんでもできるぞ。人間の内に棲むこと、これがいつも私がしようと思っていたことだったのだ。人間の内に自分を据えたのだから、人間の子孫も我が哀れな下僕になる。ハンナースを通じて人々の胸に、誘惑から生じる不名誉という百もの罠を仕掛けることもあれば、人々の中に百ものさまざまな色欲を掻き立て、血のように人々の血管に入ることもあるだろう。特別に私に服従して私を崇めるため、彼を呼び、その服従に対して誠実ではなく偽善を求めることもあるだろう。私には人類が神の道から外れるように導く幾千ものさまざまな魔法があるのだ。」

＊　　＊　　＊

悪魔があなたの内に棲み、スルタンのごとく坐して王冠を戴いたら、あなたが魔法を強く求めるように仕向け、あなたの魂は魔法を強く求める。もし悪魔がこのような追い剝ぎでなかったのならば、彼はありとあらゆる人間を支配するスルタンにはならなかっただろうに。悪魔は多くの人間に悲しみをもたらし、全世界を混乱に陥れた。悪魔はありとあらゆる世界の片隅で心を眠らせ、どこでも水を泥にした。悪魔はあなたを待ち伏せし、これによる痛みであなたの両眼は血をしたたらせる雲のようになる。アーダムが一粒の種を見つめたがために、三百年涙を流さなければならないのだ。悪魔が呪いと嫉妬で、どれほどの涙を流さなければならないか、見るがよい。

【第二話】悪魔イブリースと彼の嘆きについての話

あの比類なきお方、ズン・ヌーン(2)が言いました。

「荒野へ行く途中、黒い小川が二筋流れているのが見えました。私は、これほど急ぎ流れていく水の水源はどのような水なのか知りたくなり、流れに沿って歩きました。ついに岩に辿り着いたのですが、地面にイブリースが横たわっているのを見ました。イブリースの両の眼は血がほとばしり出る二片の雲のようで、どちらの眼からも血の川が流れ出ていました。雨のように泣き悲しみ、次のように何度も何度も繰り返していたのです。

「私がこのような状態でいるのは、あの月のような顔をした麗《うるわ》しいお方のせい。でも我が身を委《ゆだ》ねる絨毯の色は黒い。私が命令に従うことは望まれず、それなのに私に非難の言葉が浴びせられるのだ。」」

＊　　＊　　＊

誰かこのように苦しんだことがあるだろうか、このような人を誰も記憶していない。

【第三話】ユースフ（ヨセフ）とイブン・ヤーミーン（ベンヤミン）の物語

ある敬虔な信者が語った話です。

ユースフがイブン・ヤーミーンに心の内を明かそうと決めた時、彼と心一つに、彼と二人きりになろうとしました。するとイブン・ヤーミーンは自分の麻袋にコップを入れ、それを盗んだことで非難されてしまったのです。なんということでしょう！　信仰の長ユースフはこう続けました。

「間違いなく神がイブリースに対してなされたのと同じ方法でした。神はご自分の扉からイブリースを追放し、この秘密のために呪いをかけて世界中からイブリースを差別したのです。神はイブリースを大衆の目からご自身の怒りの中に隠すため、ご自身の怒りという衣をイブリースに着せたのです。イブリースは神の怒りでできた武器を手に、宮殿の入り口に常に立っているのです。礼拝時にあなたの最初の祈りが正しい文言によって始められないかぎり、あなたは神の御前に歩を進めることはできないのです。イブリースは堕落した者らを懲《こ》らしめんと昼夜を問わずこの扉のところに立っているのです。イブリースの手には人々の持参する硬貨をはかる試金石が握られており、東から西に至るまでみな、イブリースの前に居並ぶのです。偽の硬貨を持参した者は、すぐにイブリースの鎌を食らいます。その贋金の持ち主にイブリースはこう言うのです。

「おお、私から虚偽という球を盗みし者よ、神は私のあれほどたくさんの崇拝を一瞬にも満たない時間ではねつけたというのに、そなたはこのごくわずかな崇拝で満足し、神の御前に行けるなどと考えるとは、恥ずかしいとは思わぬのか？　もし世の中の人々が私を呪っても、私の魂の中にある神への愛がごくわずかでも減ることなどありえないのだ。」」

＊　＊　＊

もし誰か一人があなたに呪いをかければ、あなたは一時間で不幸へと転落するだろう。まず、勇気をもって誇らしく、神への道を歩む人となるがよい。それから命を賭けて王たる神の御前へ進むのだ。なぜイブリースを軽視するのか？　イブリースはペテンによって敬虔な人々に不意打ちをかけた。今いるアミールたちはあなたと同じような多くの人々の首を切り落としたと確信するがよい。たとえ彼らがあなたの上に君臨する王だとしても、悪魔の群れのなかでは一人の乞食にすぎない。悪魔の性質をもつ乞食があなたの王であるなら、どうしてあなたがムスリムとしての道を歩むことができるだろうか。一瞬たりともイブリースはこの苦しみから逃れることはないのだから、呪われたイブリースから人間らしさを学ぶがよい。神への道を歩む修行者たる人間が、自らの根源や神に全身全霊で注視すれば、何をしようとも神から称讃されるのである。

【第四話】スルタン・マフムードとアヤーズ[3]の物語

アヤーズは勝利の王と座り、夜が明けるまで王の脚を撫でておりました。アヤーズが主君に仕える気持ちは一瞬ごとにいや増し、脚をさすったり、脚に口づけしたりしていました。マフムードは白銀の胸のアヤーズに言いました。

「こうして余の脚に口づけするのは何のためか？　身体の他の部分ではなくなぜ脚なのだ？　他の部分はどうでもよいということか？　顔の価値を見ていながら、なぜ卑しい脚をより大事にするのか？」

　アヤーズが答えました。

「これは不思議なこと。みなが陛下のお顔を見知っています。みな月のようなお顔を見ていますが、誰も陛下の脚に近寄ることはできません。ここでは私たちしかいないので、私たちはさらに睦まじくなれます。私にとってこれが必要なのです。」

＊　＊　＊

　こうした出来事はイブリースの身にも起こった。イブリースはすべてをさしおいて神の怒りを求めたのだ。イブリースはみなが神の恩寵を求めるのを見て、みなとは逆に自分だけは神の怒りを求めたのだ。彼だけが神の怒りを求めていたのだから、勇敢さにおいては多くの男らを凌《しの》いだ。神の命令に服従しなかったことで非難されたので、神の下すいかなる罰をも受け容れることとなった。神は彼を呪ったが、イブリースはそれを報奨であるかのように受け容れた。その呪いのせいでイブリースは男女を問わずすべての人間の敵となり、この世の多くの人々を待ち伏せて襲うようになったのだ。もし彼がその呪いによって糧を得られなかったら、どうやって人間に対するあのような力を示すことができようか。イブリースはあの呪いが気に入ったので、猶予を求めた。命を賭してイブリースは呪いを選び、永遠の命を求めたのだ。あの栄誉ある賜衣のため、それが彼から戻されるまで、彼は楽に長生きすることだろう。誰かに対して呪いが現れることはなかったが、イブリースは呪いの首輪を選んだのだ。神からの呪いは彼に対して大いなる源だった。たとえ他の人々にとっては死そのものであったとしても。

【第五話】美少年と、彼に狂おしいまでに恋する男の話

あるところに、人の心を奪う美しい少年がおりました。彼の顔の美しさに庭園が恥じて汗をかくほどでした。春の日に、少年は一人、砂漠の幕舎におりました。彼の居る幕舎は光り輝く天空のようでした。その幕舎の下にもう一つの太陽がいたからです。ある若い男が偶然少年を見かけ、彼への愛でその心は道に迷いました。男はその愛にあまりにがんじがらめになったので、誰の忠告も耳に入りませんでした。一瞬たりとも少年の美しさを目にせずにはいられませんでしたが、少年と結ばれたいという望みも全くありませんでした。

ある日、悲しみにうちひしがれた恋人たちに味方するかのように、雨が降りだしました。砂漠に棲む人々はみな駆け出し、幕舎へと身を寄せました。偶然恋する男と彼の心を奪った愛の対象が同じ一つの幕舎の中で一緒になりました。雨がますます激しくなってくると、誰もが覆いの下に身を寄せました。幕舎の下でその二人の恋人たちは一つの覆いの下に入りました。眼で互いに魂を盗み、唇で互いの魂に息吹を与えました。どちらの燃える魂もこう祈りました。

「おお、神よ、一時《いっとき》でよいから雨を弱め給え。」

しかし、恋する男は言いました。

「おお、神よ、お望みのままにもっと雨を降らせ給え。今大雨が雲から落ちています。もし舟を浮かべるなら今がその時です。悲哀を味わう者らはあまりに渇いていたので、どれほど激しい雨であろうと、わずかな湿り気とすら思えないのです。雨からはいかなる湿り気も存在しないのです。もしこのまま雨が最後の審判の日まで降りつづけば、喜びのあまり、私の復活が可能となるでしょう。神よ、その幸福を現実のものにしてください。雨がいつも豊潤でありますように。」

＊　＊　＊

神はイブリースが呪われることを望み、イブリースはそれがいや増すことを神に望んだ。神は仲介なしに直接イブリースと話したので、イブリースは自身のことについて実に多くを語った。その呪われし者に跪拝の命令が下った時、イブリースは歩むべき道を見つめる目を瞑《つむ》った。彼は「(人間に対して)跪拝せよ」と言われたのだ。

彼は言った。

「神に対してしかできません。」

イブリースはこう言われた。

「地獄へ消えてしまえ。」

彼は言った。

「かまいません。たとえ自分に呪いをかけようとも、どうやって私は神以外の存在に頭を垂《た》れましょうや。神以外の存在を一瞥しようものなら、私の命令はこの世のありとあらゆるものに及ばなくなるだろう。」

【第六話】臨終のスルタン・マフムードとアヤーズの話

世界の支配者、スルタン・マフムードが不実なこの世を去ろうとしていたとき、白銀の胸をしたアヤーズと話がしたくなり、彼を呼ぼうとしました。

侍従たちが王に言いました。

「あと一瞬しか命がないというのに、まだ王はアヤーズとお話しなさりたいのですか？」

スルタン・マフムードは言いました。

「もしアヤーズの懐《ふところ》が我がものでなくなるなら、余にはもう彼はいらない。もし我が心が彼を思って喜ぶのなら、その喜びや満足はこのような日にこそ必要なのだ。いかなる愛も永遠に続くものではない。それが太陽ほどの愛であるなら、それよりわずかでも多くなることもない。彼の愛は余の無限の愛そのものである。この世だけではなく余があの世でも必要とするのはアヤーズなのだ。」

ついに白銀の胸をしたアヤーズを呼び、次のように彼の耳元にそっと囁《ささや》きました。

「ああ、愛しい人よ、崇拝する神との契約により、棺《ひつぎ》がマフムードの輿《こし》に変わる時、そちは誰か他の者に仕えようとはしないだろう。たとえそちがそうしたくとも余がそれを望まぬからだ。」

アヤーズは口を開き、こう言いました。

「おっしゃるとおりです。もし私が死肉を喰らう者であったなら、私は陛下のように捕らわれることはありませんでした。それとも私を死肉を喰らう者と見なしたいのですか。私は陛下をたった一本の髪で縛ることができるので、私は誰か他の者の前にお仕えすることなどできません。衷心の友アヤーズは生あるかぎり最後まで陛下のもの。アヤーズの最後は称讃されましょうぞ。」

＊　＊　＊

イブリースは神に呪いをかけられた時、神への称讃と栄光を唱えた。

「汝に呪われしは、汝から別のものへと顔をそむけることより百倍喜ばしきこと。」

もし犬が叩かれて扉から追われるなら、それは永遠に骨にありつけなくなることを意味する。どう言えばよいだろうか。イブリースは呪いの言葉を聞いた時、それを呪いの言葉と思わなかったばかりか、その言葉のなかに語り手である神を見たのだ。イブリースは上質な葡萄酒を数千年飲んで酔っ払い、しかも少量ではなくなみなみと縁まで注がれた杯をあおったのだ。最後に一口の澱《おり》を飲む時、どうしてあの澄んだ葡萄酒を忘れられようか。たとえ呪いという澱を味わおうとも、その呪いの言葉のなかに酌人たる神以外、彼には見えなかったのだから。数千年もの間、澄んだ葡萄酒のなかに神を見てきたのだから、澱のなかにどうして他のものが見えようか。神の御前で呪いの言葉はイブリースに下されたのだから、そしてイブリースの名は神の御前で呪われたのだから、イブリースはそれが善なのか悪なのかわからなかった。彼にはそれが神の御前に由来することだけしかわからなかったのだ。呪いは神の御前からの栄光だったので、イブリースは魂でそれを受容したということなのだ。

【第七話】手を切られた泥棒の話

ある泥棒の片手が切り落とされた時、息つく間もなく彼はその手を取り、あっという間に立ち去ろうとしました。人々は彼に言いました。

「おお、不幸にさいなまれし者よ、この切り落とされた手をどうしようというのか？」

彼は答えて言いました。

「大切な友の名を、純粋な気持ちでこの手に刻《きざ》んでおいたのです。今や、生あるかぎり、これで私には十分です。それなしでは私は生きてはいけないのですから。もし私がこの手によって痛みをこうむるだけであっても、大切な愛しき我が友の名がそこにあれば気にはなりません。」

＊　＊　＊

呪われたイブリースは神秘に精通していたので、跪拝をしなかった。イブリースは人間と神秘を共有するのが嫌で、跪拝を拒み反抗を始めたのだ。イブリースにも人間にもあの扉《とばり》や入り口が見えないように、そして王威の幕帳の向こうに輝く光が人々に見つめられて汚れてしまうことのないように。

【第八話】月が太陽を妬む話

あなたはまだ聞いたことがないかもしれません。

月に、「夜になると天に昇りこの世を照らす、この繰り返される営みのなかで最も望むのは何？」と尋ねると、月はこう答えました。

「太陽が覆い隠されて永遠に幕帳《とばり》の向こうに入ってしまえばいいのに。いつも雲に覆われていればいいのに。私を照らす愛しい太陽、その太陽を私がこの目で見るのも惜しいのに、他の誰かの目に触れると考えただけでも癪《しゃく》で癪でたまりません。」

【第九話】マジュヌーンへのある男の問い

ある男が、狂人マジュヌーンに言いました。

「ライラーは死んだ。」

マジュヌーンは言いました。

「神よ、ありがたや！」

男は言いました。

「道に迷いし者よ、ライラーへの愛に胸焦がしているというのに、なぜそんなことを言うのか？」

マジュヌーンは言いました。

「私にはあの月のような美女を手にすることはできませんが、どんな悪意を持った者であろうとも、もう彼女を見ることはないとわかったからです。」

【第十話】イブリースの物語

ある人がイブリースに尋ねました。

「不吉な者よ、自分が呪われているとわかった時、なぜ魂に呪いを留め置き、宝のように心の中に隠し持っていたのですか？」

イブリースは言いました。

「その呪いは神の矢なのです。ただ、初めに神が狙いをしっかりと見定めるのです。」

＊　＊　＊

最初に視線が目標を見定め、それから矢が弓から放たれるべきである。そなたは今その矢だけに意識を向けている。眼を持っているのなら、目標を見定めよ。

【第十一話】誇り高い信者たちがスルタン・マフムードに願いを伝える話

信仰に篤い、非常に誇り高い人々が、マフムードの御前に集まっていました。世界を支配する王は彼らのほうを向いて、「各々望みを言うがよい」と言いました。その日、彼らは町、財産、高い地位といったたいへん多くを王に望みました。アヤーズの番になると誰かが言いました。

「美しさにおいて比類なく、才能に恵まれた者よ、何を望むのですか?」

アヤーズは言いました。

「ただ一つのこと以外、私は何も望みはいたしません。私は四六時中絶えず王の矢の標的でいたいのです。もしこの望みが叶うなら、不安は微塵もなく吹き飛びます。」

人々はアヤーズに言いました。

「不幸な者よ、無知のせいで理性から遠ざけられた者よ、お前は自らが王の標的になることを望んで、知性を踏みにじるのですか? なぜ自分の身体を的にして、永遠に矢に捕らわれたいなどと願うのですか?」

アヤーズはこう言いました。

「ああ、みなさま、あなた方にはこの神秘がおわかりではないのです。正気の方々よ! たとえこの世が私を尊敬してくれるとしても、私には王の矢の標的になることがすべてなのです。なぜなら、まず、王は何度か標的に視線を注ぎ、それから矢を射るからです。その視線が最初に投げかけられるのですから、最終的に射られてできた傷がどうして辛いことがありましょうか。みなさんは神秘主義道においてこの傷をご覧になるでしょうが、私にはあの王の視線が見えるのです。もし王が私に十の視線を投げかけられたら、どうして私は一つの傷を恐れて逃げたりいたしましょうか。」

【第十二話】シブリー[4]――彼に神の祝福あれ――の物語

シブリーの狂気がいっそう激しくなった時、無理矢理彼は鎖で縛られました。突然人々の一団が彼の許へ寄りましたが、彼らは道にいる彼を見て立ち尽くしていました。言葉の創造者たるシブリーは彼らに向かって言いました。

「あなた方はどういう方々ですか？　あなた方の秘密を話してください。」

みなこう言いました。

「我々はあなたの友です。あなたへの友情以外何も存じません。」

シブリーはこの言葉を友らから聞くと、すぐさま彼らに向かって石を投げはじめました。友人らはみな石を見て怖がり、シブリーの許から逃げました。

するとシブリーはこう言いました。

「みなの者よ、あなた方は嘘つきで、誤り導かれたとんでもない人たちです。私に友情を抱いているなどと豪語しながら、清らかではなかったのですね。卑しい人たちよ。愛しい人の石つぶてから誰が逃げるものでしょうか？　愛しい人からの一撃は苦痛ではなく安らぎなのですから。」

＊　＊　＊

イブリースは愛しい神に叩かれた時、逃げはしなかった。しかし、彼の打擲《ちょうちゃく》から百もの膏薬《こうやく》を作り出した。神の打擲一つ一つを魂で受け容れよ。神があなたの命で打擲を与えたとしても、それは善なる打擲なのである。もしほんのわずかでも愛が明らかになれば、あなたは神の打擲欲しさに百もの命を捧げるだろう。神の打擲はただと思っているだろうが、数千年にわたる服従がその代償である。数千年という長い時間、イブリースは神に服従し崇拝したのに、そのすべての服従や崇拝は一瞬のうちに呪いと引き換えにされた。神のイブリースへの呪いはイブリースにとってたいへん価値あるものである。なぜなら愛しい神からイブリースに届いたものだからである。愛しき人から恋する者に届くものは、それが呪いであろうとも愛すべきものなのである。

愛しき人よ、イブリースの物語に耳を傾けよ。しばし欺瞞を捨て、聞くがよい。もし一時でもあなたにこの勇気があれば、一瞬ごとに全世界がいきいきと蘇るだろう。たとえ神への道から追放され呪われていても、イブリースは常に神の御前にいるのだ。なぜイブリースを昼夜呪うのか？　真のムスリムの姿をイブリースに学ぶがよい。

【第十三話】シナイ山でのムーサー（モーセ）――彼に平安あれ――とイブリースの物語

ある夜ムーサーがシナイ山への道を歩いていると、イブリースが遠くからやって来て彼の前に現れました。ムーサーは呪われし者にこう言いました。

「友よ、なぜアーダム（アダム）に跪拝しなかったのですか？」

呪われし者はこう答えました。

「おお、神に愛されし者よ、私は全能の神に理由なく否定されていたのです。もし私にあの跪拝が許されていたなら、私もあなたのように神に愛された者となっていたでしょう。でも神がこのようにお望みだったので――他にどう言えばよいのやら――そうはならなかったのです。」

ムーサーは言いました。

「罠に落ちた者よ、神を思うことがあるのですか？」

呪われし者は言いました。

「一瞬たりともどうやって神のご親切を忘れられましょうか？　神が私を疎《うと》まれれば疎まれるほど、この胸に神への愛がいや増すのです。」

呪いによってイブリースは神の御座所から遠ざけられても、ムーサーの言によればイブリースは神の御前にいるのです。たとえ呪いがイブリースの心の火をかきたてる源であろうとも、その呪いによってイブリースの情熱はいや増したのです。

＊　　＊　　＊

悪魔ですらこれほどまでに自分の進む道において情熱的なのだから、息子よ、お前はどれほど意中の人を愛するだろうか。もしお前が今魔術を望むなら、呪いをかけられることを喜ぶがよい、さもなくば魔術を学んではならない。かの名高い二人の魔術師たるハールートとマールート(5)が水も食糧も与えられずにどれほど逆さ吊りにされつづけたことか。彼らは血塗れの心で井戸に幽閉され、自分たちの運命に失望した。彼らは当時の鑑であるにもかかわらず、魔術では同等となった。彼らは自分たちを解放できないのだから、誰がいかにして彼らの魔術の知識に満足することができようか。もしお前に魔術の世界があるなら、杖はすぐさま蛇となり、お前の魔術を飲み込んでしまうだろう。一本の杖の中に飲み込まれてしまう魔術はあまりに多いが、価値のない人間以外は魔術に飲み込まれはしない。お前の胸の内には常に悪魔が棲んでおり、魔術への欲望に酔い痴れている。もしお前の内の悪魔がムスリムになるというなら、お前の魔術とやらも神智学となり、不信仰も信仰へと変わるだろう。そうすればお前は永遠に楽園の住人となり、悪魔は言いわけすることもなくお前に跪拝するだろう。法に適《かな》った魔術について今述べたが、この魔術であればお前も完全な永遠に到達できるかもしれない。誰もがこうした魔法を手に入れることができるのであれば、負の魔法ではなく、こちらの魔法を習得すべきである。

第九章

三番目の王子が完璧さを伴って現れ、すぐさま父王に自分の心的境地の説明を始めました。

「この世で起こっていることを映し出す酒杯があります。僕は王の栄光ではなく、それを望みます。その酒杯は望むものを何でも見せてくれると聞きました。もし多くの秘められた謎があれば、その酒杯がすべてを見せてくれるでしょう。僕にはその中に世界中いたるところの絵が現れるという、それがどんな美しい鏡なのかわかりません。もし父上にとって大いなる神秘であろうとも、その神秘は一瞬のうちに火を見るよりも明らかになるのです。もしこのような酒杯が手に入れば、天空ですらその高さをもってしても、僕には低く卑しいものに見えます。全世界の神秘が僕には明らかとなり、無知な僕も多くを知ることになるのです。」

父の答え

父王は言いました。

「無知がお前に勝った。お前はこの酒杯を欲し、そのためにすべての神秘を知った時、全世界に君臨するかもしれない。自分を天と同じ地位にあると見なすので、すべての地上の人々は井戸の中にいると思ってしまうのだ。お前の傲慢さでお前自身もいっぱいいっぱいになり、ジャムシードの杯があれば、太陽の光に透けて微粒子がはっきり見えることだろう。だが、その杯をじっくり眺めたほうがよい。なぜなら、死はお前の脳天に鋸《のこぎり》を置く(1)のだから。ジャムシード同様、お前はその杯からなんの利益も受けはしない、なぜならジャムシードのように悲惨な最期を迎えるのだから。この杯を持つことは井戸に落ちることなので、お前はこの神秘主義道からはずれることのないように気をつけるがよい。」

【第一話】スルタン・マフムードと老婆の話

信仰のスルタン、征服者マフムードが疾風のごとくアラブ馬に乗り軍隊を率いておりました。途中で嘆願書を結びつけた杖を持った一人の未亡人を見かけました。老女は暴君に対し公正を訴え、救いの主に助けを求めました。全能の王はその老婆を見かけましたが、気にも留めずすぐに去ってしまいました。

その夜マフムードは夢を見ました。彼は井戸の中のうず潮に巻き込まれていました。するとあの老婆が現れ、マフムードに杖を逆さに差し出したのです。老婆は彼にこう言いました。

「これを掴みなさい、おお王よ。そしてこのうず潮と井戸の底から立ち上がりなされ。」

王は白髪の老婆の杖を掴み、不幸の井戸からやすやすと逃れ出たのでした。

翌日王が平原に坐し、昨夜の夢のせいでふさぎこんでいると、再び正義を求め、ひとりぼっちの老婆が近づいてくるのを見ました。手には杖を、背は曲がり、両眼は涙で雲のように湿っていました。王はその場から立ち上がり、自分のそばに坐るようにと老婆を呼びました。王は軍隊に言いました。

「もし昨夜彼女がいなかったら、死という鰐がわが命を奪っていたことであろう。彼女の杖にすがることができたおかげで、私はうず潮と井戸から救われたのだ。お前たちも今日神に勝利を願うのであれば、みな彼女の杖に触れるがよい。この女の手は常にお前たちを支えてくれるのだから。」

兵士たちは一斉に駆け寄り、その杖をしっかりと摑みました。あちこちから多くの人々がその杖に群がりました。

老婆は王の玉座に坐り、手には杖を持っていました。彼女の手中の杖に、多くの者たちが寄ってたかって触ろうとしていました。ムーサー（モーセ）のようにその杖から力を引き出し、信仰においてムーサーの杖のようなはたらきをしました[2]。王は老婆に言いました。

「おい、哀れな白髪の者よ、そなたはこれほど弱々しいのにこれほど多くの人々が押しかけた。自らは弱いのに棒きれ一つでこれほど重い荷に耐えるのか？　多くの人々がお前のために押しかけ、お前はこの荷すべてを運ぶことはできないだろうに。」

老女は口を開いてこう言いました。

「王様、マフムードを井戸から引き上げられる者なら、誰でも引き上げることができます。あなたから次の言葉を聞くことはできないはずです。「井戸から象を引き上げる者は一握りの蚊が重荷になることなどない。」」

＊　＊　＊

王が卑しく、取るに足らない人物であるとき、王君らを救う者はみな女である。なぜそれを誇りに思い、未知のことに喜ぶのか？　喜べるはずはない。どの卑しい者からもうなじをぴしゃりと打たれ、どの劣った者からも害を被るのか。なぜ「他人」の語る「私は気高い」という、本当は「卑しい者」を意味する誰しもの語る言葉に耳を傾けるのか。これからお前に何が起こるかお前は知らない。だから、お前は自分で自分のあごひげに気を配るのだ（自分を取り巻く状況を案じ、不安でならないのだ）。もしラーム・アリフ(3)のように頭布《ターバン》を巻けば異教徒帯《ズンナール》を巻くよりずっとよい。だがもしラーム・アリフのように頭布《ターバン》を巻くと、それは「十字架」と「異教徒帯《ズンナール》」という語に含まれるアリフ・ラームであり、それは「無」を意味する。お前の心はこの頭布《ターバン》に気づいていない。なぜなら、突然棺の中に入れられてしまうのだから、お前の頭が妄想に満ち、まるで死人を入れる棺のようである時、その頭に美しい頭布《ターバン》を巻いてやるがよい。上質な繻子《しゅす》を頭に巻いて、お前に何の得があるのか？　やがてはお前が経帷子《きょうかたびら》に包まれるというのに。お前はこの世で気楽に人々をいためつけるがよい。じきにお前は死に、鋏《はさみ》のようにお前を切り刻む地獄の火によって、バラバラにされてしまうのだ。なぜ富や高位が自分にふさわしいなどと思うのか。それらはお前の最後の息までしかお前と共にはいない。死が訪れればお前の持ち物は何も残らないのだから、なぜ経帷子のように自分に巻きつけるのか？

【第二話】ブフルール(4)と墓場の話

ブフルールが棒を手にし、墓を一つずつ壊れるまで叩いておりました。人々は彼に言いました。

「おお、苦悩する者よ、なぜこれらの墓を棒で叩くのですか?」

彼はこう言いました。

「これらの逝ってしまった人々は数えきれないほどの嘘をつき、眠りについたのだ。こいつは「我が宮殿、我があずまや」と言い、あいつは「我が財産、我が黄金」と言った。こいつは「我が素晴らしき理性と慎重さ」と言い、あいつは「今や我が庭園、我が宴」と言った。だが神はおっしゃった。「こうした主張はどれも法にそぐわない。なぜならそれはすべて私の遺産であり、お前たちのものではない。」彼らがみな自分のものだと言った時、彼らは逝き、自らの命に別れを告げた。だから私は食物も眠りもとらずに彼らを叩くのだ。なぜならこいつらはみな一握りの嘘つきどもだからだ。結局はすべて手放さなければならなかったのに、自分のものと考えて何か利益でもあるというのだろうか?」

＊　＊　＊

人はなぜこのように物を集めるのだろう。結局はそれを手放さなければならなくなるというのに。なぜあなたの心を現世に執着させるのか。結局はあなたという土は煉瓦にしかならないというのに。

この世には隊商宿のように二つの扉がある。一方の扉からもう一方の扉までは天国で善人だけが通ることのできるスィラート橋のよう。もしその道を慎重に歩まなければ、あなたは真っ逆さまに地獄に落ちることだろう。月が暗闇に沈めば、影が地面を覆う。月そのものがいかに明るくとも黒雲に覆われてしまえば大地は暗くなる。地面に対して月がなす業がこのようなのだから、その源が土である人間ごときに何ができようか。神は一瞬のうちにこうした明るい光を暗くすることもできるのだから、あなたの生涯を一瞬にして終わらせることができるのだ。あなたは滅び、救われる望みもない。救われる可能性はないのだ。あなたの破滅は逃れることのできないもの。あなたの魂にのしかかるすべての不幸はあなた自身によるからだ。あなたの魂にふりかかる災難は、あなた自身のせいだ。これは明白なことで、疑いの余地はない。

【第三話】天文学に精通する王の物語

ある王が天文学に精通しておりました。ある月のある時刻に不幸に見舞われるということがわかり、安全な場所を造りました。堅い石で家を建て、多くの見張りを置きました。家に入ると小窓が目につきました。そこから入る光で家は花園のように明るく見えました。が、王は自分の手で小窓を塞《ふさ》ぎ、家の中に幽閉されたかのようにたった一人で籠もりました。いかなる空気の抜け道もなく、驚き慌てふためきましたが、もはや息をすることもできず、王は亡くなりました。

＊　＊　＊

もしあなたが一歩前進したいのなら、自身と訣別しなければならない。あなたが自分や現世と訣別しないなら、死が訪れた時に自分と訣別しようとしなかろうと、同じである。眠りと食事は永遠に続きはしないのだから、死が訪れた時、あなたはいったいどうするつもりなのか？

【第四話】神に対して正直であり、神を信じ抜くこと

清らかな心の持ち主がこう言っていました。

「もし誰かが神に召されると、あなたは最初の日はその人のために喪に服し、二日目、三日目もそうするでしょう。四日目から七日目はやつれ果てるでしょうが、七日目が過ぎ八日目にはどうするつもりですか？」

＊　＊　＊

最後の日には自分を捨てなければならないのだから、なぜ慌てふためき苦しみ悶えるのか？　最初にきちんと学ぶがよい。あなたの全身が足になろうとも、あなたは決して逃げることはできない。蛇が動くときにくねくねと身をよじらせて道を這うのを見たことがないのか？　だが、巣穴に近づくともう蛇は身をよじることなく一目散にすっと巣穴に入る。なぜなら、あの身体のよじりをやめないかぎり、巣穴に辿り着くことは決してないからである。

あなたも歪んだ心を捨てなさい、そうすればあなたの巣穴にまっすぐ辿り着く道が示される。歪みの中で道に迷ったままでいると、歪んだ人々同様、神秘の幕帳《とばり》の外に留まり、内への道が得られないだろう。あなたには人の足も頭も見えず、歪みゆえに扉の前で傷つき立ちすくむ。スーフィーの眼では、クーフィー体(5)で書かれたアリフの文字のようにまっすぐ見えるものが必ずある。神秘主義とは何か？　辛抱し、この世への執着や欲を断ち切ること。神を信じるとはどういうことか？　言葉を慎み、

人々との交わりを求めないこと。心を消滅させ、人生を神まかせにすること。すべてを捨てて神を選ぶこと。

【第五話】バルフのシャキーク(6)が神を信じることについて語った話

バルフのシャキーク、かの学識高い導師《シャイフ》が、ある時バグダードで講話をしておりました。神を信じることについて清らかに、九天よりも高らかに、人々に向かってこう語りました。

「神を強く強く信じなさい。そして屈辱をおそれてはなりません。私は心楽しく神を信じ、何の憂いもなく沙漠へと旅しました。私の全財産は頭陀袋《ずだぶくろ》にある一枚の銀貨だけでした。旅するうちに神を信じる思いが強くなり、頭陀袋の中の一枚の銀貨は手つかずでした。カアバ神殿を訪れ、再び喜びに包まれた時、神への信仰心が強かったおかげで、お金は一銭も必要としなかったのです。」

熱心に聞き入っていた若者が立ち上がり、彼に言いました。

「ひとつだけ教えてください。袋に一枚の銀貨を入れたというのに、いったいどうしてあなたの魂は神を信じたと言えるのですか？　その銀貨が百もの妄想にあなたを突き落とした時、どこであなたは神を信じたと言うのですか？　神を強く信じていたのなら、その一枚の銀貨すら要《い》らなかったのではないですか？」

シャキークは彼からこの言葉を聞くと、説教壇の上で震えはじめました。そしてもっともな意見であると認め、こう言いました。

「この若者の言うことが明らかに正しい。私にはもう何も言えません。」

＊　＊　＊

この議論はお金の話ではない。お金のことなどつゆほども含まれてはいない。逆さ吊りにされた彼は、多くの血の涙を流し、今無残にも神の手で殺された。彼を土と血の中に解き放ちなさい。なぜなら、それが今彼が必要とする頬紅なのだから。驚くべきはこの神智家の振る舞い。自らの血を頬紅に使うとは！　驚くべきは彼が死なないかぎり、経帷子一枚持てなかったということ。

【第六話】神に帆布を求める狂人の話

一人の気の触れた男が立ち上がり、裸で神に帆布を求めました。

「神よ、身に纏うシャツがありません。あなたには忍耐強さがあっても私にはないのです。」

正気を失った者に天からの声が届きました。

「そなたに帆布をやろう、だが、経帷子をな。」

その苦しむ狂人は口を開き言いました。

「私はあなたを知っています。おお、下僕に十分な衣食を与えしお方よ、非力な男が死なないかぎり、あなたは十メートルの帆布すら決して与えてはくださらない。まず人はお金も服もなく死に、それから墓の中であなたからの帆布をもらうのだ。」

心よ、もしそなたがこの神に辿り着く途中で殺されれば、一瞬のうちに神の許で生きることになる。殺されし者よ、そなたには血がシャツ代わりで十分なのだ。経帷子がそなたの血。そなたは頭から足まで血塗れなのだから、土の中で自分の血に溺れるがよい。母乳が出る女性は月経が止まる。神はその血をひそかに母乳に変化させるので、血を飲んでいることになるのだ。人間は最初血を飲み、最後は土に還るというわけだ。土と血とともに埋葬された死者がどうやって傲慢に顔を上げたりするだろうか？　惨めなお前は自分が何なのか知らないのだ。お前はひと握りの土と血にすぎない。血と土から清められるのは、土に還るべく心の血を飲む時だ。お前のすべきことは涙を流し尽くすことのみなのだから、涙を流し悲しみ、日がな過ごすのだ。

＊　＊　＊

【第七話】涙を流しつづけていた狂人の話

一人の狂人が多くの涙を流しておりました。ある人が彼に言いました。

「なぜこんなにひどく泣いているのか?」

泣きながら狂人は言いました。

「しばしの間だけでも神が私を哀れんでくださるよう、涙も涸《か》れ果てるほど泣き、血の涙を流しているのです。」

別の人が言いました。

「神に心はない。そんなことを言う人は正気ではないよ。」

狂人は答えて言いました。

「神には多くの心があります。彼の心はすべて実に素晴らしいものです。どうして神が心を持たないことがありましょうか。あなたは何を言っているのですか？」

＊　＊　＊

現世に存在するもののすべては天上界に由来する。善悪も高貴さや卑しさも天上の不可視界に由来する。だから我らのこの心も不可視界に由来するのである。心だけでなくありとあらゆるものが不可視界に由来するのだ。もしあなたに善と悪が二つの徴《しるし》として現れたなら、その源を不可視界に見出すことができる。ご覧なさい、サーメリー（サマリア）[7]は大天使ジャブラーイール（ガブリエル）の足許から集めた土によって人々を迷わせ、サーメリーの民は破滅したではないか。

しかし、大天使ジャブラーイールの息がマルヤム（マリア）に吹き込まれた時、神の魂たるイーサー（イエス）がこの世の人々の生を請け負った。善であろうと悪であろうと不可視界に由来する。繁栄して幸福であろうが、害を及ぼし悲哀をもたらそうが、不可視界に由来する。お前はそれと知らずとも不可視界に由来しているのに、水と土でできた狭い物質界で生きている。もしお前がこの物質界から解放されて死を迎えれば、廃墟のごとき現世に眠る宝、すなわち完全人間のようになるだろう。現世でお前が欲望や執着から解放されれば、心は不可視界で神と結ばれるであろう。

【第八話】導師《シャイフ》アブー・バクル・ワースィティー(8)と狂人の物語

ある早朝、覚醒の徒ワースィティーが狂人の館へ出かけて行き、陶酔している一人の狂人が叫んだり手を叩いたりしているのを目にしました。その狂人は唇に笑みを浮かべ心熱く、狂気の酒を飲んだせいでいたく朗《ほが》らかでした。喜びで、火にくべられたイスパンド（小さな芸香《うんこう》の種）のように跳《は》ね、ものおじもせず踊っておりました。それを見たワースィティーはこう尋ねました。

「おお、王道から逸《そ》れた者よ、囚われているというに嬉しそうに喜んでいる者よ、なぜこれほど喜んでいるのか？　拘束されているのに自由に見えるのはなにゆえか？」

狂人は導師《シャイフ》に向かってこう言いました。

「たとえ今、私の足が縛られていようとも、心は縛られてなどいないからです。私の本質は心。心が自由なので神と結ばれているのです。天使たちが難問を解決するのは確かです。私の足を縛って心を解放したのです。」

両世界とは何でしょうか？　心という名の大海。あなたは大海の中にいて、泥に足を囚われています。一瞬、自身の胸たる大海に入るのがよいでしょう。なぜならこの世が自身の内に消滅するのが見えるでしょうから。百もの世界があなたの心の内に潜《ひそ》む時、あなたの目に映るこの虚の世界など何の意味があるでしょうか。自分がこの世とあの世で在ると悟った時、この世のすべての真の姿を悟るのです。不可視界があなたの内に明らかになるとわかった時、現世はわずか一瞬にすぎず価値のないことがわかるでしょう。

もしあなたが自分のために世界を望むなら、内なる力によって一瞬でその願いは叶うでしょう。体液や手段を超越した、七つの海に囲まれた七つの地域という新しい世界。そこでは卵から孵《かえ》る鳥はおらず、天国も月のものある美女もいません。そこでは蜜は蜂に由来せず、乳は山羊からではなく、酒は葡萄から作られることはありません。鶏の丸焼きに火は用いられず、煮炊きすることなく色とりどりの料理が並べられるのです。そこでは媒介するものがないので、ありとあらゆるものが無から生じます。あなたが望むものはなんでも、ただ望むことにより現実となるのです。あなた自身を取るに足らぬ存在と見なしてはなりません。両世界はあなたの魂と肉体以外の何かなどと思ってはいけません。あなたはすべてなのです。なぜ火をそれほどまでに怖れるのですか？　あなたの心は最上天、あなたの胸は神のおわす王座。心がここで神への愛に燃えさかっているのに、どうして地獄の業火に焼かれることなどあるでしょうか？

【第九話】心燃え尽きた老婆の話

ある日バグダードのバーザールでおそろしい火の手があがりました。人々の間から悲鳴があがり、火事のせいで大騒ぎとなりました。

哀れで不幸な老婆が杖を手に現れました。誰かが彼女に言いました。

「行くでない。気でも狂ったか。お前の家も燃えているぞ。」

女は言いました。

「気がちがっているのはお前さんのほうじゃないか。だまらっしゃい！　神は私の家を燃やしはせんのじゃ。」

ついに火は家々を焼き尽くしましたが、その老婆の家は燃えずに無事に残ったのでした。

人々は言いました。

「おい、苦痛と悲哀に身を置く媼《おうな》よ、お前はこの謎をどうして知っていたのか？」

するとその謙虚な老婆は答えて曰く、

「神は私の家か心か、一方を燃やすことができるのじゃ。神は私の狂った心をすでに悲しみで燃やしてしまったのだから、私の家まで燃やしはしないのじゃ。」

【第十話】火と焼片《ほくち》の話

石と鉄がぶつかり、両方から火が起こりました。燃えて焼片《ほくち》ができると、火はこう言いました。

「こいつは誰だ？」

焼片は答えて言いました。

「苦痛と悲哀に身を置く者よ、あなたのことをよく知る者です。」

そこで火は言いました。

「私は明るくするのが仕事。あなたのような真っ黒な者とどういう関係があるというのでしょう？」

すぐさま焼片は雄弁に答えました。

「私が真っ黒なのは火以外の誰のせいだというのでしょう？　あなたがあかあかと私を燃やしたのですよ。なのに今になって知らぬ、存ぜぬと言うのですか。これほどむごたらしく私はあなたに焼かれたのですから、今その焼いたものを優しく守ってくださいな。」

火は焼片の言葉に偽りはないと知り、世の多くのもののなかから選《よ》りすぐって焼片を抱きしめ、燃やしたのでした。

＊　　＊　　＊

あなたももし世界の源を輝かせれば、可視界で燃えたのだから不可視界では燃えないだろう。焼き煉瓦はたとえ土から生まれようとも煉瓦は火の性質を生まれつき備えている。イスラーム聖法《シャリーア》では、死ぬ時墓に焼き煉瓦を置いてはならぬと言う。イスラーム聖法《シャリーア》が許さないのだから、あなたは火にゆだねられることは決してなく、土の中に寝かされるべきである(9)。例えば、灯光が草原で見えると、草原の灯光のような存在だったジャスミンの花はしおれてしまう。神の扉から明るく輝く灯光は優しく、ジャスミンを照らし出す灯光。よって灯光をつける必要はない。どれほど艱難辛苦の中で生きていようとも、我々以上に哀れな人がいるだろうか？　いや、そのような人などいるわけがない。もし我らの上に薔薇の花びらがひとひら落ちれば、あなたには我々より身を守るすべのない哀れな者を見ることはない（真の「持つ」とはどういうことなのか。貧窮は我々の誇りである！　何も必要としない、満たされている、というのは神のみが持ってしかるべき性質なのである！）。

【第十一話】アブー・アリー・ファールマディー(10)の物語

ある強い精神力と卓越した知性をもつ男が、師アブー・アリー・ファールマディーの言葉として語った話です。

最後の審判の翌日、神がある男に手紙を渡しました。そこには「読んでよく見るように」とありました。男はその手紙を一、二時間見ていましたが、そこには罪の記録も勤行に励んだ記録もありませんでした。

男は口を開いてこう言いました。

「おお、神よ、この書には何も書かれていないではないですか。何をお望みなのですか?」

声が聞こえました。

「我は自分を愛する者の善行や悪行を手紙に書き入れたりはしない。」

＊　＊　＊

全能の神はあなたの行動の善悪をほとんど気にかけない。だからあなたは天国と地獄をほとんど気にしなくてよい。口実が消えれば永遠に人間は神の、神は人間のもの。そしてもし人間がこれを望まないなら、なぜ人間はためらうのか? すべてが神で、神がすべてであり、人間はとるに足らない。もし人間が野獣の性質で神の御前へと歩めば、人間が自分は何なのか気づくように最後の審判の時の手紙を渡されるだろう。我々は薔薇の花びらひとひらの重さにも耐えられないほど無力な存在である。

預言者は完全に文盲であったので、神ではない人間が手紙を渡しても読むことはできなかった。人間は手紙について何か言ったり聴いたりすると、すぐにこの意味を否定するだろう。

【第十二話】最後の審判の日の罪人の物語

預言者にまつわる、由緒正しいお話です。

最後の審判の日に、ある人に神が次のように語ります。

「さあ、我が下僕よ、一生かけて何をしてきたのか、書を読み上げるがよい。」

下僕たる人間は、書を隅から隅まで読みますが、罪しか見当たりません。書に堕落しか見出せなかったので、口を開いてこう言います。

「神よ、こんなひどい一生なので地獄へ参ります。」

神が彼に言います。

「書の裏を読むがよい。」

手紙の裏を読んでみると、そこに最終的な記録が書かれているのがわかります。

「この者は反省し後悔の念を示したので、この者の苦痛はすべて癒やされた。一つの悪行に対して秘密を知る神は十の善行でこの者をお許しになられる。悪に対して後悔したので、神は十の善を記録されるのです。」

その者はこれを読んで喜びます。解放されて自由の身になった下僕は、どれほど喜ぶことでしょう！　彼は神にこう言います。

「おお、永遠で全能なるお方よ、書記の二天使から示されるべき真実が私には見えません。なぜなら、私はここにあるよりずっと多くの罪を犯してきたというのに、あの注意深い二人は私についてそれらを書き留めなかったのです。二天使にこの哀れな者のことを記録するようおっしゃってください。そう、善行として書いたのだから罪も書くようにと。最初からずっと私が重ねてきた悪に対し、神は十の善行で私をお赦しになります。私は罪人として早くから始めたのですが、神の赦しによって罪に対して利益を得たのです。」

預言者はこの言葉と振る舞いを見聞きして、吹き出して歯を見せ大笑いしてから、こう言いました。

「おお、清らかなる創造主よ、すばらしい！　なんという辛抱強さか！　一握の土にすぎぬ人間はこれほどの罪を犯しているというのに！」

＊　　＊　　＊

罪人と神の間にある神秘に気づいたら、あなたは死んでしまうかもしれない。この驚くべき神秘が何なのか、その驚くべき神秘が何のためであるのか、誰が知っているだろうか？　誰も知りはしない。あなたの前にあるすべての困難は、つまりあなたが取るに足らない存在であるゆえに起こった。そう、これらすべてはあなたが生きるなかであなたの魂があの神秘に気づくようにと起こったのだ。あなたは神に愛されていたので、神は自身と他の人々から見えないよう、あなたの罪を隠し、あなたの名誉を守ってくださったのだ。神は数千もの幕帳《とばり》をめぐらし、その内に寝台を置いた。あなたは愛する人と幕帳《とばり》の向こうの寝台で眠ることができるのだ。ほかの誰かに邪魔されず二人きりで。何という幸運！　愛しい人は決して姿をみせないのだから、愛する人の頭から爪先まで見ることができずとも、あのお方の寝所だけあれば十分ではないか！　なぜなら愛しい神は見えないほうがよいのだから、神はその偉大さゆえに隠されているべきである[11]。

【第十三話】スルタン・マフムードの閲兵《えっぺい》の話

ある日、勝利のマフムード、信仰のスルタンが閲兵に行こうとしました。アヤーズがその場にいなかったので、信心深い王はアヤーズを探しました。王はアヤーズの許に人を送り、「王がそなたをお待ちだ。王が閲兵をされる場所に来るように。この閲兵の目的は、月のように美しいそなたを披露することなのだから」と伝えました。王の使者が出向いてこのことを伝えると、白銀の胸のアヤーズは返事をしました。

使者の男が戻りマフムードの許へ行くと、王は使者に言いました。

「あの麗しき者に会わなかったのか?」

使者は答えました。

「お会いしました。でもあの方はここへはいらっしゃいません。来るべきではないとおっしゃったのを聞き、「おいでください。勝利の王が今日閲兵なさるのです」と申し上げました。すると、私にこうおっしゃったのです。「勇敢な王に伝えてください。愛しい人を見せる人など誰もいません。もし私を見せびらかしたいのなら、ご自身に見せる以外他人に示すことなどなさいませんように。」」

第十章

息子が言いました。

「もし父上が地位の高いことを悪く言っても、地位の高いことを望むことは大人《たいじん》の願望です。高い地位から目だけをそむけた素振りをしても、完全に地位から顔をそむける人などいません！　ユースフが井戸の底から突然王位に就くことになったのを知らないのですか？　私はこのご時世、地位や富に執着しない人間を見たことがありません。あらゆる方法で多くの人々を試しましたが、誰も掃き溜めのような風呂焚き場を花園に勝ると見なす者はいませんでした。もしこの二つが誰かにとって同等になるなら、その者は野獣であって人間ではありません。でも人間には理性があるので、より高いほうへ、より高い地位へと進むものです。イーサーは高いところへ行こうとして天界へ行ったのではなく、もともと地位の高い存在だったのです。ハールートとマールート(1)は常に無知ゆえに井戸の底にいるのです。」

父の答え

父王は息子に言いました。

「混沌とした牢獄のごときこの世では、神への服従によって大事を成し遂げることができるのだ。もし井戸より高い場所を望むなら、服従によって地位より良い場所を得ることができる。預言者はこうおっしゃったのだ。

「品行方正な人間であっても最後まで残る人間らしい性質とは、それが教友らとはかけ離れていることを願うばかりだが、疑いなく地位と富への執着である。」

高位を求めればお前はやがて破滅への道を辿ることになろう。たとえお前が神への道において選ばれし特別な存在であっても、もし高位を求めるなら反逆者となるだろう。あまりに地位がお前を焚き付けるので煙が立ち、お前は破滅への道を辿ることになり、お前を救う道はなくなってしまう。」

【第一話】スルタン・サンジャルとアッバーサ・トゥースィー[2]の逸話

ある日、気高い王サンジャルが人気《ひとけ》のないところでアッバーサの許にやってきました。何かをしようとしたわけでもなく、王はしばらく彼の傍らに腰を下ろした後、立ち上がりました。ある人がアッバーサに言いました。

「なぜ黙したままだったのですか？　何も言わず、何も聞くこともなく。」

するとアッバーサはこう答えました。

「私の目が王に注がれていた時、私には雑草だらけの世界が見え、私の手には鈍い鎌が握られていました。その鎌では雑草を刈り取ることができないので、黙っていることしかできなかったのです。」

＊　＊　＊

もしあなたがこの世の地位に喜んでいるなら、来世の地位に浴すことはできないだろう。もしあなたの周囲に富と地位を集めるなら、あなたの富は蛇に、あなたの栄光は井戸へと変わるだろう。あなたの心は何か？　ムーサー（モーセ）だ。欲情はファラオである。この世は火桶のようで百色をもつ。外見は美しいが内は燃えさかりお前を破滅させる。もし神の命をもたらすジャブラーイール（ガブリエル）が命じれば、ムーサーにとって手を火にくべることは喜びとなるのだ。しかしもしファラオが命じたのであれば、火はあなたをこの世で苦しめる。

もし信仰の中でわずかでも罪を犯せば、あなたの身体の各部分があなたに対して証言するだろう(3)。あの世ではあなたには信仰も異端もなく、あなたにはあなたがこの世で行ったことだけしかないのだから。あなたはこの世で蒔いたものを刈り取るのだ。この世で紡《つむ》いだものを纏うのだ。あなたのあの世での災難と幸福は、この世であなたがしたことなのだ。あの世へあなたが自分で善行を運ばない限り、哀れな人間よ、あの世であなたが喜びを見出すことはない。もし困窮に貧したまま死のうと、裕福な生涯を送って死のうと、あなたはこの世での行動という荷を肩に背負って死ぬだろう。この世のどれほど小さなものでもその一つ一つが幕帳《とばり》なので、もしあなたがそのごくわずかでも持っているなら、あなたは清算しなければならない。あなたは軸足を置き、コンパスのようにうろたえている。荷は重くせず、身軽でいるべきである。

【第二話】ムーサー（モーセ）と至高なる神との対話のなかで、ムーサーがある聖者に会いたいと頼む話

世界を飾るカリーム（ムーサーの別称）が神に言いました。

「ご自身の友人を私に見せてください、私の眼がそのお方の顔を見て輝くように。私の心はその方に会いたいと熱望しているのですから。」

声が聞こえました。

「かくかくしかじかの谷に、我に対する真の信仰に満ち溢れた男がいる。その男は我が宮殿の貴人の一人で、昼夜を問わず我が信仰への道を歩みつづけているのだ。」

ムーサーはその男を訪ねるべく出発しました。ムーサーは礼拝に勤《いそ》しむその男を目にしましたが、その男は頭を煉瓦半分の上にのせ、膝までしかない粗布の服を纏い、数千匹の蟻と蜂と蠅が男の周囲や前後に群がっていました。ムーサーは男に挨拶をしてからこう言いました。

「もし何かお望みのものがあれば、私に言ってくださいな。」

男は答えました。

「おお、神の預言者よ、急ぎ水差しから私に水を飲ませてくださいな。」

ムーサーが水差しを取りに行くと、喉が渇いた男の魂は突然身体から離れてしまいました。清らかなムーサーが男の許に水を持ってきた時、男が死んで地に伏しているのを見ました。

ムーサーは驚いて立ち上がり、経帷子と墓を用意しに行きました。再びムーサーがその場に戻って

くると、獅子が男の身体を引き裂き、心臓を喰い尽くしてお腹を満たしていました。ムーサーの心は苦しみで煮え立ち、その男を思って苦痛が増しました。

ムーサーは口を開き、こう言いました。

「神秘に精通する神よ、あなたはある人に対しては百もの優しい振る舞いで高い位をお与えになった。ある者には天にも届くほどの高い地位をお与えになった。なのにある者はあなたのせいで殺されました。その偉大さである人にすべてをお与えになり、別のある人をひどく苦しませます。一人の人間を輝かせ眩《まぶ》しい存在にするのもあなた、あの見捨てられた人の理性を奪ったのもあなた。どこでこの神秘の糸口を見つけることができましょうか。なぜならすべてをわかっているはずの心や魂であなたの神秘は見えず、それを解することがないからです。」

神の答えがムーサーの魂の耳に届きました。

「あの哀れな苦痛に耐える者が水を欲しがるたび、我が手から水を飲むほうがよかった。彼の服をいつも我が与えてきたというのに、なぜムーサーが干渉するのか？　今別の者が現れたからといって、なぜ彼は我以外の他の者に注意を向けるのか？　彼は我から好意を得ていたのに、なぜ我以外から何かを求めようとしたのか？　他人が間に立ったので、我は彼を永遠に奪ったのだ。しかしあの粗布と煉瓦を清算しないうちは、我の偉大さに誓って髪の毛一本分たりとも彼に何らの救いの手をさしのべることはない。」

＊　＊　＊

愛しい者よ、神との取引はたやすくはない。神とは心や魂とでしか語れはしないもの。魂や心を通して神に語りかければ、この世の事象について語ることは難しくなる。もし人間が自らの魂で神を語れないなら、人は人と見なされることはできない。巡る天を立派な人の列にあると見なすことなかれ。これほど大きくとも、巡る天は糸車を回しつづける老婆なのだ。ありとあらゆるものとあなたに結びつきがあっても、もともとあなたの根源と結びつくものはいくつあるのか？　何頭もの鯨があなたを飲み込もうとする時、どうやってこの世で落ち着いていられるというのか？　この世のしがらみという鎖が足に巻き付いているというのに、いったいどうして天界にあなたの居場所があるというのか？あなたの愛が卑しい犬らに向いてしまえば、天の住人はあなたに何の用もありはしない。人間の所業を記録する二天使は、天界でこの土塊からできた人間をどうすればよいのか？　美しき神がご不浄に棲む者の場所にふさわしいはずはなかろう。息子よ、あらゆる魂があの神秘に辿り着く道を得るわけではなく、あらゆる人があの地位に達するのでもない。なぜなら、この世に幾千もの魂が生まれようとも、たった一つの魂しかこの秘密を知ることができないかもしれないからだ。

【第三話】肉体が創造される前の魂の状態についての話

次のように語り継がれています。

魂たちが創造され、まだ肉体が創られていない期間はこの世では一万二千年とされていますが、あの世ではその一年が五万年に相当します。また、高潔な魂らはまだ肉体がないうちは、すべて集められ、一列に並べられます。すると魂の背後から一瞬のうちにこの世が現れます。魂らはみなこの世を目にするとそのほとんどがこの世に向かって走り出しました。そこにとどまった魂は天国に行くことを望みます。これらの魂のうち、なんと驚くべきことか、天国を目にするとほとんどが地獄を見て怖くなり、逃げ出しました。いくつかの魂がその場に残りますが、どこへも行こうとしません。その残った魂はこの世も天国も選ばず、地獄をこれっぽっちも恐れることもしませんでした。

神の声がします。

「おお、我への愛に狂いし魂らよ、お前たちはそこで今何を求めているのか？　この世からも天国からも解放され、地獄によって苦痛を受けることもない。我へとつながる道を歩む時に、我に何を求めるのか？　なぜそこに留まらざるをえなくなったのか？」

すべての魂から叫び声が上がりました。それはまるで魂たちの生命が燃え尽きてしまうかのような叫びでした。

「天のすべてと大地を支配するお方よ、あなたは私たちより何でもよくご存じなのに、なぜ私たちにお尋ねになるのですか？　私たちが望むのはあなただけ、他には何も要りません。あなたは確かな真実、この世も、天国も地獄もすべては無なのです。」

声がしました。

「もし我を求めているなら、ありとあらゆる災難を求めることになるぞ。動物の毛と同じくらい多くの、砂漠の砂粒と同じくらい多くの、雨の雫《しずく》と同じくらい多くの、茂みの葉と同じくらい多くの災難をな。それ以上の苦痛と不幸を我はお前たちに容赦なく投げかけるぞ。数千以上の茨に火を放ち、お前らを常にその前に居させるぞ。」

魂らは神からの声を聞くと、喜びの叫び声を上げて言いました。

「我らの魂がその災難の犠牲となりますように！　あなたがお望みのことを何でも私たちにしてくれますように！　私たちはあなたからの不幸という試練を受け容れます。一瞬ではなく永遠に受け容れます。」

＊　＊　＊

神はあらゆる魂と秘密を分かち合い、どの魂も自分だけが神の宮殿の秘密を知り、自分だけが神秘的直観知《マアリファ》の神秘を知っていると思っている。魂らがそう思っているのはよいことである。だが、一つの魂だけを神は愛している。他の魂らはその魂の前にある幕帳《とばり》で、その魂のために傷ついている。真の魂たるムーサー（モーセ）が神への道へ、天界へと導かれた時、一万八千の首が斬られたのだ。すべての魂がたとえ同じ性質だったとしても、神が選ぶ魂は神秘的直観知《マアリファ》の民である。

【第四話】預言者ムハンマドの妻たちの話

ある日預言者の妻たちがそろって彼に尋ねました。

「おお、世界の統主よ、私たちのなかで誰をいちばん愛しておられますか？　もしおっしゃってくだされば私たち嬉しいのですけど。」

預言者は言いました。

「おお、心沸き立たせる愛しい者らよ、今日は待っていなければならぬぞ。明日私が思うところを言おうではないか。できるかぎり答えようぞ。」

夜になり、別離の日のようにあたりが暗くなると、彼は妻の一人一人をそばに、別々に呼びました。必要な時に使えるようにとこっそり各々に印章つきの指輪を与えました。そして、各々、別の妻に印章つきの指輪のことは言わないという約束をとりつけたのです。幕帳《とばり》の向こうにその秘密を隠しておき、音のように幕帳《とばり》から漏れることはないと。

ついに翌日、預言者の御前に妻たちが集まりました。妻たちは再びあの問いを投げかけました。預言者はこう口を開きました。

「私はこっそりと印章つきの指輪を渡した者を世界で最も愛している。」

女たちは彼からこう聞くとひそかに喜んだのでした。そして互いを見合い、もちろん誰もあの秘密に気づくことはなかったのです。女たちは別々に自分の秘密を守り通しましたが、アーイシャには別の秘密がありました。つまり、預言者はアーイシャを最も愛していたということです(4)。

おお、常に悲哀と共にある者よ、もしお前が幕帳《とばり》の向こうの秘密を知りたいと望むなら、
どんな苦労を背負おうとも喜び、悲しむことなかれ
苦しみのなかでも自由でありつづけよ
神との別離という苦しみを味わわないかぎり
　神と会い見える神秘への道を得ることはないだろう

【第五話】聖女ラービア(5)の物語

聖女ラービアは一週間ずっと何も食事を摂《と》っていませんでした。その週の間、腰を下ろすこともなく、祈りを捧げ、ずっと断食していました。飢えが彼女の足を弱らせると、すべての肢体も完全に消耗してしまいました。

ラービアの近くに住む女が椀一杯の食べ物を持ってきました。ラービアは相も変わらず苦痛のなかで苦しんでいましたが、灯りを取りに行きました。ラービアが戻ってくると、偶然一匹のネコが椀に触れ、椀がひっくり返ってしまいました。

再びラービアは水差しを取りに行き、水を飲んで断食を解こうとしましたが、水差しは彼女の手から落ちてしまいました。ラービアはまだ喉が渇いていたのに水差しは割れてしまったのです。

不幸なラービアは一つ熱い溜息をついたので、まるで世界中が火で焼き尽くされたかのようでした。大いに当惑しながらラービアは叫びました。

「おお、神よ、この哀れで無力な者に何をお望みなのですか？　あなたは私を困惑させています。いつまで私を血の中でのたうち回らせるのですか？」

天からの声がこう聞こえました。

「そなたがそれほど望むなら、私は今すぐにでもこの世に存在するすべてをそなたに与えようぞ。だが、私はそなたの心から何年もの間の悲しみを奪うだろう。これについてよく考えよ。私を思う悲しみと狡猾な現世は、たとえ百年かけようとも一つの心の中に一緒には訪れないもの。もしそなたに私を思う悲しみが常にあるのなら、この世を永遠に捨てねばなるまい。そなたがもし一方を持つなら、もう一方への望みはないのだ。神を思う悲しみは無償ではないのだから。」

【第六話】ブフルール(6)の物語

バグダードのブフルールという狂人が子供たちにいじめられていました。子供らはブフルールに石を投げつけ、ブフルールはあちこち逃げまどい走りました。とうとう逃げきれなくなり、道から小石を拾い上げ、子供らに渡してこう頼みました。

「私にこういう小石を投げなされ。大きな石では私は足が不自由になってしまうかもしれん。もし足を怪我したら私は坐りっぱなしで礼拝しなければならなくなってしまう。」

ついに大きな石がブフルールに当たり、彼の心は痛みで激しく震えました。石のせいで塞《ふさ》いだ心から多くの血が流れたので、ブフルールの苦痛で、その石の中まで血塗《ちまみ》れになってしまいました。ブフルールは子供らから逃れるため、足をひきずりながら、苦痛に耐えつつ、バスラに向かいました。

夜バスラに着くと街道を離れ、寝る場所を探し求めました。ある場所の片隅に、血と土埃に塗れた死体が放置されていました。ブフルールはそれに気づかず、死体とともに眠り、彼の服は死体の血に浸りました。

翌日人々がやって来て、人がむごたらしく殺されているのを見ました。その脇にブフルールが立っていて、ブフルールの服も居る場所も血塗れなのを見ました。みな一斉に、

「びっくりだ。ブフルールがこんなことをしでかしたぞ」

と決めつけ、ブフルールにこう言いました。

「あんたはどこから来たのかい？　見かけない顔だが」

ブフルールは言いました。

「バグダードからここに辿り着きました。この死体の脇で眠り休みましたが、この死体のことは夜が明けて明るくなるまで知らなかったのです。」

人々は、

「バグダードからバスラまで暗闇の中、人を殺そうとやって来たのだな。」

と言うと、ブフルールの両手を縛り上げ、無慈悲な牢屋番の許へ連れていきました。苦悩に満ちたブフルールは心の中でこう言いました。

「おお心よ、お前は今日何をするつもりか。子供らが投げる石から逃げたというのに、ここで人殺しの疑いをかけられ、命を危うくするとは。バグダードであきらめていたら、バスラで命を危うくすることもなかっただろうに。」

ついにこのことがバスラの支配者の耳に届き、「残酷に刑に処され、殺されること」という命が下されました。ブフルールは絞首台の下に連れていかれ、死刑執行人が梯子を用意しました。彼が首にロープをかけようとしたとき、ブフルールは天を仰ぎました。彼が何か秘密の言葉を呟くと、神にすべてを捧げた敬虔な男が群衆の片隅から跳び上がり、こう叫びました。

「彼は無実だ。私が奴を殺したのだ。私が処刑されるべきだ。私にはこんな重荷は耐えられない。私は二人も殺すということに耐えられはしない。」

両名がバスラの支配者の御前に連れていかれました。そこには大臣も同席していました。バスラの支配者は長い間、ブフルールとしばし共に時を過ごしたいものだと願っていました。会いたい、会いたいと思っていたのですが、ブフルールの顔を見たことはなかったのです。大臣はブフルールを見て彼だとわかると喜んで天を仰ぎ、こう言いました。

「ああ、幸運なる王よ、お探しだったブフルールはこの人ですよ！」

王は喜んですぐさま立ち上がり、自分のそばにブフルールの席を設けました。王はブフルールの顔や頭に接吻し、大いに歓迎し、栄えある席に座らせました。殺人事件について語られ、次いでブフルールの話が伝えられました。バスラの王は即刻その若者の血が流されるべきだと命じました。しかし、ブフルールは王に言いました。

「勝利の王よ、もし私の心の痛みを和らげてくださるなら、断じて彼の血を流すことのないように！もしそんなことをなされば、陛下は二度と立ち上がれなくなりましょうぞ。彼は自分のもつ誠実さを示し、私を救おうと自分を犠牲にしたのです。我が命のために彼が自らの命を投げ出したというのに、どうしてこの若者の血を流すことなどできましょうや。」

すると王は殺された男の親類を呼び、こう言いました。

「賠償金を請求するがよい。もしブフルールの処刑を望むならそれはよくない。今や余が彼の代わりぞ。ブフルールがしたことではないのだから。あの立ち上がった若者は罪は犯したが後悔している。ブフルールが嘆願したのだ。」

間もなく貴族たちが最終的に判決を下し、殺された者の家族みなが満足する結果となりました。時の王は若者に尋ねました。

「なぜそちは群衆の中から飛びだしたのか？　何が起こって自分の命を投げ出そうと思い、恐れもせず、いともたやすく言葉にできたのか？」

若者は言いました。

「それまで見たこともなかった竜を見たのです。大きく開けた口から火を噴き、大きな岩ですら恐れをなすほどでした。その竜が私にこう言ったのです。「立ち上がり、真実を語るのじゃ。さもないと、今すぐお前を亡き者にしてくれるぞ。一瞬のうちにお前を飲み込み、腹の中にお前を入れっぱなしにしておくぞ。永遠にお前は苦しみつづけ、お前を救いになど誰も来ないぞ！」その竜に恐れをなして私は跳び上がり、救われるために自分のしたことを告白したのです。」

世を治める王は次にブフルールに向かい、

「そなたは絞首台の上で何を言っていたのか？」

と尋ねました。ブフルールは答えてこう言いました。

「私はもう生きられないと絶望し、もう死ななければならないと悟りました。そこで天を仰いでこう言ったのです。「神よ、この哀れな者に何をお望みか？　あなたがこれらすべてのことを私に一時《いちどき》になさったのです。だから今私はひどい目に遭っているのです。私はあなたに償ってもらいたい。彼らに対してではなく。どうしてこの哀れな人々の服の裾を摑んだりできましょうか。あなたを摑みます。他には誰もいません。なぜなら、あなただけが私の運命を支配しているのですから。」私が神秘の幕帳《とばり》の向こうでこう言うと、若者が跳び上がり、叫んだのです。彼が叫んだことによって私は絞首台から下ろされ、彼の答えによってこの事件の謎は解かれました。たとえ至高なる神の愛によって私が狂気にさらされたとしても、そしてたとえ神が最初に私を血塗れにしようとも、私は神に対して百の命をもってしても報いることはできません。私の不運は神の御前に由来するのですから、百の命を失おうとも私は神の御前に行かなければならないのです。」

しかし、あなたが神以外の他のものを見ているかぎり、あなたはあらゆるものを神以外の他のものすべてや、善や悪に由来すると見なす。

【第七話】ライス・ブー・サンジャ(7)の逸話

ライス・ブー・サンジャがバーザールへと出かけると、粗暴なトルコ人にうなじを叩かれました。ある人がその男に言いました。

「トルコ人よ、うなじを叩くとは何だ？　このお方が誰なのか知らんのか？　このお方はかくかくしかじかのお方で、光にあふれた太陽のよう、今ではニーシャーブールの王は彼なのだぞ。」

トルコ人は彼の名声を聞き、彼の真価に気づき、罪人のごとく後悔しました。聖者ブー・サンジャの前に進み出てこう言って謝罪しました。

「私の背中は自らの罪のせいで折れました。知らなかったのです。過ちを犯しました。あなただとはわからなかったのです。」

傷心の聖者はこう答えました。

「戦いの士よ、心を解き放ちなさい、もしあなたが叩いたと私が見なせばそれは過ちでしかないが、神がお決めになったことも間違いではないのだ。」

＊　＊　＊

すべての事象は神の御前から来ると見なしなさい。しかし一瞬たりとも神にすべてをゆだねてはならない。神の定めによってあなたが失敗するか、幸福になるか、あなたにはわからない。しかし、生あるかぎり、神の命令に従うことがあなたにとって最も重要であることをあなたは知っている。あなたにはわかっていることもあるだろうが、ほとんどわからないことばかりなのだ。人は推測の上に確信を置くことはできない。神は偉大ですべてに勝っておられる。神に常に仕えることはあなたの義務なのだ。

【第八話】ムーサー（モーセ）と敬虔な信者の逸話

ある敬虔な信者が勤行の手を緩めず、神を崇拝していない時間はないほどでした。昼夜を問わず勤行を続け、彼の人生は勤行のうちに過ぎていきました。ムーサーに神から啓示が下りました。

「その信者に言いなさい、「おお、満足した男よ、絶えず勤行に励むのは何のためか。お前の名は不幸な者の書に記されているというのに。」」

ムーサーが男のところを訪れメッセージを伝えると、敬虔な修行者はさらに熱心に勤行に励みました。百倍も熱心に勤行をしたのです。ムーサーは言いました。

「あなたは不幸な人なのに、これほど熱心にお勤めするのはなぜですか？」

道をはずれたその男は言いました。

「シナイ山の鸚鵡《おうむ》よ、神の宮殿に属するお方、長い間私は自分を取るに足りない、無に等しい者と思ってまいりました。でも、少なくとも私も数えられていることがわかったので、勤行を千倍にしました。私の名が神の不幸な者のリストにあると知り、すべてのことが以前と比べて私にとって、より公平であるように思えました。水であれ火であれ何であっても神に由来するのであればありがたいのです。神の御座所に由来するものは何であれ、邪悪であろうと善良であろうと、神へと辿り着く道の糧なのです。私が神から光または火を受け取ろうとも、彼は神であり、私は神にお仕えすべきなのです。神に近いか遠いか、そんなことは考えません。なぜなら常に神の御前にいるのですから。」

ムーサーが再びシナイ山に行くと、神が神秘の極みからこう呼びかけました。

「我がこの敬虔な修行者が全身全霊で勤行に没頭するのを見た時、彼は勤行を途中でやめるどころか、さらに真剣に勤行に励んだ。彼は自らの奉仕を増したので、彼に対する神の恩寵も増した。今我は彼を祝福されし者と見なし、不幸な者の名の書から彼の名を消した。幸福な者の列に彼を加えたのだ。我からこの吉報が届くように。」

＊　＊　＊

あなたは太初の神秘を見つけられはしないのだから、ほんのわずかであろうと否定するでない。あなたが神の存在を認めようが否定しようが、明日にはどちらなのかはっきりするのだから。

【第九話】ブハラの聖者と女男の話

ブハラ出身のある聖者が、道の途中で偶然女男に会いました。その女男がこの世の罪科で穢《けが》れているのを見て、聖者は女男の服の裾を避けました。女男はこう言いました。

「ブハラのお方よ、私とあなたの真価は明らかではありません。今急いで決めつけないでください、なぜなら最後の審判の日に真価が明らかになるのだから。あなたが受かるか落ちるかは明らかでないのですから、自分のおかげで利益を得ることもなければ、私のせいで害を蒙ることもないのです。この世であなたは自分が何をしたのかよく知っているのに、なぜ今日私を避けるのですか？　でも今日あなたは最後の審判の日にあなたの名前において何と書かれるのか見るために立ち止まらなければなりません。」

ブハラの聖者はこの言葉を聞くと心が苦痛に満ち、地に倒れ伏してしまいました。

＊　　＊　　＊

心よ、今日誰があなたの真の存在価値を知っていようか？　あなたの心は自身の真価から外見上は離れ、落ち着いているように見えるにすぎないのだ。もしあなたがあなた自身の真価を求めるなら、あなたの驚きは瞬間ごとに増すだろう。神の命令に従って歩め、なぜならそれを選べるのだから。他には何もあなたはできないのだ。善であろうと悪であろうと、あなたはこの世から連れ去られるのだ。あなたは自分の意志で来たわけではなく、自分の意志で去るわけでもないのだ。

【第十話】ガザーリー（8）と異教徒の逸話

人々がガザーリーに言いました。

「異教徒があなたを蠟燭のように消そうとしています。」

ガザーリーは怖がって家の中に座り、運命が救ってくれるのを待ちました。あまりに長い間家の中に座りつづけたので、家にいるのにうんざりしてきました。

クーシャハド出身の狂人がおり、当時クーシャハディーと呼ばれていました。ガザーリーはクーシャハディーの許に人を送ってこう伝えました。

「神への道に精通する師よ、異教徒を怖れ、私は家に居続けました。もし理性を持っていたら狂ってしまったことでしょう。この苦痛を癒やすために私はどうすればよいとお命じになりますか？」

この伝言を聞き、クーシャハディーは激怒し、メッセージを持ってきた者にこう言いました。

「お前の主人たるイマーム・ガザーリーにこう言うがよい。「おお、迷いし者よ、お前は神に信頼されてもおらず、神に忠告する立場でもない。神が太初にそなたを存在たらしめた時、神はいつお前を創造しようかとお前に助言を求めはしなかった。お前の死についてもお前に相談などなさらぬだろう。この世で楽しく過ごすがよい。死を怖れてどうするのか。神はお前の助けなしにお前をこの世に存在たらしめたのだから、同じようにお前をこの世から連れ出すことだろう。」」

ガザーリーはこの言葉を聞くと大いに喜び、居所から飛び出しました。

神の御座所に近づけないことになっているなら、どれほど望んでもあなたはそこに近づけはしない。

＊　＊　＊

【第十一話】祈禱師と狂人の物語

信仰を身につけた者が祈りを捧げていました。多くの群衆が言いました。「アーメン！」

一人の狂人が言いました。

「『アーメン』とは何だい？　この言葉が何を意味するのか私は知りません。」

人々は言いました。

「『アーメン』とは、あなたが神に何かお願いをする時に「そうなりますように」という意味で発する言葉ですよ。」

するとその狂人はこう叫びました。

「決してそのようにはならないというのに、なぜ無駄に悲しむのか？　多かれ少なかれ、神がお望みになるとおり以外にはならないのだ。自身に何を望むのか？」

＊　＊　＊

もしあなたが日々の糧を受け取るべく神が用意をしてくださらないなら、あなたは糧の代わりに心痛しか受け取れない。神がお望みならば、あなたの願いは叶う。さもなければあなたの薔薇には、薔薇ではなく棘しか生えないだろう。

【第十二話】泣いていた狂人の話

一人の狂人が道の真ん中で灰の山に坐っておりました。真珠をばらまくかのように涙を流してみたり、灰をつかんでは投げつけたりしていました。ある人が言いました。

「ああ、灰にとらわれし者よ、なぜこんなにひどく泣きつづけているのですか?」

狂人が答えました。

「私の魂は苦悩に満ちているのです。だから蠟燭のように涙を流しつづけているのです。私には絶対にほかの何をさしおいても神が必要ですが、神にとって私は必要ではないのです。」

【第十三話】狂人と至高なる神の物語

一人の狂人が荒野におりました。彼が、狂気によって正常な判断がつかずまともな行動ができなくなった時、天を見つめてこう胸のつかえを吐露しました。

「神よ、あなたが下僕を愛することができなくても、私はあなたを常に愛しております。たとえあなたが私のことを愛してくれなくても、あなた以外私には愛すべき存在がいないのです。どうやってあなたに伝えればよいのでしょう？　この世を照らす神よ、一瞬でかまわないので、私から愛とは何かを学んでください。」

＊　　＊　　＊

神は蠟燭、なぜなら蠟燭の灯りに群がる蝶のごとく一瞬ごとに百もの世界が神への憧れゆえに集まってくるから。たとえその集う理由が誰にもわからなくても、人は幸福を手に入れることができる。もしほんのわずかでも幸福が手助けしてくれれば、あなたを太陽のある方角へと導いてくれるだろう。

【第十四話】幸運の訪れについての導師《シャイフ》の言

ある男が導師《シャイフ》に言いました。

「品行方正なるお方よ、もし幸運があなたに好意を示したら、どうなさいますか？」

導師《シャイフ》が答えて曰く、

「もし幸運がやってくれば、それ自身がすべてを語ってくれようぞ。幸運が訪れる者は誰も、彼の内で幸運がはたらいてくれることが幸運なのだ。」

第十一章

息子は言いました。

「僕に地位があれば、なぜ混乱したり迷ったりするでしょうか？　適した地位を求めれば、この道を進もうとも否定しないでください。もし僕の地位に対する欲望がわずかであれば、地位の誇りが洪水のごとく僕を奪い去ることはないでしょう。」

父の答え

父王は言いました。

「もし地位が取るに足らないほどのものであっても、そのわずかな地位のせいでお前は長らく井戸に留まることになろうぞ。再び勤行の道を見つめ直そうとしても、お前と神の間にすぐに幕帳《とばり》が下りてしまうだろう。勤行によってですらお前の前に幕帳《とばり》が下りてしまうのだから、地位など求めればもっと多くの幕帳《とばり》がお前の前に下りてきてしまうだろう。」

【第一話】沙漠で修行していた男の話

一神論を唱える偉大な男が、生涯かけて沙漠を旅しながら禁欲生活を送っておりました。水を汲むバケツも壺もロープも持たず、水も食料も持ち合わせませんでした。ついには異邦の旅人のように、パン一切れが残るのみとなりました。そのパンの匂いを嗅いだり、歩きつづけたり、疲れ果てた者のようにしばし眠ったりしました。ある人が男に言いました。

「これまで生きてきて、どうしてこんなに惨めになったのかい？　理由はなんだい？　いつもパン一切れの匂いを嗅いでいるだけ。どうしてこんなになったのですか？」

男は答えました。

「自分の生き方を後悔しています。自分のしたことを悔やんでいます。私の苦行は空想にすぎなかったのです。私の虚栄と無知が大きすぎたのです。すべては見せかけでした。今、宙に浮いて見える微粒子のようなものにすぎなかったと悟ったので、私は自分の虚栄を後悔する羽目になり、後悔は増していくばかりなのです。」

＊　＊　＊

神以外の何かに頼って生きるなら、神の下僕である理由はどこにあるのか？　もしあなたが神以外の何かに頼って生きることができるのであれば、あなたは間違いなくそのものの下僕である。あなたがごくわずかであっても何かに執着しているなら、今でもあなたはそれに囚われていることになるのだ。数百という、善なる、神的な性質があなたのなかに見出されるためには、あなたは自己や人間らしい性質をきれいさっぱり捨て去らねばならない。つまり、人間らしい性質をすべて消滅させる段階に到達しなければならないということだ。死は突然やって来るものと知っているのに、なぜあなたは自身の死に備えないのか？　もしあなたが草のように青々としているなら、起《た》ち上がって人生を歩むがよい。そして秋風に吹かれた木の葉のように震え、黄色く色づくのだ、そしてやがては散りゆく。神の御前にひれ伏せば、そこからあなたの栄光が手に入るだろう。もしあなたが神の御前で頭を垂れれば、まるであなたは太陽のように昇ることになるのだ。

【第二話】棺を目にした狂人の話

棺が運ばれていくのを遠くから見た狂人が、ある人に言いました。

「誰が死んだのかい？　突然、死という獅子に襲われたのは誰なんだい？」

答えて曰く、

「おお、狂った男よ、力自慢の若者だったのさ。」

狂人は言いました。

「腕っぷしの強い若者だったとしても、かわいそうに、今日誰と力競べをすることになっていたのか知らなかったのさ。ライバルたる獅子はたいへん強い力で若者を倒したのだ。とんでもない力で倒したのだ。あまりに強く地面に投げつけて血塗れにしたので、若者はもはや起き上がることはできない。でも、「ありがたや！」と言うことはできる。なぜなら、その若者がそこに投げつけられたことは命を失う結果になったものの、完全に本来あるべき場所に落ち着いたわけで、それはとてもよいことなのだから。」

＊　　　＊　　　＊

誰も死から逃れられはしないのだから、多くの人々にとって神の御座所に行き着くことがよいのだ。もしあなたがこの世に執着していれば命は尽きるだけ。なぜなら、あなたは信仰篤い者ではなく、復活を信じていないからだ。

あなたはこの世を気に入り、欲望の翼を広げた。この世という死肉に爪を立てた。あなたはこの世という村を手に入れることも買うこともできなかった。まるでこの村を見なかったかのよう。賢人は人間にとって儚《はかな》いこの世を必要とはしないもの。

なぜあなたは魂を現世に結びつけるのか？　現世は、もう一度呼吸できるかできないか次第というのに。真の世界とは、もしあなたがその世界の住人であるなら、そこに永遠に居続けられる場所に去《い》く、そういうところだ。

【第三話】預言者ムハンマドが、生まれたての赤ん坊について語った話

預言者が仲間たちに語った話です。

「母親から生まれてくる赤ん坊は、この世に生を享《う》けるとあまりの無力さに泣きはじめます。しかし、この世の明るさや大地と天の広さを見ると、再び子宮に戻ろうとか、暗闇の中に閉じ込められたいとは思わなくなります。この狭い巣穴という牢獄を捨て、別の世界という広大な荒野に足を踏み入れた者の置かれた状態は、まさに子宮からこの世に生まれ出た赤ん坊と同じです。子供と同じようにこの世に生まれてきたので、お腹に戻ろうとは思わないのです。この世からあの世へ行った者は誰でも、私が語ったとおり、生まれたての赤ん坊と同じなのです。」

＊　＊　＊

心よ、お前の魂はこの世に属してはいないのだから、お前があの世に属す者であるなら、この世から魂を追い出せ。もしお前の心がお前を導いてくれないなら、お前は肉体という枠に閉じ込められてどうやって歩めばよいのか？　もし道が太初へと続くなら、人は魂によってのみ歩み辿り着くことができると確信するからである。

心の中に独りでいられる場所をもちなさい。そうすることによって神のほうへと歩む道を作りなさい。もし事をなすなら魂と歩調を合わせなさい。魂を衆人の目にさらしてはならない。隠しておきなさい。服を取り替えて体裁だけ整えても、魂が清らかになるわけではない。私たちのなすことは私たちの努力によるものではないのだから。しかし、もしできるのであれば、大人《たいじん》のごとく、衣服ではなく魂を清らかにするがよい。

【第四話】 バスラのハサン(1)とペルシアのハビーブ(2)――神よ、彼らに祝福を与え給え――の話

ハサンはハビーブと共に旅をしておりました。この偉大なる二人がオキサス河に着いた時、ハサンがいくら目を凝らしてもハビーブが見当たりませんでした。ハサンは急ぎ戻ったり進んだりしました。ついにオキサス河の向こう岸にハビーブがいるのが見え、ハビーブの地位がずっと高くなっているのがわかりました。ハサンはハビーブに言いました。

「ハビーブよ、神の御前にいる男よ、ここまで来られたのは私のおかげだぞ。どうやってこんなに素早く河を渡ったのかい？　どうしてこんな奇跡を起こせたのかい？」

ハビーブはハサンに言いました。

「おお、絶対的な師たるハサンよ、神への道を歩んで私が得たのは、心を白く清めることが私の勤めだということです。あなたはいつも書き記すことによって紙を黒くしていたのですよ。」

＊　　＊　　＊

もし心を清める勇気があれば、月が喜んであなたの美しさを映し出すだろう。神に対する擬人観や不可知論から心を解き放て。多くの像や意味のないものにとらわれるな。心はあの世に属することもあれば現世に属することもあった。自分で意識していたり、無意識だったりするが、その両方があれば、この世でもあの世でもあなたは完璧さに到達できるにちがいない。

【第五話】シブリー（3）と質問者の話

ある日シブリーが集会にいると、ある人がこう尋ねました。

「おお、世界を照らすシブリーよ！　神智家とはどういう人のことをさすのですか？」

シブリーが答えました。

「もしその人の前に現世も来世もあるとしても、両世界から睫毛一本分たりとも取り上げない人のことであり、神智家とはそれ以上の人のことです。」

翌日再び別の人がシブリーにこう尋ねました。

「神秘に精通する師よ、神智家とは誰のことですか？」

シブリーが答えて曰く、

「蚊にも一瞬たりと耐えられない無力な者のことです。」

一人が立ち上がってこう言いました。

「おお、世界を照らすお方、ある日には神智家のことをこうだと言い、今日はまた別のことを言う。あなたの信仰の道には矛盾がありますね。」

シブリーはこう断言しました。

「質問者よ、あの日私は私ではなかったのです。でも今日は私は私自身です。今日は無力な自分を感じるのです。これ以上、うまくあなたに答えることはできません。」

＊　＊　＊

美を一方からしか見ない者は完全に見るということをしない。人は、自身を意識していようと意識していなかろうと、善も悪も見なければならない。しかし、すべてを目にすれば善と悪は互いに結びついているものとわかるだろう。悪を見たとしてもすべては神に由来しているのだとわかる。愛しい神から肢体を切り離して見てはならない。洞察の徒のように神を部分ごとではなく完全体としてご覧なさい。気をつけなさい、一部だけを見つめていてはならない。なぜなら七(4)つの部分すべてをいつも見なければならないのだから。家も屋根も家全体を見れば、世界はあなたを愛してくれるのだ。

【第六話】浴場でのスルタン・マフムードとアヤーズの話

ある日、白銀の肢体のアヤーズが垢すりのため、一人で浴場へ行きました。勝利の王マフムードに侍従が言いました。

「陛下のお気に入りは今日浴場へ行きましたよ。」

この言葉が王の耳に届くと、王の心は海のようにざわめき立ちました。気高い王は忘我の境地に達した修行者のように、一人ですぐさま浴場へ駆けつけました。王はあの妖精のような顔を目にしました。アヤーズの紅潮した頬が壁に反射し、まるで壁が赤く燃えているかのようでした。彼の顔の反射で、浴場全体が踊っているかのようでした。王はアヤーズの全身の美しさを目にし、自分の魂すべてをアヤーズの身体の各部分に捧げるにふさわしいと思いました。王の心はフライパンに落ちた魚のように燃え上がり、その火によって浴場がさらに熱くなりました。

アヤーズは王の足許に身を投げ出してこう言いました。

「おお、陛下、今日新たに陛下に何が起こったのですか？　陛下の理性は完全なる理性でしたのに、あっという間に消え失せたかのように私には見えますが？」

王はアヤーズに言いました。

「お前の顔しか見ていなかったうちは、我が心はお前の身体の各部分を知らずにいた。だが今、お前の肢体のすべてが見え、それらがお前に属するのと同じように、我もお前の身体のすべての虜となったのだ。お前の顔を見るだけで我が愛は燃え上がったものだった。だが今や百倍の愛の炎が新たに燃えさかったのだ。お前の身体のすべてが我をうっとりさせる時、我が愛をどれに捧げればよいのだろう？」

＊　　＊　　＊

心よ、魂の中に愛しい神の場を作りなさい。お前の目からこぼれ落ちる多くの真珠を愛しい神に捧げるがよい。愛しい神がお前の心の玉座に座り、お前の心にあった余計なものをどかせば、彼がいてくれることが嬉しくてお前はその場を起ち、全身全霊で進むだろう。愛しい神を見、現世の幸福を満喫しなさい。常に人生を謳歌してきたのだから。だが数千という人々が集まってきたら、彼らは何も知らないのだから、お前に矢を浴びせかけるだろう。それでも、お前の愛しい神はお前と共にあるのだから、溜息などお前に似つかわしくないのだ。

【第七話】導師《シャイフ》バーヤズィード[5]と鞭打たれていたごろつきの話

ある日、世界を照らすバーヤズィードが用があって外出し、偶然両替商の前を通りかかった時のことです。前方に、全身罪にまみれたごろつきの姿が見えました。あまりにひどく鞭打たれていたので、血が果てしなく流れ出ていました。そのごろつきは、それほど辛い状態にもかかわらず、声も上げず笑みを浮かべてこう言いました。

「いつもこんなふうに鞭打たれてりゃあ、炎の剣で切られちまっていりゃあ、よかったのになあ。」

信仰篤い導師《シャイフ》はこのごろつきの振る舞いを見て驚き、その場に留まりました。鞭打ちが終わると、バスタームの師たる導師《シャイフ》はごろつきにこっそりこう尋ねました。

「こんなに傷つき血を流していたというのに、なぜお前は盛りの薔薇のように笑みを浮かべていたのか？　溜息もつかず、涙も流さず、私はお前の振る舞いに驚いているのだ。この秘密を私に教えてはくれまいか？　どうやって苦痛に耐えることができるのか？」

追放されたごろつきはこう答えました。

「導師《シャイフ》さまよ、おいらの惚れてるあいつが遠くにいたんだよ。道端《みちばた》でおいらを見ていたのさ。ただじっとおいらをね。あいつが道端にいるのを見てよ、そん時おいらは痛みなんか感じなかったぜ。もしあん時おいらが百回鞭打たれてたとしてもよ、それは一瞬よりもずっと短い時間にしか思えなかったのさ。おいらが惚れてるあいつがおいらのために立ちっぱなしでいるってえのに、なんでおいらが耐えられないことがあるのかい？」

唯一無二の存在、バーヤズィードはこの話を聞くと泣きに泣いて目から血の涙をこぼし、心の中でこう言いました。

「おお、不幸な師よ、あのごろつきから信仰の道を学ぶがよい。お前のすべての信心深い振る舞いはとんでもない悪行だった。自分がどんな人間で、奴がどんな人間か、よく見るがよい。お前はこのごろつきから信仰を学ばねばならぬ。もし学びたいなら、このように学ばねばならぬのだ。」

信仰において従順な人々が、神の最低の下僕から教えを得るというのは、よくあることなのだ。

＊　＊　＊

【第八話】アブドゥッラー・ムバーラク(6)と奴隷の話

ある朝、風に雪が舞うなか、イブン・ムバーラクが道を歩いていたところ、一人の奴隷が一枚のシャツしか纏わず、寒さで震えているのを見ました。ムバーラクはその奴隷に言いました。

「なぜお前の主人に服をくれるように言わないのか？」

奴隷は言いました。

「ご主人さまに何を言えばいいのでしょう？　だってご主人さまにはちゃんと見えているのですよ。

私のことがはっきり見えているのに、何を言えばいいのでしょう？　ご主人さまは私よりよくわかっているのですから、私は何を求めればよいのですか？」

イブン・ムバーラクはこの話を聞くと、彼の魂から頭のてっぺんまで炎が立ち上りました。彼は叫び声をあげ、気を失いました。彼ほどの雄弁な人が黙りこくったのです。正気に返ると彼はこう言いました。

「指導者《ラフバル》を見つけたぞ！」

＊　＊　＊

おお、真実の道を求める者よ、この奴隷から神への道を学びなさい。各人の心に何が隠されているか誰が知るだろうか？　神の烙印《らくいん》が誰の心に押されているのか？

神の烙印が押された心は、一瞬でその歩を進める。神の烙印の押された心は、どれも一瞬のうちに、喜び踊りながら自らを捧げる。あのアビシニア人が神の烙印のことを知ったように、一瞬でこれまでの自分の行いは誤りだったと悟ったのだ。


【第九話】預言者ムハンマドの許にやって来たアビシニア人の話

一人のアビシニア人が預言者の許へやって来て、言いました。

「私は罪を悔います。今がその時なのです。もし許され、懺悔が受け容れられれば、それはあなたのような預言者の支えがあるからです。」

預言者は言いました。

「お前が罪を悔いれば必ずや許されようぞ。」

するとアビシニア人は言いました。

「自らの罪で道を見失っていた時、私の罪を神はお咎めになりました。神は私がそれらの罪を犯したのをご覧になったのです。」

預言者は言いました。

「それではお前は知らないのか。神にはどんな些細なことも隠しだてできないのだ。お前の罪がどれほどわずかなものでも逐一神はご覧になったが、寛大さによってあからさまになさらずお許しになられたのだ。」

アビシニア人はこの言葉を聞くと、急に、彼の血に満ちた心から深い溜息をひとつつきました。その溜息があまりに深かったので、彼の息は絶えてしまいました。アビシニア人は預言者の足許の地面に倒れ込み、神の御許へとまっすぐ旅立ち、神の足許にひれ伏したのでした。

預言者は仲間らに知らせました。

「友よ、みな急ぎ集まれ。神に対して大いに恥じたゆえに命を落とした者のため、涙を流し、神への祈りを捧げるよう呼びかけるがよい。」

＊　＊　＊

自らを恥じるあまりに亡くなった者は、たとえ死のうとも彼の身体は腐食するどころか芳香漂う高価な眼薬へと変わる。ごくわずかであろうと彼の墓土の匂いを嗅げば、まるで大いに恥じて波打つ百の海のよう。

【第十話】花嫁が処女ではないと知った男の話

ある男が偶像のように美しい花嫁を得ましたが、彼女にはあるはずの証が見られませんでした。夫はその封印を貞節な妻に見なかったのです。貞節な娘の証を見なかったのです。妻は全身薔薇水のように汗をかき、薔薇の花のように服を引き裂きました。

男は女がそのように恥ずかしがり、自分の生命が危険に晒されるのではないかと悲しむ姿を見ました。彼女が恥じらうのを見て心を痛め、彼女が処女でないことを看過し、妻にこう言いました。

「お前のこの秘密を隠しとおせないなら、私は無信心者だ。お前の母親がこの秘密を知ってはならない。父親がこれについて知るはずもない。人間であれば過ちを犯すこともある。お前が過ちを犯す運命だったのであれば、私は秘密を守ろう。神が私の過ちをかばってくださるように。私はお前より信仰において過ちを犯しているのだ。心配せず、明るく過ごし、気にすることはない。もう二度とこの私の言葉すらも思い出すことのないように。」

すべては事なきを得たかに見えましたが、翌日になると、その黄金の鳥の羽と翼が抜け落ちはじめました[7]。彼女が重病に陥ったので、一日のうちに百もの不幸を味わったかのようでした。身体は竪琴のように弱ってか細い声で痛みを訴え、まるで食べ終わった棗椰子のように骨だけになりました。夫は妻の病的な顔を見て、すぐさま医者を彼女の枕元につれてきました。いったいわずかでも治療が効くことなどあったでしょうか、一瞬ごとに彼女のやつれた顔色はどんどん青ざめていきました。そっと夫が言葉をかけました。

「お前はこの若さで自らを殺すのか？　もしお前が私にお前の秘密を隠しておいてほしいなら、私はそうするし、黙っておくつもりだったのだぞ。私がそれについて何も知るべきでなかったとお前が思っているなら、私は知らないのだと思えばよいではないか。なぜこんなに悲しみで病気になったのか。なぜ病気になるほど自分を痛めつけるのか？」

妻は答えました。

「おお、善き伴侶たるあなた、あなたはあまりに善い人でこういう優しい言葉しか似合いません。あなたはご自分にふさわしいことをおっしゃり、ご自分にふさわしく振る舞われました。哀れな私の魂の苦しみを味わわれました。でも、あなたが私の秘密を知っているとわかった時のこの恥ずかしさを私はいったいどうすればよいのでしょう？　だってあなたは私の罪に気づいているにもかかわらず赦してくださったので、それで良心が痛むのですよ。」

こう言うと、恥ずかしさで女は気を失いました。彼女の日々はお先真っ暗になり、容態はさらに悪化しました。彼女は与えるべきものを与え、他には何も残すことなく、天に召されたのでした。

＊　＊　＊

一滴の水が大海にのみこまれた時、なぜあなたはそれほど悲しむのか？　その悲しみによりあわてふためきうろたえてはならない。雫は海にとりこまれて当然だったのだ。惨めな死を迎えることになっていたなら、なぜあなたは生まれてきたのか？　生まれた以上、死は迎えるべきものである。眠る者も必ず復活の日にイスラーフィール(8)のラッパの音で起ち上がる。逝った者も最後の審判の日に再び戻ってくるのだ。

【第十一話】賢人がアレキサンダー(9)に語った言葉の話

アレキサンダーが哀れにも埋葬されて眠りについた時、賢人がそこにやって来て言いました。
「王よ、あなたはたくさん旅をしましたね。でもこの旅は今までとはまるで違いますね。天のようにこの世を巡りつづけ、今や運命からすっかり解き放たれたのですね。なぜ、あなたは去らなければならなかったのに来たのですか？　あなたは今墓の中で何もわからず、何も知らず、この世でしたことの何があの世に届くのかも知らない。なぜこれほど現世に執着するのでしょう？　これほどまでに多くの人間の行ったり来たりが、いつまで続くのでしょうか？」

【第十二話】狂人の物語

にっちもさっちもいかなくなった一人の狂人がおり、日々彼の不幸は増していきました。人々からも自分自身からも絶望し、彼の進む道は八方塞《はっぽうふさ》がりでした。彼は口を開いてこう言いました。

「ああ、秘密に精通するお方よ、この創造という行為の始まりは見えないというのに、あなたはいつまでこうやって人々をこの世に連れてきたり、この世から連れ去ったりするのですか？　神よ、創造することに飽きてしまうことはないのですか？」

＊　＊　＊

あまりに多くの涙を流したゆえ、我が涙の雫は海よりも多い。どう言えばよいだろうか、この世は血の波に満ちているのだ。あなたは私に言うだろう、「この世を去る時に神にあなたの魂のありかを示せ」と。この世で私の魂の居場所はなかったのだから、それについてどうして知らせることができようか？　何が私の痛みに効くのか、我が心は何なのか、我が魂は何か、自分の本質が何なのか私にはわからない。自分が穏やかな心持ちでいられなかったために、自分自身哀れな身となったのだ。私はどの通りも歩き回ったし、あちこち彷徨ってみたが、どこにも希望を見出せなかった。私はこの世を随分と巡った。だから、放浪しつづけるばかりでどうしようもないのだ。

太初の乳房から引き離され、私は真っ逆さまに牢獄たるこの世に落ちた。だから私は彷徨い道に迷い、いつも乳母を恋しがるのだ。太初から自分の意志でもなく身寄りもないままにやって来たので、もし私がもといた場所に戻れさえすればそれだけで十分幸せなのだ。私がそこに戻れればそれでよし、もし戻れないなら悲しみと苦痛のなかで私は日夜彷徨いつづける。我が心は苦痛に満ち、我が魂は激しい後悔に苛まれる。なぜなら、我が昼は暗く、我が月は雲に覆い隠されたままだから。もしこの足がこの世に留まったままならば、我が心は取るに足らないものとなり、肉体という泥から抜け出せないままとなる。盲目ゆえに我ら人間は神秘に背を向け、無知ゆえに異教の徒となった。誰も知性を求めなかったため、我らは知性を手放し、愚かさを身につけてしまった。もし心もこうした商売を続ければ、我々はただこの売買を続けるしかない。人生から利益など得られはしない。人間は何らの利益も得てこなかった。もし利益があったとしても、利益など得なかったほうがよかったのだ。

　心よ、どれほど私を殺し、どれほど私を溶かすのか？　頭《こうべ》を垂《た》れもせず、顔を上げることもせずに。結局、私はお前をどうすればよいのか？　お前は苦痛しかもたらさないというのに。もし痛みがあるなら、まともな人間にふさわしいように、おそれず立ち向かうがよい。勇気をもって痛みに耐えるのだ。お前が苦痛のあまり常に身をよじる時、いつまで私に難事をもたらすのか？　蠟燭のような私を、お前は消すかと思えば、もう一方の手で点《つ》ける。私が座り込めば「立て」と言い、走り回れば「落ち着け」と言う。お前の近くにいようが遠くにいようが、私が自分の意志でこの世のしがらみと共に生きていれば、お前からは遠くにいることになるのだ。私にはこの世という村やその村長の住所もない。私をこの世という村からしばしば解き放っておくれ。アブー・アイユーブ[10]のように自分の家を作り、家を作ったら戸を開け放っておくがよい。なぜなら、預言者の輿《こし》がお前のような乞食の家にも来るかもしれないのだから。もしお前が異教徒なら、お前に信仰を与えてくださるし、もし病気なら治してくださる。もしお前を指導者《ラフバル》たる老師《ピール》が導いてくださるなら、彼に従いなさい。

　老師《ピール》がすべての源なのだから。まごうことなく、老師《ピール》というのは完全人間である。彼のなすことは神のなされることに等しい。

【第十三話】バスラのハサン(11)とシャムウーン(12)の逸話

ハサンはバスラで世界の師でした。彼の隣人は病気の異教徒でした。八十年間無知のせいで火を崇めつづけていました。その異教徒はシャムウーンという名で人々に知られていました。まるで蠟燭《シャムウ》のように、彼の頭がいつも火の下にあったからです。

シャムウーンの病が重篤になった時、ハサンの心に信仰の苦痛が増しました。ハサンは心の中でこう言いました。

「今日、彼の見舞いに行って病状を尋ねなければならない。たとえ彼が異教徒でどうってことのない人であろうとも、つまるところ隣人なのだから。」

ハサンがシャムウーンの許へ行くと、彼が床に血に塗《まみ》れて横たわっているのを見ました。彼の顔は煙で黒ずみ、衣服も纏わず、髪も汚れていました。導師《シャイフ》ハサンは口を開いてこう言いました。

「おお老人よ、神を畏れなさい。いつまで過ちを続けるおつもりか。一生をむなしく無駄にしてしまいましたな。火と煙の中に倒れこんでしまいましたね。ご自身の神に苦痛を与え、魂と肉体を地獄に送るという固い約束をしましたね。あなたは火で御利益《ごりやく》を得たと思っているようですが、あなたが火から得たのは煙でしかないということを知らないのです。無知な人よ、そんなことをしてはいけないのです、あなたが救われるために。たとえあなたが獅子であろうと神に対抗できやしないのです。なぜ火で心を輝かせるのですか？　あなたに触れるとすぐさまあなたを燃やしてしまうというのに。その火の中には誠実さの片鱗すらないのです。火に髪の毛一本分ほどの誠実さを求めることもできないのです。もし火に一時《いっとき》でも誠実さがあったなら、一瞬でもあなたを保護してくれたことでしょう。あなたは一生かけて火を崇拝してきましたが、結局火はあなたを燃やしてしまうとは、実に奇妙に見えます。でも、私は心底から神を崇拝しているので、今この瞬間手を火にくべます。おお、罪深きお人よ、神以外この世界で救ってくださりはしないということをあなたにわからせるために。」

こう言うとハサンは手を火にくべましたが、髪の毛一本分たりとも傷を負うことはなかったのです。導師《シャイフ》の手を見て、年老いた異教徒は物も言えないほど驚愕しました。知という夜明けの幕帳《とばり》が開き、シャムウーンは蠟燭のように光を得たのです。ハサンにこう言いました。

「導師《シャイフ》さま、これはどういうことですか？　七十年間私は火を崇拝することを生業としてきましたが、今は私自身が神への思いに溢れています。命が尽きようとするこの今際《いまわ》の際《きわ》に、私の暗い心に朝の光が射してきたのです。私はどうすればよいのですか？　お導きください。もう私には時間がないのですから。」

導師《シャイフ》は口を開いてこう言いました。

「おお老人よ、ムスリムになりなさい。それがあなたのとるべき道です。」

するとシャムウーンは言いました。

「おお、情け深いお方よ、私は異教徒のように神をひどく苦しめてきたのです。もしあなたが今私をお助けくださるなら、一筆書いて私の保証人になってくださいな。そうすれば神は私をお許しくださり、私を罰するかわりに私が天国で神に会えるようにしてくださる。私はイスラームの信仰を受け容れ、正しい道を歩みます。ですが、まず一筆書いてください。そうすればその道を参ります。」

ハサンは親切にも一筆したため、隣人の望む保証人となりました。ところが、異教徒はさらにこう続けたのです。

「敬虔な導師《シャイフ》よ、バスラの公正な人々が、あなたの文書に連署し保証しなければなりません。私は神のお怒りが怖いのです。」

ハサンはその年老いた異教徒の要求に従い、身分の高い人々に自分のしたためた一筆を保証させました。署名が済み、それをシャムウーンに渡すと、善を求めるシャムウーンはムスリムになり、署名を受け取るとハサンにこう言いました。

「おお師よ、あらかじめ定められていた死が私の魂を奪おうとしています。私の身体を清め、経帷子を着せてください。あなたの手で私を古びた土の中に埋めてください。」

こう言うと彼の清らかな魂は天へと召されました。多くの人々が彼の墓のまわりに集まりました。人々はあの文書をシャムウーンの手に置き、日が暮れるまでその場に座っていました。

ハサンはその夜眠れず一晩中シャムウーンを思って祈りを捧げ、神の名を唱え続けていました。彼は心の中でこう言いました。

「我ながら賢い師だな。自分の無知ゆえに一筆書くとは。大胆なことをしたものだが、それは無知のせいだ。それがよかったのか悪かったのか私にはわからない。自分が溺れて死ぬのではないかと怖れているというのに、どうやって溺れる者の手を摑めるだろうか？　私はこの世で何も所有することはないというのに、どうやって神がお決めになられることに私が口出しして文書を渡すことなどできようか？」

こう考えながら、うとうとと朝を迎えると夢に突然天使が現れました。夢の中で、信仰の灯火たるハサンは、シャムウーンが天国を優雅に歩いているのを見ました。王者にふさわしい栄光に飾られ、頭には王冠を載せ、神に栄誉を与えられた者のしるしたる賜衣を纏っていました。唇には笑みを浮かべ、太陽のように頰を輝かせ、明らかに彼は天国にいたのでした。ハサンは彼に言いました。

「おい、そこでどんな暮らしをしているのかい?」

答えて曰く、

「何をお尋ねになるのですか、ほら、ご覧ください。神は永遠の楽園を私の居場所にしてくださったのです。神自らの恩寵で私にお顔を見せてくださったのです。今あなたは保証人の立場から解放されました。この文書を持ち去って、もう心配するのはおやめください。」

ハサンは言いました。

「私が目覚めた時、文書が私の手にあり、私の理性ははたらいており、何がどうなったかわかっていたのです。」

＊　＊　＊

唯一神以外を信仰するという病を治すなら、このように治しなさい。この逸話のように、イスラームに帰依するのだ。

第十二章

息子は父王に言いました。

「もし高い地位が僕に許されないなら、少なくともジャムの酒杯については教えてくださいな。たとえジャムの酒杯を得ることをどんなに願おうとも、ジャムの酒杯というのがどのようなものなのか、僕にはわからないのです。」

父の答え

父王は、言葉というダイヤモンドで、真珠のような言葉に穴を穿ち、息子にこう言いました。

「もしお前が（シャムウーンのように）正しい道へと導いてもらえる才能があるのなら、お前の人生にはこれから語る物語で十分なはずだ。」

【第一話】カイホスローとジャムの酒杯(1)の物語

カイホスローがジャムシードのように坐し、太陽の光の前にジャムの酒杯が置いてありました。王はその酒杯を通して七つの国の秘密を眺め、さらには七惑星の秘密にも行き着きました。ジャムの酒杯に映し出されないものはなく、ジャムの酒杯にはすべてが明らかになるのでした。カイホスローは一瞬のうちに世界中を即時に見るために、ジャムの酒杯そのものを見ることを切望しました。しかし、世界中が見えたにもかかわらず、酒杯の中にジャムの酒杯そのものを見ることはできなかったのです。カイホスローはその謎を解こうとたいへんな努力を重ねましたが、神秘の幕帳《とばり》が開くことはありませんでした。酒杯の中に次の文字が浮かび上がりました。

「我の中に誰が我を見ることができようぞ？　我が自分自身からすっかり消滅してしまったので、誰がこの世で我が姿を見るだろうか？　我から肉体も魂も消えたので、我から名前も足跡も残りはしない。あなたは存在していて、なんであろうとも、我は存在しない。我はもう二度と見つからないのだ。我の姿は姿なきものに変わったのだ。なぜ元の自分に戻った姿を求めようとするのか？　ありとあらゆる物は我自身の中に見える。だが、その中に我を見ることは不可能だ。我の存在がごくわずかになろうとも、そのごくわずかによって自分自身を誇らしげに顕示するのだ。誰も永遠ではなく、神と合一して自我を消滅させるのだ。ごくわずかな微塵のせいで太陽そのものが微塵になるわけではないのだ。」

もしあなたが真なる自分を知りたいと思うなら、この世への希望を捨てなさい。自分を見つめてはなりません。あなたの黒い瞳は、あなたの死の知らせを耳にし、あなたの死を悼《いた》んで喪服を纏ったのです。あなたの瞳はたとえ小さくても、あなたより先に自分への希望を捨てた、つまり死んだのです。あなたの瞳は全く自分の顔を見ませんでした。なぜなら存在している間、彼らは自らの死を選んだのですから。

瞳は自分のちっぽけな存在に気づくことはありませんでした。なぜなら死んでいたため、一度たりとも自らを見ることはなかったからです。もしあなたが肉体的な死の前に魂をこの世への執着から解き放って生きたいのであれば、その死の前の死は誇るべき生と見なさなければなりません。もし永遠の姿を得たいなら、それは姿のない中に得ることができるのです。今もしあなたが真実を手に入れたいと思うなら、私のようになりなさい。あなた自身に別れを告げ、魂の消滅の中に消えなさい。魂の消滅の砦を築かなければなりません。さもなければ四方八方からあなたは打ちのめされることになるでしょう。」

カイホスローはこの神秘について知ると、自分の王国を手放しました。自分が持つべきものは魂の消滅以外にはないと確信しました。なぜならこの世に存在するものはいつか消えて失くなるからです。自己という沙漠が自分に対する防壁だとわかり、自我の消滅という上衣が自分の身の丈にふさわしいとわかったのです。カイホスローはあっさりと自らの人間的・物質的存在を捨て、信仰告白をし、自らを魂の消滅の腕に委ね、眠りにつきました。ルフラースプを呼び寄せ、彼を王国の王としました。カイホスローは酒杯を携えて洞窟へ行き、雪の中でその姿は見えなくなりました。もう彼のことを考えるのはよしましょう。

もし誰かが溺れてもその人の痕跡は何もありません。浜辺に坐す人たちは、その人のことを全く知らないのです。

＊　＊　＊

あなたも渦潮に巻き込まれているようなもの。なぜなら、夢の中にいて真実に気づいていないからだ。あなたは真実たる我と共に、太陽の下で融ける氷、あるいは小川の中の一握の泥のように、消滅する。船もなく海に漕ぎ出す時、海はあなたに、あなたが何であるのかを教えてくれるだろう。

【第二話】石と土塊の話

石と土塊が一緒に旅をしておりました。突然二人は海に出くわしました。石は惨めな気持ちになってこう言いました。

「溺れちゃうな。僕の難儀した話を海の底に話して聞かせることになるな。」

しかし、土塊は消え失せました。どこに行ってどうなったのかわかりません。でも、言葉をもたなかったはずの土塊が声を上げたのです。それと知った人の誰の耳にもその声は聞こえました。

「両世界に私の「自己」は残っていません。私の存在は針の先ほども残っていないのです。私の魂も肉体も見えません。すべて海なのです。海ははっきりと誰にでも見えます。」

＊　＊　＊

もし今日あなたが海と同じ色に染まれば、海の底を夜照らす真珠となるだろう。だが自己を求め続けるかぎり、魂も知性も手に入れることはできないだろう。

【第三話】沙漠でのシブリー(2)と若者の話

ある日シブリーが、蠟燭が頭からすっかり燃え尽きるかのように、沙漠の道を歩きつづけていると、水仙の花束を手にした、宴を照らす蠟燭のような若者に出会いました。若者は、頭に絹の頭布《ターバン》を巻き、足にはサンダルを履いた、宴の装飾のような美青年で、手には一冊の本を持っていました。優雅に美しく歩んでおり、まるで鷹から襲われる危険のないヤマウズラのようでした。

シブリーは若者の前へ行き、愛情込めてこう言いました。

「おお、色白で美しい若者よ(3)、こんなに急いで、楽しそうに、どこから来たのですか?」

月のような顔の若者は言いました。

「バグダードからです。私は朝早く発ち、長い道程を歩かなければなりませんでしたが、宿を出発してから二時間で、通常まる五日の旅程を歩いてまいりました。」

シブリーが旅を続け、ついにカアバ神殿に到着すると、人が疲れきって道に倒れているのを目にしました。困窮し弱り無力で、命果てそうで死にかけていました。シブリーが友人らに語ったところでは、その男はシブリーを見ると、カアバ神殿の前からそっと哀れを誘う声でシブリーをこう呼びました。

「ああ、アブー・バクル(4)よ、私が誰かわかりますか? あなたが某所で会った、あの優美な若者です。神は十万もの愛撫と愛情でご自身の許へと私をお呼びになり、扉を開けてくださったのです。一瞬ごとに私に次から次へと宝をお与えくださり、一瞬ごとに私の要求よりも多くをくださいました。

今、私が我にかえったところ、神はコンパスの軸足を入れ替えるかのように、私の状況を真逆にひっくり返されたのです。私の心を血塗れにし、私に火を投げつけられたのです。私を薔薇の花園から掃き溜めへと投げ入れたのです。私を病気にし、何も持たざる者にしました。私には一時間ずつ早く時が過ぎていたので、早く年をとってしまったのです。私にはもう心もこの世も信仰も残っていません。ご覧のとおりの無様な姿です。」

シブリーは若者に尋ねました。

「おお、気高き若者よ、そなたに下された命令どおりに振る舞い、頭を垂れて従いなさい。」

若者は答えました。

「おお、唯一の師よ、誰が永遠の力を持っているでしょうか。酔った私にはこの謎がわかりません。神は私にこうおっしゃるのです。「そなたがすべてなのか、それとも我か？」私と神の間には髪の毛一本分たりとも隙間はなく、神はお好きなようになされるので、私は身を焦がし苦しんでいるのです。どうすればいいのでしょうか？」

＊　　＊　　＊

あなたは自分の眼の前に座っている。自分の前から起ち上がれば救われるだろう。あなたはこの世へあなたの利益のために送られたが、ここでは私にはあなたの身の破滅しか見えない。あなたの運命は計画されてなどおらず、無であるため、もしあなたが神への道を歩むなら、一生苦しむだろう。あなたの糧食は無しかないのだ。

【第四話】墓石の前にいる狂人の話

早朝一人の狂人が、道端にある聖者の墓を見ました。その墓は石がたくさん積み上げられ、碑銘も刻まれていました。狂人はしばらくそこに佇《たたず》み、自分の心をその聖者の許へと届け、こう言いました。

「ここに眠るこのお方は何も持っておられぬ。だがそれは秘密なのだ。この立派なお方は、彼に誓って言うが、このお方が神秘主義道で得たはずのものが私には何も見えない。このお方の墓に積まれた石以外、あらゆる存在物のうちからこの方の取り分は分け与えられなかったのだ。」

人々が狂人に言いました。

「この神秘が私たちにもわかるように説明しておくれ。」

狂人はこう言いました。

「ここに眠るお方は、現世も来世も捨て、両世界を持たず、何か別のものを求めていました。でも、何の役に立ったというのか。だってこのお方が探し求めていたものはたいへん貴重で誰も手にすることはできず、今後も決して誰も得ることはできないのだから。なので、このお方が正しかろうと誤っていようと、すべてを失い、何も残ってはいないのだ。」

＊　＊　＊

害と益に溢れるこの世を見るがよい。高い地位に上る人もいれば貶《おとし》められる人もいる。昼間はあなたの眼にこれらすべてが映るが、夜はあなたの視界から消えて見えなくなる。この眼を閉じたり開けたりすることをご覧なさい。起きている時にはこの世のすべてがよく見えるが、眠っている時は世界が存在しないかのよう。この世の真実は無ということがわかる。あなたの歩む神秘主義修行の道とは何なのか？　今この魂を投げ出すということ、つまり死の前の死ということ。人は神秘主義道以外で自己を誤って投げ出すことはありえないのだから。だが、真実を見る目を常に持ち合わせているわけではないので、あなたはいつも間違えてしまうのだ。人を道に迷わす追い剝ぎの絵は、絵師たるこの世によって生み出されるのだ。この世に生きるあなたに、この世はさまざまなものを見せてくれる。だが、それがあなたを真実から遠ざけるのだ。これほどまでにあなたが苦しんでいても、いつ愛すべき神があなたの手に入るというのか？　愛すべき神は手に入らない。なぜなら、恋する者が燃え尽きてしまう時まで、愛すべき神はその火の明るさで輝くからだ。誰もが神を愛するにふさわしいが、神に辿り着くことはないのだ。ならば、決して神に手を伸ばさないほうがよい。神を思って胸を焦がしつづけるのがよい。恋する者よ、あなたの心を燃やせ、心が燃え上がるまで。あなたがこれを望もうと望むまいとこれ以外の道は他にはないのだ。神の中に消滅せよ、「有」たる人間よ、「あなた」と「彼」は一つの枠には収まりはしない。何を追い求めるのか？　あなたの意図は何なのか？

【第五話】神に秘密を語った狂人の話

一人の狂人が縛られ、ぶつぶつと神に秘密を語っていました。ある人がすぐに狂人の口元に耳を寄せ、その至高なる神秘について知ろうとしました。狂人は神にこう言っていました。

「あなたに狂ったこの私は、しばしの時あなたと同じ住居におりました。ですが、あなたと私とが家に収まりきらなかったので――つまりあなたの家となるか、私の家となるかしかなかったので――今あなたの命に従い私は家を出たのです。あなたがここにいるので、狂った私は去ったのです。」

＊　＊　＊

他の道ではなくこの信仰の道では、「我々」と「我」について語ることより邪悪な多神教も罪もない。おお息子よ、この狭い館たるこの世を出よ。なぜならあなたの荷は重く、あなたはびっこをひいた驢馬《ろば》だからだ。ここを離れ、場所のないところへ行け。愛のブラーク(5)に跨《また》がれ。愛によって神に辿り着くことができる。しかし、そこには永遠という草原がなければならない。神の宮殿の戸口にいなさい。なぜなら、突然神が御前にお前をお召しになるかもしれないから。あなたにとって心が神と共にあることが大切であり、この世の他のことではない。あなたは神と共にいなければならないのであって、それ以外は重要ではない。もしあなたが神の戸口に立てば、あなたは必ずや王たる神の御前近くに仕えることを許されるだろう。

【第六話】スルタン・マリクシャー(6)と歩哨《ほしょう》の話

ある夜スルタン・マリクシャーの陣営が大雪に見舞われました。寒さのせいで鳥も魚もみな隅にうずくまってじっとしていました。スルタンはこう考えました。

「神よ、今夜誰がスルタンのことを気にかけてくれようぞ？　誰がこの寒さのなか、余の天幕の前で眠っているか、こっそり見に行かねばならん。」

スルタンが天幕から頭を出すと、雪と寒さが彼を襲いました。どこを見ても、地面に横たわって眠ってはいるものの魂は目覚めている一人の男以外、一人の歩哨も見当たりませんでした。その男はフェルトの粗末な前あきの衣服に身を包み、天幕の釘が彼の枕、大地が彼のベッドでした。夜じゅうブーツを履き、雪のせいでその場から動けずにいました。

あなたが神との合一と自我の消滅を求めるあまり、一晩中このように神の敷居に居続けたことがあるかどうか私にはわかりませんが、もしほんのわずかでもあなたの心に自己を捧げる気持ちがあれば、このような夜があなたに与えられたでしょうに。

王の足音で、男はその場から飛び起き、王に向かってこう声を張り上げました。

「おい、お前は誰だ？」

王はすぐに言いました。

「門衛よ、余だ、偉大なる王であるぞ。お前こそ誰か？　熱心に勤める男よ、こんな夜に王を守っているとは？」

男は口を開き、こう言いました。

「おお、王よ、私は帰る場所のない羊飼いにすぎません。身を寄せる場所は王の戸口しかないのです。王にお仕えするよりほかないのです。身体と魂が結びついているかぎり、王の足の置き場が私の頭の居場所です。」

王は男に言いました。

「そちに命ずる。ホラーサーンの長官職を与えるぞ。」

＊　＊　＊

ある夜スルタンが男のことを識った時、その男は王から永遠の名前を得た。もしあなたもある夜愛しい神の戸口で寝ずの番をすれば、なんという喜ばしい日々や幸運があなたのものとなることか！もし一晩中眠らずにいれば、誠実の極みに達する。あなたは何ら必要としないゆえ神からの賜衣を永遠に手にする。空中に舞う微粒子が少しずつ太陽に届くように、人間が神に到達するのだ。もしあなたに一瞬たりともこれが見えれば、たとえ盲目であろうと高い地位に昇るのだ。神に到達しえた聖者たちは、万物の中に無という真実を見たのだ。万物の中に無を見れば、あなたには砂糖が毒に、薔薇が棘に見えるだろう。

【第七話】導師《シャイフ》アブー・サイードとトゥース出身のマアシュークの話(7)

ミフナの導師《シャイフ》、アブー・サイードが爪楊枝と帽子と砂糖という三つの品物をマアシュークに贈りました。マアシュークはそれらを見て、この世の創造物たる人間が作った物であるため、受け取らず、品物を届けにきた導師《シャイフ》の使いの者にこう言いました。

「導師《シャイフ》にお伝えください。私はこうした物への執着からすっかり解放されています。爪楊枝は、血を飲むほどの悲しみ以外の何かによって常に栄養を摂る者の役に立ちます。私は血にのみ頼って生きているので、あなたは私にはもう爪楊枝が必要ないとおわかりのはず。砂糖は、毒薬に譬えられるほど辛い体験をした人の口を甘くするのに役立ちます。私があまりに辛い思いを重ねてきておりその苦さが私の口から消えることはないので、私には砂糖が役に立たないことをあなたはご存じのはず[8]。帽子は、頭があり、ごくわずかでも自覚のある者にふさわしい。ですが、頭なしで襟を感じる者に、どうして帽子がふさわしいはずがありましょうや。あなたが贈ってきたこの三品は、あなたに必要なのです。おお、私の生の源よ、私にはただ一つだけあれば十分なのです。それが何なのか、あなたにはわかっているはず。」

*　*　*

神たる太陽を今見ている人は、宙に舞う微粒子などには注目しない。もしあなたが愛の神秘を知りたいのなら、常にこの世への執着を断ち切り、新しい頭をもたなければならない。この新しい頭があなたのすべてなら、一瞬たりとも自分に関心を示してはならない。蠟燭の芯先が切られると、炎の明るさが増す。筆の先は削って尖《とが》れば役に立つのであり、さもなければ誰も筆で書くこともできない。神を何かに譬えなければ、純粋に神に辿り着くことができる。自分自身を捨てれば、真っ直ぐに神に辿り着けるのだ。あなたはあなた自身というかぎり、絶対的な真実たる神の許に辿り着くことはできないのだから。

【第八話】アヤーズとスルタン（・マフムード）の話

白銀の胸をしたアヤーズは、小夜啼鳥《ブルブル》の声を聞きながら花陰で眠っておりました。その知らせがスルタンに届いたので、スルタンは心奪うアヤーズの枕元へとやってきました。花陰で輝く太陽のようなアヤーズが、露のおりた薔薇の花びらのように、暑さで汗をかいているのを見ました。スルタンは、アヤーズの枕元に長い間座り、涙をこぼしました。じっとアヤーズを見つめていても飽きることはありませんでした。アヤーズの美しさに花びらを撒いたり、涙を流したりしました。ついに安らかな眠りから目を覚ましたアヤーズは、王が眼の前にいることに気づき、恥ずかしさで火のように起き上がりました。王は彼を見てこう言いました。

「おお、均整のとれた身体の若者よ、そちが戻ってきたので余はもう行くぞ。そちが眠って意識がなかった時、余に可能ないかなる描写よりもそちは美しかった。余がそちを見ていた時、そちの魂が増していくかのようだった。あれはそちではなく、そちの身体に入り込んだ余だったのだ。そちが目を覚まして意識を取り戻したので、余の愛しい人は消えてしまった。そちが勝利した時、被征服者も消えたのだ。」

＊　　＊　　＊

友よ、あなたが愛される存在であるうちは存在してはならない。なぜなら、もし存在してしまうとあなたは自身の幕帳《とばり》の中に籠もってしまうのだから。

自身を捨てよ、自己を滅却すればあなたは我と一つになるのだから。自己を滅却すればあなたはより幸せなのに、なぜ自身と共にいるのか？　あなたが存在しなくなると、あなたはすべてとして存在するようになるのだ。あなたが無になると、あなたは称讃されるようになるのだ。あなたが自身と共にいる間は、誰もあなたについて語りはしない。だが、自己を消滅させると、誰もあなた以外を求めなくなるのだ。

【第九話】月が太陽を恋い慕う話

月が言いました。

「私は太陽を恋するあまり、永遠にこの世を照らすでしょう。」

人々は月に言いました。

「もしそのとおりなら、あなたは昼夜を問わず輝きつづけ、太陽に追いつかなければなりません。そして追いついたら太陽の中に消滅し、見えなくならなければなりません。すぐに太陽の光の中で燃え尽き、あなたの存在は太陽という最高星位によって下げられるのです。太陽の光によってあなたが存在するようになれば、すべての人々があなたの美しさに魅せられるのです。人々は互いにあなたを指さし、あなたがどこにいるか見つけようと目を見開くでしょう。」

＊　　＊　　＊

月が太陽と一つになった瞬間、月の光が見えるようになるとは驚きである。太陽を狂おしいほどに愛する月は怖れることもなく消滅し、空から遠く離れた大地からですら見えることが明らかになった。太陽の光の中で燃えた月は、別れの後で結ばれたのである。十四夜の月（満月）は実に美しいが、新月に助けられているのだ。月が光り輝き着飾っている夜には、人々は月を見ない。なぜなら月が白惚れて自分を見ているからだ。だが、月が爪楊枝のように細かったりごく細い三日月であったりすれば、人々は月を見る。(9)

自身の存在を無にしないかぎり、あなたは永遠の災いに悩まされる。多神教という垢や汚らわしさが嫌になるのは、あなたの心が自己を消滅させることを決めるからだ。もしあなたの性質が多神教という乳から乳離れすれば、唯一神を信仰することによって、あなたは大人《たいじん》への階段を上りはじめることになる。

【第十話】バーヤズィードを夢に見た質問者の話

真実に気づいている覚醒の徒である男の夢に、突然バーヤズィードが現れました。男はバーヤズィードに言いました。

「おお、今をときめく導師《シャイフ》よ、唯一神に何を話したのですか？」

導師《シャイフ》が言いました。

「神の御座所からこう声が聞こえました。「おお修行者よ、旅から何を持ち帰ったのか？」私は神に言いました。「罪を持ってまいりました。でも多神論は持ち帰りませんでした。現世で乳を飲んだところ、その夜喉が詰まるほどの腹痛に襲われました。その晩の痛みが私の生命を脅かすほどだったので、心の中で〝乳のせいだ〟と思いました。」すると神はこうおっしゃったのです。「そなたは多神論をここへ持ち帰りはしなかったと言っておる。老人よ、夜飲んだ乳と共に多神論を私の許に持ってきたのをこれほど早くに忘れてしまったのか。多神論のせいで乳を飲んで痛い思いをしたので、そうと信じるお前のノートには取り消しの線が引かれたことになるのだぞ。この信仰を持ち続けることをあからさまに主張するな。なぜならお前は唯一多神論という乳を飲んだのだから。お前の口が乳臭いというのに、どうやってお前は唯一という花の香りを嗅ぐことができるだろうか。」

あなたが完全に乳離れした時、本当の意味で大人《たいじん》になるのだ。

＊　＊　＊

【第十一話】シブリーへの托鉢僧の質問

ある人がシブリーにこう尋ねました。

「神の御座所で誰が最初に師として、あなたを出迎えてくれましたか？」

答えて曰く、

「水のほとりに犬がおり、わずかたりとも喉の渇きに耐えることができないのを見ました。犬は澄んだ水に映った自分の顔を見て、別の犬がそこにいるのだと思いました。別の犬をおそれて水を飲まずに、水の縁から逃げだしました。が、喉の渇きを我慢しきれず、もう辛抱しきれなくなった時、突然自ら水に飛び込むと、もう一匹の犬は消えてしまいました。自分の目の前から別の犬が消えた時、その二匹を隔てていた幕帳《とばり》はその犬自身だったのです。犬自身の前から消えたのです。このようにはっきり隔てていた幕帳《とばり》が消えたので、私は私自身が神と自分を隔てる幕帳《とばり》だと確信しました。自我が消滅したことが幸いしたのです。犬が私の師として、最初に出迎えてくれたのです。」

＊　＊　＊

あなたも自分の目の前から立ち上がりなさい。あなたと神を隔てる幕帳《とばり》はあなた自身なのだ。幕帳《とはり》を消しなさい。もしわずか髪の毛一本ほどでも自身が残っていれば、あなたの足には重い鎖がついたまま。おお、老いぼれよ、あなたは揺り籠から棺桶へまっすぐ連れていかれたほうがよかったのかもしれない。ムーサー（モーセ）は揺り籠からすぐに棺へと自身の歩むべき道を得たために、神から高い地位を得たのだ。もしあなたが常に神の御前にいなければならないのなら、自己と共に歩むな。あなたにはこれで十分。

自己と共に歩み来るな、自己を捨ててから来るがよい。自己から遠く離れよ、なぜならその無我が「光の上の光」（クルアーン第二四章三五節(10)）だからだ。もしあなたが神秘に精通し、成長すれば、あなたの身体の部分すべてが互いのなすべきことに気づくだろう。あなたは子供のままでいつづけることも一つのものを二つに見つづけることもなく、神を通して語り、神を通して万物を見るであろう。

【第十二話】イブラーヒーム・アドハム[11]の物語

イブラーヒーム・アドハムが歩いていると、二人の男に会いました。一方が、麦一粒でもう一人から何かを欲しがっていましたが、麦一粒では見合いませんでした。再び男が言いました。

「私から麦一粒取っておくれよ。これでもうやめにしようよ。」

するともう一人が言いました。

「それでは無理です。麦一粒では売れません、できません。」

イブラーヒームはこれを聞くとすぐに、あまりに驚き、羽をばたつかせた鳥のように、意識と無意識の間を行き来しました。男のうちの一人がイブラーヒームに近づいてきて、こう尋ねました。

「信仰のスルタンよ、こんな状態になるなんて、あなたに何が起こったのですか?」

イブラーヒームは言いました。

「この男が「私はこれを売らない《インベナドゥハム》」と言った時、私には「麦一粒でイブン・アドハムを売る《イブネアドゥハム》」と言ったと思ったのだ。「麦一粒では売らない」と言いはじめた時、「麦一粒でイブン・アドハムを売る」と聞こえたのです。」

＊　　＊　　＊

あらゆる微粒子が常に叫んでいたとしても、それが聞こえるのは意識して覚醒している心だけだ。

あなたが聖者たちの到達した境地を味わったことがないのはわかるが、少なくとも聖者らについての逸話を聞いたことはあるだろう。もしあなたが聖者らの完璧な境地に近づきたいのなら、神の中に自己を消滅させなさい。

おお、微粒子よ、もし永遠に丸い太陽に取って代わりたいならば、永遠でありたいなら、存在してはならない。もしお前の真の存在が手に入らなければ、お前はここにいなかった。夭折した子供はみな短命ゆえにこの世の何に執着することもなく、たやすくこの世を去ることができたのだ。その子とは逆に、お前にはこの世の多くのものへの執着があるので、災難に見舞われているのだ。

しかし、識るために酒杯を求めるなら、生きているうちに自己を消滅させなさい。賢人よ、ジャムの酒杯というのは世界中を映し出したと聞いた。だが友よ、ジャムの酒杯とは理性だと知りなさい。理性は皮膚に包まれた感覚や神経である脳より数段上なのだ。両世界にある各々の微粒子がすべてはあなたの理性という酒杯の中に見えるのだ。数千もの技、神秘や定義、数千もの命令と禁止は、あなたの理性に基づいており、これがすべてなのだ。酒杯はあなたがわからなかったことをこれ以上はっきりわからせてくれるだろうか？

第十三章

思慮に富み、実に冷静沈着で落ち着き払った第四の王子が、父王に言いました。

「存在界にいる以上、僕は生命の水を懸命に探しつづけます。生命の水が手に入れば救われます。さもなければこの手には何も残りません。生命の水が欲しくて欲しくてたまらなくて、僕の魂は燃えさかっています。昼間は食べ物も喉を通らず、夜眠ることもできません。生命の水のことが頭から離れず、僕の心は苦痛に喘《あえ》いでいます。喉が渇いて水が飲みたくて仕方ないのです。」

父の答え

「死がお前に勝利し、お前に死が訪れる時、お前の心は永遠の生命を求める。だから、死がその姿を現し死んでしまいそうな時、生命の水を求めんとするのだ。もしお前にわずかたりとも誠実さの光があるなら、お前は真実をはっきりと見ることができ、もし真実を求めれば死でさえもお前に対してなんらの価値も力も持たないということを理解するであろう。死はお前が真実に近づく手段でしかないのだから、死は怖れるに足らず、生命の水など求めてはならない。お前は死を受け容れ、死はお前に何もできはしないということを知るべきである。」

【第一話】ビザンツのアレキサンダーと賢人の話

ビザンツのアレキサンダーが、とある場所に到着し、何か知恵を授けてくれるような、師と仰げるような人を探していました。たとえあなたが世界中の王だとしても、あなたの歩む道は知識の道であるべきなのです。知識があれば「二つの角を持つ者」(アレキサンダー大王の異名)のようになれるのです。

人々はアレキサンダーに言いました。

「ここには、信仰において肩を並べる者がいないほどの人がいます。彼を狂人という人もいれば、完全人間という人もいます。彼は墓地にいて、世捨て人として知られています。」

アレキサンダーは人を遣わし、その男を呼ぼうとしましたが、出向いた使者は彼に拒絶されました。王の使者は男にこう言いました。

「起《た》て、王がそなたをお召しだ。その場から動こうとしなかったり、抵抗したりするでない。命令に従いなさい。「二つの角を持つ者」がこの世を支配する王であることはこの世で明らかなのだから。」

唯一無二の男は口を開いてこう言いました。

「私は時の王に束縛されはしない。私はお前の王が下僕である、あのお方の主人なのだから。私がお前の王など愛すはずがあろうか? お前の王は私の下僕のまた下僕。私がそんな奴の許へ行くはずなどないではないか!」

使者は戻って男の言葉を王に伝えました。名高い王は怒り、こう言いました。

「気が狂った男か、まったくもって無知な男かのいずれかだな。余は神の下僕でもあり友でもある。誰が至高なる神は我が下僕などと言えようか？　王であろうと托鉢増であろうと、余を奴の下僕のなかの下僕などと呼ぶことはできないはずじゃ。」

王は自らその男の許へ出向き、挨拶しました。男もその身分に見合った挨拶をしました。王は男に言いました。

「経験が豊富ならなぜ余を下僕のなかの下僕などと呼んだのか？」

男は答えて言いました。

「王様、あなたは世界中に遠征し、生命の水を手に入れようと、永遠の生命を手にしようとしましたね。王様、これを欲望というのです。あなたを下僕へと貶めるのは欲望なのです。百種類もの軍勢を率いて七つの国の王にならんとしましたね。これは貪欲というものです、ご存じでしょうか？　あなたはこの貪欲に従う下僕です。私は貪欲と欲望に打ち勝ったので、私の下僕の前であなたは下僕になります。欲望はひとたび根付けば永遠に居続けることを求めます。そのためにあなたから生命の水を求めたのです。貪欲はこの世のすべてをあなたに求めました。これほど多くの軍隊を求めました。生命とこの世を求める者がどちらも手に入れられないのはこのためです。もしこの世のすべてが手に入らないのではないかと怖れていても、それを手にした時にはもうこの世のすべてはあなたにとって価値のないものになっていることでしょう。たとえあなたにとってこの世のすべてが完全に永遠に手に入ったとしても、あなたはそれを使いこなせるほど技量の備わった人間ではないのです。」

アレキサンダーの両の目からは血が流れ出し、彼の心はこう言いました。

「これほど悲しいと人は血を流すものなのだ。」

アレキサンダーは言いました。

「この男は狂ってなどいない。彼以上に賢い者はいない。彼のおかげで余の魂は安らぎを得た。今回の遠征にはこの勝利で十分だ。」

＊　　＊　　＊

アレキサンダーは死を怖れて生命の水を探し求め若くして亡くなった。なぜアレキサンダーのダムの話を聞こうとするのか？　あなたはあなた自身をせき止めているのだから、自身をやり過ごしたさい。あなたの存在があなたの前に立ちはだかるダムで、あなたは常に自分自身というダムの内に留まっている。あなたはゴグとマゴグ(1)のように、自身のダムの内にいる。なぜなら、ウージ(2)と同様に、あなたの首には首輪がつけられているからだ。首の申し子ウージの背が高かったのはその長い首のせいであり、長い首に手を焼いていたウージは首を短くすることで解放されたのだから、あなたもこの大きな幕帳《とばり》を上げてしまいなさい。悲しみからすっかり解放されて自由になるだろう。さもなければ十万もの幕帳《とばり》を目にし、各々の幕帳《とばり》の内に死した魂を見るだろう。

もし火を通り過ぎたいのなら、あなたはこの世という炎暑の場所を見てはならない。ほんのわずかでも神に背くと、火の山という幕帳《とばり》があなたと神の間に生じることになる。これが神に辿り着く道の歩き方である。もし神があなたにとって怖れを抱く存在でなかったなら、スィヤーヴァシュが無実かどうか(3)、なぜ訊く必要があろうか？　もし神があなたに地獄の火を怖がらせないなら、決してあなたの欲望の一つと闘うようにと頼みはしなかっただろう。人間の破滅は神への怖れに由来する。もし怖れがなければ邪も正となる。あなたはこれほど多くの苦難と向き合っている。自分に何を望むのか、さあ言いなさい。あなたはこの世という敵に囲まれている。死を怖れなさい、結局はあなたも死を迎えるのだから。

【第二話】逸話

ある敬虔な人が言いました。

「もしすべての人々が最後の審判の日に厳しく咎められようとも、驚くには値しない。驚くべきはこれほどの非道な行為をする者のなかで一人は必ず救われるということだ。」


【第三話】飢饉とイエメンのタ－ウ－ス(4)の返答

ある年飢饉が起こり、人々はたいへんな困難を強《し》いられました。雨に恵まれない群衆は困り果てて雨乞いにタ－ウ－スの許へ行き、こう言いました。

「雨の気配もありません。神が我らの願いをきいてくださるよう、神に祈りを捧げてください。」

するとタ－ウ－スは言いました。

「愛しいみなさん、雲は無駄に雨を降らせはしません。あなた方が雨をどんなに欲していようとも雨が降らないのは、驚くべきことではないのです。驚くべきは、これほど多くの罪深い者がいても、石が各々に降ってこないということです。たとえ雲が空から消えようとも、驚くべきではないのです。我々の邪悪のせいで大地が裂けることもなく、我々の卑しさのせいで大地が我々を飲み込むこともないとは、驚くべきことなのです。」

＊　　＊　　＊

あなたは自分のことを神への道を歩む者だと思っているようだが、とんでもない！　あなたは彷徨《さまよ》い人。この慢心があなたの前からなくなれば、それは誰かがあなた自身の前から犬の死骸を取り除いてくれたようなもの。

【第四話】天界飛行(5)の夜の預言者ムハンマドの話

天界飛行の夜、預言者の目に突然大海が飛び込んできました。その海のまわりに大勢の天使たちが立ち、各々の天使の目から洪水のような涙が溢れていました。預言者は言いました。

「清らかな天使たちよ、なぜみなでこれほど涙を流しているのですか？」

完全な不可視界から命令が下ると、天使たちは預言者に対して口を開きました。

「天空が弧を描き、神が私たちを光から創造なさった時からずっと、私たちは時を選ばず涙を流しつづけています。この道を歩むあなたの民らが、その努力が無駄であるにもかかわらず、実際には何もなしえていないのに何かをなしとげていると思いこみ、憂えてもいないからです。彼らは無知で、勝手にそう思い込んでいることによって、人生を無為に過ごしているのです。」

＊　＊　＊

今あなたが所有し、知覚しているこの資本で、どうやって商売をするのか？　もし信仰の苦痛を少しでも味わったことがあれば、信仰の道があなたを正しい道へと導くから、二度と信仰において苦しむことはなかっただろうに。事をなしなさい。なぜなら、あなたはこの世で事をなしえる力を持っているのだから。あの世へ行ってしまえば、重荷を背負わされるのだから。ああ、残念ながらあなたの利益はみな無駄になった。あなたは道に迷い、隊商は行ってしまった。ああ、惜しいかな、あなたの人生は無駄に過ぎてしまった。あなたは自身の人生に正義を与えなかった。これ以上神になぜ別の人生を求めるのか？　割り当てられたこの人生の価値もまともにわからなかったというのに。麦一粒分ほどですら人生の価値もわからない者は、宝の山一つ分の人生を望むことなどできない。あなたの人生をいとも簡単に無駄にするでない。なぜなら、人生とは風のように過ぎ去ってしまうものなのだから。人生とは、もしあなたが望んでも、魂と引き換えにしようとも、誰かがあなたに売るようなものではないのだ。

【第五話】吝嗇家《りんしょくか》と死天使イズラーイールの話

吝嗇家がたいへんな苦労をし、命を削って蓄財に励みました。昼夜を問わず働き、金貨が三十万枚になりました。十万以上の土地を所有し、十万以上の現金を地中に埋めていました。自分の領内の人々に十万以上の貸し付けもしていました。自分の財産がはかりしれなくなった時、男は自分の屋敷と財産を見て、心の中でこう言いました。

「腰を下ろして、一年間これらを享受して楽しく暮らせばよい。その後どうなることか見ようじゃないか。財産がすべて衣食に費やされたら、もし必要ならまた働けばいい。」

男は楽しく暮らそうと腰を下ろし、喜びで欲望を満たそうとしました。

しかし、こう考えた時突然、死天使が現れました。死天使が目の前にいるのを見て、男は眼前の世界が暗くなったように思いました。口を開き、こう嘆願を始めました。

「私はせかせかと忙しく人生を送ってきました。やっと恩恵を受けようと腰を下ろしたのです。何の楽しみも得ずに死ぬのが正しいとお思いでしょうか？」

しかし、死天使がどうして手加減するでしょう？　死天使は男の魂を奪おうとしました。男は泣きながら言いました。

「今どうしても私の魂を奪わなければならないというなら、今ここに私の金貨が三十万枚あります。あなたのお役に立つなら、このうちの十万枚を差し上げます。私に三日の猶予をください。その後でどうぞお好きにしてください。」

しかし、どうして死天使がこんな言葉に耳を傾けるでしょう？　ついに死天使は、明るさを増すために蠟燭の芯先を切り落とすかのように、男の魂を奪おうとしました。またもや男は言いました。

「金貨二十万枚にしましょう。二日の猶予をください。」これならたやすいでしょう。」

しかし、死天使は猶予を与えませんでした。するとすると男は金貨三十万枚で猶予一日を求めたのです。男は大いに懇願しましたが、猶予はもらえず、目的は達成されませんでした。すると
ついに男は言いました。

「ほんの一言書き付ける猶予をください。」

すると死天使はこれを認め、男は血の涙の朱でこう書きました。

「人々よ、人生をご覧あれ。金貨三十万枚で一時間買おうとしたのに、努力しても無駄だった。もしできるのなら、あなた方は人生を有効に使い、人生の価値を知りなされ。親指から離れた矢のように、人生は失ってしまうと戻ってはこないのだから。」

このように人生を台無しにした人は誰も、気づかないうちに大切な人生を無駄にしてしまうのです。


【第六話】賢人マルズバーンの息子が殺される話

完全なる学識を備えた賢人がおり、名をマルズバーンといいました。アヌーシールヴァーン(6)にとってこの男は心の安らぎとなる親しい存在でした。この賢人に太陽のような美しい息子が一人おりました。息子の心はあらゆる知識の扉を開ける鍵を持っていました。

ある愚か者が、突然その息子を殺してしまい、父親の魂は大きな苦痛を味わいました。マルズバーンに、ある友人がこう言いました。

「殺人者に報復刑を与えるべきです。」

マルズバーンはこう答えました。

「血を流しても意味はない。一人の生ける者の血を残酷に流すことで、この男と同様の振る舞いをしても仕方あるまい。」

人々は彼に言いました。

「それなら、息子を殺された慰謝料をとりなさい。」

「いや」彼はこう答え、さらに続けました。

「決してそのようなことはしません。息子の慰謝料など決められはしないし、慰謝料を手にすることは息子の血を飲むようなものだからです。私が真似なければならないほど、あの愚か者が良いことをしたわけではないのだから。」

＊　＊　＊

息子の血を飲むことが正しくないのなら、自らの血を飲むことがどうして誤りでないことがあろうか？　自身の血を飲んだ人というのは、自分の人生を無駄にした人のことである。あなたにはあと一、二週間の命しか残っておらず、人生の良い時期は既に過ぎてしまった。その一、二週間で後悔しても、過ぎ去った人生になんの役に立つというのか？

【第七話】説教

敬虔な知者が次のように語っておりました。

「この世という賭博場にいる者は誰も、持ち物すべて、眼までもすっかりきれいに擦《す》ってしまう。たとえ後悔して、もう賭け事はしないという誓いを守り通しても、無駄に眼を失ってしまわなかっただろうか？　たとえ後悔の列の先頭に並ぼうとも、失った眼をいつ取り戻せるというのか？」

＊　＊　＊

愛しき人々よ、神の名を呼ぶことなくあなたがする呼吸は、賭けで失った眼と同じと見なすがよい。この損失はどうやって修復できようか？　ひとたび失われると二度と取り戻せない貴重なものを手放してはならないのだ。

【第八話】ブズルジミフル[7]とアヌーシールヴァーンの物語

キスラー（ホスローのこと）はブズルジミフルに対してひどく怒り、ブズルジミフルの目を潰してしまいました。

ビザンツから謎かけが送られてきて、

「もしキスラーがこの謎を明らかにすれば、我々は貢ぎ物を贈ろう。もし謎が解けなければ我々と戦うほかなかろう。」

とありました。

キスラーは賢者らを集めて座らせましたが、誰もその謎の意味がわかりませんでした。彼らは皆言いました。

「これは天からの謎です。これはブズルジミフルにしかわからないことです。彼以外この謎が解ける人はいません。この謎は彼にお尋ねください。」

アヌーシールヴァーンは、追放されていた賢人を招喚しました。あのような屈辱を与えておきながら、自分の魂に対するのと同じように愛おしく思い、招いたのです。王はすぐに例の謎のことを話し、「お前以外誰も答えを見つけることはできない」と言いました。賢人は言いました。

「熱いお風呂を用意してください。そこで一時間ほど休息をとりたいのです。私の身体が温まってちょうどよくなったら、氷をいくらか私に届けさせてください。その氷で私の温まった身体にその謎を書いてください。そうすれば、私の目が見えなくてもこの方法で謎解きができるでしょう。」

ブズルジミフルの言ったとおりにすると、彼は実に見事に謎解きをしました。王はたいへんな喜びようで、彼に向かってこう言いました。

「欲しいものをとらせようぞ。」

賢人は言いました。

「正当だとお考えになったので私の目を潰して盲目になさったのですよね。ああ、崇高なる陛下、私はおかしくなってしまいそうです。今私はあなたに目を返していただきたい。」

王は言いました。

「どうやったらそれができようか？　私ができないとお前にはわかっているだろうに。」

賢人は王に言いました。

「おお、崇高なる陛下、私の目を取り戻せないのなら、慌ててはならなかったのです。もし望めばまた返してあげられるものを奪うべきなのです。なぜ、二度と代わりに返すことのできない貴重な目を奪ったのですか？」

＊　＊　＊

あなたのする呼吸一つに真珠と同じ価値がある。あなたにとってこの真珠より大切ないかなる物があるのか？　この宝石を賭け事で失ってはならない。もし取り戻したくなったらどうするつもりなのか？　あなたは一瞬ごとに前進すべきだ。知識の点でこの世すべてを凌駕しなければならない。あなたは菫のように青ざめてもおらず水仙のように盲目でもなかったのに、なぜ青ざめ、盲目であるように見えるのか？　あなたはまるで雷鳴。その声は長くは続かない。あなたはまるでさそり座。盲目で足が不自由。あなたは自分自身を数千の幕帳《とばり》で分け隔てている。どうやって自分自身に辿り着く道を見つけようというのか？　あなたは自分を見失っている。もし自分自身を意識すれば多くの信奉者たちを先導するだろう。もし自分自身を得られれば、真実へと辿り着くためにそれを用いるだろう。神は決してあなたを置き去りにし、忘れたりはせず、いつも助けてくださる。だから、あなたはこれまでの人生で犯したすべての過ちを償《つぐな》わなければならない。たとえわずか一日でもかつていたあの場所から遠く離れれば、見知らぬ、見捨てられた感覚をもち、誰もあなたを識らない。あなたと神の間にあの「知っているという感覚」が現れれば、決して別れは生じないのだと確信しなさい。

【第九話】一年のうち四十日卵を産む鳥の話

ある山の麓に、一年のうち四十日卵を産む鳥がいます。その鳥の巣はシリア一国分の広さで、鳥には卵に対する愛着もありません。その鳥は四十日の間たくさん卵を産むと、忽然《こつぜん》と姿を消します。するとどこからか別の鳥がやって来て、残されていた卵を抱きはじめます。羽毛で包んで温めつづけ、ついに雛《ひな》が孵《かえ》ります。育ての親鳥は他の誰もできないほど大切に慈《いつく》しんで雛たちを育てます。

雛たちの羽が生えそろい、いったん飛びはじめると、雛たちは母鳥と対面するようになります。雛たちの本当の母鳥が素早く姿を現し、聳《そび》え立った山の頂上に降り立つと、突然遠くから不思議な啼き声を放ち、雛たちに気づかせるのです。自分たちの本当の母鳥の声を聞き、雛たちは育ての親鳥の許を離れます。ひな鳥たちは本当の母鳥の許へ戻り、育ての親鳥からは離れるのです。

＊　＊　＊

もしある日、二、三人の高慢な死天使があなたを自分の翼の下に捕らえても、あなたは許される。なぜなら、神の声が聞こえれば、あなたは死天使の許を離れて神のほうへと行くからだ。死の時が迫りきたら、肉体は滅びようとも魂は自らを捨て去るようにしなさい。死の前の死を迎えれば、あなたは死によって永遠の喜びを享受できよう。あなたの魂は沙漠の中の明かりであり、あなたの身体という風除《かぜよ》けに覆われている。この風除けの幕帳《とばり》が取り除かれれば、沙漠は太陽のごとく、永遠に輝く。あなたの心の中には数えきれないほどの不思議がある。それに気づくまでが大仕事なのである。一瞬ごとに信仰を新たにせよ。自我を捨て、自身の魂と共に歩むがよい。なぜなら、自我の消滅と魂の保持とは二つながら、邪悪に満ちた世界を後ろへ追いやることになるからだ。神秘に満ちた真実に辿り着くまでは、すべての悪を退け、それらを善に変えよ。神があなたに与えるものは何でも喜びなさい。もし何も与えてくださらなくても、明るく自由でありなさい。彼処から来たものは何一つ手放してはならない。たとえ邪悪なものが来ようとも、不満の声をあげてはならないのだ。

【第十話】ブフルール(8)と菓子と丸焼き肉の話

ブフルールがふさぎの虫にとりつかれた時、ズバイダ(9)が、ブフルールに焼き肉と菓子をあげました。ブフルールが坐って嬉しそうに食べていたので、ある人が彼にこう言いました。

「誰かに分けてあげないのですか?」

ブフルールは怒って言いました。

「神が私にこの食物を与えてくださったばかりだというのに、すぐに誰かに恵んでやることなどどうしてできましょう?」

＊　＊　＊

神が与えしものに対し、できることならばそれに満足しなさい。なぜなら、もともとあなたに与えられることになっていた叡知はあなたの益になるのに、あなたはそれに気づいていないのだから。

【第十一話】ムーサー（モーセ）の神への問い

ムーサーが神にこう尋ねました。

「唯一無二のお方、あなたの創造物のうち——敵でも友でもよいのですが——あなたを誰より必要とする困窮の徒は誰ですか？」

神は言いました。

「おお、我が恩恵を受けし者よ、我が定めし運命に逆らう者こそが貧しき者であるぞ。我が与えし幸福の価値のわからぬ者は、常に嘆き悲しみ、昼夜を問わず苦痛に喘ぎつづけるからだ！」

【第十二話】キスラー（ホスロー）の忠告

キスラーがバールバド(10)にこう言いました。

「もし何の悲哀も持たずにいたいなら、嫉妬心を自身から追い出せば幸せでいられる。神に対して満足すれば、自由になるだろう。」

【第十三話】ある敬虔な聖者が至高なる神に捧げる祈禱

ある明け方、敬虔な信者が祈禱をしながらこう言いました。

「自ら存在するお方よ、私は昼も夜もいつもあなたに満足しています。神よ、あなたも私に満足してください。」

こう言った途端《とたん》、私には天の声が聞こえました。

「そなたの主張を聞き、そなたは嘘つきだとわかった。もし我に対して満足なのであれば、どうして自分に対して満足してほしいなどと言うだろうか？　もし我に対して満足だったなら、気の触れた者よ、なぜ我に今頃になって満足を求めたのか？　完全に満足している者は、満足しているのだから、満足を求めるなど起こりえないのだ。もし満足しているなら何を求めるのか？　もし満足していないのなら、なぜ自らのことを満足していると称するのか？」

＊　＊　＊

神に服従し、辛抱し、静かに座し、騒ぎ立てるな。なぜ幻想を心に抱くのか？　主張せず興奮するな。不可能を望むこともあれば百もの幻想にとらわれることもあろう。あなたは結局話を少しも聞かずに不可能な望みに騙されたのだ。

【第十四話】シャウビー(11)がゴシキヒワ(小鳥の一種)を捕まえた男の話を語る

神の御前に辿り着いた男、シャウビーがこう語っていました。

旅の途中、ある人がゴシキヒワを捕まえました。そのゴシキヒワは男に言いました。

「私の何が欲しいのですか？　この脚や頸《くび》をどうしようというのですか？　もし放してくれるなら、あなたに三つの役立つ教訓を言いましょう。一つ目はあなたの手の中で言いましょう。でも二つ目は私が無事に枝の上に飛び移ってから。そして三つ目は私は山頂に行きたいので山頂に着いたらそこであなたに言いましょう。」

男はゴシキヒワに言いました。

「最初の秘密を言え。」

ゴシキヒワは口を開いて語りはじめました。

「あなたが失ったものは何でも、たとえそれが魂であろうとも、それを失ったことを一瞬たりとも悲しんではなりません。」

男が約束に従って放すと、すぐに小鳥は枝の上にとまりました。

「二つ目は」小鳥は続けました。「もしありえないようなことを聞いたら、それを自分の眼で見ないうちは信じてはいけません。」

こう言うと小鳥は山頂へ向かいました。小鳥は山頂から男に言いました。

「おお、不運で惨めな人よ、私は自分の内に二つの大きな宝石を持っていて、各々二十ミスガール(12)

の重さがありました。もし私を殺していたら、宝石はあなたのものとなっていました。あなたは私を失い、それこそが大きな誤りでした。」

男の心は煮えくりかえり、血に染まりました。当惑して指を嚙みました。ゴシキヒワに言いました。

「さあ、ではとにかく三つ目の話をしなさい。私の当惑という海は深くなったのですから。」

小鳥は男に言いました。

「あなたにはわずかな分別もないのですか？　前の二つの話をすっかり忘れてしまったようですね。二つの話のうちの一つたりともまともに聞けなかったというのに、なぜ三つ目を聞きたがる必要があるのですか？　あなたに、失ったものを惜しむな、ありえないようなことを信じてはいけない、と言ったのですよ。清らかなお方！　あなたは失ったものをあまりに残念がり、私がありえないことを言ったのにそれを信じたのですよ。私の肉は今二ミスガールもありません。どうすれば夜を明るく照らす四十ミスガールもの二つの真珠が私の身体の内にありえましょうか？　あなた、気は確かですか？」

こう言うと、小鳥は山頂から飛び立ち、男を悲しみと悔しさのなかに置き去りにしたのでした。

＊　　＊　　＊

ありえないようなことを考える人は、常に戸惑いのなかにいる。人は自分の望む場所に足を置くことはできない。神の命令にしたがって足を踏み出すのだ。なぜなら、神の命令なしで歩もうとしたり、事を始めようとしたりした者は誰でも、蠟燭が頭から燃えて尽きるように消えてしまうからだ。

【第十五話】蜂と蟻の話

一匹の蜂が、たいそうはしゃいだ様子で巣から出てきました。苦役から解放されてたいそう嬉しげな様子を見て、蟻が言いました。

「なぜそんなに嬉しそうなのですか？　喜びが大きすぎて、まるであなたにはこの広い大地ですら足りないかのようですね。」

蜂が答えました。

「おお、蟻よ、なぜ喜ばずにいられようか？　私は必要なところすべてに居を構え、必要な食物すべてを選びます。この世を望みどおりに生きているのです。なぜ一瞬でも悲しむことがありましょうや？」

こう答えると放たれた矢のように飛び立ち、一軒の肉屋に着きました。皮の剝がれた羊肉が目の前に置いてあるのを見て、蜂は欲望からその肉に針を刺しました。ところが、針を刺した途端、肉屋が肉切り包丁をふり下ろしたので、蜂は真っ二つになってしまいました。蜂はすぐ地に落ちましたが、まだ意識のあるうちに蟻が残りの半分を運んできました。蟻は道中嘆きつつ、蜂の半身を引きずりながら、こう言って聞かせました。

「好きな物をなんでも食べ、好きなところに住んだ人はみな、あなたのように、結局は、望みもしない目に遭わなければならないのです。自分の思いどおりに生きている人はあなたのように死ぬのです。さあ、結局あなたはどのような人生の終わりを迎えるのか、ご覧なさい。あなたは自分の限度を超えて足を踏み出したので、気づかずに足を血の中に踏み入れてしまったのですよ。」

＊　＊　＊

歩みは自分の限度に応じて踏み出されるべきであり、知性にしたがって歩むべきである。誇りと尊大さをはねつけ、よい気性と寛大さの道を歩むべきである。カーフ山(13)ほどの体重の人は、麦一粒分ほどの力もないのである。人を傷つけないようにし、忍耐を心せよ。魂の救済への近道はこれ以外にはないのだから。

【第十六話】預言者ムハンマドとアビシニアの婢女《はしため》の話

サルマーンが語った話です。

ある日世界を輝かすお方がモスクの中で坐っていると、アビシニアの婢女が、藍《あい》のように青い痣《あざ》のある顔で、慌ててモスクの戸口から入ってきました。女は突然預言者の上衣をつかみ、こう言いました。

「ちょっと私とお越しいただけないでしょうか。私には今やらなければならない大事なことがあるのですが、人手がないのです。私はどうしたらよいのでしょう？　友持たぬ者にとってあなたが今日の友。私には友もおらず、今日やるべきことに手がつけられぬまま。」

女はこう言うと、勢いよくその場を立ち去りました。預言者の上衣を引っ張り出立したのです。

預言者は一言も発しないまま、女とモスクを出ました。女に上衣を引っ張らないようにとも言わず、そのまま行ったのです。預言者は従順さゆえに「いったいここからどこまで、道行くお前と私は行くのか」と尋ねることもしませんでした。

口のきけない者のように、預言者は楽しげに女と歩を進め、ついに女は小麦売りの商人のところに預言者を連れていきました。女は預言者にこう言いました。

「ああ、預言者よ、私の心は飢えのせいですっかり燃え尽きようとしています。私には今わずかな毛糸しかありません。さあ、これを売って私のために小麦を買ってくださいな。」

預言者は毛糸を取り上げ、女のために小麦を買い求め、肩に担ぎました。それを婢女の家まで運び、キブラの方角に祝福を受けた顔を向けました。

「おお神よ、もしこの婢女にまつわることで私が過ちを犯したなら、どうぞお見逃しください。自分の考えや行動において過ちを犯したなら、お赦しください。神の下僕たる人々のため、小麦の袋を担ぎました。気立てのよさや忍耐のために運搬人となることを選んだのです。」

* * *

預言者はたいへん恥ずかしく思い、神と対話をし、立ったまま謝罪をした。

勇者よ、若者よ！　寛大さ、誠実さを見よ。眼を開け、預言者の気質を見るがよい。こうした状況では生命と身体で何ができるだろうか。穢れた人々には何もできはしないのだ。

【第十七話】ラビーウの息子ファズル(14)の許へ来た男の話

ある時、心乱れた一人の老人が所用のためラビーウの息子ファズルの許へやって来ました。その老人は恥じらい、戸惑い、みすぼらしく、無力で、寄る年波には勝てない様子でした。彼の杖の中には尖った槍先が入っていて、いきなりそれをファズルの脚の後ろ側に刺したのです。ファズルの脚から血が流れ出し、その気高《けだか》い大臣は赤くなってから青ざめました。男が話をすっかり終えるまで、ファズルは息もつきませんでした。優しく、老人の陳情を聞き、それを他の人の陳情と区別して記録に留めました。老人が大喜びでファズルの前から去った時、ファズルは傷の痛みで気が遠くなりました。

高官の一人が尋ねました。

「閣下、なぜ足の痛みに耐えていたのですか？　よぼよぼの老人があなたの足を傷つけたというのに、あなたは口を閉ざして彼の話に耳を傾けました。あなたの脚から血が流れ出したのを見て、我々は非常に悲しんだのですよ。」

ファズルはこう言いました。

「あの老人が当惑してどぎまぎするのではないかと案じたのです。自分のしくじりに驚いて、自分の陳情が言えなくなるのではと案じたのです。貧乏という重荷を背負っているのだから、さらに重荷を背負わせるのは正当ではありません。」

＊　＊　＊

実に、なんという優しさ、誠実さ、忍耐であることか！　あなたに見るべき目があるなら、この真の誠実さをとくとご覧あれ！　このような寛大《ファズル》さは百もの春《ラビーウ》の季節に等しい。それはラビーウの息子のファズルではなく、神の寛大《ファズル》さに由来する。あなたは人ではあるが、いつも下等で卑しい。もし人であるなら気高さを学びなさい。おお大地よ、火のように高く上ることを求めてはならない。あなたは土なのだから、火のように獰猛《どうもう》になってはいけないのだ。

もし神の御前に早く到達したいなら、あなたは神に辿り着く道の土埃でなければならない。

【第十八話】ブフルールの物語

バグダードで、ある人が、まるで（英雄）ロスタムのラクシュ（ロスタムの愛馬）のような立派な馬に跨がり、まるでこの世をすべて与えられたかのように歩を進めていました。彼の前後には多くの兵士たちが随行しており、民が通り抜けられる余地はありませんでした。あちこちから「そこのけ、そこのけ」の叫び声が上がり、「道を空けよ」の声が市場からも上がりました。

ブフルールは土を摑んでその場を去り、それをじっと見つめてこう言いました。

「あんな驕慢《きょうまん》はこんなただの土塊にはふさわしくないな。奴はファラオにはなれても神ではないからな。」

＊　＊　＊

蛇のように人々を苦しめる性質の者らが、死肉を手に入れようと狡猾《こうかつ》な罠を置いた。その者らは死肉を手にすると、あまりに嬉しそうにそれに夢中になるので、すべてを忘れ、どうでもよくなってしまう。人の目的が死肉である時、人はもう勇敢さや人間らしさなど関係なくなってしまうのである。

【第十九話】狂人と気取り屋たちの話

道端に狂人が坐っており、その脇を二、三列になって人々が通り過ぎていきました。それは裕福な人々の一団で、衣装や頭布《ターバン》をたくさん所持していました。お洒落で誇り高く、権力に奢《おご》り、気取って歩くシャコのようでした。家も家族もない狂人は、自己満悦しながら優雅に歩む者らを見て、彼らがすっかり通り過ぎてしまうまで、恥ずかしそうに首をすくめて服に顔を埋《うず》め俯《うつむ》いておりましたが、彼らが通り過ぎると顔を上げました。ある人がこう尋ねました。

「何の罪科もない人よ、なぜあの金持ちらの顔を見て、慌てて顔を引っ込めたんだい?」

狂人はこう言いました。

「顔をうつむけていたのは、奴らの虚栄という強い風を感じたからさ。風にさらわれてしまうのではないかと思ったよ。奴らが行ってしまったから、また頭を元に戻したってわけさ。金持ち臭さが鼻について、耐えきれなくなって、服をかぶっていたのさ。」

第十四章

息子は言いました。

「もし生命の水が僕を死から救ってくれないのなら、僕には少なくともその水が何なのか知る必要があります。もし生命の泉からそれを飲むことができなくても、それについて知ることで僕の心は輝くだろうから。」

父の答え

父王は息子を導いて道を示そうと、次の話を語り始めました。

【第一話】アレキサンダーの死

ある日、アレキサンダーは書物から次のことを知りました。

「生命の水というものは心を輝かせ、それを飲んだ者は太陽のごとく光り輝き、その命は永遠となる。ほかに、一つの太鼓と睫墨《スルマ》入れ(1)もあり、その睫墨《スルマ》入れは世の中が明るくなるようにしてくれるというものだった。私は学ある師から、その睫墨《スルマ》入れと太鼓は、ヘルメス・トリスメギストス(2)に由来すると聞いた。ひどい腹痛に襲われた者は、その太鼓を叩くと楽になった。睫墨《スルマ》を目に塗ると、世の中のありとあらゆるものが見えるようになった。」

　アレキサンダーに、この三つの品を手に入れたいという強い欲求が湧き起こりました。大群を率いて世界を巡り、ついにある日、とある山に着きました。数日山中を駆け回ったところ、ある洞窟の中に一軒の家を見つけました。その家の扉を開けるとアーチ形の天井があり、そこに、あの太鼓と睫墨《スルマ》入れがあったのです。アレキサンダーがその睫墨《スルマ》を目のふちに引くと、大地と最高天の間にあるすべてのものがくっきりと見えるようになりました。

　一人の将軍がアレキサンダーの前に立ち、太鼓を打ちました。将軍は大きな音を立てて放屁してしまい、それを恥じて太鼓の皮を破ってしまいました。アレキサンダーは黙していましたが、その謎の太鼓は壊れてしまったのです。

　その後、アレキサンダーは生命の水を探し、土星のように暗い地帯であるインドへと向かいました——でも、なぜ私はこの話をあなたに繰り返すのでしょう？　だってあなたももう百回以上この話を聞いたことがあるはずですから——。アレキサンダーは暗闇で進めなくなりました。軍も王も動けずにいたのです。突然、価値のある見事な紅玉《ルビー》が現れ、それはその優美さで魂に力を与えてくれました。アレキサンダーは数千もの蟻が四方八方へと動き回っているのを見ました。アレキサンダーはその紅玉《ルビー》が彼を困難から救ってくれるために現れたのだと思いました。

　しかし、天から声が聞こえたのです。

「この輝く蠟燭は、蟻の群れのために燃えているのだ。道に迷った蟻たちが、その光によって自分がどこにいるのかわかるように。」

アレキサンダーは、蟻たちにとってその紅玉《ルビー》が導き手であるということに驚きました。アレキサンダーは血の滲《にじ》むような悲痛な思いで暗闇から外に出ました。彼は今目にした光景のせいで、一瞬ごとに心持ちが変化しました。

一路程進むところを倍の二路程進み、アレキサンダーはついにバビロニアに到着しました。その地でアレキサンダーは次のような文言を見つけたのです。「自身が死ぬ間際には、枕の代わりに石が置かれ、鉄の布団が広げられ、人々に囲まれて純金の天井がある」と。

バビロニアでアレキサンダーは腹痛に襲われ、あまりの痛みに平原に倒れ伏しました。天幕が張られるまで我慢することができませんでした。立派な鎖帷子《くさりかたびら》がアレキサンダーの身体の下に敷かれ、みなが心配して彼の頭は鎖帷子ではなく人の膝の上に置かれました。兵士らが敬意を払い、また心配して彼を囲んで立ち、黄金の盾をつなぎ合わせて掲げ、壁を作りました。アレキサンダーはこの様子を見て、この腹痛によって自分が死ぬことを悟りました。ひどく嘆き悲しみましたが、どうしようもありませんでした。容赦のない死がすぐそこに迫り来ていたのです。

プラトンの弟子の一人である賢人が、昼夜を問わずアレキサンダーのお気に入りでした。賢人は世界の王の許へ来てこう言いました。

「ヘルメスが作ったあの太鼓を、あなたがろくでなしたちの手に委《ゆだ》ねたので、こんなことになったのです。もしあなたがあの太鼓を誰にも見せていなかったら、こんな悲しみを味わわずにすんだのに。敬虔な人々のなした業を盲目の徒の許に持っていってはいけないということを、あなたはご存じなかったのです。そのせいであなたは世界を手中から失ったのです。その価値を一瞬たりともあなたは解さなかったのです。ヘルメスがあの太鼓を作ったという幸運がいったいいつ訪れ、また別の太鼓が作られるというのでしょう？　もしあの太鼓があなたの魂と同様に大切だったなら、生命の泉に辿り着き、生命の水を飲むこともできたでしょうに。でも悲しまないでください。これから申し上げる二つの忠告をお聞きください。生命の水を飲むよりずっとよいですよ。これほどの広大な王国と強大な権力は、穢れた風を頼りにしていました。あなたが生きてきたこれほど広大な王国が今何の上に成り立っているかご覧なさい。なぜこれほどの広大な王国が存在しなければならないのでしょう？　このような国があろうとなかろうと同じなのです。なぜなら、あろうとなかろうとその国の礎《いしずえ》は屁のように何の価値もないからです。悲しんではなりません。不安に思ったり案じたりしてはいけません。重要で価値あることなどではなく、屁のようなものなのですから。もう探し求めた生命の水については、あきらめたこととは思いますが、深く考えるあまり悩みすぎないように。なぜなら理想のなかで追い求めてきた世界はまさにこれであって他の何物も存在しないのですから。もし神がお与えくださる知識があなたに姿を見せれば、濁りのない生命の水を手に入れるでしょう。もし神が知識をお与えくださり、その知識によって生命の水と理想郷を手に入れれば、その時完全な自由と意識のなかで死を経験するでしょう。」

　この言葉を師から聞くと、アレキサンダーの心は喜びに満ち、息絶えました。彼の身体は地に還り、魂は天に昇りました。生命の水を手に入れたいという欲望や嫉妬から身を清めたのです。

＊　　＊　　＊

アレキサンダーは知性によって、生命の水とは神秘を見出す知識であることを知った。もしそれがあなたの魂の上に降り注げば、あなたの心は両世界を見ることができるだろう。もしあなたが目に見えない、神の知識に辿り着く道がわかるなら、あなたの死後であってもあなたの埋葬された土は生命の水に変わるだろう。だが、その道がわからないならば特別な人間に変わるどころか、悪魔に変わるしかない。あなたの奇跡は悪魔の起こす奇跡のように見え、あなたのすべての光は暗闇のようになるのだ。

【第二話】ナムルード（ニムロド(3)）の話

ある船が難破し、七百人もの人が溺れ、たった一人の女が生き残りました。女は板きれの上で流されつづけ、一人の男児を出産しました。動揺した女は出産すると頭から真っ逆さまに海に落ちてしまいました。板の上には小さな男児が一人取り残され、次々と押し寄せる波に翻弄されていました。

すると、風と波と魚に天の声が聞こえてきました。

「この子は神の庇護《ひご》の下にある。危害が及ばぬよう見張るのじゃ。なぜなら、この子はいるべき場所に送り届けられなければならないからだ。」

天使たちがみな言いました。

「おお神よ、この波や魚の間にいるのは誰ですか？」

天の声がしました。

「この不幸な奴よ、来るべき時が来ればわかるだろう。」

ついにその子供は海岸に打ち上げられ、腕のよい漁師に見つけられました。漁師は乳や鶏、魚をその子に与え、心底慈《いつく》しんで大事に育てました。

子供が成長し分別がつくようになると、ある日道を歩き出しました。途中紅玉《ルビー》で飾られた睫墨《スルマ》入れを見つけましたが、それは知性の目を眩《くら》ます特性がありました。混じりけのない睫墨《スルマ》を片方の目に引くと、一気に最高天も、天空、天球までもが見えました。もう一方の目にも睫墨《スルマ》を引くと、彼には世界中の財宝が見えました。数千もの財宝が地中に埋められているのが見えました。月から魚の背に至るまで、この世のすべてがくっきりと見えたのです。

天使たちは一斉に言いました。

「おお、清らかなる者よ、このような素晴らしい知覚を持っているとはどのような下僕なのですか?」

不可視界からの声がしました。

「この誇り高い人物はナムルードだ。やがて神性を誇り、我に対する敵対心に対して起ち上がるであろう。」

＊　＊　＊

どのように神がその子をこの道において育て上げ、そしてどのように突然彼を貶めたのか、ご覧なさい。誰も両世界──いや一つの世界たりとも──の神の神秘について洞察力をもたない。なぜ神のなせる業について思いをめぐらすのか?　そんなことをするとは病気以外のなにものでもない。もしあなたが四要素(4)だけを信じているならば大きな誤りであり、あなたがねじ曲がった気質であることは疑いがなく、四要素は一つに結合することはない。なぜなら神は唯一の存在であるのだから、四ではなく一に対して信仰を持たねばならぬからだ。神を識るため真実の海に身を投じ溺れるがごとく無になれ。性質からも要素からも抜け出しなさい(5)。この世にあるものすべてについて——微粒子から太陽に至るまで——なぜあなたは尋ねるのか。「まるで昨日というものは存在しなかったかのよう。」クルアーン第一〇章二四節(6)この世はラクシュに跨がった巡る天を有し、その黄金の鞍《くら》が太陽。この世に消滅が近づき、この世の太陽が夜のごとく暗くなり最後の審判の日になると、太陽がどうなるかあなたは知っているのか？　太陽は逆向きに、すなわち西から昇るのだ。太陽が逆に巡るため、太陽ですら永遠に回りつづけることはないとわかるだろう。血に満ちた魂から悲痛な溜息をつくがよい。夜についても昼についてもあなたは知らないのだから。あなたはおやすみと言って去ろうとしているが、それは何の役にも立ちはしない。なぜなら、あなたには明るい昼は決して来ないのだから。もし昼も夜も楽しく過ごしたいなら、生きているかぎり、昼と夜について語ることなかれ。しかしあなたが自分自身の欲にとらわれて生きているかぎり、あなたは常に不安で悲しみながら生きることになるだろう。あなたは真実を見つけそれに到達するために我欲を忘れなければならない。そして欲に全く支配されないほどに情熱を持たなければならない。もしそうできれば、欲から清められ、自分で行った善行に対して誇ることもなくなる。あなたが自身を大切だと見なして我欲を持つかぎり、弊衣を纏っていようともそれは異教徒帯《ズンナール》のように見えるだろう。

【第三話】托鉢僧に施しをした男の話

ある敬虔な男が言いました。

「私の魂は私が生涯拘束されるものに恋い焦がれている。だから私は誰にも知られないように托鉢僧に施しをするつもりだ。」

彼がこう言うと天啓が下りました。

「もしそなたが自分の行動に確信を持っているなら、そなたは自分が施しをしたり、善行をなしたと見なしたり、神に対してたいそうなことをしたと誇示すべきではない。」

＊　＊　＊

あなたはまるでその存在自体が悪である村長のように見える。死んでも生きていても災難だからである。もしあなたが死はこのように生きるよりよいと知れば、生きたいとは思わないだろう。もしあなたが前もってわかっていて予見するなら、あなたは自分の欠点に気づくだろう。

【第四話】イスラーム法に適《かな》った一口の食べ物の話

友人が私に言いました。

るからです。」

「某《なにがし》がハラールのパンを食べます。彼は人頭税《ジズヤ》をユダヤ人から受け取り、それによって生活してい

私は彼に言いました。

「私には、彼がユダヤ人から人頭税をとることはさしたる問題ではありません。でも自分で世間に恥ずべきであるとわかっています。なぜなら百人もの卑しむべきユダヤ人のほうこそ私のような穢れた者から人頭税を徴収すべきだからです。」

＊　＊　＊

いつも少しは善い行いをしてきたと思っているなら、あなたより犬のほうがはるかに優れているとわかるだろう。もしそう思っているなら、あなたの存在は無に等しい。あなたの存在はあなたにとってあまりに価値のないものになるので、まるで地獄のよう。でも、執着や望みや我欲が消えれば天国となる。もしその地獄のようなあなたの存在から一糸たりとも残っていれば、それに繋がれた数多《あまた》の犬のように卑しいあなたの欲が残るだろう。たとえあなたが一日に百度身を清めようとも、自我と共にいるなら穢れているとしかいいようがない。

【第五話】老婆が導師《シャイフ》に忠告する話

ある日敬虔な導師《シャイフ》が壁のミフラーブ(7)に背を向けて座っていると、モスクのドアから一人の老婆が入

ってきました。彼女の性根はアリフのようにまっすぐでしたが、背はダールのように曲がっていました。(8) 老婆は導師《シャイフ》に言いました。

「お前さんは死にかけているじゃないか、穢れているじゃないか、清らかさとたたかっているじゃないか、導師《シャイフ》という地位にいることに思いあがっているな。外に出な、さあ、ミフラーブの前からどきなされ。」

＊　＊　＊

あなたは自分の身近な人々のために多くのことをおこなってきた。彼らに称讃され励まされることであなたの信仰心は失せ、上りつめた地位に思いあがり、あなたの行動の記録書を黒くしてしまった。おお、愛しい者よ、自らを愛で燃やせ。地獄を怖れるがゆえの崇拝や礼拝を行っても意味はない。それでは未熟な禁欲主義者にすぎない。禁欲主義者に成熟を求めるのは誤りだ。なぜなら禁欲主義者は未熟でまるで生焼けの煉瓦にすぎないからだ。愛を知る恋人は蠟燭のように身を焦がし涙を流す。その涙や熱情の中に自らを集約させている。一晩中涙を流し身を焦がすことによって、陽が昇る頃には命の灯は消えているかもしれない。涙も涸《か》れ果て、身を焦がすほどの思いからも冷め、命の灯が消えれば、彼の名は「愛しい人に殺された者」となる。彼は幕帳《とばり》の内で愛しい人と結ばれ、彼にしてあげられることは何もなくなるのである。

【第六話】信徒の長ウマル・ハッターブ(9)——神よ、彼に満足あれ——と恋する若者の話

ファールーク（第二代カリフ・ウマルの異名）が戦闘に赴き勝利を収めました。彼は、異教徒たちのなかで彼に捕らえられた者の誰も、イスラームに改宗したとわかると殺しはしませんでしたが、改宗しなければすぐに首を切りました。

恋人に心を捧げた若者がファールークの前に連れて来られました。ウマルは言いました。

「イスラームへの信仰を告白せよ。」

若者は言いました。

「僕は哀れな恋する者です。」

ウマルは言い方を変えてこう言いました。

「信仰がお前を救うのだぞ。」

若者は答えました。

「恋する者にとってそれが何だというのですか？」

とうとう三度、ウマルはイスラームを受け容れるよう言いました。しかし前と同様、若者は愛に対する信仰告白をしたのでした。ウマルは残酷に殺してしまえと命じました。若者の身体は惨めに土埃の中に投げ捨てられました。

ウマルが預言者ムハンマドの御前に来た時、誰かがこのことを預言者に話しました。預言者はその男についての話を聞くと物思いに沈み、悲痛な思いでウマルに言いました。

「ウマルよ、お前の心がこのようなことに同意したとは、このように残酷に恋する者を死に至らしめるとは。その男は悲しみで既に死んでいた。そのことは過ちではない。再び彼を殺したことが不当なのだ。」

＊　＊　＊

神によって殺されることは善だが、あなたによって殺されることは醜である。なぜなら後者は地獄、前者は天国だからである。もしあなたが自殺するならそれは善ではない。なぜなら神によって死をもたらされることしか善ではありえないからである。

【第七話】大雨を望んだ托鉢僧の話

ある人が、神の御前にいると吹聴《ふいちょう》する無礼な者にこう尋ねました。

「この神秘主義の道で、あなたの望みは何ですか?」

彼は答えて言いました。

「この世の人々を運び去るほどの大雨を望まねば。人々も国も僧院も跡形もなく、何もかも消え去るべきなのだ。この自惚《うぬぼ》れきった人々が異端と多神教から解放されるように。彼らは一瞬たりとも神に思いを馳せることがないので、彼らにはこの世が存在しないと思うほうがよいのだ。」

人々は彼に言いました。

「もし大雨になれば、この迷いし人々にとってこの世は終わりとなり、もし今生きている人々が消滅すれば、あなたも彼らと共に消えてしまうのですよ。」

彼はこう答えました。

「大雨は我々にとってありがたいこと。私がまず望むのは、自らの破滅なのですから。もし大雨になれば、私がまず真っ先に死ぬに違いありません。」

人々は彼に言いました。

「さあ、それなら策を講じて海に身投げをしなさい。あなた自身の存在から解き放たれることによって、あなたの願いは聞き届けられるのですよ。」

彼はこう答えました。

「私もそれは考えました。でも自分で自分を破滅に追いやるのは間違いです。愛しいお方こそが私を滅ぼそうとなさるべきです。」

＊　＊　＊

愛しいお方のなすことはすべて正当である。恋する者のなすことは罪でしかない。たとえ愛しいお方があなたに媚《こ》びを売ろうと売るまいと、そのお方のなすことは美しく、他の誰かではそうはいかない。たとえ愛しいお方が百回あなたに媚びを売ろうとも、あなたはますます自分の命を投げ出してでもそれを手に入れたいと熱望するのだ。

【第八話】洗濯屋の若者に惚れた老人の話

月のように美しい、糸杉のような立ち姿の若者がおりました。彼に対する愛で、世界中の人々が道に迷うほどでした。彼は洗濯屋を生業としていましたが、彼は常に人の心を奪うほど美しい若者でした。鎖帷子のように髪を美しく巻くと、洗濯していても王の侍従であるかのように気高く立派に見えました。仕事をしようと頭布《ターバン》を腰に巻くと、水の中にいるというのに世界に火をつけたかのようでした。水の中で服を石に叩きつけて洗えば、彼に恋する者たちの服を摑んだかのようでした。恋する者らはみな彼に心靡《なび》かせ、すぐさま彼に従順になりました。

一人の老人がこの若者に恋をしました。若者への愛によって、老人はコンパスのように頭を回して彷徨いました。その若者のせいでひどく憔悴してしまい、老人の理性は狂気そのものへと変わったのです。若者の顔に恋するあまり、腰は曲がり、心は不幸の海の中の渦潮となりました。

ついに老人は完全に自身を若者に捧げました。老人は若者のためにすべてのことをなしました。もし一日でも若者の顔を見ないと、心の苦痛で彼の気は完全に挫《くじ》かれました。老人は毎日、日中は日雇いで働き、夜には賃金を若者に渡しました。こうして稼いだものをすべて、老人は自分に陶酔している白銀の胸の若者に与えたのです。

ある日、若者は老人に言いました。

「あなたの情熱は時間ごとに増していますが、これでは思うような結果を出せないでしょう。僕にはたくさんの黄金が必要なのです。あなたには多くの黄金を手に入れる術《すべ》もない。僕はこんな少しずつの端金《はしたがね》には飽きてしまったんだ。」

老人は口を開いてこう言いました。

「おお、愛しい者よ、私には一握りの血管と皮膚以外持ち合わせがないのだ。私を売りとばして大金を手に入れなされ。」

若者はすぐさま老人をエジプトに連れていきました。そこには奴隷商人の館がありました。そこでは、奴隷を前にして売り主が椅子に坐って奴隷を売るという、「椅子に坐る」慣習がありました。老人は次のように言いました。――おお、なんと驚くべきことか！――「私は私が感じた喜びを決して忘れはしないでしょう。」

誰かが若者に尋ねました。

「このあなたの奴隷には主人がいないのですか？」

若者は椅子に坐ったまま答えました。

「この者は私の奴隷だ。何を言っているのだ？」

あなたは、神があなたを我が下僕と呼ぶ以上にすばらしい祝福を知っていますか？その時、神によってあなたの心はよみがえるのです。なぜなら、永遠に心底からあなたは神の下僕となるからです。

偶然、ある男がエジプトで亡くなり、息子が父の亡くなる日に、墓で奴隷一人を解放することを誓っておりました。息子はすぐに老人を買い、黄金を与えました。父親の墓で老人を自由の身にし、彼に多くの黄金を与え、喜ばせました。息子は老人に言いました。

「もし望むなら、ここに留まりなさい。うちの富はあなたがいるせいで減りはしませんから。それとも、もし、前のご主人のところに行きたいなら、もうあなたは自由の身なので自分のことは自分で決められるのだから、お行きなさい。」

　老人は駆け出し、若者の許へ行きました。彼は再び心奪う人のために心を取り戻しました。老人は一瞬たりとも若者への思いを断つことはできませんでした。なぜなら老人は若者の顔を見ることで、この世すべてが輝いているのを見たからです。愛における誠実さゆえに、老人は広く知られるようになりました。老人は自らの望みをすべて達成したのです。

＊　＊　＊

　もし愛において誠実でなければ、あなたは自分以外に恋することはない。愛しいお方に対する完璧な愛というものは、たとえあなたが真珠のように価値ある言葉で生涯称《たた》えつづけても、飽きることなく、愛しいお方の描写をいま始めたばかりであるかのようでなければならない。

【第九話】マジュヌーンと質問者の話

　この世に二人といないマジュヌーンが言いました。

「この時代、ただ一人だけが私に公正に振る舞ってくれました。他の人々は悪態をつくにふさわしい輩ばかり。なぜなら私の愛を咎め立てしたからです。」

　一人の女が私の許にやって来て――マジュヌーン曰く――、ある日、私の傍らが血で溢れ、私の胸は悲哀に満ちていた時に。私が土埃と血に塗《まみ》れたままなのを見て、私が天空のように逆さに吊り下げられているのを見て、私にこう言ったのです。[10]

「なぜあなたはこのように血塗れで灰のなかに坐っているのですか？」

私は女に言いました。

「私はライラーに会いました。そして理性を手放し、不名誉を買ったのです。ライラーへの愛ゆえ私はこのようになったのです。彼女への愛のせいで、心も信仰も持たないのです。」

女は私に言いました。

「可哀想に、気の触れたマジュヌーン、私は今ライラーの許から来たばかりです。彼女があれほどまでに美しいというのに、あなたはこれっぽっちしかやつれていないとは。あなたは今以上に苦しまなければならないのですよ。あなたは死ななければならないのですよ。悲哀に満ちた心とは何ですか？　まさにあれほどまでに美しい彼女に対する愛には、世界中にあなたのようにやつれきった恋人のいることがふさわしいのです。なぜならあのような美しい顔に対する愛なのですから、あなたは彼女の巻き毛の一本のようになるからです。」

私はその女に真の「男らしさ」を見たのです。私は彼女の語った言葉をふさわしい、良い言葉だと思ったのです。

＊　＊　＊

愛と心についての話は不思議なもの。これら二つは一つに絡《から》まっている。愛について語ることも心について語ることも、命を落とすおそれがある。おそらくあなたはそれらについて絞首台の上で語ることができよう。そこが語るにふさわしい場所なのだ。

おお、酌人よ、あなたは我が心が血と化したのを知っていよう。心について語るな。語り残したことをあなたは知っているはず。

【第十話】罠にかかった狐の話

ある朝、一匹の狐が罠にかかりました。狐はどうしたらよいか考えました。もし狩人が自分をこの状態で見れば、すぐに皮なめし工に引き渡されるだろう。そこで、死んだふりをしました。命を失うのを怖れ、地面に身を横たえたのです。

狩人がやって来て、狐が死んでいると思いました。でも、死体からも何か利を得ようとしました。狩人はすぐに狐の耳を根元から切り落とし、「狐の耳は私の役に立つかもしれん」と言いました。狐は心の中で言いました。

「大丈夫。生き永らえたのだから、片耳しかなくてもやっていけるさ。」

別の人がやって来て言いました。「今こいつの舌が俺の役に立つ。」その男が突然舌を切りましたが、狐は命を失いたくなくて呻《うめ》き声すらあげませんでした。

別の人が言いました。「俺にはこいつの歯が何より役立つ。」息もつかないうちに鉄が口に突っ込まれ、無理矢理何本かの歯が抜かれました。狐は心の中で言いました。

「生きていられるなら、歯や耳や舌がなくてもなんとかなるさ。」

また別の人がやって来てこう言いました。「俺はこいつの心臓を選ぼう。狐の心臓は、ある病に効くんだ。」

「心臓」と遠くから聞こえてきたので、狐にとってこの世は突然真っ暗になりました。狐は自分に言いました。「心臓はまずいな。なんとかしなければ。」

こう言うとあれこれ策を用いて、矢が弓から放たれるように、罠から抜け出しました。

＊　＊　＊

心に関する話は謎に満ち満ちている。心についての話が両世界を覆いつくしている。私が血に浸すのが正当と思うのか？　心について語るな、あなたにはよくわかっているはず。心が血に染まったら、心について何を語るのか、心に無関心な人々に何を語るのか、と言いなさい。我が心は愛しい人のいる場所にある。でもどうやってそこに着けるのか、いつこれが実現するというのか？　我が心は迷い、私から見えなくなった。私は心について、心は私について、何も知らないのだ。心がどこに行ったかずっとわからない時、どうやって私は愛しい人の徴《しるし》を見つければよいのだろうか。

【第十一話】スルタン・マフムードとアヤーズの物語

ある日、信仰篤いスルタン・マフムードが大切なアヤーズに向かってこう言いました。

「おお、元気を与えてくれる者よ、世界中で、余より多くの国土を持つ者をそちは知っているか？」

王の下僕であるアヤーズは答えました。

「おお、世界を支配される王、私めは陛下より百倍多くの国土を有しております。私の国土は指輪の石の下に隠れていて、陛下の国土は地球全体に広がっていようとも。」

するとエはその愛しい者にこう言いました。

「おお下僕よ、このことについてどのような証拠があるか？」

アヤーズは口を開いてこう言いました。

「おお、王よ。すでにご存じのこの秘密について、なぜお尋ねになるのですか？　たとえ陛下が王権を握っておられようとも、陛下の王は陛下の心なのです。そして陛下の心はこの下僕の手中にあります。ですから、私にはこの王国すべてがあるのです。今陛下は王、そして陛下の心が陛下の王です。しかし私は陛下の心に対して勝利を収めた王です。私は奴隷でありながら王に対して王であるため、天が私をうらやむほどなのです。たとえ陛下の支配が絶対的なものとなっても、真の国土は陛下のアヤーズのものなのです。」

＊　　＊　　＊

あなたの本質が心なのに、あなたに愛するという心がなく人間らしく振る舞わないなら、この国であなたは何をしているのか、話しておくれ。

【第十二話】ムハンマド・イーサー(11)と狂女の話

王《カリフ》の側近らのうちで機知に優れていたイーサーの息子ムハンマドが、宝石で装飾された手綱をしっかりとつけ、ラクシュのような立派な馬に跨がり、馬に乗った下僕らを従えていました。バグダード中の人々がじっと眺めておりました。どの街角からも次のような声が上がりました。

「こんなにも飾り立て美しく装った、見事なこのお方は誰だ?」

杖を手にした老婆が道を歩きながらこう言いました。

「哀れな奴さ。神が御前から追放したのさ。ご覧よ、神が御前から遠ざけたのさ。もし神が奴を退けなかったら、これほどばかげたことに熱中しなかっただろうに。」

その秘密の言葉を注意深く聞き、男はすごすごと馬から下り、こう告白するに至りました。

「私はこの老婆が口にしたとおりの男さ。」

こう言うと、男は悔悛の道を歩みはじめ、心からすっかり金や地位を消し去りました。彼自身の人間としての卑しさを確信した時、彼は世捨て人となり信仰篤き人となりました。

＊　＊　＊

あなたは何度も偉大な人を演じてきたが、陰では乞食にすぎぬ。偉大な人になるということがあなたにはわかっていない。自身を麦一粒分ほども制御できないなら、托鉢僧に麦一粒与えることもできやしない。自身を制御できずにいるというのに、どうやって他の人を制御できるというのか?

【第十三話】狂人と並んで坐っていたスルタン・マフムードの話

マフムードが狂人の脇に坐りました。狂人が目を閉じたので、王は敗北感を味わい、恥ずかしく思って、こう言いました。

「なぜ目を瞑《つむ》ったのか？」

狂人は答えました。

「あんたの顔を見ないためさ。」

王は怒り、叫びました。

「世界を支配する王を見ることは法に適っているとは思わないのか？」

狂人は言いました。

「自分の顔すら見やしないのに。我が信仰では自身を見つめることもよしとしないのさ。もし他人の顔を見たら、過ち以外の何ものでもなくなるのさ。」

王は狂人に言いました。

「余はこの世の支配者であるぞ。余がお前に命じることは何でもすべて法に適っている。」

狂人は王に言いました。

「よくお考えください。あなた自身に対して制御が利《き》かないというのに、他の人を支配することなどできはしないのです。私を怒らせないでください。ごちゃごちゃ言わないでください。」

あなたは立派な人としてのあなたのこの状態を恥ずかしいとは思わないのか？　一生かけて小石しか集めなかったとは！　彼だけが自身の救世主でもなく破壊者でもない自分自身の本当の主人である。善言、善思の人は決して誤った道を歩まない。あなたは自分で自分が正しくないとわかっているのに、なぜ自分を正しく見せかけるのか？

＊　＊　＊

【第十四話】絨毯《じゅうたん》を売った狂人の話

魂を取り乱した狂人が、絨毯を所有していました。それをある男に渡して売ろうとしました。男はそれを安く買ったところ、すぐ買い手が現れました。その男は言いました。狂人に言いました。

「これはごわごわしすぎる。まるで豪猪《やまあらし》の背中みたいだ。」

「柔らかい絨毯はあるかい？」

答えて、「もしお前さんが黄金をお持ちなら、ありますとも。」

貧しい男が黄金を差し出すと、男は絨毯を前に置き、こう言いました。

「比類ない絨毯さ。絹のような柔らかさだ。」

一人のスーフィーが男を観察していて、売買のすべてを聞いておりました。スーフィーは一声叫んでこう言いました。

「おお、唯一無二の者よ、私をお前の持っている箱に入れておくれ。そこでは絨毯が絹に変わり、土くれが高価な真珠に変わる。私の本質は土なので、あなたの箱に入れれば私の心的境地も変わるかもしれないのだから。」

＊　＊　＊

もしあなたの心的境地が変わらなければ、あなたの人生は不幸でしかない。もしあなたが暗闇の中で人生を送るなら、まるで動物と同じ。なぜなら無知なままなのだから。あなたの四肢すべてを信仰という紐で縛りなさい。そう望むならそのようにしなさい。ムスリムよ、異教徒として死なないため、神の命令に従う以外は「見ざる・聞かざる・言わざる」でいくがよい。

【第十五話】メッカに巡礼する女と彼女を見つめていた男の話

ある女がカアバ神殿の周囲を巡っていると、一人の男が彼女の顔をじっと見つめました。女は男に言いました。

「あんたが本物の信者なら、こんな時にどうして私にかまけていられるの？　でも、自分が哀れだって気づいていないようね。ここで誰においてけぼりにされたか、わからないのね。もし自分の男たる証《あかし》を持ち合わせていたなら、ここで女のことを考える暇はなかったはず。あんたはここに何かを得るためにやって来たはずよ、何かを失うためではなく。なのに、あんたにはこれほど活気にあふれたバーザールがあるというのに、損を求めるというの？　神の御前で恥というものを持ち合わせていないの？」

＊　＊　＊

この世の神はいつもご覧になっておられる。あなたには神が見えずとも、神はあなたと共にいるのだ。神はいつでもあなたを見ておられるのに、なぜ、蛇のように、あなたは道から離れてとぐろを巻くのか？　どの階梯でも神はあなたと共におられるのだから、神に見える場所以外で歩を進めてはならない。神なしであなたが道に歩を進めれば、突然とてつもなく恥をかくことになるにちがいない。

【第十六話】女性宮廷書記マハスティー(12)とスルタン・サンジャル(13)の話

宮廷書記のマハスティー、かの穢れなき女は、サンジャルのお気に入りでした。彼女の顔は月のようではありませんでしたが、王は彼女に愛着を抱いておりました。

ある夜、彼女がラードカーンの草原で王の御前に侍っておりました。夜半に見張りの者が王を寝所へ案内しようとやってきました。マハスティーも王の御前を下がり、自分の天幕へと行きました。

サンジャルには酒を注ぐ小姓がおり、それはたいそうな美男でした。美しいだけでなく、愛嬌《あいきょう》も兼ね備えており、王はその両方を享受していました。王は百もの心で彼を愛していました。その月は王の愛の源だったのです。

夜更けに目覚めた王は、彼を呼びました。が、彼は見あたりませんでした。王はあの紅玉《ルビー》の唇を求めました。夜着《やぎ》のベストを羽織り、憎しみに燃えたインドの剣をふりかざしながら、王は不意に、マハスティーがあの月と過ごしていた天幕の前にやってきました。王は酌人が坐り、マハスティーがその月に心を寄せているのを見ました。マハスティーは嘆かわしい恋の唄を竪琴で奏《かな》でながら、こう嬉しそうに歌っていました。

「私はあなたを野原の隅でかき抱くの。たとえ今夜誰かの糸を紡がなきゃならないとしても。」

サンジャルはこの様子を見て、この詩句を覚えておくことにしました。そして心の中でこう言いました。

「もしも今夜私がインドの剣をふりかざして怒りながらこの天幕に入れば、この二人は恐れのあまり死んでしまい、この哀れな二人を私が殺したことになってしまう。」

王は心千々《ちぢ》に乱れつつも、ついには急いで自分の幕舎へと戻ったのでした。

十日ほどが過ぎたある日、王は世界を照らすかのような大祝宴を開きました。マハスティーはスルタンの許で竪琴を奏でました。それはとても長い、大曲でした。酌人も酒杯を手に視線を伏せて、近くに控えていました。王はあの夜の詩句を覚えていました。彼女にその詩句を音楽に合わせて歌うよう求め、ようやく自分を鬱々《うつうつ》とした気分から解放しました。

マハスティーはこの詩句を王の口から聞き、思わず抱いていた竪琴を落としてしまいました。木の葉のように震え、気絶し、彼女の感覚は罠に捕らわれてしまったのです。王は彼女の枕元にやって来て座り、彼女の顔に手ずから薔薇水をかけました。女は気を取り戻しましたが、サンジャルを恐れ、再び気を失いました。気を失っては取り戻しを十回ほど繰り返したでしょうか、それでもまだ彼女は正気を取り戻せませんでした。王が彼女に言いました。

「私を恐れるなら、命は助けてやるぞ、飼い犬に手を嚙まれるとはこのことだ！」

マハスティーは言いました。

「私は自分の命が惜しくはございません。ただ、この句は私に教訓を与えました。一晩中私は何度も何度も考えつづけました。認めようか、否定しようか、悩みました。その晩のことを思い出すと、この世が私の居場所をなくそうとしているかのように思えました。あの夜、こうしておそばにおりました時、ひそかに私のことを監視されていたのですね。私を捕らえられましょうとも、追い出されましても、陛下のお心はそれに耐えられず、また私をお呼び戻しになることでしょう。もし陛下が私を殺してくださるならば、いっそ楽になります。私にとっては、世の糧《かて》を与えてくださる神というスルタンのほうがこの何倍も怖ろしいのです。なぜなら、神は瞬間ごとに私とともにあるからです。神を思うこと以外、私にとって他にいかなる務めがありましょうや？　もし神が百年もの我が秘密を持って現れたら、私はその時何を申し上げれば、どうすればよいでしょう？」

＊　　＊　　＊

神は常に昼夜を問わずあなたを見ておられるのだから、蠟燭のごとく陽気に過ごし、楽しく人生を過ごすがよい。神に感謝せずに一瞬たりとも過ごすでない。神を忘れて呼吸をするべからず。神への感謝を言葉にすれば、望むことはすべて実現し、神から報いを得ることになるだろう。

【第十七話】マフムードと象を数える話

ある日、敵を縛り上げるマフムードが息子に言いました。

「おお、心で認識する息子よ、今わしが何頭の象を所有しているかご覧。わしには今その数がわからないのだから。」

息子は数えて言いました。

「おお、父上、千四百頭が捕らわれています。」

王は息子に言いました。

「山羊一頭すら持っていなかった時のことをわしは憶えている。今たとえ我が力が最高天にまで達しようとも、それはわしがなしたことではなく、神の恩寵に依るものなのだ。」

＊　　＊　　＊

あなたへの神の恩寵は無限なので、あなたはありがたい神に対して感謝を示すよりほかはない。あなたへの神の恩寵は絶え間なく続くので、あなたは神に感謝せずに一瞬たりとも生きてはいられない。もしあなたの欲が神に感謝することをおろそかにするなら、あなたの心はこの問題を解決しなければならない。そしてもしあなたの欲が常に神をおろそかにするなら、あなたの心はさらに懸命に努めることになる。あなたの欲がしっかりと事に励めば、あなたの心はますます弱くなっていく。善からは益が生まれ、悪は損失をもたらす。なぜならみな一人一人が持てるものが現れるからである。

【第十八話】イーサー（イエス）とユダヤ人たちの話

清らかなイーサーが通りを歩いていると、ユダヤ人たちが彼に向かってあからさまに悪態をつきました。清らかな生まれのイーサーは、明るい表情をして彼らのために祈りを捧げました。ある人がイーサーに言いました。

「悪口を言われても怒りもせず、彼らのために祈りを捧げるのですか？」

イーサーは男に言いました。

「どの心にも魂が宿っていて、それは自身が持てるものが現れるのだよ。」

＊　＊　＊

あなたの魂という海の中にあるものは、たとえ波立とうとも海と同じ水からできている。しかし、あなたに最期の時が訪れないかぎり、あなたの内なるものは見えないのだ。人間の魂は慧眼の徒となった時の試金石である。明日の悲しみをあなたは今日抱かなければならない。あなたの心は死の時を恐れて燃やし尽くされなければならない。あなたは息をするたびに百回、死を恐れて死ななければならない。そうしないとあなたはこれ以上進むことはできないのだから。たとえあなたに雲から火が降ろうとも、あなたは火の中で喜ばなければならない。命を捧げる瞬間、あなたが喜びに満ちていれば、実際にはあなたは火よりも熱く、何の憂いもなくなっているに違いないのだから。

【第十九話】捕らわれた泥棒の話

ある泥棒が突然捕らえられ、埃まみれの道から絞首台のほうへと連れていかれました。惨めな様子で命乞いをし、絞首台の下で礼拝を始めました。

「おお、神よ、今この場所で私は私の髪一本一本が不幸であるのが見えます。ほら、あなたの怒りの剣が絞首台の上で私に何を与えるのかご覧なさい。あなたは私に対する怒りで私をこんな目に遭わせていますが、私はあなたへの愛でこの命を投げ出すのです。私は今言ったとおりの人間で、あなたもそのとおり。今私は命を捧げます。あとはあなた次第。」

＊　＊　＊

もしあなたが命を捧げるのなら、この男のようにしなさい。さもなければあなたは無駄に命を捧げることになる。たとえあなたの血が神の怒りによって沸き立とうとも、決して神の優しさを忘れてはならない。憂いをもたず、楽に歩むがよい。神は恐れ心配しすぎる者には目をかけてはくださらない。喜んで死ぬがよい。この道には寂しさはふさわしくない。この世という宴は、結局悲しみに行き着くのだから喜ぶ価値はない。この世の百もの喜びは一つの悲しみにも値しないのだから。天はいつかあなたを降ろすのだから、喜んで乗ろうとしてはいけないのだ。

【第二十話】木の棒に跨がった狂人の話

一人の狂人が木の棒に跨がり、まるでその棒が腹帯を締めた馬であるかのように、パッカパッカと走り回っておりました。男の口元は綻《ほころ》んだ花のように開き、小夜啼鳥《ブルブル》のように声を響き渡らせて歌っていました。

ある人が尋ねました。

「おお、神のお膝元の男よ、なぜこんなに夢中になって跳ね回っているのかい？」

男は答えました。

「生きているうちに、一瞬だけでも馬に乗ってみたかったのさ。手を縛られて土中に埋葬されてしまえば、僕の身体からは髪一本たりとも動きはしないのだからね。」

＊　＊　＊

あなたがこの世に生きているのなら、自分の分け前をきちんと受け取るがよい。過去や未来を憂えても仕方がないのだから、あなたには今以外、何もないのだ。今手中にあるものを不確かなものと引き換えてはならない。誰も不確かなものをあてにはしないもの。あなたの人生は、コンパスのように一つの点に始まり完全へと向かうのだから、たとえ人生にわずか一点しか残っていないとしても、それを基点に多くの円を描き、人生を最大限に生ききりなさい。人生の喜びを今だけ見つめることによって生み出しなさい。目的をもたずに生きる者らのように、過去や未来に振り回されてはいけない。

なぜなら、もしあなたが過去や未来に執着すれば、あなたは自分で自分に不幸をもたらすことになるのだから。

【第二十一話】城砦を築いた将軍と狂人の話

ある将軍が見張りのため、あるところに空へと聳え立つ砦を築きました。そこに一人の狂人が通りかかったので、将軍は彼を自分の許に呼び、こう言いました。

「この砦がいかに素晴らしいか、見るがよい。天にも届きそうだ。この砦を守る者をこの砦がいかに災いから守るか、見るがよい。」

すぐさま狂人は口を開いてこう言いました。

「あなたは暗闇の中にいます。災いは天から降ってくるもの。あなたは砦に行き、災いを出迎えるのですね。」

＊　＊　＊

あなたはあなた自身にとって十分災いなのだから、これ以上災いを求めることなかれ。あなたは自分自身からもあなたの災難からも完全に解放されるべきなのだ。謙遜して驕《おご》り高ぶらなければ、真に存在するために死を迎えることになるのだから。

【第二十二話】スルタン・マフムードと嘆願者の話

ある朝マフムードが出かけたところ、ある者がやって来て彼に公正な裁きを求めました。叫びながら王の行く手を遮《さえぎ》り、王の馬の手綱に手をかけたものの、王はそのまま走り過ぎ男は地面に倒れました。

ある人が王に尋ねました。

「陛下、あの日その嘆願者があなたの馬の手綱を取った時、あなたはご自分で手綱を引いて馬を止めなかったのに、なぜ今止まっているのですか?」

王は言いました。

「あの者が我が馬の手綱を片手で取った時、余は酔っていたのだ。今この嘆願者の毛髪や体毛の一本一本がまるで手のようだ。これほど多くの手が我が馬の手綱を握っているのだから、どうやって余は馬を走らせることができようか? 余はこれらの手に捕まえられていて、どうしたら逃れられるのか、わからないのだ。」

＊　＊　＊

この道で転ぶことは人間にとって益となるのだから、真なる苦痛を知る者は誰もがこの道で転ぶのだ。この嘆願者のように地に伏した者のほうが人として高尚であり、王の手綱は手ではない何かで摑まれる。人は、血の海を百回転げ回って多くの困難を乗り越えて、初めて転んだことの価値に気づく。

あなたが偉そうに驕り高ぶっているうちは、どうしてこの扉があなたに対して開かれるだろうか。

【第二十三話】マジュヌーンの話

ある人がマジュヌーンに尋ねました。

「どうしてこれほどまでに哀れで落ちぶれてしまっているのかい?」

マジュヌーンは答えました。

「私は老いぼれた驢馬。この背負った荷で息も絶え絶えで、尻には穴が開くほど。身体はたとえ弱って無力でも、昼夜問わず重荷を背負っているのだ。百もの骨折りの後、一瞬私の背から鞍敷きが外されて安らげるならば、犬に群がる数千もの蠅がやって来て私に噛みつき、私に針を刺すだろう。だから私は、どうかこの惨めさが決してそうした安らぎに取って代わられることのないようにと願うのだ。」

＊　＊　＊

あなたがたいへんな思いや苦労をしてきたなら、そういった苦労を否が応でも数多く味わうことになるだろう。しかし、もしあなたが全く苦労をせず、多くのことを背負わずにきたなら、この話はあなたには意味をもたない。贅沢に安穏と暮らしているなら、あなたにはたいへんな思いや苦労がわかるはずもない。たいへんな思いや苦労を味わった人は一日に百度死んで自らの喪に服すのだ。現世から心を解き放った人こそが真に生きている人である。遅れて後から歩む者らではなく、現世に執着しない者たちのことをさすのである。愛することを知らないなら、命を捧げよ。あなたにたいへんな思いや苦労をする秘密がわかるはずもない。贅沢にぬくぬくと暮らしてきた者は、真に恋して命を捧げる人々から取り残されたのである。

【第二十四話】アヤーズに恋した塩売りの若者の話

塩を売り歩いていた若者がおりました。彼は町中あちこち歩き回り、どの路地にも入って売り声を上げていました。ある日、心奪う美貌の持ち主であるアヤーズを見かけ、頭のてっぺんから足の先まで情熱にとらわれました。その月のような美しい顔に驚愕しました。なぜなら、この世が彼の目の前では暗くなり、彼は何も手につかなくなったからです。月でこの世が暗くなることなどあるでしょうか？　心に血の涙を百度も流させる月があるでしょうか？　昼夜問わず、若者の心は血を流しつづけ、まるで酔っ払いのように若者は王宮の門口に坐りつづけました。埃まみれの姿で、塩を前に置き坐っていました。あの月への愛において、彼は塩を持ちつづけました。常に愛の行方を案じて落ち着かない様子でした。哀れに声を上げ、炎のようにいてもたってもいられず落ち着きを失った様子でした。白銀の胸のアヤーズが通りかかると、若者は自らの流す涙で溺れてしまうかのようで、地に倒れ伏し、理性を失い、酔っ払いのように道端で眠るのでした。

その迷いし者の愛の情熱について、マフムード王の知るところとなりました。マフムードはしばらくうなだれ、嘆いたりお香のように愛に身を焦がしたりしました。王は心の中でこう思ったのです。

「これは奴の範疇を超えている。愛と財産の両方を手に入れるのはよろしくない。」

王はすぐさま男を召喚しました。その乞食のような男は頭に塩をのせ、すぐにやってきました。マフムードは男に言いました。

「おお、惨めな者よ、余の忠告を受け容れるがよい。偶像のように麗しい余の恋人に対するお前の愛をあきらめよ、さもなければ自分の命を落とすことになるぞ。」

恋する男は答えました。

「おお、王様、陛下は王座におられ、私は道の真ん中に立っています。陛下にはいつでもアヤーズ自身がいますが、私には彼の幻しかありません。栄光と贅に浸っている陛下の前に、お望みのままに、アヤーズは控えているではないですか。あの偶像のように麗しい人が陛下にはいるというのに、私が何を求めているとおっしゃるのですか？　アヤーズは陛下と共にいるというのに、私に誰をあきらめろとおっしゃるのですか？　私にはアヤーズへの永遠の愛があります。その愛の炎は私の魂の中であかあかと燃えています。もし私の彼への愛が一瞬ごとにいや増さぬなら、私の信念はこの身を捧げることしかなくなります。もし私の彼への愛が一日に百回この身を滅ぼすなら、たとえ王が私を殺そうとも、恐れはしません。恋する者は自らの魂を失うことを恐れはしないのです。なぜなら、恋する者の目に魂は麦一粒分の価値もなく映るからです。」

王は若者に言いました。

「頭のてっぺんから爪先まで面汚しの塊よ、お前は余と全く似ても似つかないではないか。お前は決して完全に愛することなどできはしないのだ。どんな資本を元手《もとで》にしてアヤーズを愛すというのか？」

貧しい身なりの若者は言いました。

「この資本は常に、陛下にはわずかなりとも持てず、けれども私には持つことのできるものです。陛下は愛も王権もすべてお持ちですが、どれほどお望みになられようとも、塩はお持ちではありませんね。私が塩を持っているからと言って、なぜ私を攻撃なさるのですか？　塩のない愛をなぜそれほどまで誇りに思われるのですか？　陛下は財産も王国も黄金も権力もお持ちです。もし陛下に愛の熱情があるなら、塩は私のような者に必要なのです。」

王は言いました。

「恋する者よ、議論がしたいのだな。お前はこの愛にふさわしくないと余は見てとったぞ。」

物乞い同然の身なりの若者は言いました。

「もし私が議論を始め、恋するようになっても、恐れはありません。陛下はご自身が王であられることを忘れることはできないのです。王であるがために愛に身を捧げることはできないのです。私は、陛下のアヤーズへの愛において、一時《いっとき》たりともこの世のものに執着いたしません。アヤーズのため、私はこの世でもあの世でも自分のことなど気にかけません。でも、陛下にはこの世でやるべきことがたくさんございます。今、陛下がご自身の愛と私の愛をご覧ください。この哀れな乞食とご自身との違いをご覧なされませ。」

王は言いました。

「惨めな乞食よ！　アヤーズのどこに惚れたのか？」

彼は答えました。

「私はあの偶像への愛について考える勇気など持ち合わせません。どうしたらよいのでしょうか？　あの偶像のどこか一部に恋するなどできはしません。もし一瞬あの人の髪一本を目にすれば、私の体毛すべてが火山のように火を撒き散らすことでしょう。私には彼のどこか一部だけを見ることなど耐えきれません。どうしてそんなことができましょうぞ。」

王は言いました。

「アヤーズの頭から足までのどこにもお前は恋していないのだな？　それなのになぜ彼への愛にいてもたってもいられないのか？　この愛の理由を余に話して聞かせよ。」

男は言いました。

「私の魂は激情の嵐。陛下もご存じのとおり、それはアヤーズの真珠の耳輪のせいです。私は彼の耳輪を見ると、それを我が魂で買いたいと思うのです。その耳輪の評判は私をこれほどまでにかき立て、まるで酔っ払いのようにしてしまうのです。私にはあの偶像を愛する価値がないのです。なぜなら彼の耳輪への愛で私には十分なのですから。」

王は言いました。

「その真珠を見つけた者は、真珠を肉体という海から得たのか、それとも魂という海からか？」

物乞いは言いました。

「おお、世界を支配するお方よ、この真珠は我々の愛という海から生まれたのです。愛という海に潜《もぐ》れば、陛下は真珠を独り占めできるでしょう。」

王は言いました。

「おお、勇敢な男よ、この海にどうやって潜ることができようぞ？」

物乞いは言いました。

「おお、象と軍隊でこの世のすべてを支配するお方よ、陛下はこの海に上手に潜ることなどできはしません。なぜなら純粋な者ただ一人しかできないのです。そのたった一人とは、両世界を捨ててこの海に頭から潜った者。息を止め命を惜しまず、海底深く真珠を求める者。陛下は全世界に翼を広げている存在。どうあがいてもあの真珠を得ることなどできはしないのです。」

王は言いました。

「君主が努力をしたわけではないのだ。お前が言った真珠は何らの努力も必要とせずに手に入ったのだ。見るがよい、それがアヤーズの耳輪の真珠。余に仕える者の証としての耳輪だ。余は海に潜る必要もなく、たやすくこの真珠を手に入れたのだ。お前は魂を削り、苦労するがよい。なぜならこれは余の所有物だからだ。余には真珠が、お前には渦潮があるのだ。」

物乞いは言いました。

「よくお考えなさいませ。いつ陛下は真珠を手に入れたのですか？　この真珠は陛下の耳に下がっていた時は、陛下の持ち物でした。気高き王よ、今真珠は陛下の耳に下がってはいないというのに、陛下が真珠と何の関係があるというのですか？　もう何もお話しになることはないはずです。もし陛下が世界を支配する王として愛に忠実だったならば、耳輪は奴隷の耳にではなく、陛下の耳に下がっていたはずです。愛しい者が耳輪をつけて恋人に従順なしるしを見せているというのに、恋する者が遠い遠いカペラ星まで苦労して昇るなど、ありえないではないですか？　もし陛下が恋しているのなら、無駄な努力はおやめなさい。耳輪は陛下の耳についているべきもの。陛下にはアヤーズの下僕たる証の耳輪がついていないのですから、恋しているなどと主張するのはおやめなさい。」

王は恥じて顔を赤らめ、王座から下りて考え込みました。塩売りの乞食は御前から追われました。私には王の従者たちが塩売りの言葉から何か得るところがあったかどうか、わかりません。

第十五章

まばゆいばかりの五番目の王子の番です。父王に向かって言いました。

「おお、神秘の海よ、正直に言えば、僕は父上の王国でスライマーン（ソロモン）が持っていたあの指輪が欲しいのです。妖精も悪魔も彼の命令に従い、世界中が彼の豪華な天幕の敷物となった、あの指輪を。偉大なるスライマーンただ一人の指輪の印章により、蟻の秘密も鳥の言葉も明らかとなりました。もしあの指輪を僕の手にはめられるなら、これほど気高い天も僕には低く卑しく見えるでしょう。」

父の答え

父王は言いました。

「お前が王権に何の関係があろうか？　たとえお前が手に入れようとも、王権は永遠に続きはせんのだ。お前も知ってのとおりこの世は永遠ではないのだから、王権はあの世で求めるほうがよい。この世はありとあらゆる事物の妬《ねた》み嫉《そね》みに満ちているが、世の中というものは掌《たなごころ》にのるほどの、風のごとく、価値のないものにすぎぬ。この世の王権は儚い土と風にすぎないのだから、奢ってはならぬ。

お前は生の証たる魂を失えば、死に捕らわれてしまうのだから。この世ですべての可能性を持つ者も、結局は惨めに死ぬのである。この世は神が与えてくださる解毒剤に満ちているのだから、自分を王権などという毒で殺してはならない。失意の英雄ロスタムにとって、解毒剤に何の意味があろうか？息子は息をひきとったというのに。息子よ、あの世での王権を求めよ。なぜなら、そこに行くにはイブラーヒーム（アブラハム）が息子イスマーイール（イシュマエル）の命と引き換えにしなければならないほど、辛い試練を経なければならないのだから。[1] この世で頭が天に届くほど強大な王権を手にした王たちもその王国は永遠には続かなかった。やがてはイランを支配するファリードゥーン王が鍛冶屋のカーヴェの革旗に支持され、みなをその旗の下に鎮め、カーヴェの旗と呼ばれるようになったにすぎないというのに、なぜ王権から身を遠ざけないのか？[2] ただの革一枚にすぎないというのに？王の象徴が革一枚であるなら、靴磨きにも王たる権利があることになろう。革一枚に支えられて成り立つ王権などには何の栄誉もない。それどころか恥にすぎぬ。すべての事象の神秘が明らかになれば、一瞬にして蠟のように柔らかくなる鉄もたくさんあることになる。理性も驚愕する、最後の審判の日には、山であろうと畏怖の念によって綿花のようにバラバラになるだろう。この世の支配者は落ち着いていられずあちこち動き回るもの。お前がよく見れば、王国とはあの世である。アーダム（アダム）よ、でかした！　アーダムは愛を知った時、あの小麦のせいで楽園の王たる地位を手放した。もしお前が永遠の王国を手にしたいなら、この世の中ではお前には太陽のような一片の丸パンがあれば十分である。」

【第一話】狩猟をするスルタン・マフムードの話

マフムード王が狩りに出かけた時、彼は供の者らからはぐれてしまいました。近くに村があり、王はある場所から煙が立ち上っているのを目にしました。王が村のほうへと馬を駆ると、煙の前に一人の老婆が座っておりました。王は老婆に言いました。

「そなたの客として王《カリフ》がやって来たぞ。善き媼よ、何を煮炊きしておるのじゃ！」

するとその老婆は答えました。

「あたしゃ豆《ムルク》を煮ているのさ、王様！」

王は老婆に言いました。

「おお、無力な媼よ、私にその豆《ムルク》をくれるかい？」

老婆曰く、

「いや、決してやりはしないよ。あたしゃ自分のために豆《ムルク》を煮てるのさ。あんたの王国《ムルク》のために豆《ムルク》を売り渡しゃしないよ。あたしゃあんたの王国《ムルク》なんか買わないよ。だってあたしの豆《ムルク》のほうが百倍もいいものだからさ。世界中の敵があんたの王国《ムルク》を脅《おびや》かしているよ。あたしゃ、そんな心配の要《い》らないあたしの豆《ムルク》で十分なのさ。」

王は老婆の豆をじっと見つめ、自分の王国を思い、涙を流しました。ついには、一握りの豆を老婆から貰い、金袋を渡して、すぐにその場を立ち去りました。

＊　　＊　　＊

富める者よ、一粒の麦ですら数えられるのだから、老婆《ムルク・エ・ザール》の豆に勝る王国《ムルク》はない。たとえ、ロスタム《ロスタム・エ・ザール》が完璧だとしても、彼は老婆《ムルク・エ・ザール》の豆を求める。神秘主義道とは何か？　事象の内面を見ることである。身軽に旅すること、そして誰をも傷つけないことである。一握りの豆《ムルク》で腹を満たすこと、王権や威厳を一粒の麦のように見なすこと。滅びない王国などないというのに、なぜ今完璧でないものを求めるのか？　この世には完璧なものなど存在しない。月ですら欠けていくのだから。月は満ち欠けの間で徐々に満ちていき、一晩満月になるとあとは欠けていくのみ。完璧なのは一晩だけ。私が求めるのは月のこの方法ではない。最初に二週間かけて満ちていき、二週間が過ぎると欠けていく。

今あなたがこの私の話を解したのは、あなたが完璧ではなく、常に月のように欠けているからだ。この世では栄光を求めようが、卑しさを求めようが、永遠などないのだ。この世の王権が永続しないのだから、なぜあなたはこれほどじたばたして存在しないものを求めるのか？

【第二話】導師《シャイフ》と霊鳥フマーの話

老練な導師《シャイフ》が歩いていると、道沿いにそびえ立つアーチを目にしました。その頂には、翼を広げたフマーの像が漆喰《しっくい》で造られてありました。導師《シャイフ》は言いました。

「おお、不吉な鳥よ、そなたはここで恥をさらしているのだな。数回に一度そなたは人間の頭上で羽を広げ、他の城へ行こうと飛び立つのか？　誰もそなたから真の庇護を得ることはなかった(3)。なぜならそなたの特徴は永遠ではないことなのだから。」

＊　　＊　　＊

もしこの世が永遠であれば、理性と魂にとって明らかなものは何もなかっただろう。この世のすべては蜃気楼《しんきろう》。この世はすべて滅びゆくものである。あなたの驢馬はぬかるみにはまり、何らの進歩もない。なぜなら夢解きによれば、驢馬は運、すなわちフマーの影のようなものだからである。そして、ここでは驢馬は人の運を表すので、疑いなくその人は不幸である。篩《ふるい》で水を汲んでも何も掬《すく》えないように、この世界も夢にすぎないのである。

【第三話】ガザーリーとスルタン・サンジャル(4)の話

ガザーリーがサンジャルに言いました。

「おお、王よ、この人生において二つの道のうちの一つしか選ぶことはできません。もし覚醒していて国を治めていても、それは幻にすぎないのです。あるいは、もし眠っていても、目を開けるまでこの国について何も見ないのです。陛下が王国をどれほど誇り、誇示しようとも、目を開けて閉じるまでの間に、この世の片鱗すら見ることはできないのです。もし陛下がヤズデゲルド王(5)であるなら、最後は石臼で殺されるでしょう。あの石臼に気づいておらずその真実がわからなくても、あの揺《す》り合わされて回る二つの石のうちの一つをご覧なさい。この二つの回る石の間に入って、陛下はついには風車の風によって揺り潰され消えるのです。この世という火で、お香もただの草も燃えるのであり、夜になれば王であろうが乞食であろうが眠るのです。」

【第四話】スルタン・マフムードと同じ名前の男の話

マフムードが大地から天にまで届くほどの大軍を率いて荒野を進んでいました。軍を四方八方に急ぎ送り、沙漠で何か獲物を捕まえようとしました。スルタンは腰の曲がった、悲しげな老人を見かけました。老人は裸で全身埃塗《ほこりまみ》れでした。薪を引きずり、溜息をつきながら、茨《いばら》の中へと分け入っていきました。王は老人の許へ行き、こう言いました。

「おお、善き者よ、名を申すがよい。」

老人は言いました。

「私の名はマフムード。あなた様と同じ名です。これ以上望むことはありません。」

王は言いました。

「それは驚きだ。お前は一人のマフムードで、余も一人のマフムード。お前は一人のマフムードで余は別のもう一人のマフムード。どこが二人同じだと言うのか？」

老人はこう答えました。

「おお、王様。私たち二人が人生という旅を終えると、まずここより二ギャズ(6)地下に埋葬されます。そうすれば、二人のマフムードは平等になります。今平等でないのは私が取るに足らない男だからです。死んだら私はあなた様と同じになるのです。あなた様は喜んで王座にお上がりなさい。天は王座からあなた様の棺を造ることでしょう。なぜあなた様はこのように王国をつくったのですか？　一時たりともあなた様はそれを享受できないというのに。あなた様は一人では道を歩めないのです。なぜなら軍隊なしにはあなた様は何もできないのですから。毒味係なしにあなた様は水を飲むこともできず、番人なしに夜眠ることもできません。なぜあなたは王国の悲哀を味わうのですか？　そこであなたはパンを食べることもできないというのに。もしあなたの宮殿が象牙でできた王座で、アヌーシールヴァーン王の王冠より気高いとしても、あなたの持ち分はそのような王冠や王座ではなく、一掘の土でしかないでしょう。これは何という王国で、あなたは何という王なのでしょう！　あなたは死天使のあとに続かないのですから。」

＊　＊　＊

もし一片の丸パンが毎日あなたにとって十分であるなら、二つの丸パンを求めるなどもってのほかである。

【第五話】スルタン・マフムードと洗濯屋と日干し煉瓦職人の話

この世の支配者マフムードが馬に乗って進んでいると、道端で洗濯屋が働いているのを見ました。その洗濯屋はロープに服をかけて干しているところでした。マフムードは彼に言いました。

「この包み全部でいくらかね？」

洗濯屋は答えました。

「おお、王の中の王よ、陛下（の経帷子）には十ギャズの布で十分でしょう。陛下には十ギャズあれば十分ですから、なぜほかのも合わせていくらかなどとお尋ねになるのですか？」

これを聞いて、王は涙を流しました。

次に、王は日干し煉瓦職人を見かけました。彼の両頰は日に焼けて炭のように黒くなっており、煉瓦が荒野の道を塞いでいました。王は言いました。

「お前のこの煉瓦、全部でいくらか？」

男は答えて曰く、

「陛下（の墓）には十個の煉瓦で十分です。陛下には十個の煉瓦で十分なので、全部の値段を問うのは誤りです。陛下が善であろうと邪悪であろうと、十ギャズ以上の布と十個以上の煉瓦は、陛下の過失となります。この二つのものを陛下はこの世から持っていくことができるのです。それ以上のものは顕示欲にすぎません。もし陛下がご自身の努力で何か利益を得たのなら、この世はまるで大きな不幸に見舞われたかのようです。陛下の不吉な欲を捨て、叡知で心の安らぎを得なさい。王国に別れを告げ、自身のなすべきことにとりかかりなさい。陛下はほんの一瞬しか王国を手にできないのですから、余計なことはなさいますな。もう時間がありませんぞ。」

王はこの二人の言葉を聞くと、すぐに地面に身を投げ出しました。大泣きに泣いて気を失いました。

結局、王はその二人に報酬を与えました。王はその二人の恩人に多くの黄金を与え、町に戻ってこの話を語ったのでした。

＊　＊　＊

この二つ（十ギャズの布と十個の煉瓦）だけであなたの運は決められているというのに、この死肉に満ちた館に何を求めるのか？　もしあなたが火星《バフラーム》のように力があるとしても、最後の審判の日にはバフラーム・グールのように墓《グール》に入るのだ。(7)　たとえ紅玉《ルビー》のように幕帳《とばり》を通してさえ輝いていようとも、バフラーム・チューービーンのように棺に入るのだ。(8)　今、王たる人よ、墓を怖れよ。中庸でいなさい。邪《よこしま》な天があなたを囚われの身としないよう、冷静に落ち着きなさい。

【第六話】賢人とアレキサンダーの話

アレキサンダーがある賢人に出会いました。神の御前にいるその男は、アレキサンダーに言いました。

「世界をどれほど巡ったのですか？　あなたがこの混乱に陥れた世界を。」

アレキサンダーは言いました。

「世界の半分を回ったので、あと半分が残っています。残りの半分を今から巡って鎮めてこようと思います。」

賢人はアレキサンダーに言いました。

「正しいことをしているとは思えませんね。あなたは自分の矜持を征服すべきなのです。あなたはまた立ち上がらねばならないと知っています。矜持を征服しなさい。それもできずにどうやって世界を征服しようというのですか？　もしあなたが戦いの時に獅子のようであろうと、あなたは墓に入る時には蟻になるでしょう。あなたがこの世にいる時間はごくわずか。しかし墓には十万年もいるのです。なぜこの世にあなたの家を建てるのですか？　もし家を建てるなら、墓の中に造ったほうがよいではありませんか。たとえイランの王たちのように心躍る宮殿を建てようとも、壊れてしまったものは元には戻らないではありませんか。あの星たちが——たとえ巡る天で永遠であろうとも——みな彷徨い悲しみに満ち、この宮からあの宮へと彷徨っているのを知らないのですか？　星たちはそれらの宮が罠でしかないのを知り、宮にいても一瞬たりと平穏を得られずにいるのです。たとえ至高なる王がいい位置にいようとも、チェスの一つのマス目の中で王手を取られてしまうのです。あなたももしこの世で家を建てるなら、繭の中で果てる蚕のように突然死ぬべきです。多くの荷があるのです。おお、愚かな人よ、最後にはあなたに家が降ってくるでしょう。自分の家に心躍らせてはいけません。荒廃しているからと悲しんでもいけません。悲しんでも喜んでもいけないのです。風のように、喜びも悲しみも過ぎてゆくでしょうから。」

【第七話】王の指輪の話

信心深い王がおり、彼の支配は全世界に及んでいました。王にとって世の中に必要なものはなく、世界中どこを探しても彼に比類する者はおりませんでした。彼の王権は魚から月まで、東から西に至るまで支配していました。王の許に賢人たちがおり、彼らは宮廷から給金をもらっていました。

王はある日、彼らにとても不思議なことを求めて、言いました。

「憂鬱な気分が余を支配している。余の心に不思議な願いが生じたのだ。何が原因でこのような気分になったのかわからない。余に混じり気のない純粋な金属でできた指輪を作りなさい。余がそれを見ると幸せな気分になり、余を襲う悲哀から解放されるような指輪を。そしてもし余が幸運によって喜ぼうとも、その指輪を見るとたいへん悲しくなるような指輪を。」

賢人たちは少し猶予を求めました。その賢い大人《たいじん》たちは共に座し、熟考し、涙を流し尽くし、ついには血の涙を流し、悔やしがりました。

ついに彼らは一つの結論に達し、指輪についてある方法を決めました。その指輪には「この世のものは何でも最後は消える、素早く過ぎ去ってしまう」と銘刻されるようにと。

＊　　＊　　＊

この世という王国はうつろうものでしかない。真に生きる者は誰もあの世という王国へと旅立つ。もしあなたがあの世を支配するのなら、この世を犠牲にしなさい。イブラーヒーム・イブン・アドハム(9)を手本としなさい。

【第八話】イブラーヒーム・イブン・アドハムとヒズル(10)の話

アドハムの息子イブラーヒームが、彼に仕える準備万端整えた奴隷を自分の前後に従えて座っていました。頭には宝石で飾られた王冠をのせ、銀で縁取りされた上衣を纏っていました。呼ばれてもいないというのに、ヒズルが駱駝《らくだ》追いのふりをして彼の宮殿に入ってきました。ヒズルを怖れて奴隷たちは息をのみ、ヒズルを見た者は誰もが驚きました。突然自分の視界にヒズルが飛び込んできたイブラーヒームは、こう尋ねました。

「乞食よ、誰の許しを得てきたのか？」

ヒズルは答えました。

「ここが私の居るべき場所と見てとりました。ここは宿にすぎません。私はここに落ち着きます。」

イブラーヒーム・アドハムは口を開きました。

「ここは偉大なるスルタンの城だ。愚か者よ、なぜそなたはここを宿と呼ぶのか？　そなたは気でも狂っているのか？　思慮ある者に見えるというのに。」

ヒズルは言いました。

「おお、王様、誰がこの故国を最初に支配していたのですか？」

イブラーヒームは答えました。

「余の知るかぎり、まず最初は某《なにがし》という王がここにおり、その後にも某、そして某、今世界を支配するのが余なのだ。」

ヒズルは言いました。

「たとえ王がご存じなくとも、この世が宿であることは否めないのですよ。いつも人々が来ては去っていき、永遠にこの世に居続けることなどできないのです。陛下の前にもたくさんの王がいて、去っていきました。善を望む者も悪を望む者もみな去っていったのです。陛下にも死天使は訪れるのです。この古びた世から陛下は追い出されるのです。この古びた宿でなぜ陛下は腰を落ち着けているのですか？　陛下はあの世から来た人、なぜここに留まるのですか？」

イブラーヒームはこれを聞いて席を立ちました。この話を聞いてひどく動揺したのです。ヒズルは去り、イブラーヒームは後を追いました。ヒズルの罠から逃れられる者などいるでしょうか？　イブラーヒームは何度もヒズルに懇願しました。

「おお、寛大なる者よ、もしできることなら私を受け容れてください。私の心にあなたはそっと種子を蒔《ま》いたのですから、水をください。おお、生命よ。」

こう言うとヒズルの後を追い、世界で最も優れた人間となりました。この世という古びた宿を捨て、彼は清貧によって統治を捨てたのでした。

＊　＊　＊

清貧の秘密を知った信仰心篤い人は、統治という現物を手放して清貧を手に入れた。統治という役割を手放し、実際には物乞いから解放されたのだ。たとえ、この世で王国を統治しているとしても、よく見ればその本質は物乞いにすぎないのだ。

【第九話】マフムードと道で出会った物乞いの話

ある日、マフムードが軍を率い馬に乗って進んでいると、途中で一人の物乞いに出くわしました。王が沙漠の中その物乞いに挨拶をすると、物乞いは挨拶を返しただけで通り過ぎました。清らかな性質の王は兵に言いました。

「あの物乞いの誇り高い様を見よ。」

すると物乞いは言いました。

「もしあなたが賢いなら、あなたこそ物乞いであるというに、なぜ私を物乞いなどと呼ぶのか？私は百以上の町や村を回ってどこのモスクにもあなたが物乞いである徴《しるし》を見たのですから。どの家にも麦一粒分、いや麦半粒分、あなたは物乞いと書いてあったのです。あなたの圧政に対して声を上げていないバーザールや店を私は見ませんでした。今、もしあなたが慧眼であるなら、私たち二人のうちどちらが物乞いなのかよくご覧なさい。」

【第十話】ルクヌッディーン・アッカーフ[11]の許を訪れたサンジャルの話

清らかな心の持ち主であるサンジャルが、供も連れずにルクヌッディーン・アッカーフの許を訪れました。導師《シャイフ》ルクヌッディーンは口を開いてこう言いました。

「陛下はご自身の統治を恥ずかしいとは思わないのですか？　貧しい老婆が自分のために玉ねぎスープを作ることもさせず、税金のことしか考えず、取り上げるばかりじゃないですか。」

王は答えて言いました。

「導師《シャイフ》よ、なぜ余が玉ねぎスープを盗むなどと言うのか、余にはわからないのだが？」

導師《シャイフ》は言いました。

「無力な老婆はたいへんな苦労をして糸を紡ぎ、それを売ってわずかな銀を得ます。おお、王よ、老婆はその銀で脂と玉ねぎと薪を買います。陛下はバーザールの野菜に税をかけ、薪からも、脂からも税をとります。ご存じないわけがないですよね？　陛下はどんなに小さなものからだって税をとります。物乞いのほうがこんな王よりはよほどましです。世界を支配する王は、老婆の玉ねぎスープから施しを得ているのですよ。」

サンジャルは深く恥じ入り、彼の心は血を流しました。彼は三つのバーザールの税をなくしました。

＊　＊　＊

神の道において、物乞いは王のようであり、この世の王は埃塗れで道に坐した物乞いである。手に何も持たずにその道に坐す物乞いは、手にすべてを持っているに等しい。数千もの宝を持つ王は、実際にすぐ使えるお金が銀貨一枚たりともないに等しい。この道においては、銀も黄金も尊敬されはしない。なぜなら、高い志以外尊敬されるべきものはないからである。高い志を抱く者は、銀貨一枚すら持っていずとも、この世から心を切り離すことができているのである。

【第十一話】茨の中に財布を見つけた男の話

心の清らかな男が、薪になるような茨を探しに出かけました。茨を地面から抜いていた時、お金の入った財布に出くわしました。男は悲しんで頭に手をやり、神にこう言いました。

「ひどい目に遭わせてくれたものだ。私があなたに何を望んだというのですか？　私が燃やせるものを望んだのに、なぜあなたの御前から、すぐに私を燃やしてしまうものを私にくださるのですか？　私はそんなものを望んでなどいないのに。私はあなたに正義を求めるのであって、暴虐は望んでおりません。茨は欲しいですが金貨は要らないのです。」

＊　＊　＊

もしあなたに真なる人と同じように大志があるなら、自らの大志で自分を完全人間にしなさい。もし王に金銀を望むなら、あなたの心と魂には常に怖れがある。なぜ金銀を求めるのか？　最後には、あなたは自分の魂をあきらめなければならないというのに？　金銀に別れを告げ、魂を保持しなさい。

なぜなら魂は多くの黄金よりもずっと善いからである。マフムードは彼の魂が清貧だったために名声を得た。彼が尊大さで支配したのなら、人々が常に彼の名に言及することなどなかった。スルタンがこのような清貧のゆえに有名になったので、普通の人間たるあなたも清貧で有名になれたのだ。なぜなら、清貧の秘密を知った王たちは、老婆の陰に庇護を求めたからである。

【第十二話】スルタン・マフムードと老婆の話

眉目秀麗なマフムードは、ある日従者たちとはぐれてしまいました。道の途中、アリフのようなまっすぐな杖を持ち、ダールのように腰の曲がった老婆に出くわしました。彼女は頭陀袋を背負い、水車に向かって歩いておりました。王は老婆に言いました。

「そなたには力も素早さもないではないか。そちの袋はそち自身よりも重たいではないか。袋の口をしっかり締めたら、袋を持ってくるがよい。我が馬に載せるがよい。そちは楽をせよ。」

老婆が頭陀袋を馬に載せると、馬は疾風のごとくまっすぐ進みました。王の馬が老婆を置き去りにすると、老婆は口を開いて王に向かってこう言いました。

「王様、もし今日、あたしと共に歩を進めないのなら、最後の審判の日に訪れるであろう苦しみのなかで、あたしはあんたと一緒にいやしないよ。あんたは自分の馬を速く走らせて、あたしが土埃の中、あんたに追いつけないようにしたんだよ。でも、最後の審判の日、もっと馬を急がせたってあんたはあたしの土埃の中で追いつけやしないよ。そんときゃ、どうするつもりかえ? 王様よ、今日そんなに急ぐこたあないのさ。明日も一緒に道を歩もうじゃないかい。」

王は老婆の言葉に大いに涙を流し、手綱を引いて老婆と共に歩んでいきました。

＊　　　＊　　　＊

忠誠についてしっかりと学んだのであれば、マフムードのように神のお導きにより救われることだろう。まさにこれが寛大、忠誠、誠実、親切、諦念、満足なのだ。もしこの話がよくわかったなら、あなたは真の勝者となる。さもなければ、あなたは悔恨の日々を送ることになり、ずっと後悔しつづけることになろう。おお、清貧なる者よ、善行を学ぶがよい。真に清貧なる者の境遇をこうしたスルタンから学ぶがよい。

第十六章

王子は言いました。

「支配を望むことから解放された人間など見たことがありません。この世に生きる者すべてのなかで、王になることを望まぬ人など知りません。誰も支配を完全に捨てることなどできはしないのです。支配ゆえ、その肉体が魂を失った人たちはたくさんいました。あの木星のような賢人(1)は上手いことを言ったものです。「もし一日だけ王になれるのであれば、人は幸せだろう。」」

父の答え

父王は言いました。

「この世の統治は、賢人にとっては、はかなく消えゆくもの。お前は来世の統治について聞いたことがなかったために、この世の統治を選んだのだ。もし来世の統治について知ることになれば、今すぐに両世界の王になるだろう。来世の統治を見た大人《たいじん》らが、一粒の麦で現世の統治を買うわけなどないのだ。彼らは永遠の統治を見た時、現世の統治を手放したのだ。」

【第一話】ハールーン・アッラシード(2)の息子の物語

ズバイダ(3)にはハールーンの血を引く息子が一人おりました。彼は世間のことを全く知らず、人と交わることなく暮らしていました。母は宮殿から息子を出さず、幕帳《とばり》の奥で自分の魂のように慈しんで育てていました。息子の比類なき理性が十分に強くなると、彼の知性を求める心は沸き立ちました。

息子は母に言いました。

「世界というのはこの館だけなのですか？　それともこの館の外に、まだ多くの場所があるのですか？　もしここ以外にあるのならはっきりとおっしゃってください。自分の目で見てきたいと思います。」

母は息子のことを非常に哀れに思い、言いました。

「おお、我が愛しい、幸運な子よ、今すぐにお前を宮殿の外へ送ってやりましょうぞ。平原へと送ってやりましょう。」

母は息子のためにエジプトの驢馬を用意し、供の者を十人求めました。彼らは、その息子一人が世の中を見ることができるようにと、外へ連れ出しました。

その一粒種は世界を見たことがなかったので、世の中に驚きました。偶然、道すがら棺を運んでいる人々を目にしました。みな嘆き、涙を流し、たいへんな悲しみようでした。息子はその時供の者に尋ねました。

「人はみな死ななければならないのですか？」

答えて曰く、

「魂を得た肉体は死のかぎ爪から逃れることはできないのです。死は庶民とか貴族といった身分を問いませんし、誰も死から解放されることなどないのです。」

息子は供の者に言いました。

「こんなことが私に起こったら、どうして私の魂がひどく怖れないことがありましょうか？　死によって堅い石が蠟のように柔らかくなるのなら、私は謎を解きに行かねばなりません。」

その夜、息子は母親の許へ戻ってきました。しかし、彼の喜びや陽気さはすっかり終わってしまった。死という獅子は待ち伏せしているものであり、ハールーンの息子が見たものはこれだったのです。

その夜、息子は母親の許へ戻ってきました。夜の間中、彼は死を怖れて眠らず、若枝は折れ、木の葉のように震えていました。夜明けに彼は町を出ました。神の逆鱗《げきりん》を怖れ、恩寵に別れを告げました。ハールーンは息子を探しつづけましたが、誰からも息子の名前も徴も得られませんでした。

清らかな心の男は話を続けました。

かつて我が家で土を掘る仕事ができた時、家を出てバーザールに向かい、一人の日雇い労働者を求めました。私は痩せて青白い顔の若者を見ました。彼は頭のてっぺんから足の先まで苦痛の化身でした。ツルハシと篩を前にし、もぬけの殻《から》状態で、目覚めてもいず、無意識でもありませんでした。私は彼に言いました。

「土を掘る仕事ができるか？」

「できます。」彼は言いました。「心血注いで、ではありませんが。」

私は言いました。

「お前がいい、この仕事にぴったりだ。さあ、来るがよい。」

その穢れなき若者はこう言いました。

「私は土曜日しか働きません。他の日はだめです。それでよければ働きますが。」

彼は土曜日だけ働いたので、「サブティー[4]」という名前を付けられました。私は彼を家に連れて行きました。男は私のために一人で二人分の仕事をしました。

翌週私はバーザールへ行き、あちこち彼を随分と捜し回りました。彼は狂人でいつもどこそこのあばらやにいると言われました。私はそのあばらやに行き、彼を見つけました。彼はおよそ俗世の人間とはかけ離れた存在でした。苦悩と極度の疲労のなかにおり、死と惨めさの罠に落ちていました。私は彼に言いました。

「お前は病んで苦悩しているので、看病してやろうと思ってやって来たのだ。さあ、今日我が家に来るがよい。お前に同情する者は誰もいないのだから。」

彼はしぶりましたが、ついに立ち上がり、私の申し出を受け容れました。我が家に入った時、彼はこれ以上弱っている人はいないほどにまで弱っていました。苦痛という世界が彼を支配しており、死相が彼の顔にありありと浮かんでいました。彼は私に言いました。

「おお、友よ、私には三つの願いがあります。私はあなたに秘密を打ち明けなければなりません。」

私は彼に言いました。

「何であれ望むことを私に言いなさい。神秘を分かち合う者よ！」

彼は私に言いました。

「我が命が尽きる時、この世という監獄の井戸の底から我が魂が上がってくる時、私の首に縄をかけ、バーザールに引っ張っていってください。そしてこう言うのです。「私は信仰篤き者として振る舞っています。これは、神に逆らった反逆者である者の受ける罰にふさわしい。神に逆らう者はみな、この死体のように卑しく軽く扱われるのだ」と。

二つ目の願いは、私は古いけれどもきれいな敷物を持っているので、それを経帷子にして私をそれに包んで埋葬してください。私はこの敷物の上で多くの祈禱を行ったので、たぶん地中でこの敷物からなんらかの御利益を得るでしょう。

第三の願いは、私の聖典クルアーンを取り、それがかつてはアッバースの息子アブドゥッラーのものだったと識ってほしいこと。そして、邪視がつかないようにとそれをハールーンが身につけていたことを識りなさい。このクルアーンをバグダードにいるハールーンの許へ持って行き、彼にこう言いなさい。「この聖典を私にくれた人は挨拶をしてこう言いました。「よく聞いてください。あなたけ惨めに死肉のように死ぬことはありません。というのも、私は不注意に無駄な自尊心のなかで死にました。私は生を経験したことはなく、死肉のように死んだのです。我が母に祈りの際、どこにいても私のことを忘れてくれるなとお伝えください。」」

こう言うと彼は一つ溜息をつき、息絶えました。神よ、彼を赦し給え。他にどのように死ぬことができるだろうか？　私は心の中で言いました。

「縄を見つけなければならない。そしてすぐに彼の遺言を実行しなければ。」

私は彼の首に縄をかけ、残酷にも彼を地面に引き倒しました。すると突然、天からの声がこう言ったのです。

「完全な無知によって道を外れた者よ、それほどにまで無知であることを恥ずかしくは思わないのか？　我が友に対し、このように振る舞うのか？　天が輪をかけるために彼の首を創ったとしても、彼の首に縄をかけてはならない。神秘主義道で、悲哀によって殺されたこの男に何を求めるのか？怖れるでない、我はすでに彼を赦しているのだから。」

この荘厳な声を聞くとすぐに、怖れで私の両手には力が入らなくなりました。心の中で私はこう言いました。

「おお、無力な者よ、慎むがよい。縄と戯れている場合ではないぞ。さあ、やめるのだ！」

私は友人たちを呼びに出かけ、彼らにあの清貧の徒について語りました。彼らは集まり、清らかな心で敷物に男をくるみ、地中に埋めました。それを終えると、私はクルアーンを取り、出発しました。ハールーンの館の門に早朝着き、ハールーンが現れるまで待ちました。私はハールーンにクルアーンを見せました。彼は喜んで私からクルアーンを受け取り、こう言いました。

「誰がこの聖典をお前に渡したのか？」

私は彼に言いました。

「若い日雇い労働者で、痩せて青白くやつれた若者でした。」

驚くべきことに、私が日雇い労働者と言った時、彼の両目から涙が洪水のように流れたのです。ハールーンは大いに泣き、気絶してしまいました。少しして彼の情熱が戻った時、彼は私に言いました。

「その優美な糸杉はどこにいるのか？」

私は彼に言いました。

「(彼はもうこの世にいないので、代わりに)スルタンが長生きしますように！」

これを聞くと賢者ハールーンはひどく泣き叫び、気を失いました。誰も思い出すことができないほど、彼は涙を流し叫びました。彼の溜息は天に届き、天は四方八方に軍隊を配置しました。それからハールーンは言いました。

「彼が亡くなった時、私についてあなたに何を言いましたか?」

私は彼に言いました。

「彼はその時こう言いました。「あなたは信仰の長ハールーンにこう言わなければなりません。〝驕り高ぶった王にならぬよう気をつけなさい。この日雇い労働の清貧なる者の言葉に耳を傾けよ。私の忠告を受け容れるよう、王国で死体のように死ぬことがないよう努めなさい。なぜなら、もし死体のように死ぬなら、おお、唯一の存在よ、永遠に死肉として残るからです。いつまでこの世に毒されているのですか? 信仰の道を歩み、満足して生きなさい。この世はあなたの魂の前にたちはだかる幕帳《とばり》なのです。でも信仰はあなたの灯火なのです。もしあなたが全世界の王国を手に入れれば、あなたが死ぬ時(あなたは土をかけられて埋葬されるので)それはあなたの上にのしかかるでしょう。あなたは繊細な人で、贅のなかで慈しまれてきました。あなた自身を他人の荷を負うことに慣れさせなさい。今私は語り終えたので逝きます。言うべきことはもう言い終えました。こういう時にあなたは私の言葉など聞かないでしょうから。〟」」

ハールーンの苦痛はまた新たになりました。驚愕によって瞬間ごとに苦痛は新たになったのです。ついにハールーンは男を宮殿につれていき、その清貧の徒を幕帳《とばり》の前に座らせました。ズバイダが幕帳《とばり》の奥に現れ、彼女も話を聞けるようにしたのです。男は話しつづけました。

「私はそこについた時、彼を地面に投げて引きずりました。」

幕帳《とばり》の向こうから悲鳴が上がり、その時海が沸き立ったかのようでした。ズバイダは言いました。

「お前に呪いあれ！　お前を非難します。お前のしたことに対して神がお前を罰しますように！　私の愛しい子を地面に投げつけるなんて、なんと怖ろしいことを！　王《カリフ》の息子だとわからなかったのですか？　首に縄を巻き付けるなんて！　ああ、若くして逝ってしまった息子よ！　ああ、我が目の光、我が命の灯火よ。ああ、我がかわいい優しい子よ、地中に埋められた宝のように埋葬されてしまった子よ！」

ズバイダは息子の墓土を見せてほしいと求めました。百もの装飾で墓を飾り立て、使者に多くの黄金を与え、彼を労《ねぎら》いましたが、ハールーンはさらに多くの褒美を与えました。

その男はたいへん裕福になりました。この話はこれでおしまい。あなたがほかに話があるなら、話してください。

＊　＊　＊

この世での統治は、あの世であなたの重荷になる。自分の館を天に届くほど立派にしつらえても、その館で死ぬのである。なぜ現世に執着して座しているのか？　そこはあなたの永遠の館ではないというのに！　心の中に何があるのか？　あなたはいつもそればかりを考えて望み、それが手に入らないからと悲しんで死ぬのだ。麦一粒分も使うことなく死んでしまうというのに、とても大切なものを集めるのはなにゆえか？　あなたにあの息子の話をしたので、今度は父親の話をしようではないか。

【第二話】ハールーンとブフルールの話

ある日ハールーンが道を歩いていると、狂人ブフルールのいる場所に着きました。ブフルールが言いました。

「おお、友ハールーンよ。」

それを聞いてハールーンはすぐに怒りました。ハールーンは供の者に言いました。

「こんなところで我が名を呼ぶとは、この哀れな奴は誰か？」

供の者らは言いました。

「王様、ブフルールでございます。」

ハールーンはブフルールに歩み寄り、彼に言いました。

「余の名を軽々に呼ぶなどとは、余に敬意を表さないのか？　狂人よ、余が誰か知らぬのか？　余はお前の血を今すぐ地面に流すこともできるのだぞ。」

その賢明な男は答えました。

「よく存じ上げております。あなた様はもし東に石につまずいた老婆がいても、またもしある場所で橋が壊れて山羊が足に怪我をしても、そしてあなたが西にいたとして、なぜこんなことが起こったのかと尋ねられたら、あなたが怖れなければならないのですよ。何も知らぬ者よ、誰もあなたのことなど怖れはしないのです。」

ハールーンはいたく涙を流し、彼にこう言いました。

「もしお前に借金があるなら、一気に余が支払ってやろうぞ。」

高潔なブフルールは答えて言いました。

「あなたは借金をして借金を払おうとしているのですか？　自分の財産など麦一粒分もないくせに。あなたの財産は民衆の財産です。宝庫にあるものはどれもあなたの持ち物ではありません。人の持ち物は返すがいい。誰があなたに人の借金を他の人に回せなどと言ったのですか？」

ハールーンはブフルールに忠告を求めました。すると狂人ブフルールは彼にこう言いました。

「理性があり知識のある者には、あなたのなかに地獄の徒の徴がありありと見えます。あなたの顔からその徴を消しなさい。さもないと、私はあなたに言いましたからな、どうなるかわかっていましょうぞ。」

再びハールーンは言いました。

「もし余が地獄の徒であるなら、余のあのムスリムとしての敬虔な行為はどこに行ってしまったのか？」

ブフルールは言いました。

「あなたは生きている間ずっと罪深かったことに気づいていないのですね。」

再びハールーンは言いました。

「たとえ余が知者であったとしても、余には預言者ムハンマドの血が流れているのだぞ。」

ブフルールが言いました。

「クルアーンの中で「血筋は重要ではない」と神がおっしゃったのを聞いたことがないのですか？」

ハールーンは言いました。

「おお、貧しき者よ、余はとりなしに望みを繋いでいるのだ。」

ブフルールが言いました。

「神に許されていないとりなしなどない。私に何を求めるのですか？」

ハールーンは供の者にこう言いました。

「さあ、馬に乗れ。お前たちは知らないだろうが、この男は余を殺したのだ。」

＊　　＊　　＊

この世に真の統治も真の王もない時、あなたは死して救われることになる。石は十万年残っても、あなたは残りはしない。石があなたより長生きする場所で残りたいとは、なんという望みであることか。心よ、そんなに空を見つめるでない。血の海のようなこの世をどうしようというのか？　気をつけよ、この鍋の中にはおいしい料理がある。だがこの鍋の中には死が入っているのだ。天への旅を始めなければならない。血に満ちたその鍋の蓋は閉めておかなければならない。この沸き立った鍋が血に満ちた時、鍋に指を入れてはならない。蓋を閉めよ。なぜなら、この鍋をどれほど混ぜても毒や砂の入っていないまともな食べ物は見つからないからだ。薄暮の空は血のように赤い。血の中に坐したかのような巡る天は、人を亡き者にするのが生業《なりわい》。この世に生きる人々をご覧なさい。みな土の下に埋められるためにこの世にやって来たのだ。人々はみな、スィヤーヴァシュのように罪のない人たちなのに、殺されてしまう(5)。しっかりとご覧なさい。もしあなたが覚醒の徒であるなら、ほんのわずかずつが集まって百人もの罪なきスィヤーヴァシュとなるのだ。

【第三話】スライマーン（ソロモン）が壺を求める話

ある日、スライマーンが何の苦痛もなく水が飲めるようにと壺を求めていました。その壺が行き倒れの死人の土で造られていないようにと望みました。そのような土をあちこち求めましたが、驚くべきことにそういった土を誰も見つけることができませんでした。

悪魔がやって来てこう言いました。

「死人の土ではない土を持ってきましょう。」

悪魔は海に潜り、海底へと見えなくなりました。海底から土を掬《すく》って、それを土にこねて壺を造りました。

しかし、スライマーンはその壺に水を入れた時、その土がどこから来たのかわかったのです。壺はこうスライマーンに語ったのです。

「私は某の息子の某ですが、水を飲みなされ、なぜ私が何者か尋ねるのですか？　この存在界すべてはとても多くの人々でできています。この人の土だとか、あの人の土だとか言っている場合ではありません。誰の土でもない壺を探しているのなら、あなたの求める壺はこの世には存在しません。あなたが壺を持っていようとパン焼き窯を持っていようと、墓の土でできていることは確かなのです。」

＊　　＊　　＊

一度地獄のような熱い思いをしたとしても、水を飲むための壺になる土というのは、なんと良いものか！　パン焼き窯に造られ、四六時中無理矢理熱い思いをさせられる土は、ひどいものだ。痛みを知るためには墓を見るがよい。数えきれないほど多くの男女が見えることだろう。もしあなたの心の眼が開いていれば、墓土がどのような土なのか見えることだろう。もし砂を一粒ずつ分析すれば、願いが叶わなかった、とても悔しい思いが山と積まれているかのよう。墓が最初の階梯というなら、最後はどれほどの困難に行き着いてしまうことか。もしあの世に平穏を求めるなら、できるだけ墓場に留まりなさい。死を経験することで心が生き返れば、必ずあの世に辿り着くのだから、安心しなさい。

【第四話】托鉢僧に怒った王の話

ある王が托鉢僧の男に怒り、苦痛に満ちた心で御前から彼を追い払い、こう言いました。

「我が王国に一瞬たりとも留まることを許さぬ。」

その貧しい男は王の御前を去り、墓場へ行きました。そこだけが彼が安心していられる場所だったのです。王はそれを聞くとすぐに次のようなメッセージを送りました。

「おお、気の触れた者よ、余の王国から出よと言わなかったか？　逆らう気か？　自分の血を流したいわけではあるまいな？」

托鉢僧は言いました。

「私はあなたの王国から外に出ました。最後の審判の日はさぞ厳しいでしょうが、墓場は最初の階梯ではないのですか？　最後の審判への最初の階梯はあなたの王国にはないのです。あの世に属するのです。女に陣痛が始まった時、その女は現世と来世の間にいて、片足はこの世に、もう一方の足はあの世にあると言われます。おお、愚かな者よ、あなたもこの世にいるかぎり二つの呼吸の間にいるのです。もし呼吸して次の呼吸が続かなければあなたから生の徴は消えてなくなります。騒ぎ立てて嘆いてはいけません。落ち着きなされ。飛び去った鳥は二度と罠に戻りはしないのですから。肉体は魂の鳥の罠だというのに、なぜこの罠に落ち着いて住まうことがありましょうや？」

【第五話】美しい妻を迎えたもののその妻が亡くなってしまった若者の話

ある若者に月のように美しい女が娶《めあわ》され、その妻の美しさは筆舌に尽くしがたいほどでした。彼女はあまりに美しすぎました。その唇は唇に飢えた者らの魂を癒やす霊薬でした。

が、どう語ればいいでしょう、その月のように美しい花嫁が亡くなってしまったのです。どこも具合は悪くなかったのに、お産の痛みで亡くなってしまったのです。

彼女の夫が彼女を埋葬し、その太陽のような顔に土をかけて覆った時、嫁入り時の慣習であの月のような妻の足を洗った薔薇水の瓶を一本持っていました。夫は墓石にその薔薇水を撒きましたが、その薔薇水は彼の血の涙と混ざりました。なぜ男は彼を一人遺して早く死んでしまうような女を愛してしまったのでしょうか。花嫁が男の許を早々に去ろうと考えているのに、なぜ男は結婚の儀で彼女の足を洗ってやったのでしょうか？

＊　＊　＊

あなたと私自身について、私は何と言えばよいのだろう。ああ、悲しいかな！　みな来ては逝くのだ、ああ、悲しいかな！

第十七章

王子は父王に言いました。

「父上はご自分の王国が善人や悪人にとって等しく求められるということをご存じです。卓越した大人《たいじん》や賢人は常に策を用いて権力を求めます。僕はこれまで安心しきった人や心配しすぎる人を見たことがありません。みなそうだったからです。」

父の答え

父王は息子に言いました。

「愛しい息子よ、いったいいつまで続けるつもりなのか？　お前の無知によって、儚いこの世の王権をいつまで求めるのか？　お前の求める王権は一瞬で終わるのだ。この世の荷を自分に課してはならぬ。自分のことも独りでできないくせに、なぜお前は全人類の重荷を背負おうと急ぐのか？　托鉢僧のように亡くなることはたいへんだというのに、王権という喜びによってどうやって死のうというのか？　お前は王権の衰退を見てもまだ王権を求めるとは、わしは全く驚いてしまう。」

【第一話】羊と肉屋の話

苦痛を抱えた王子がこう語りました。

「さほど驚くにはあたらないことですが、羊たちは、無残にも首を切られるために手荒く連れてこられた時、彼らには知性もないので殺されてしまうこともわかりません。しかし、肉屋には誰もが驚かされます。なぜなら、彼には知識も探求心もあるからです。彼も人生において突然首を切られるとわかっているのに、なぜ安心して何らの憂いもなく座り、動かずに心地よい休息をとっているのでしょうか。」

＊　　＊　　＊

これまで代々生きてきた人々をご覧なさい。どれほどの子供が生を享《う》けずして母親のお腹の中で亡くなってきたことか。なんと多くの王子が蟻のように弱々しくなって立ち上がれず、なんと多くの獅子が墓に倒れ込んだことか。この世の脳にはごくわずかの知性すらない。この世はまだ若い息子のソフラーブを殺す父ロスタム以外の何者でもないからである。私は何を言っているのだろう？　酔っ払いのように愚かなことを言ったものだ。この世は頭から足の先まで企みに満ちた老婆《ザール》なのだから。(1)この世はあなたを食べるためにあなたを太らせる。望みが叶わずとも刃の前にあなたの首を差し出しなさい。首を動かしてはならない。天はあなたを平手打ちする。天がもしあなたに平手打ちを喰らわすなら首を叩かれるのだから。平手打ちされてあなたは自分の首を太らせ、ついにはまるまると太った頃合いに食べられてしまうのだ。

【第二話】ハヤブサと家禽の話

ハヤブサが家禽にいらついて、こう言いました。

「人間はあなたを飼って、水や餌が一瞬たりとも途切れないように世話をしてくれます。いつもあなたを敵から守り、あなたに危害が及ばないようにしてくれます。それなのに、あなたはいつも人間から逃げています。なぜそれほど不実なのですか？　人間はあなたに対して誠実なのに、あなたは人間に対して不実。あなたは人間と仲良くしようとしません。あなたほど恩知らずな者のことを聞いたことがありません。私はといえば、もし人間が私を百度使いに出すなら、従順に飛び立ってすぐに戻ってきます。家禽には忠実さはないのです。よそ者のように振る舞うのですからね。」

この言葉を聞くと家禽は口を開いてこう言いました。

「おお、愚かなハヤブサよ、ある日市場を通りかかろうとも、畜殺されたハヤブサを見ることはないでしょう。でも、首を切られ足から吊り下げられ、胸を切り裂かれた百羽もの家禽は目にすることでしょう。これを人間の忠誠心というなら、私はごめんです。これがこの世の忠誠、誠実であるなら、永遠にくそくらえだ。人間が今私を太らせるのは、私を殺すためなのです。もしあなたがそれを誠実と見なすなら、不実のほうがましです。そんな愛情や誠実よりも、憎しみのほうがずっとましなのです。」

おお、巡る天よ、遥か彼方昔より、水車は善人たちの血で回りつづけてきた。思いどおりにならない運命よ、私はあなたのなすことに驚くばかり。大切に育てられた者たちを地面に投げつけ殺してしまうのだから。この世よ、我々を育てて得られるものは何なのか？　私たちを殺してしまう以外に何があるのか？　あなたは地中や井戸の底で血を飲むので、誰もあなたが我々を殺すことに気づかないのだ。この世よ、あなたはいつかは必ず終わりを迎えてしまうのだから、あなたに誠実さを求めることなどできない。あなたの不実が最初に私を不安に陥れ、あなたの誠実さがついには私を墓へと陥れる。天が朝から晩まで回りつづけているのは何のためなのか私にはわからない。星の巡りというこの不思議な書は、本を読んで知識を得たいと思うのに読ませてはくれず、私を何度も何度も血の海の中で転がし、死へと追いやる。私はいつの瞬間もこの世のなす業が何なのかわからない。この世の何が頭で何が足なのか、まったくわからないのだから。球のように頭と足の区別もつかないのだから、私はすっかりろくでなしになってしまった。この世で魂が無意識に呼吸している時、知識があるなどと大声で披露することがどうしてできようか？

＊　　＊　　＊

【第三話】亡くなった人の行状が見える者の話

亡くなった人の魂を露《あら》わにすることのできる、有名な識者がおりました。彼は一瞬でも墓に足を留めれば、その墓場の中で起こったことすべてを見ることができるのでした。ある大人《たいじん》がその者の知性を試そうと、ウマル・ハイヤーム(2)の墓へと彼を連れていき、彼にこう言いました。

「この土には何が見えるかい？　清らかな見者よ、私に知らせておくれ。」

その敬虔な男はこう答えました。

「ここにはまだ望み半ばの男がいます。神の御前のほうへ顔を向け、知識を誇っていました。今自分の無知が明らかとなり、彼の魂は恥ずかしさのあまり冷や汗をかいています。彼は恥をかくことと恥をかかせることの間で戸惑っています。あれほど勉強したことで彼は不完全になったのです。」

＊　＊　＊

七つの天のような輪状の把《と》っ手《て》で、どれほどあの世の扉を叩いても、乞食のようにあしらわれるのだから、人はその存在をどう誇ることができるというのか？　始まりも終わりも見えないのだから、誰もこの世の頭も足も見つけることはできない。天は球である。あなたが人生を賭して球を追いかけても、その球の頭も足も決して見つけられはしない。憎しみに満ちた谷のようなこの世を、最初から最後までどのように歩けばよいのか、誰が知っていようか？　この世すべてを私は百度も歩き回った。が、どうすればよいかわからず、完全に惨めになってしまった。この世は苦痛と悲哀に満ちている。もしあなたに時間があろうとも、それはすぐ刃のようにすぐに過ぎてしまうのだから。私にとってこの運命は砂時計のように振る舞う。それと戯《たわむ》れても誠実さは残らず、私は運命に支配されているのだから。

【第四話】気の触れた男がこの世について答える話

ある人が、気の触れた男に尋ねました。

「この世のなす業についてどのように思いますか？」

男はこのように答えました。

「この世は悲哀と苦痛に満ちています。私にはまるでチェス盤のように見えます。列にきちんと並んで静かに立っている時もあれば、対峙する軍隊のように繰り出すこともあります。ある人が自分の居場所から出され、別の人がその場所に置かれます。時には王があらゆる方向から取り囲まれ、自分の館から卑しく追い出されてしまいます。人はこのようにずっと続け、ついにはこの盤がこなごなに割れて完全になくなるのです。あまりに遊びを続けすぎたので、あなたは本当のことから遠ざかってしまったのです。あなたは鷹で、遠くまで飛べる逞《たくま》しい鳥なのだから、翼を広げてこの世から飛び立てばよいのです。」


【第五話】狂人の男が至高なる神の御業《みわざ》について質問される話

ある人が狂人に尋ねました。

「おお、狂いし者よ、神は何をなさるのか？」

彼はこう答えました。

「もしあなたが子供の石板を見たことがあるなら、この世は石板みたいなものだと思えばよいのです。なぜなら、神は何か新しいことをそれに書き付けることもあれば、それをすっかり消してしまうこともあるのですから。しばしそれを見てみれば、書くことと消すことしかしないのです。」

＊　　＊　　＊

人間よ、悲しきかな、この世よ、悲しきかな！　この子供の石板に書かれたことに呪いあれ！　女たちが手に描く模様は、たとえその時はそれが美しくとも、心がそれらに魅せられないほうがよい。なぜなら、それらは数日しかもたないのだから。永遠に続かない模様は、手にとっても足にとっても装飾とはならない。小さな硬貨で型押しして作られた模様は、じきに消えてなくなってしまい、永遠に続きはしない。この世の喜びは数えきれないとしても、それはこういった模様以上に持続するものではない。預言者ムハンマドはこの世の人間の指導者である。この世の道のどこに彼が立っているか、ご覧なさい。貧しさという王国で、彼は誇らしげに顔を上げている。貧困という上衣を投げ捨てたのだ。飢えという食物でいっぱいの百もの食盆を広げ、困窮という王国に絨毯を広げたのだ。この世という王国に土を投げ、地面が天に届くようにしたのだ。貧しさという王国で、私には誰も手に入れることはできないと思うような完璧さを、彼は手に入れたのだ。

【第六話】ファーティマ[3]の嫁入り道具の話

ウサーマ[4]が語った話です。

預言者ムハンマドが、アブー・バクル[5]とウマル[6]を呼ぶようにと命令を出されました。アブー・バクルとウマルが御前にやって来ると、ザフラー（ファーティマの別名）をも呼び出してこう言いました。

「そちの嫁入り道具をすべて私の許に持ってきなさい。そちは身上丸たる愛しい娘ではあるが、そちを今日アリーに嫁がせようと思うのじゃ。」

一粒種のザフラーはその場を辞し、すぐに手で引く臼石を一つ持って家から出てきました。棗椰子の葉で編んだ古びた莫蓙を一枚と、歯ブラシ、きれいに洗ってあるスリッパ一足、木でできた椀に羊皮のしっかりしたクッション、七枚に裂けたチャードルも持ってきました。

ありとあらゆる物の支配者である預言者は、首に臼石を提げました。アブー・バクルは莫蓙を取り上げ、ウマルはクッションを持って出発しました。預言者の光であるファーティマは、あの古びたチャードルを被り、スリッパを履き、歯ブラシを手に持ちました。

ウサーマが続けます。

私はあの椀を手に出発しました。アリーの部屋に到着すると、私は涙で人々の顔を見ることができませんでした。預言者が言いました。

「徳高きお人よ、なぜこれほどまでにひどく嘆くのか？」

彼に言いました。

「ザフラーがあまりに貧しいので、私の魂と肝は血と石に変わってしまいました。現世と来世の支配者でおられるお方の娘御の嫁入り道具がこのありさまとは。カエサルやホスローが何を持っていたことか、なのに預言者は現世で何をお持ちか。」

私に向かって預言者はこうおっしゃいました。

「ウサーマよ、すべてみな死すべき運命にあるのだよ。そなたの手足や顔もからだも残りはしないのだ、そなたも例外ではない。」

＊　＊　＊

これが預言者の愛娘の結婚だったのだ。あなたはこの世に何を望むというのか。預言者がどのように生活されていたか知って、あなたはまだこの世の物をかき集めたいと思っているのか？　この世はあなたに困難を突きつけるのが仕事。なのに、なぜあなたはこの世の物を集めるのか。あなたの首にのしかかる重荷になるというのに。あなたが太陽のように完璧だったとしても、結局はあなたの王国は滅びるのだ。昼間は太陽は王のように天高く昇っても、太陽は必ず月のような弱い光となり、王座から影を地に落とす。もし蒼穹というこの紺青の幕帳《とばり》がなく、時が巡らなければ、人は不幸にならずにすんだのに。天はどこもかしこも曲がっていて、どこにも真っ直ぐな部分を見いだすことはできない。この世に生きる人々は天からその歪みを受け継いだのだから、一瞬たりとも正直さを得ることはないだろう。天は人を殺してその血で巡るようになり、天にある水瓶の縄を人間の喉にかけて人間を首吊りにして殺した。つまり、(7)運命によって人間は大勢殺されてきたということである。

大地は牛の背に常にのっているが、巡る天は決して休むことはない(8)。天輪が急ぎ巡るのに大地たる牛が動かないというのはどういうわけなのか、私にはわからない。天があなたの命を狙うのは、あなたのことが気に入らず、あなたとは意見が異なり、あなたの敵だからだ。牛の背にのっている大地はあなたの敵なのだ。牛は常にあなたの人生の邪魔をする。この大地にいつまでいるつもりか？　くびきを牛につないで、あなたは牛から解放されて去るがよい。窪みには牛、牛の背には球、天がポロの棒を握っているのだから、誰が一瞬のうちにポロをする機会を得られましょうや！　みなあっという間に死んでしまい、遊ぶ暇などない！　だが、人々の心の死んだ、心乱れた肉体で、天は腹を満たすのだ。歪んだ天に辿り着く道などない。縄を編むように、自分にどれほどこだわり、あれこれ思い悩んでも、その神秘は解けない。もしあなたが生涯天に対して愛を抱こうとも、天は仕立屋のように縫うか裂くかしかしないのだ。この天はまるでオーブンのように火の塊で赤くなっているが、あなたは一片の丸パンでさえ喜んでその食卓で食べることはないだろう。いつ天の月は石を紅玉《ルビー》に変え、天から好機を与えられるというのか？　決して望みが叶うことはない。天は月自身を、毎月馬蹄《ばてい》の形のような三日月に変え、天が利益を得ることはないのだから、あなたが利益を得ることなどありえない。この巡る天が自分のゲームのために、一瞬ごとにコンパスを弄《もてあそ》ぶかどうか、誰が知るというのか？天よ、一握りの不幸な人々の命を弄び、それを殺してしまうのか。天よ、あなたはさまざまな時代を巡ってぐるぐると回り、めまいはしないのか？　そうやって、人々の命を奪うことになんの得があるというのか？

おお、天邪鬼《あまのじゃく》である天よ、世界を亡きものにし、善行をほどこさなかった。人々の血でいっぱいの、蓋を被せられた血の盥《たらい》のよう。あなたは絶えず殺し、黙っている。あなたには人を殺すこと以外にすることがないのに、なぜいつも悲しむのか？

年老いた天は、生後六日目の子供のような人間を、突然高みから現世という低地に投げつける。齢《よわい》六十の不幸な者よ、ごく短い間この世にあなたを送り込んだが、それはあなたを騙したのだ。わずか生後六日の子供のように、あなたは気づかず、あなたはこの世に執着した。なぜなら、この六日間の子供時代はあなたを迷子にしたのだから。たとえあなたは今日老いて無力であっても、墓の中ではあの世に向かう子供のよう。獅子のように強いとなぜ自分を誇示するのか？　あなたがどれほど誇り高くとも、じきに俯くことになるというのに。あなたは子供のよう、立派な体格も力もない。あなたの襁褓《むつき》が経帷子、あなたの揺り籠は墓場。唯一無二の人間よ、髪は真綿《まわた》のように白くなった。この世はあなたを真綿のように風に飛ばして失くしてしまいたいからだ。この世は火のよう。おお、無力なる老人よ、あなたは真綿のよう。この二つは共にはいられない。激しい火は真綿と共にはいられないのだから、おお老人よ、火のそばに寄らず、立ち上がって逃げ、この世に執着することなかれ。

【第七話】若い娘と結婚した老人の話

ある老人が若い娘と結婚しました。しかし、彼らの間には調和が全くありませんでした。その老人は絶えず妻を求めましたが、乳と葡萄酒のように完全に交わることはありませんでした。年老いた男には友人がおりました。友人は彼に言いました。

「おお、悩み疲れた者よ、奥さんとはうまくいっているのかい？　君は年寄りで奥さんは若い。感心しないね。」

老人は言いました。

「私はわけがわからないのさ。彼女に接吻を求めるといつも、「あなたとの接吻はいやよ。死人の口には綿が似合うものよ。どうしていつも私の唇を奪おうとして、綿みたいな白髭を私の口に押し込むの？」だってさ。」

＊　＊　＊

さあ、偽の喜びという綿を耳から外し、真実に耳を傾けよ。なぜなら、綿はお前の髪の周囲にあってこそふさわしいのだから。綿を耳から外したなら、自分の髪が綿のように白くなって年を取ったのを見ることだろう。自分の背が老齢で弓のように曲がり、矢のように真っ直ぐだったのに自分の罪で曲がってしまっていることだろう。死ぬ前に神に自分を目覚めさせてほしいと願いなさい。あなたは無知に酔っていたのだから、正気を求めなさい。持っているものすべてを男らしく投げ出しなさい。なぜ女々しく運命に従おうとするのか。戦うべきであろうに！　なぜ無知という泥を拭《ぬぐ》おうとせず、無知から抜け出そうとしないのか？　永く生き続けて頭を土中に埋めることはないとでも思っているのか？　この世から土という覆いを取りなさい。男らしくお盆の蓋を取りなさい。もしこの覆いを取れば、この世は幸運に満ちた場所へと変わるだろう。多神教を信じて死ぬとはなんということか、人々がお前の全身に血の涙を降らすことだろう。人生を信仰の道に捧げた者が、結局のところ、どのようにして不信心者として死ぬなどということがありえようか？

【第八話】托鉢僧とアブー・バクル・ヴァッラーク(9)の話

ある夜、神に帰依する男が、アブー・バクル・ヴァッラークがひどく泣いている夢を見ました。夢で男は彼に言いました。

「神のおそばにいる男よ、なぜこんなに激しく泣いているのか？」

アブー・バクル・ヴァッラークは答えました。

「どうして泣かずにいられようか？　困惑して彷徨わずにいられようか？　なぜなら今坐っている場所から、しばし墓を見ていたのだが、今日運び込まれた十人のうち、一人として信仰篤い人はいないのだ。これは大いに悲しむべきことだ。この世で七十年信仰篤く生きた者が不信心になったなどということがあろうか？　これが理由で、今私は泣いているのさ。」

＊　＊　＊

親愛なる人々よ、人間が行き着くところはとても難しく見えるが、それは人間が無知のなかで生きているからだと思う。最後を怖れて知識を得た人は誰も、一瞬ごとに悲しみが新たになる。こういう人は怖れるあまり、信仰と不信仰の間で動けなくなり、不信心でもムスリムでもなくなる。希望もなくして不信心と信心の間に坐りこみ、結局最後はどうなってしまうことか。

【第九話】二つの墓の間に埋めてほしいと願った老師の話

その老師は、齢七十過ぎて瀕死の苦しみに喘いでいました。ある人が彼に言いました。

「賢者よ、私はあなたをどこに埋葬すればよいか？」

老師は言いました。

「私の信仰は弱まっている。私はムスリムと一緒に埋めてほしいとは思わん。私にはムスリムの光がないのだから、信仰篤き者たちの墓場で私に何ができるというのかね？ ユダヤ人と一緒の埋葬もごめんだ。奴らは預言者ムハンマドのことが大嫌いだからな。この二つの墓の間に私の場所を見つけてくれ。あっちにもこっちにも属さないようにな。私はイスラームの道を歩んできたわけでもないし、ユダヤ教徒の道を歩いてきたわけでもないのだから。」

＊　＊　＊

この世とあの世の間で迷っている人は、これからどうなるかわからないのだから、中間にいるべきである。あなたはこの道（神の御前に辿り着く道）への一歩を踏み出さなかった。これまで長い時間があったのにどこで何をしていたのか？ この世ではあなたがしなければならないことは何もない。あなたにはあの世でなすべきことがある。あの世であなたは多くのことをなさねばならない。魂が辿り着きたいと願う、困難な道が待ち受けている。そこを歩んでいくことは非常な困難がつきまとい、魂は死と隣り合わせで危険に晒される。もし魂が血塗れになれば危険である。魂の中に現れたこの海はなんと大きいことか。始まりも終わりも見えない。数千もの魂と心がこの世からあの世への道を歩んで血に塗れたが、一つの魂すらもそれに気づいていない。灯火のような魂ひとつひとつが、頭の中であれこれ思い悩んでいることなど、誰が知っていようか。目の前に横たわる道のせいで、私たちの悲しみは一瞬ごとに増すばかり。信仰の光の灯火は道にかかげられている。それが突然消えてしまったら、どうすればよいのか。

【第十話】スフィヤーン・サウリー(10)——彼に神のご加護あれ——の話

スフィヤーン・サウリーは、若くしてせむしになり弓のように背が曲がっていました。ある人が言いました。

「あの世のイマームよ、若いのになぜ背中が曲がってしまったのですか？　まだ背が曲がってしまう時期ではないというのに。曲がった背のあなたを見るとは。何があったのですか？　聞かせてください。話して、私に教えてくださいな。」

スフィヤーン・サウリーが語りはじめました。

私には常に私を導き、道を示してくれた師がおりました。彼が亡くなる際、私は彼の枕元に行き、師が哀れな状態なのを見ました。彼の精神はいたく動揺しており、彼の血は海のように沸き立っていました。彼の心も魂も嫉妬の炎に満ち、数百もの涙の粒が睫毛一本一本から滴《したた》り落ちていました。衣服に包まれていても木の葉のように震え、彼の心は死の淵にあって絶望に満ちていました。私は師に言いました。

「師よ、どうなされたのですか？」

師は口を開いて言いました。

「我が信仰が消えようとしている。天の声がしたのだ。「お前は我に拒絶されたのだ。さあ行け、お前は我にふさわしくない」と。」

この言葉を聞いた時、私は一撃を喰らったかのようになり、私の背にこぶが現れたのです。師がその時に語った言葉が確信に満ちていたので、私の背はこのようになるにふさわしかったのです。師に割り当てられたものがこれなのであれば、弟子である私に信仰への希望は残されているはずもありません。師の最期がこのようだったので、私は彼の弟子であることをやめたのです。

＊　＊　＊

灯火が風に晒されている時、私にはそれがどうやったら消えずにいられるかわからない。あなたの魂の灯火が突然消えたら、あなたがあなたでいるかぎり、進むべき道を見つけることはできないだろう。消えた灯火をどれほど探しても、それから光を得ることはできない。いつまで無駄な努力をしつづけるのか？　消えた灯火を嘆くでない。残念ではあるだろうが、自分の心を悲しみで満たすな。死んで悲しみから解き放たれた犬は気楽で羨《うらや》ましいことだ。だがアーダム（アダム）の子孫はそうはいかない、可哀想に！　死後に最後の審判の日がなかったならば、誰も死ぬことを厭《いと》わなかっただろうに。黙して語らぬ者らの墓に教えを求めよ。もし教えが得られるなら彼らから教訓を得よ。知識をもって再び生きよ。真に生きる者よ、死ぬでない。最後は死だとしても。にっちもさっちも立ちゆかなくなったユダヤ人は預言者の食卓へと導かれた。あなたももし事にゆきづまってしまっても、この意味でユダヤ人に劣ってはいないだろう。

【第十一話】ユダヤ人がムスリムになる話とその人の心的境地についての話

ダマスカスに一人の老師がおり、定時に旧約聖書を読むのを常としていました。預言者ムハンマドの名が出てくるとそこを消したり省略したりしました。翌日、旧約聖書を開くとまだ預言者の名が書いてあったので、彼はそれを消しました。が、また次の日に預言者の名を見つけるのでした。

ある日彼は不安になり、自分にこう言いました。

「泥で太陽を隠すことなど私にはできないのだから、こんなことをしても無駄だ。おそらくこの何度も現れる指導者は本物なのだ。」

彼はヤスリブ（メディナの古名）に行くことに決めました。

彼は日中暑い時間にそこに着きましたが、どこに行けばよいかわかりませんでした。預言者のモスクに着くと、偶然アナス[11]がやってきました。老師はアナスに言いました。

「清廉なる人よ！　預言者の許へ私をお連れください。」

アナスは泣きながら老師をモスクへ連れていきました[12]。そこで老師は人々がうろたえた様子で座っているのを見ました。ミフラーブの前でスィッディークが頭を垂れ、彼の周囲に教友が座っているのを見ました。

老師は目の前にいるスィッディークが預言者だと思い、彼にこう言いました。

「神の御前にいる特別な使徒よ、この迷いし老人がご挨拶申し上げております。」

みな預言者の名を耳にしたため、首を切られかけた鶏のように震えました。彼らの目からは血の涙が溢れ出しました。預言者の教友たちはなんという洪水を起こしたことでしょう！　群衆から叫び声が上がり、まるで各人の心に百の蠟燭が灯ったかのようでした。その場から動けなくなった異邦人の老師は、人々の嘆きで心に傷を受け、人々にこう言いました。

「私は異邦人です。ユダヤ人なのでイスラーム法に浴すこともありません。何か言ってはならないことを私は言ったのでしょうか？　何か、私独り胸の内にしまっておかなければならなかったことを言ったのでしょうか？　さもなければ、なぜこれほどまでにひどく泣くのですか？　私はこのような形式や儀式を知らないのです。」

ウマルが彼に言いました。

「あなたに落ち度があるがゆえにこのように泣いているのではありません。けれど、おお、無力な男よ、預言者が逝って今日が七日目なのです。あなたの口から預言者の御名を聞いたので、我らみなの魂もあなたの魂のように苦痛でずきずきと痛むのです。我らは預言者に会いたくてたまらず身を焦がすこともあれば、預言者との別離で酷寒の中に身をおくこともあるのです。ああ、悲しや、世を照らすあの太陽よ、彼のいない今日、我々は太陽の光に透けて見える微粒子にすぎません。ああ、悲しや、大海原に眠るあの真珠よ、彼なしでは我々は一粒の雫《しずく》にすぎません。」

老師はやっと謎が解けた時、悲しみと悔しさで自分の衣をびりびりに引き裂きました。彼は目から、雲が春に降らせる雨よりも多くの涙を流しました。その日の多くの叫びと嘆きによって、彼は心が張り裂けるような悲しみに再び苦しめられました。ついに熱情が和《やわ》らいだ時、理性が戻り、心から力がなくなりました。ユダヤ人は言いました。

「私のために一肌脱いでくれませんか。私に預言者の服を一枚持ってきてください。私に預言者の顔を見ることが許されないなら、一度でいいから預言者の匂いを嗅がせてはもらえまいか。」

ウマルが彼に言いました。

「服を求めるのはかまわないが、ザフラーに頼まなければ。」

アリーが言いました。

「誰が彼女の許へ行けるのか？　誰に対しても扉を閉ざしているというのに。この一週間ずっと地にひれ伏しているのだ。誰よりも悲しみが深いからだ。深い悲しみで一言も言葉を発さず、嘆きで一瞬たりとも安らぐことがないのだ。」

すべての教友たちは悲しみと苦悩のなか、ついに天国の淑女たるザフラーの許へ行きました。一人が扉を叩くと、彼女の声が返ってきました。

「私から昼が去り、夜が私を支配してしまったというのに、私のようなぼろの敷物に取り残されたみなしごの扉を叩くのは誰？　私のようなぼろの筵《むしろ》に坐った囚われ人の扉を叩くのは誰？　死がその命を狙っている私のような嘆き人の扉を叩くのは誰？」

教友たちが事の経緯を彼女に話すと、ザフラーはこう言いました。

「預言者のおっしゃったとおりです。神に召される時に私にこう囁かれたのです。「私を愛する旅人がやって来るだろう。敬虔で善を願う者だ。この弊衣をその人に渡すがよい。それが彼のすべての望みだからだ。私から彼によろしく伝えておくれ。」」

弊衣が与えられると彼は袖を通しました。預言者の匂いを嗅ぎ、彼は喜びで興奮しました。その匂いによって彼が誠実さに導かれた時、彼はイスラームに改宗し、預言者の墓参りを望みました。教友たちが彼を墓に連れて行くと、彼の心は興奮し、彼の身体は軽くなりました。しかし、預言者の墓土の香りに彼は倒れ、彼の清らかな魂は天国へと上ったのです。悲しみ嘆いていた老人は魂を捧げ、預言者の墓土に頬を寄せたのでした。

＊　＊　＊

もしあなたが恋する者であるなら、信仰においてこの者のようにするがよい。愛の対象を熱く想う蠟燭のごとく、自らの灯を消すのだ。

第十八章

王子が父王に言いました。

「その印章がとても貴重なのですから、せめてその謎が何なのかお話しください。もし僕がその印章を得られないのなら、せめてその性質を知ることで喜びを得たいのです。」

父の答え

父王は紅玉《ルビー》でできた宝石箱の封印を解き、真珠のごとき貴重な言葉で次の話を始めました。

【第一話】ブルキヤーとアッファーン(1)の話

スライマーン（ソロモン）の王国の印章を求め、ブルキヤーはアッファーンを伴って出かけました。七つの海の真ん中に洞窟があり、そこへの道を見つけるのは至難の業でした。妖精が蛇の姿になって現れ、アッファーンにこう言いました。

「かくかくしかじかという場所にある枝の葉の汁を集め、それをお前の足に塗ると、荒野を早く歩ける男のように海面を歩けるようになるだろう。」

二人はその場所に着き、自分たちの足に葉の汁を塗りました。親指から力強く放たれた矢のごとく、彼らは海を渡りました。ついに、その熱心な二人は七つの海の真ん中で自分たちの望みに到達しました。誰をも寄せつけないほどの高く見上げるような山にある洞窟が現れたのです。たとえその二人は友人だったとしても「洞窟の友」のようではありませんでした。

洞窟の前には寝椅子があり、その上に幸運な若者、スライマーンが眠っていました。彼の指には指輪が一つはめられており、それは誰にも払えないほどの、木星以上の値打ちがありました。寝椅子の足許には大蛇がとぐろを巻いて眠っており、頭がどこで尾がどこなのかわからないほど大きな大蛇でした。大蛇は男たちが来た音で目覚め、尾をまるで炎のように激しく動かしました。アッファーンは怖ろしくなり、耐えがたい痛みに襲われました。友に言いました。

「前に進むな、お前の生命を危険に晒すな、よく考えるがよい。スライマーンの印章のためにお前の生命を犠牲にするな。死んでしまったら彼の王国をどうするというのか、ムスリムよ。」

ブルキヤーは彼の言うことを聞かず、進み出ました。世界の王の寝椅子に近づいたのです。彼が指輪に近づくと、大蛇が炭のように黒くなりました。恐怖でブルキヤーは跳び上がり、その謎の意味をよく考えました。神の御前からお言葉がありました。

「もしお前がスライマーンの王国を手にする必要があるなら、満足が肝要。それは太陽にすら影を投げかける永遠なる王国なのだから。」

スライマーンはそれほどまでに大きな王国を有したにもかかわらず、籠を編んで生計を立てることに満足して人生を終えたのです。

【第二話】スライマーン（ソロモン）と彼の絨毯の話

ある日スライマーンは軍を率いて進んでおりました。彼は絨毯に坐り、その絨毯は宙に浮いていました。突然彼は自分の王国に思いを馳せ、「今日私のような王がこの世にいるだろうか」との思いが心をよぎりました。すると、かの素晴らしい絨毯が落ちはじめたので、スライマーンは風に向かって叫びました。

「絨毯よ、なぜこのようにしたのか。誰を地に落とそうとしているのか？」

風が答えました。

「おお、スライマーンよ、私は非難される立場にはありません。あなたはそのような考えが自分の心に芽生えないようになさるべきです。神の御前から私は命令を受けています。スライマーンが自分の心を守る時、彼の絨毯を守れと。さもなければ彼の命令に従うなと。一瞬あなたは王国や王権のことを考えたので、あなたの絨毯は落ちはじめたのです。」

＊　　＊　　＊

あなたの王国が消滅しないようにあなたは常に満足していなければならない。王権や王国の最も重要な特質は満足以外の何物でもないからである。しかし、満足の最も重要な特質とはもう何物をも必要としないということである。もしあなたが自分はもう何も必要としないことを誇りに思うなら、あなたは王である。もしこの世の王になりたいなら、誇ることを慎み、しばし満足せよ。スライマーンが持っていた指輪とは満足だった。彼が持っていた指輪によって、彼はあの世を支配していた。彼が持っていた王国はとても大きかった。なぜなら彼は籠を編むことで満足していたからである。天空から一つの丸い円盤だけで満足しているため、太陽は空の王なのである。月に一度丸い形で満足しているため、月は王国として尊敬されるのだ。足を失った時、どうして小道を必要とするだろう？　王がいる時、ちっぽけなレイの王権などを求めるだろうか？　もしあなたが全世界の王権を手にしていようとも、王がいなければ、あなたにとってはあなたを一瞬ごとに命の危険に晒す不吉なものとなるだろう。

【第三話】王《カリフ》マアムーン⑵と小姓の話

王《カリフ》マアムーンには小姓がおり、彼にはいかなる魅力や優雅さも欠けてはいませんでした。彼の美の完璧さは太陽のよう、彼と結ばれる可能性はごくわずかでした。彼の巻き髪は麝香《じゃこう》漂う罠で、黒い巻き毛はくるくると渦を巻き豊かに波打っていました。もし彼の巻き毛が輪を描いていなければ、麝香の香りを振り撒きはしなかったでしょう。弓のような彼の眉についてどう表現すればいいのでしょう？　心奪う彼の巻き毛は鴉の濡れ羽色。彼の紅玉《ルビー》のような口という愛によって、真珠のような歯で、恋する者の心には数千もの穴が四方八方から開けられました。その穴の美しさを問うのは意味がありません。なぜならその穴はあまりに狭くて息をする場所もないからです。

マアムーンは長いこと、その小姓が自分と親しくなることを切望していました。マアムーンは、その妖精のような美男が自分のことを愛しているかどうか、知りたいと思いました。その小姓の心がマアムーンを愛しているかどうか、マアムーンに対して誠実であるかどうか、愛される立場として愛に誠実なのか、愛されるにふさわしいかどうか、知りたかったのです。

偶然ある日、心が苦痛に満ちた人々の一団が、バスラからバグダードにやってきました。彼ら曰く、「信徒の長が我らに正義をお与えくださいますように。なぜなら、我々はバスラの王に不平があるからです。これまで我々が味わったことも聞いたこともないほどの圧政をしいたのです。もし王《カリフ》が彼から我々の正義を取り戻してくださらないなら、我々の不平で王《カリフ》は落ち着いて暮らせなくなることでしょう。」

マアムーンは内密にその人々にこう言いました。

「今すぐに余のこの小姓に来てくれるよう頼みなさい。おそらく彼は王の地位を受け容れ、これ以後あなた方を手助けするだろう。」

そこで人々は王にこう尋ねました。

「もしこの小姓が我らの王になれば、みな彼の統治に満足し、あの暴君の圧政から解放されるでしょう。」

すると王は、小姓のほうを向き、彼が愛に誠実かどうかみようとしました。白銀の胸の小姓に、マアムーンはこう言いました。

「そなたはこの地位についてどう思うかね？　もしそなたがあの地域に向かおうというなら、そなたを支配者と任命する書簡をしたためようぞ。」

小姓は黙ったままでしたが、彼の心はバスラへの欲に沸き立っていました。その時マアムーンはその月のような美男が、王への愛など全く抱いていないことを知ったのです。マアムーンの心はその心奪う者から翻《ひるがえ》りました。その愛しい者のしたことに目眩《めまい》を覚えました。王は彼に対する愛を後悔し、その得たものによって心かき乱され、心の中でこう言いました。

「余の愛は間違っておった。余の愛する者が余の愛に値しないなどとどうして知り得ただろうか。」

王は、私室で自らの手ですぐに支配者宛にこう書簡をしたためました。

「余の小姓がそちらへ行く時、我が名で書簡を持参します。町も通りもバーザールも、バスラ中を即刻飾り立てなさい。冷たい飲み物を持ってきたらその中に毒を入れるのです。その飲み物を飲めば、彼はすぐに死ぬでしょう。そうしたら触れ役を用意して、あらゆる通りやバーザールにこう宣告するのです。「王より王権を重んじた者は誰でも、これの十万倍もひどく罰せられるにふさわしいのだ。」」

＊　＊　＊

神はご自身のためにあなたを創造なさった。ご自身の御前にあなたを選ばれたのだから、神はあなたという無知な者が一瞬たりともご自分以外に意識を向けることをお許しにはならない。そしてもし、神があなたにそれをお許しになれば、あなたにとって良からぬことが起こったことになる。あなたは眠っていて気づかないだけだが、目覚めたらこの館から追い出されていたと知るだろうから。この世の神があなたに次のように言う時、あなたにとって進み行くことがなぜそれほどたいへんなのだろうか？「もしそなたが我のほうへと歩んでくるなら、我は喜び勇んでそなたを出迎えようぞ。」

神はあなたを呼んでいるのに、あなたは眠っていて気づかない。なぜぐずぐずしているのか？　心取り乱した者よ、あなたは駱駝よりも価値がない、おお、鐘の音に促されて出発する、神の御前の者よ。

【第四話】アスマイー(3)と彼を招いた主人と駱駝追いの黒人の話

無比の老師、アスマイーが次のように語りました。

ある夜私はアラブを旅していました。翌日、寛大な人が私を招いてくれましたが、彼の許には大いに苦悩する黒人がいました。頭から足まで鎖で縛られ、竪琴の高音のように憐れみを誘う悲しげな声を上げていました。彼の心は蟻の目のように細く、彼は悲しみのあまり、本来持っている陽気さをすっかり失くしてしまっていました。

私はその不運な黒人に「なぜ縛られているのか」と尋ねました。

彼は私に言いました。

「私は罪を犯したのです。それゆえ、私はこの鎖と枷《かせ》に苦しんでいるのです。客人には、私の主人に対して、普通なら言葉に出して言えないことでも言う権利があります。もしあなたが今彼に私を許すよう頼んでくれれば、ご主人様は客人のために私を許すことでしょう。」

食事が並べられ、主人が座りましたが、アスマイーはパンに手をつけず、こう言いました。

「私は自分の魂の血を飲むことなどできません。もし彼をお許しになるなら、私はパンをいただきましょう。」

主人はアスマイーに言いました。

「黒人の魂は火の中で消滅してしまうがよい！　我が心は彼の恨みに対する怒りや悲しみで満ちている。彼の犯した罪は非常に重い罪なのです。」

アスマイーが、「彼はどんな罪を犯したのですか、ご主人、おっしゃってください」と聞くと、主人はこう答えました。

「この邪な黒人は、暑い最中、重荷を積んだ屈強な四百頭の駱駝を連れ、物憂い声で歌いながら全速力で駱駝を追い立て、あの暑さのなか、駱駝に餌も水も与えず、十の宿場を進ませたのです。黒人の甘美な声に促され、駱駝たちは空を飛ぶように道を進んだのです。奴は歌いつづけ、駱駝たちを歌で陶酔させ、長く辛い旅路の末、四百頭の駱駝は死んでしまったのです。奴は重荷を背負った駱駝たちに歌いつづけたので、駱駝たちは喉が渇いてとうとう死んでしまったのです。一つの歌で四百頭の駱駝が命を失ったのですよ。こんな境地を示した人が果たしているでしょうか？」

＊　＊　＊

この道の苦痛に対するあなたの辛抱は動物にも劣るのだから、どうして私はあなたをこの道を歩む者と見なすことができようか。寛大なる者よ、駱駝に歌があるなら、あなたには神の御前からの白もの声がある。一つの歌によって一頭の動物が陶酔して死ぬ時、あなたは両世界において神の親友であり、一頭の動物よりずっと価値があるのであり、あなたはより勝っているのだ。神からあなたに絶えずメッセージが届くというのに、あなたの地位は動物よりも低いのか？　神はご自身のためにあなたを創造なさった。神はあなたの魂も財産も、天国と引き換えにあなたから買ったのだ。だがあなたは自分の存在にのみ夢中になり、自惚《うぬぼ》れにおいては悪魔を超えてしまった。あなたが存在していることで、神はあなたに百の宝をお与えになったのに、あなたは悪魔と共に自惚れに囚われてしまった。神はあなたをご自身の許に永遠にお呼びになったのに、あなたは悪魔の後を追ってしまった。神はあなたの行いひとつひとつを具《つぶさ》に見てこられたのに、あなたは宙に舞う微粒子のように、頭をもたげて自惚れてしまった。あなたはこの世で自分の命をすっかり無駄にしてしまった。なぜなら、あなたはこの世の本当の価値を一瞬たりとも知らなかったのだから。しかし、待つがよい。この道では幕帳《とばり》が突然あなたの目から落ちるかもしれない。あなたの不名誉があなたに明らかになる時、混乱という炎があなたの魂を燃やすことだろう。

【第五話】大天使ジャブラーイール（ガブリエル）とユースフ（ヨセフ）の話

ユースフが井戸に投げ入れられた時、大天使ジャブラーイールが天国のシドラ(4)から突然姿を現し、こう告げました。

「別離の苦痛に耐え、心楽しくありなさい。そうすればこの井戸から救い出されるでしょう。至高なる神はそなたを悲しみから解き放たれ、そなたにエジプトの王国を授けるでしょう。そなたの頭に栄光に満ちた王冠をかぶせ、エジプト人たちをそなたの許へ送るでしょう。この世はそなたの命令に従うことになるでしょう。この世の人々すべてがそなたの客人となるでしょう。そなたの十人の兄弟が、パンを求めてそなたの許にやって来るでしょう。さあ、この井戸にいるうちに私に言いなさい。そなたの目が兄弟たちに留まった時、彼らを牢に入れるか、絞首台にかけるか、はたまた殺しにかかるか？　あるいは棒や鞭で打って、一人一人から血が流れることを望むか？」

ユースフはジャブラーイールに言いました。

「兄弟たちが来たら、私はすぐに彼らを呼び、私を売ったことも井戸に落としたことも言わないつもりです。そして自分の顔を覆っていた面紗《ヴェール》を外して投げます。もし彼らが私の前で謙遜して、私たちが悪うございました、罪を犯しましたと言ったら、私は「自分たちが何をしたかわかっているのですか」と言うよりほかありません。あなた方はユースフに対してしたことについて、良心の呵責を感じなかったのですか？　彼らにはこのように不意打ちを食らわすだけで十分です。これで十分、彼らにとって耐えがたい罰になります。彼らの心が石のように頑《かたく》なであっても、このような恥により、すぐに微塵に砕けることでしょう。」

＊　＊　＊

もしあなたの心がこの痛みを知らないなら、あなたの心は死んでいる。恋する者たちの心を癒やすのは苦痛なのだから。あなたは未熟だ。だからこの話はあなたを喜ばせない。なぜなら炎は燃えかすにしか燃え移らないのだから、あなたのような未熟な者には愛の炎は影響を与えないのだ。炎のように昼も夜も燃えつづけるがよい。蠟燭のようにあかあかと灯るがよい。あなたは神以外から恩恵を受けたことがないのに、なぜ神以外と関わるのか？　あなたはいつも自分のことに夢中なのだから、自身の内を旅し、自身を知るがよい。もしあなたが一瞬、自分の内を歩めば、一瞬にして世界中を巡ることになる。あなたにとって、自身の内にわずかな欠点を見ることは、神の百の光を見ることよりもよいのだ。なぜなら自身を知ることは神を知る第一歩なのだから。

【第六話】サラフスの老師ハールール(5)の物語

ハールールという名のサラフスの老師がおりました。彼はヒズル(6)と共に多くの時間を過ごしていました。

あるところに修行に熱心な若者がおり、彼の魂は身体と同じくらい潑剌《はつらつ》としていました。彼の心は真実の光にどっぷりと浸《つ》かっており、神と対峙《たいじ》すること以外すべきことがありませんでした。

ヒズルは、その貧しい老師の許へ行く途中、その若者も連れていきました。若者が坐ると、老師は若者を助けるためこう言いました。

「おお、若者よ、今どんなことをしているのか?」

若者は言いました。

「ここに若者などおりましょうや。愛しい神を想って、一瞬たりとも自分の内外に意識を向けたことなどなく、もう十年になります。」

この言葉を聞き、老師は若者に言いました。

「おお、寛大で力漲《みなぎ》る者よ、私には神を想うことなどできません。私は今齢六十ですが、一瞬たりとも忘れることのできない自分の欠点を、常に意識している自覚があります。自分に恥と欠点しか見出せないというのに、どうして自分の穢れの内に不可視界を見ることがありましょうや？　良かろうと悪かろうと、私は自分の恥のせいで、一瞬たりとも神と共にいるとは感じられないのです。私のこの肉体をいかなる汚物からも清め、真実を受け容れる準備をすれば、真実も私に姿を見せてくれるでしょう。しかし、わが胸の内に常に汚物を抱えて、自らをこの害悪から解放しないうちは、決して真実を見出すことなどできず、目指すところに辿り着くことなどできやしないのです。もしお前に清らかさがあるなら、清くならねばなりません。さもなければ血を飲んで土に還ることになります。お前が穢れの上に光を投げかける太陽である時、お前に力ずくで何かができるでしょうか？　まず自身を清めてから、ただ見つめるがいい。無知へ踏み出してはならぬ。道をよく見て落とし穴に気をつけるのです。穢れの中に麝香を求める者は、海の中で乾いた土を探しているのと同じことです。」

若者の心にこの激しい言葉は深く滲み入ったので、まるで彼の身体から魂が恥じて抜けてしまったかのようでした。彼は身体を震わせ、呻き、ひどく取り乱しました。あれほど立派な師が、このようにうろたえて取り乱すとはどうしたことでしょう？

ヒズルがハールーに言いました。

「心照らす老師よ、その命を奪う鋭い剣を若者に振るうでない。これはこの世の大人《たいじん》がすべきことであり、繊細な若者にできることではありません。人はいかなる不逞《ふてい》の輩にも与えてよいわけではないのです。弓は腕っぷしの強さに合っていなければならないのです（能力ある人に仕事を任せるべきなのです）。」

＊　　＊　　＊

あなたはこの瞬間、心躍る愛に酔っている。陶酔の境地に至ったり、高揚した状態に陥ったりしている。おお、酔った人よ、あなたには自身からすっかり解き放たれている特別な葡萄酒が必要なのだ。あなたを自身から遠ざけるものは何でも、あなたの葡萄酒であり、葡萄の果汁ではない。もし時に酔いが人を制することがあれば、人は酔いではなく神との合一の境地にいると誤って考えることがあるかもしれない。酔いと神との合一の区別がつかない時、あなたは酔っているのだ。神と一つになったなどと言ってはならない。

【第七話】ムアーズの息子、導師《シャイフ》ヤヒヤー(7)とバーヤズィードの話

ムアーズの息子であるヤヒヤー、イスラームの燭光が、バスタームの賢人バーヤズィードに書簡をしたためました。

「信仰篤き導師《シャイフ》は、清く神聖な飲み物を呑み、三十年もの間、夜も昼も頭痛に悩める人について、何とおしゃいますか。」

バーヤズィードから彼に返事が届きました。

「ここに、ある男のために葡萄酒があり、その葡萄酒は海、大地、最高天、天空が含まれるほど大量にあります。その男はその大量の葡萄酒を一飲みに呑んでしまいます。あなたはその男について何を言い、いかなる考えを抱きますか？　その男はあれほど大量の葡萄酒を呑んでおきながら十分だと感じず、「もっとありますか？」と叫びつづけ、さらに呑みたがっているのです。もしあなたがその

男のことを識らないのなら、その男こそバーヤズィードです。」

＊　＊　＊

なぜ葡萄酒を呑まずしてあなたは意識を失くしたのか？　あなたは素面《しらふ》でこの世に来て、酔ってこの世を去った。あなたは全く何も持たないように見せかけ、空っぽの酒杯に酔ったように見せた。この世の資本は数千もの海であり、そのひとつひとつの中に、数えきれないほどの真珠という真実がある。もし人が一杯の葡萄酒で酔ってしまうなら、どうやって海全体を飲むことなどできようか？　真実を見る力など持ち合わせるはずもない。

もしあなたが心照らす愛に陶酔しているなら、たった一つの命令で死んで燃え尽きるだろう。あなたはすべての存在物と同様、自分に酔っているのだ。もしあなたの存在が冬だとすると、冬が過ぎて時が経っても、春という真実には到達できないだろう。酔っ払いがどうやって立ち上がって歩むというのか？　もしあなたが修行によってある階梯に到達したなら、神の命令に耳を傾けそれに従って歩を進めよ。酔っていると一歩も踏み出せないのだから。命令に従わない恋人には、痛みがあっても治療法はないのだから。

【第八話】導師《シャイフ》アリー・ルードバーリー(8)の話

同郷の男たちが、導師《シャイフ》アリー・ルードバーリーについてこう語りました。

ある日私が浴場に入ると、とても魅力的な潑剌とした若者を見ました。彼の頰は天に輝く月のようで、背丈は庭園の糸杉と見まがうほどでした。彼の髪は足許まで垂れ、彼の美しい容貌によって世界中が生き生きとするのでした。太陽のような彼の頰が輝くと、天空はその美しさに驚き、巡ることをやめ、彼の奴隷と化しました。彼の髪には十万もの輪があり、たとえ百の魂を奪おうとも、なにごともなかったかのようでした。彼の美しくも物憂げな瞳を見る者は、まるでハディースの魂と心とでもいうべき二冊のハディースを読むかのように、その瞳の物憂さを読み取り、その瞳に恋してしまうのでした。しかし、心は、「その二つの憂いを秘めた瞳に恋した苦痛と悲哀はいつ終わり、いつ病が癒えようか。彼のうるんだ瞳のせいでお前は病み、恋の苦痛を味わうことになったのだ」と言いました。彼の顔と生《は》えたての柔らかな髭があまりに見目麗《みめうるわ》しかったので、まるで王の下す命令のごとく、みな彼に服従してしまうほどでした。そしてそのとおり、服従するにふさわしいので、彼の命令は実行されるべきなのでした。彼の生えたての髭はエラムの園のように柔らかで、唇は深紅の色でした。彼の歯はハタオリドリ(9)の骨のように純白であまりに美しく輝いていたため、本物の真珠がインド人より黒く見えるほどでした。その白銀の肢体を持つ者は、浴場で威張って胡座《あぐら》をかいていました。

一人のスーフィーが彼の前に立ち、若者の顔をじっと見つめました。若者の頭に水を注いだかと思えば、冷たい飲み物を用意したり、若者の腕や背中をこすったり、軽石で足裏をこすったりしました。

白銀の肢体の男はすっかりきれいになると、太陽のごとく浴場から出てきました。スーフィーは走って若者を脱衣場へ案内し、若者の身体を拭《ふ》こうと身体を覆う布を持ってきました。それから愛しい者の足許に礼拝用の敷物を広げました。そして、若者に服を着せ、香炉に沈香を入れて焚きました。素薔薇水を持ってくると若者の顔にふりまきました。香りのよい粉を彼の巻き毛にふりまきました。

早く団扇《うちわ》で扇いで風を起こし、薔薇のような若者にそよ風を送りました。しかし、たとえ一瞬ごとにより多く仕えようとも、その若者の目にスーフィーは卑しく映ったのです。スーフィーは口を開いてこう言いました。

「おお月よ、この迷いしスーフィーに何をお望みですか？　どうすればあなたに喜んでもらえるのですか？　いつまで私に腹を立てているのか言ってください。あなたはあまりに尊大で私に目もくれません。この哀れな男はあなたのために何ができるでしょうか？」

スーフィーからこの言葉を聞くと、若者は言いました。

「お前が死んでしまえば、私のこの尊大さから解放されるぞ。」

その月のような若者からこの言葉を聞くと、スーフィーは深い溜息をひとつつき、突然死んでしまいました。完璧な愛によってあまりにも早く死んでしまったので、まるでこの世に彼は存在しなかったかのようでした。哀れな者よ、あなたがこのようにこの世を去れないなら、どのように死んで埋葬されるつもりなのか？　もしあなたがこのスーフィーのように死ぬなら、救われるだろう。さもなければ、最後の審判の日まで、あなたの足は縛られているだろう。

アブー・アリーはそのスーフィーに経帷子を着せ、そこを去り、自分のことに専心しました。

ある日アブー・アリーが一人で、炎のごとく、陽気に沙漠の中を歩いていたところ、弊衣を纏い、心から血を流し、青白い頬をした、あの若者に会いました。彼の外見はすっかり変わり果てていました。若者は導師《シャイフ》の許にやって来て、こう言いました。

「私はあの某という人を殺した若者です。あの偉大な人を殺してしまいました。あの邪悪さのせいでこんな姿に落ちぶれたのです。今、この若者は毎年あのスーフィーの代わりにメッカに巡礼することを神に誓います。彼のためにメッカ詣でをし、彼の墓の上に身を投げ出し嘆き悲しみます。ああ、悲しいかな！　私は富も力も持っていたのに、あのスーフィーの完璧さを見抜く目を持っていなかったのです。私は盲目だったのです。今私は常に彼の苦痛を思い、悲しんでいます。昼も夜もあのスーフィーのことを思い、深く悲しんでいるのです。」

＊　＊　＊

もしあなたにこの苦痛のごく一部でもあるというなら、このように振る舞うべきだ。だが、私の目にあなたは恋する者とは映らない。愛することにおいて、あなたは女でも男でもないからだ。この集いにおいて、あなたは安堵のうちに死ぬことはできない、蠟燭のように心を燃やし尽くして死ぬのでないかぎり。あなたが自分自身の道を塞ぐ障害物なのだから、自ら立ち退かなければならない。愛することと健康であることとは両立しないのだ。もし真に恋する者になりたければ、自身を完全に忘れ、健康でいられることなど考えず、ただひたすらに愛しいお方をのみ想うのだ。

【第九話】スルタン・マフムードとペテン師の男の話

マフムードがたいそうな威厳をもって道を進んでいると、途中ペテン師に出くわしました。王はいかさま師に言いました。
「おお、すりよ、追い剝ぎよ。お前はいかさまなどする手合いではないように見えるぞ。お前は道端で埃塗れになって坐り、王にいかさまを教えるのか?」

ペテン師は答えました。

「この世の支配者よ、立ち去るがよい。なにをなさりたいのですか? 蝶と蠟燭が決して友とならないように、いかさまと、王権のしるしである大太鼓や旗が、共にあることなどないのです。あらゆるものから自らを解放し、一人で真実を求めるために歩みなされ。もし一人で歩むことができないなら、ご自身のことに専念し、自分のことだけをお考えなさい。」

＊　＊　＊

人が自分の心と魂からも離れ、神と合一に達する階梯では、神への道においてすべてをすっかり手放した者だけが、真実に到達することができる。

【第十話】導師《シャイフ》アブー・サイードと博打《ばくち》打ちの話

ミフナの導師《シャイフ》がたまたま荒野に行ったところ、途中、足早に歩く人々の一団に会いました。彼らはみな一様に革のズボンを穿き(10)、歩きつづけていました。彼らの肩には一人の陽気な男がかつがれ、運ばれていました。彼を多くの放蕩者たちが取り巻いていました。

時代の導師《シャイフ》は尋ねました。

「この男は誰なのですか?」

彼らは答えました。

「おお、唯一無二のお方よ、彼はすべての博打打ちの王です。彼は自身の職業においてたいへん優れているのです。」

この世を照らす導師《シャイフ》はその男に尋ねました。

「そなたが今日所有するこの地位をどうやって得たのかね？」

祈ることともしない放蕩者はこう答えました。

「素寒貧《すかんぴん》になることだよ。私は、この世で素寒貧になることの王なのさ。」

導師《シャイフ》は叫び声を上げ、こう言いました。

「素寒貧になるというのは一つのしるしであることを知っているのか？　真の王とは素寒貧であることなのだぞ。すべて失うことができる人は誰でも真の王なのだ。なぜならごまかしは、突然訪れる不幸のように人生を台無しにするからだ。」

＊　＊　＊

神秘主義の道を歩むすべての獅子は、愛の世界では狐である。心して歩め、注視せよ、賢くあれ。ここでは不幸が雨のように降ってくるのだから、気をつけよ。もし真実に到達するために身を捧げ、我を消して神と合一しようと決めたなら、そして愛しいお方のために命を差し出すため、障害である肉体という幕帳《とばり》を取り払い、それを自身から遠ざけようと決めたなら、この道においてあなたがすべてを失わなければいけないのは明白である。さもなければ、あなたは不完全で信仰心を持たない者でありつづけるだろう。もしすべてを失うのなら、イーサーがしたように針一本すら取っておいてはいけない（11）。わずか一本の針でも、持っていれば、その針こそがあなたにとっての障害となり、あなたは目標に到達できなくなるのだから。

【第十一話】マジュヌーンとライラーの物語

ある日マジュヌーンはライラーと共に坐す機会を得ました。ライラーがマジュヌーンにこう頼みました。

「恋する人よ、何を持っているのか見せてちょうだい。」

マジュヌーンは口を開いてこう言いました。

「おお、月のように美しい人よ、あなたを愛するあまり私には水も井戸も残されていません。私の肝は干からび、夜、私の眼に眠りはないのです。あなたへの愛が理性を奪った時、残されたのは我が清らかな命、それすらももしあなたが望むなら差し出しましょう。もし我が命をお望みなら、私はあなたに捧げましょう。きっときっと差し出します。」

愛されているライラーは言いました。

「あなたからそんなものをいつ買うと思っているの？　何か別のものを持ってらっしゃいな。」

マジュヌーンは一本の針をライラーに渡して言いました。

「現世と来世で、私は今これしか持ち合わせていません。私にとって、全存在界において、これこそが今目の前にある物であって、他には何も持っていないのです。これも荒野でしばしば躓《つまず》いて転んでいたので、持っていたのです。あなたのような愛しい人を探し求めていると、薔薇の花びらでも棘でも違いが感じられない精神状態になり、私の足に多くの棘が刺さったものでした。この針で荒野ででもどこででも足から棘を抜いていたのです。」

するとライラーがマジュヌーンにこう言いました。

「あなたからずっと欲しいと思っていたのはこれだったのよ。もしあなたが私への愛に誠実であったなら、こんな針は必要ではなかったはず。ああ、恋に狂ったお方。私のような愛しい人を捜し求めていれば、棘が足に刺さることもあるはず。針で棘を抜くなんてよくないわ。もし抜けば、そう、それは誠実ではないわ。一本の棘はいつもあなたを恋人へと導くというのに、針でそれを抜くなんてひどいことを！　恋する者は血を流して苦痛を味わうしかないというのに！　棘があなたの足に刺さったのは私のせいなのだから、あなたの上衣につけた薔薇だとお思いなさい。あなたは、花が咲くことを願って一年もの間棘に耐える薔薇の木にも劣るのですか？　ライラーのせいで足に刺さった棘は、他の人が束ねた百本の薔薇の花束にも勝るもの。」

第十九章

六番目の王子が、謎に満ちた心で、彼の舌というダイヤモンドから真珠をふりまきながら、父王に言いました。

「僕は常々錬金術を身につけたいと望んでいます。もし錬金術を学べば、この世のすべての人々は私に錬金術を求めるようになるでしょう。もしそうした幸運を手に入れれば、僕は信仰を手に入れることになります。なぜなら、ある目標が叶えられれば、もう一つの目標も達成されるからです。自分自身でこの世を平和にしてみせましょう。貧しき者たちを僕自身の手で富ませてご覧にいれましょう。」

父の答え

父王は言いました。

「お前は欲に支配されてしまった。お前の心はあの錬金術を求めるようになってしまった。卑しいこの世を、偽りの館、敵の住処《すみか》であるこの世を、お前はどうしようというのか？　この世は七枚の面紗《ヴェール》を纏った老婆であり、お前を虜《とりこ》にするために完璧に着飾っているからだ。お前が欲のせいで安らぎを失ったことが私にはわかる。安らぎを手に入れよ、現世という罠にかかった鳥よ。欲という鳥が食べる餌は土である。その鳥はいつでも満腹でいようと土を腹一杯食べるのだ。」

【第一話】ハルーウと呼ばれる獣の話

ホラーサーンの名士、アターが(1)次のように語りました。

百の山に匹敵する大きさの獣が、カーフと呼ばれる山(2)のはるか向こうに棲んでおりました。そのとてつもなく強い獣の名はハルーウと言い、何でも貪《むさぼ》り食い、食べることに異常なまでの執着がありました。その獣の前には緑に一面覆《おお》われた七つの平原があり、背後には七つの海ほどの水がありました。そこに、食べることしかしない強い体軀の獣がいるのです。それは、朝早くやって来て七つの平原の草をすべて食べてしまいます。一瞬で七つの平原を食べ尽くしてしまうと、すぐ七つの海を飲み干します。それも飲み終えてしまうと、一瞬たりとも夜眠らず、こう心配してやきもきするのです。

「明日ここで何を食べようか？　全部食べてしまった。どうすればいいだろう？」

翌日になると、この世の支配者たる神は、この獣のために、再び平原と海を満たすのです。

＊　　＊　　＊

人間の欲は際限がなくそれだけで人間は飽和してしまうので、人間に至高たる神に対する信仰心など入る余地はない。わずかであっても燃え上がろうとする火が、薪の中に落ちればたちまち燃え広がるのは明らかである。人間よ、もし生ある間ごくわずかでも欲があるなら、それはあなたに燃え広がりそれはあなたを亡き者とするだろう。あなたがどうやって火に水をかければよいか知っているならよい。さもなければ、あなたは素面《しらふ》でも酔っ払いでもなく、永遠に火を崇拝する者でありつづけるだろう。もしあなたに麦一粒分ほどのほんのわずかなものでも不正があれば、それはごくわずかであろうとあなたに永遠の罰を下すことになるだろう。

【第二話】イーサー（イエス）——彼に平安あれ——の話

神の精神、心照らす燭光たるイーサーが、墓地を通っていると、ある墓から呻き声が聞こえたので、彼の心から哀れみの情が噴出しました。そこでイーサーが祈りを捧げると、至高なる神は思考を巡らすように素早く、地中の者を生き返らせました。

弓のように腰の曲がった一人の老人が、イーサーに挨拶し、しばらく沈黙が続きました。イーサーは老人に言いました。

「ご老体、あなたはどなたですか？　いつ亡くなり、いつご存命だったのですか？」

すると老人は言いました。

「おお、神秘に満ちた海よ、私はこのように惨めな姿ですが、マアバドの息子、ハイヤーン(3)です。清らかなお方、私が死んで地中に埋められてから千八百年になります。この惨めさにより私は少しも休まらない、一瞬たりとも自分を安らぎのなかに見出せずにいるのです。」

イーサーは老人に言いました。

「おお、眠りを妨げられし者よ、なぜこのように苦しんでおられるのですか？」

老人は言いました。

「孤児の財産だったわずかな土地を自分のものにしたせいで、私はこのような苦しい報いを受けているのです。」

イーサーは老人に言いました。

「信仰心を持たずに亡くなられたのですね。わずかの土地ゆえにそんな苦痛を味わうとは。」

老人は言いました。

「ムスリムとして私は死んだのですよ。でも、何年もこのように苦しんできたのです。」

その時、清らかなイーサーは、その老人が地中で安らかに眠ることのできるように祈りを捧げました。

＊　　＊　　＊

ムスリムたちよ、ムスリムであるということがもしこのようなことであるなら、今私が見ているものがどのような宗教なのか、私にはわからない。もしあなたがごくわずかでも不正なものを持っていれば、千八百年もあなたは苦しむことになる。もしあなたの持つものすべてがイスラーム法に適わぬ禁忌であるなら、何と言えばいいだろう、この苦しみは永遠に続くのだ。わが愛しき人々よ、あなたに誠実さがないなら、自分で自分の悲しみを味わうよりほかない。誰もあなたに同情してくれる人はいないのだから。あなたには首もないのだから、頭をもたげて尊大になることなかれ。あなたの敵への復讐など忘れてしまうがよい。あなたの頭の中には病を治したり死者を蘇らせたりする清らかなイーサーがいないのだから、治療や蘇りを望むことなかれ。墓の中で大いに苦しむことになると知るがよい。あなたはどうすればよいかわからない。あなたにできるのは、寿命を縮めることと富を増やすこと。富を求めながら、そうと知らずに自分の素晴らしい、黄金に値する命を売ってしまっていることに、あなたは気づいていない。不安や怖れで、水銀のように黄金を増やそうとすることなかれ。あなたは水銀のように消えてしまうだろうから。人間の多くが黄金によって命を落とすのだから、人間が執着しないように黄金はその大部分が地中にあって見えないようになっている。岩は黄金を山腹に隠し、いわば黄金を保持しているのだが、守銭奴はその堅い岩以上にしっかと黄金を握り、誰にも渡しはしない。沈着冷静で寛大な人はわずかな懇願に対しても自分の財産を惜しみなく分け与えるが、卑しい人は百の鑿《のみ》や槌《つち》を持ってこようともごくわずかですら恵みはしないもの。寛大さをもって財産を与えよ。だが、無理矢理にであれば麦一粒分ですら与えてはならぬ。卑しくともパンを与える者は、たとえどれほどご立派であっても他人に恵まぬ人よりよい。命令を与えるだけで何も恵んでくださらぬ偉い方よりも、パンを恵む人のほうがずっとよいのだから。守銭奴の手からパンを食するならば、象の足に踏みつぶされて死ぬほうがまだましというもの。

【第三話】公正なアヌーシールヴァーンの話

公正なアヌーシールヴァーンがこのように言いました。

「もし死んでしまうほどの貧しさゆえにあなたが死ぬなら、あなたにとっては、卑しい人のパンで腹を満たすより、その貧しさという剣によって殺されるほうがましである。」

＊　＊　＊

この世の人々と闘うことなかれ。この世は死肉であり、人々はそれにたかった一握りの蛆《うじ》にすぎぬのだから。この世で権力を握った人々は、汚物の中の蛆である。黄金と白銀、幸運と成功は、あなたの今際《いまわ》の際《きわ》には何の役にも立たない。もしその瞬間あなたに誠実さがあれば、それはあなたにとってたいへん役に立つだろう。さもなければ、ああ、悲しいかな、あなたの魂よ！　この世であなたの幸福をもたらすものは何であれ、来世であなたの信仰を滅ぼす原因となると確信せよ。

【第四話】現世を拒絶する話

イスラーム法を司る預言者ムハンマドが、次のように教令を出しました。

「現世について一言でも語る者は誰も、厳密に五百年の間、天国に近づくことは許されない。」

これはどうしたことでしょうか？　人間が現世についてほんのわずかでも口にすると大きな罰を受けることになるのであれば、現世について多くを語れば、より多くの罰を受けることになるはずです。現世で人生を過ごす者は誰でも、もし信仰をもって死ぬのであれば、強い人間です。もし現世を生きる途中で自殺すれば、来世において自らを再び見つけることはできないでしょう。現世からは後悔以外の何が生じるでしょうか？　無知から何が生じるか、あなたは知らないとでも言うのですか？

【第五話】現世を拒絶する話

清らかな性質をもつあのお方が(4)、次のように言いました。

「現世を愛する者は犬以下である。なぜなら、この狡猾な現世は死肉であり、死肉のまわりには犬たちが群がっているからだ。犬はそれで腹を満たすと放り出し、別の犬がまたそれにありつく。犬は決して蓄えることはしないし、ほんのわずかなりとも明日のことを考えて心配したりはしない。しかし、現世を切望する者は、常に球のごとく、欲を追い求めて走りつづけている。球のように彼は習慣で絶えず走りつづけ、現世で手にできるものを一瞬のうちに増やそうとする。彼はもう人生の一日しか望むことができないというのに、彼の魂には百年分の悲哀があるのだ。」

【第六話】現世についてのトゥースのアッバーサ(5)の言葉

アッバーサが次のように語りました。

「現世は一種、掃き溜めに投げ捨てられた死肉のようなものである。獅子がこの死肉を食べて腹を満たすと、豹がやって来て食い荒らす。豹が食べてその場を離れると、今度は羊番をする犬たちと狼がやって来る。ごくわずかの肉が残ると、あちこちから鴉が群をなして飛んでくる。その鴉たちが食べてしまうと、わずかに糞や血が残るだけになる。するとフンコロガシがやって来て、糞と血をあちこちへと転がしていく。肉のない骨だけが残ると、太陽が激しくそれを熱する。ごくわずかな脂が滲み出し、たくさんの蟻があちこちから集まってくる。その蟻どもが脂を食べてしまうと、道には乾ききった骨が残るだけなのだ。」

アッバーサはさらにこのように続けました。

「獅子は王であり、アミールとしてそれに続くのが豹。犬と狼は豹の随行員、鴉はさらにその下っ端。フンコロガシは収税吏で、蟻はバーザールに出入りする輩《やから》である。」

＊　＊　＊

愛しい者よ、私はあなたの名を知らない。だが、あなたは自分がこれらの人々のうちのどれに当てはまるのか、考えてご覧なさい。現世のすべてが死肉のようなのだ。おお、友よ、そしてそれを追い求める者はもっと死肉に近いのだ。死肉を追い求める人は、死肉より百倍も劣るのだ。

【第七話】ジャアファル・サーディク[6]の言葉

シーア派のムスリムたちがジャアファル・サーディクの言葉を次のように記録しています。

「死肉のような現世は荒れ地であるが、それより百倍荒れ果てているのは、この世が栄え、しばしの間、そこで王座に座ることを願う人の心である。しかし、あの世は栄えた場所であり、それよりもさらに栄えているのは、悟りを開いた心である。それは来世においてのみ栄え幸福であることを望んでいる。そのような心は来世が栄えることにのみ満足し、現世と現世における生を見捨てるのである。」

【第八話】ヤヒヤー・ムアーズ・ラーズィー(7)の逸話

神秘に精通するヤヒヤー・ムアーズが、旅の途中、気持ちのよい村を通りかかりました。ある人が彼に言いました。

「ここは気持ちのよい村です。」

ヤヒヤーは口を開き、炎のようにこう言いました。

「ここより素晴らしいのは、居心地のよい村を必要としない完璧な人間の心である。」

【第九話】現世を拒絶する話

ある人が法学者にこう尋ねました。

「この世の富に勝るのは何でしょうか?」

法学者は言いました。

「全く存在しないものです。どんなものも神から人間を遠ざけてしまうので、私は富など所有することを好まないのです。存在するものは何でも頭痛の種でしかないのです。もしあなたが現世において生まれながらにして富を所有するなら、その富のせいであなたは神に近づくことができないでしょう。しかし、この世一つ分の富にどれほどの価値があるでしょうか？　あなたはそのせいで神に近づけないのですから。」

＊　＊　＊

富があなたを神から遠ざけるのであれば、富など存在しないほうがよい。この世の快楽が不意にあなたを襲い、あなたを本道から横道に逸《そ》れさせたら、あなたは信仰の道において偶像を壊すことなど決してできはせず、偶像崇拝を誤りだと民衆に知らしめたイブラーヒーム（アブラハム）のように有益なことなどできはしないだろう。

道中眠ってしまった旅人よ、あなたの人生は夜。昼についても、目覚めて意識することについても知らないのだ。あなたが誰との恋に夢中になっていたのか、じきにあなたにもわかるだろう。もし愛において隠遁を選ばず、この世のありとあらゆるものや人から心を切り離さなかったのなら、あなたは必ずや口から火を噴く竜と同類となることが。

【第十話】王子とその花嫁の話

あるところに太陽のような輝きに恵まれた王子がおり、彼は父王の両眼の光でした。父王は王子のために真の美しさをもつ花嫁を探すことにしました。そして、美にかけては世界中の鑑《かがみ》であり、時間を超えた画家たる神の手による美女のなかの美女を探し当てたのです。

父王は、月のような美女のため、宮殿を飾り立てました。いや、宮殿ではなく天国の楽園でした。宮殿は妖精のような美女で溢れ、多くの太陽と月とで光に満ちていました。麝香の香りのする蠟燭が数多く並べられ、その夜は髪の毛一本ですら識別がつくほどに明るくなりました。詩のリズムとリュートの調べが、川のせせらぎの音と海の轟《とどろ》きとを調和させました。楽園の食事と見まがうばかりの色とりどりの幾種類もの食事に、七層の天も恥じらうほどでした。あまりに美しい花嫁、盛大な宴、すべてが美しくすばらしく、みな美女に満ちた楽園に座し、宴に王子が到着するのを待っていました。

その夜、王子は喜びに満ちあふれ、葡萄酒を酌み交わしました。夜、王子は葡萄酒を呑み過ぎてしまい、自分の存在すら忘れてしまいました。うなだれていましたが、あの花嫁のことが頭をよぎり、王子は突然その場から立ち上がりました。騒ぎのなか、王子は酔ったまま馬に跨がり、町の城壁へと馬を走らせました。道はよく見えず、道連れもいませんでした。

遠くに高く聳える僧院がかすかに見え、その僧院の灯火があたりを照らしていました。酔っ払っていて連れもない王子は、遠くに見えるその建物が花嫁の居城だと思いました。しかし、それは拝火教徒が建てた沈黙の塔で、そこには多くの死体がありました。その塔の中にはいくつかのランプが燃えており、拝火教徒の心にも火を灯していました。塔の前にはベッドが置いており、その上に不幸な女が横たわっていました。一人の女が経帷子に身を包んでいたのです。王子は遠くから女を見ると、酔いのせいで自分の花嫁だと思いました。頭も足の区別もつかないほどに酩酊していて、屋上への道も扉への道もわからないほどでした。王子は、その死んだばかりの死体から経帷子を剝ぎ、自分の欲望の対象を露わにしました。王子は思いを遂げ、舌を死人の口に入れました。一夜をともにすると、夜が明けるまで唇を重ねて過ごしました。

一晩中、あの百の月のような美女は座って、王子が扉を開けて来るのを待っていました。気高い王子が現れなかったので、すぐに父王に知らせが届きました。父王は立ち上がり、いてもたってもいられず、騎士団を率いて荒野へ行きました。大臣たちもみな同行しました。彼らは遠くに王子の馬を見留めました。父王は王子の馬を見たので、そちらへ向かい、馬から下りました。ベッドの上で王子が死体を愛しい人のようにしっかりと抱いているのを見ました。父王は軍隊と共に、王子がこのような姿でいるのを見て、まるで魂の奥底で炎が燃えているかのように感じました。

王子が少し正気に戻ると、王は軍と共に近づきました。王子は酔いの眠りから目を開けるとすぐに、まわりに何もない、人気のない場所にいるとわかりました。自分が胸に死体をしっかと抱き、父王と軍が目の前に立っていました。王子は何が起こったのかわかるとすぐ、死ななければならないと思いました。本当にとんでもない話になったので、王子は恥ずかしく思い、彼の足は震えました。彼の純粋な心は、大地が裂けて彼を飲み込んでほしいと願いました。しかし、事は起こってしまったのであり、彼の恥と困惑は何の役にも立たなかったのです。

私にも経験がある。酔っ払いよ、待ちなさい。その光があなたの枕元に来るまで、待つのだ。その瞬間、あなたは誰と共に過ごしたのか、知ることになるだろう。イブラーヒーム（アブラハム）のように、信仰のために偶像を壊しなさい。そして、イブラーヒームの父、アーザルが作った偶像を運び去りなさい。イブラーヒームが偶像を壊そうとした時、世界を支配する王たる神は彼をお試しになられたのだ。もし神があなたをお試しになろうとすれば、現世であなたが苦しみ抜くほどの難題をあなたにお与えになり、あなたはそれに耐えられず、災難に見舞われることだろう。

＊　＊　＊

【第十一話】イブラーヒーム（アブラハム）の物語

クルアーン解釈書や預言書伝に収められている話です。

預言者イブラーヒームは四万の奴隷を有し、その奴隷の各々には従順な犬がいました。すべての犬には黄金の首輪がはめられており、その犬が番をする羊はといえば何頭いるか数えられないほどでした。天使たちはイブラーヒームの幸福な様子を見て、イブラーヒームに次のように疑いを持ちはじめました。

「イブラーヒームはこの羊たちの世話をしている。神は彼が清らかで気高いとおっしゃる。もし彼が完全に栄光ある神と一体化したのであれば、彼は爪楊枝《つまようじ》一本すら持たないはずだ。なぜなら彼は神の真の友だからだ。」

しかし、神は忠実な大天使ジャブラーイール（ガブリエル）にこう言いました。

「さあ、立つがよい。イブラーヒームのところに行き、我のことについてはっきりと話してくるがよい。彼が我が道のどの階梯にいるのか、我が門口の前でどのように振る舞っているのか、見てくるがよい。」

神聖な魂たるジャブラーイールは、人間の男の姿と化し、調子のよい声音で言いました。

「聖なる神よ！」

神の親友たるイブラーヒームはこの声を聞くと、まるで高く掲げていた頭を地に落としたかのように倒れ伏し、自らの羊の三分の一を贈って、こう言いました。

「痛みに苦しむ者らを癒やすお方よ、愛しい神の御名をもう一度言ってください。その御名はいつも私を癒やしてくれるのです。」

再び男が「聖なる神よ！」と言うと、強い情熱によってイブラーヒームは地に倒れ伏しました。高く聳える王冠をかぶるイブラーヒームは、さらに三分の一の羊を男に贈りました。

もう一度イブラーヒームは男に言いました。「いま一度神の御名を言ってください。それより良いものはないのですから。」もう一度男は「聖なる神よ！」と言い、イブラーヒームはまた気を失いました。そして男に羊を一頭残さずすべて贈りました。

ジャブラーイールは姿を現し、こう言いました。

「おお、清らかなる者よ、私は土で創られたジャブラーイールです。この羊たちは私にはふさわしくありません。全部あなたのものです。おお、清らかで神聖な者よ、誠実なジャブラーイールはいかなる戸口にもキャバーブを乞いに行くことなどないのですから。」

神の友たるイブラーヒームは言いました。

「私がいったん与えたものを誰からも受け取りはしないという秘密を、あなたは知っておいでです。」

ジャブラーイールは彼に言いました。

「私は羊飼いではありません。もう私は行きます。あとはあなた次第。」

イブラーヒームはジャブラーイールに言いました。

「私もこれら牡羊すべてをすっかり手放しますぞ。」

神から天啓が下り、天使たちにこう言いました。

「さあ、羊を所有するイブラーヒームはどのようであるか？ ジャブラーイールが我が名を呼んだ時、彼は我が名にすべての羊を捧げたのだ。今、彼は我がために生き、我の下僕であり、自分の富のために生きているのではないとお前たちは確信しているはず。」

天使たちは再び答えました。

「おお、神よ、彼は息子のために生きているのではないですか？」

そこで、神は夢の中で息子を生け贄に捧げよとイブラーヒームに言いました。イブラーヒームが息子を神に捧げようと連れてきた時、大地が天空のように回りはじめたかのように感じました。天使たちから興奮の叫び声が上がり、「彼は羊からも息子からも解き放たれている。しかし、彼はこの瞬間、彼自身のために生きている。彼の人生は自分にとって他の何よりも貴重なのだ」と言いました。

不可視界の全知の神により、イブラーヒームは火の試練を受けることを宣告されました。ついに、火の中に閉じ込められた時、ジャブラーイールは神秘の極みから姿を現し、こう言いました。

「願い事を何でも私に求めよ。」

イブラーヒームはジャブラーイールに言いました。

「私は何も求めはいたしません。あなたはどうやって私の望みを叶えることができるというのですか？　もし不可視の存在たる神以外の何かを求めれば、私は神の御前で認められなくなります。私は存在していないも同然の身です。どうか私の言うことに耳をお傾けください。神はご自身で望まれることをなさるのです。」

天使たちはイブラーヒームがとても高い階梯にいることを知り、彼の誠実さを称《たた》えて叫び声を上げました。

「神よ！　イブラーヒームの肉体も魂も清らかです。彼はあなたの試練より高いところにいます。あなたの命令に彼があまりに従順なので、彼の神への愛の情熱と比べると火も冷たいと感じるほどでした。彼の心は地獄のようなあの火をも天国に変えます。彼はなんと素晴らしい友情や兄弟愛を見つけたことか！　もし神であるあなたが彼をあなたの友と呼べば、彼はそれにふさわしい。そしてもし彼をもう一階梯上げれば、彼はさらにそれにふさわしくなるでしょう。」

＊　　＊　　＊

もしあなたがイブラーヒームの説く信仰によって導かれないのであれば、あなたにはアーザルの偶像崇拝の道以外残ってはいない。たとえこの世への執着がなくとも、あなたにはナムルード（ニムロド）やアーザルのような末期《まつご》が待っている。ナムルードがどのように神との闘いのために天に昇った心はその日にナムルードの箱が落ちるように地に落ち、心もあなたを助けられはしない。傲慢と妬みがあなたをあまりに怒らせるので、あなたの胸は天に届くほどとなり、あなたは傲慢で妬み深い人間となる。あなたには禿鷹《はげたか》と棺もあり、死人同然なので、あなたがナムルードと同じであることを世間は広く知っている。あなたの手によって百本もの神を否定する矢が一瞬ごとにこの廻る天に放たれるので、ナムルードの性質はまだあなたのなかにあるとわかる。ナムルード同様あなたは神に闘いを挑んでいるのだ。だから、あなたはあなたのなす業においてナムルードなのだ。善いことをすれば益し、悪事をはたらけば災いに遭う。あなたは欲に捕らわれている。天使たちはあなたとはまるで違う。あなたの生命が尽きたら、結局あなたはどうするのか？　ただもっと欲しいと思うのか？　友よ、あなたの人生すべては災難なのだ。人が抱く大志などまるで大したことのない、価値のないものだが、あなたのように卑しい人間は生理中の女性よりもっと取るに足らないもの。富める者を預言者は死者と称する。したがって、財産を持つ者は死骸なのである。あなたの欲という犬は、なぜこの世のまわりを回りつづけているのか？　犬には骨一本で十分であるというのに。あなたの異教徒のようなこうした欲は、突然あなたの死の原因となることだろう。欲を何かに夢中にさせて自分を解放しないかぎり、あなたには自分のなすべきことを行うことなどできはしない。

【第十二話】ハッラージュ(9)と息子の話

有徳のハッラージュが息子に言いました。

「欲を何かに夢中にさせよ。さもないとそれはお前を天職からしりぞけ、全く価値のない方法でお前をがんじがらめにしてしまう。」

＊　＊　＊

欲深き者よ、あなたは神を識る道で歩を進めることはできない。欲に従って行ったさまざまなことをあの世で語るだろうから。欲があなたに幻を見せているかぎり、あなたは常に完全に欲の虜である。欲という卑しい犬の命令どおりの実行に満足すれば、獅子に早変わりというのは驚きである。お腹が満腹になれば、欲という舌は陰口をたたきはじめる。舌という刃《やいば》が鋭ければ、世の中の人々を陰口で殺すことになる。たとえどれほど欲の耳に囁き、言い聞かせようとしても、一時たりとも陰口をやめようとはしなくなる。陰口を始めた人には誰にでも、不可視界から常に災いが降りかかるのだ。

【第十三話】陰口は大罪であることについて

旧約聖書にこう書かれています。

「陰口をたたき、その後そのことを後悔する者は、神という友が天国の楽園へ導いてくれる最後の人である。だがもし後悔しなければ地獄に入るまさに一番の者となる。」

もし炎のような形をした舌という刃がハット地域(10)の槍のように真っ直ぐであれば、まずそれが刺さるのは人間の心である。この世という宴《うたげ》においては、この世の大人《たいじん》たちにとって沈黙に勝る葡萄酒はない。沈黙は人の心を踏みにじったり裂いたりしないからだ。

＊　＊　＊

【第十四話】陰口についてある男が語ったこと

社交的で世界中を旅して回った聖者がおりました。ある人がこう言いました。

「おお、賢い友よ、言及に値するどんな人に会いましたか？」

大人《たいじん》はこう答えました。

「世界中を巡りましたが、世界中で一人と半人しか見ませんでした。一人は部屋の隅に居続け、人の善も悪も口にしなかった人。でも、あとの半人は人の善しか口にしない人。」

＊　＊　＊

あなたに善も悪もあるかぎり、あなたの心が慧眼を持つことはなく、あなたの魂が覚醒することもない。だが善も悪もあなたから去れば、あなたの魂も神性を理解することができるようになるだろう。

第二十章

王子が言いました。

「極端な貧しさは、しばしば不信心をもたらします。信仰もこの世も黄金で正しい方向へ導かれるなら、人は神に錬金術も黄金も求めるのです。」

父の答え

父王は王子に言いました。

「黄金はお前に影を投げかけ、お前から最も大切な本質と特質を奪ってしまった。信仰と現世は同時に手にすることはできない。誰も神にこの二つを同時に求めることなどできないと知りなさい。」

【第一話】導師《シャイフ》とキリスト教徒の話

慈悲深く神秘を授けられたある導師《シャイフ》が、ある夜バーザールへと出かけました。空腹をしのごうと野菜を少しずつ集めました。一人のキリスト教徒が、宝石のちりばめられた鞍をつけた鹿毛《かげ》の馬に乗り、大勢の奴隷を前後に従え、バーザールで導師《シャイフ》と出くわしました。この様子を見て、すぐに導師《シャイフ》の心は燃え上がりました。自分の貧しさをひどく恥じたのです。導師《シャイフ》は神にこう告白しました。

「おお、神よ、あなたは私にこのようなざまをお望みになられ、あのお方には望まれないのですね。私はあなたの友の一人、彼はあなたの敵の一人です。でも、あなたは私がこのようなありさまで、彼があのような姿なのを望まれるのですか？　一人のキリスト教徒が贅沢に富と栄誉のなかで暮らし、ムスリムはこのように貧しく哀れです。あなたの友情の証として恵まれたのが貧しさと嘆きなのですか？　あなたの敵にはお金と名声だというのに？　あなたを求める者にはパンや衣服を与えず、異教徒には馬や頭布《ターバン》をお与えになったのですか？」

苦しむ老師がこの秘密を口にした時、彼の胸の内に不可視界からの声が聞こえました。

「信心深き者よ、もしお前が望むなら、すべてをキリスト教徒と交換するがよい。お前はたとえ貧しくとも、持っている物を与えよ。そして彼の物をすべて取り、満足するがよい。ムスリムであることをキリスト教徒であることと取り替えよ。貧しさを与え豊かさを取り、好きに振る舞うがよい。もし我が彼に金貨や銀貨を与えたのなら、男よ、お前には信仰と邂逅《かいこう》を与えたのだぞ。信仰と縁を切り、金貨を取るがよい。弊衣を脱ぎ捨て、異教徒帯《ズンナール》を取るがよい。」

この秘密の言葉がその清らかな男の胸に滲みたので、彼は気を失い、地面に倒れました。正気にかえった時、理性を失い、彼は叫び声を上げ、こう言いました。

「我が神よ、私は決してこのような交換は望みません。こんな交換は望みません。後悔しています。もう二度とこのようなことを考えもしないし、話もしません。」

親友たる神は数多の技や才能をあなたにお与えになり、美しく創造された。なぜあなたは心の秘密を明らかにしてしまうのか？　傲慢さを捨て、神と共に生きよ、さすれば救われよう。もし髪の毛一本分のでも神の御前のしるしを持っていれば、あなたは両世界に存在するすべてを手に入れることになるだろう。

＊　　＊　　＊

【第二話】神を識ることについての聖者の言

神秘主義道の老師たるある聖者が言いました。

「私は神を識ったので、安心や不安も、誰かへの友情や敵対心もありません。」

今私はあなたに語るにふさわしい秘密を語ったので、あなたもこれからどうすべきかご存じのはず。


【第三話】ズバイダ(1)に恋したスーフィーの話

ズバイダが駱駝にのせた輿《こし》に座り、星のお告げにしたがって、メッカ巡礼に向かっていました。一陣の風が輿の幕帳《とばり》を吹き上げ、一人のスーフィーがズバイダの姿を目にし、その場に崩れ落ちました。

彼はあまりに激しく大騒ぎをして叫んだので、誰も彼を黙らせることができませんでした。ズバイダはそのスーフィーに気づくとそっと従者にこう言いました。

「あの者の叫び声から早く解放してちょうだいな。たとえたくさんの黄金を払うことになってもね。」

従者は黄金の入った袋を一つ、その男に与えました。男はそれを受け取りましたが、黄金を見るとおとなしくなりました。

ズバイダは、男を鞭打って遠くへ追いやるように命じました。スーフィーはこう叫びました。

「これほど際限なく鞭打たれなければならないとは、いったい私は何をしたと言うのですか?」

ズバイダは言いました。

「おお、自らを愛する者よ、今後はお前は恋する者と呼ばれるに値しません。お前は私のような者に恋したふりをし、私への愛は黄金を見たらもう終わりとは。頭から足の先まで、お前は恋したふりをしているだけと私にはわかりました。お前の見かけも偽りとわかりました。私はお前を試してみましたが、お前は私の試験に落ちたのです。お前は強い意志を持って行動してはいないと私は確信しました。もし真に私を求めていたなら、私の所有物、財産、黄金や銀はすべてすっかりお前のものになったでしょう。でもお前は私を売ったので、私はお前の望みにふさわしい罰を与えることに決めたのです。お前は真に私を求めるべきだったのです。おお、愚かな何も知らぬ友よ、そうすればすべてが一時《いちどき》にお前のものとなったでしょうに。」

＊　＊　＊

神に心を結ぶのだ。そうすれば救われるだろう。人々に心を結べば病むだろう。すべての扉を泥でしっかりと閉じなさい。神の扉を探し、心をすべて神に結びなさい。別離という暗雲を通して「神を識ること」という朝の光が輝くのだから。もしあなたがあの光を掴むことができたら、神へと続く道もおのずと手に入るだろう。頭を月にまで届かせ、真実に到達した聖者たちは、神秘的直観知《マアリファ》の光に導かれたのだ。

【第四話】アルダシールとゾロアスター教の司祭と王子シャープールの話

聞いた話によると、勇敢な王アルダシールには妻がおりましたが、その妻はアルダシールを嫌っていました。ある日、その妻は憎悪の念から王に毒を盛った食事を運びました。近づきながら王を一瞥したので、敷居のところで椀が、妻の手から落ちてしまいました。妻は震えだし、顔から血の気が失せました。妻の様子を見て夫は妻を疑いはじめ、その食事を鳥に与えました。鳥が息絶えたので、王は呆気《あっけ》にとられてしまいました。王はすぐさまゾロアスター教の司祭に妻の身を委ね、こう言いました。

「すぐに此奴《こやつ》の心臓を身体から取り出せ。女の血を流し、地中に埋めてしまえ。我が心をこの不実な犬から解き放て。」

女は賢明な王の子供を身籠もっており、王には子供がいませんでした。司祭は考えました。

「もしこの王が突然死の罠にかかってしまわれたら、後継ぎのご子息が一人もいないので、お家に騒動の嵐が吹きすさぶだろう。この女を私が匿《かくま》っておき、どうなるか見るのがよいだろう。」

しかし、司祭は自分にはできないのではないか、誰かが疑惑を抱くのではないかと怖れました。が、司祭は敵の誹謗中傷が聞こえるのではないかという怖れから立ち上がり、誹謗中傷の道を閉ざしたのです。王が司祭に女を殺すように命じた時、司祭は立ち去って自らを去勢しました。自分の男根を箱の中にしまい、それから王の許へ行って王に封印を求め、司祭は王の印で箱を封じました。王は司祭に尋ねました。

「司祭よ、その箱の中身は何か？」

司祭はこう答えました。

「陛下、時機が来ましたらお話しいたします。私はまさに今日という日に勝利の王の印でこの箱に封をしたのです。」

こう語ると、その比類なき司祭は箱を宝庫へと送り込みました。

数ヶ月経ち、王の妻は月のような美しい男の子を産みました。その子の頬はまるで太陽のようで、その顔に麝香のように香《かぐわ》しい黒髪が影を投げかけていました。その子にはすべての品格と壮麗さと美しさが備わっていました。ありとあらゆる優雅さ、徳の高さ、気立ての良さがありました。司祭は遠目にこの赤子の顔を見て、幸先よく、シャープールと名づけました。(2) 秘密の幕帳《とばり》の内でそれはそれは大切に、敬意を払って昼夜育てたのでした。

シャープールは成長していき、師は適した時機に彼に教えるべき技芸を教えました。司祭の心は知識で火のように燃え上がり、短期間にゾロアスター教の教義をその子に教えました。知識を教えると、ポロと弓術を教えました。剣と槍ではこの世でシャープールの右に出る者はいなくなりました。どのように描写しようとも、それよりシャープールは勝っていました。シャープールの背丈は歩む糸杉のように高くなり、彼の頬は糸杉の上に輝く月のように、心奪うものでした。彼の髪は魔法がかけられたかのように美しくつややかな黒で竜涎香《りゅうぜんこう》の香りに満ちていました。彼の唇は葡萄酒で満たされた紅玉《ルビー》の酒杯を持っており、その唇の周囲にはうっすらと産毛《うぶげ》が生えてきたばかりでした。すべてが彼の手中にあり、とても恵まれていたので、シャープールはたいへん寛大でした。

ある日、世界を支配する王が悲しそうに眉間に皺を寄せて座っていました。司祭は王に尋ねました。

「おお、陛下、どんな悲しみが陛下に襲いかかったのですか？　いつもの陛下ではありませんね？　このような陛下を見るのは忍びなく思います。」

王は司祭に言いました。

「余も堅固な岩ではないのだ。誰もが通る道だ。残酷な運命ゆえ、余は一人の子供もいないことが悲しくてならないのだ。死が我が首に罠を投げたら、余の後を誰が継ぐというのか？」

比類なき司祭はこの言葉を聞くと、彼の目からは血の涙が溢れ出しました。司祭は王に言いました。

「私には隠された秘密があり、この世の不思議の一つです。もし王が堅くお約束くだされればお話しします。そうでないなら秘しておきます。」

王が司祭に堅く誓ったので、司祭は一つ一つ話していきました。

それから、比類なき司祭は、宝庫から件《くだん》の箱を持ってくるよう命じました。世界を支配する王は、司祭がいかに篤い信仰心と忠誠に基づいて裏切りを疑われることのないよう振る舞ったかを目の当たりにし、そして子供の存在を耳にし、父親としての愛の叫びを感じた時、喜びのあまり言葉が見つからず、司祭に何と言って感謝すればよいか、わかりませんでした。王は司祭に言いました。

「百人の子供を着飾らせて、みな我がシャープールと見分けがつかないようにして一ヶ所に集めなさい。みな同じ服を着せ、年齢も身長も、乗り物も兜もすべて同じにしなさい。秘密の幕帳《とばり》の内から我が魂は我が子を見つけ出してみせようぞ。人は、神秘的直観知《マァリファァ》の光によって、離れていた者どうし互いを見分けることができるのだから。」

賢い司祭は仕度にかかり、翌日には広場に百人の可愛らしい子供たちを連れてきました。皆、王の命令どおり、ぴったり並んで同じ服、同じ馬、同じ色でした。王は眺めはじめるとすぐに、大勢のなかから自分の息子を見分けました。一目見ただけで息子と識ったのです。我が許へ呼び、抱きしめ、優しく愛撫しました。

息子のおかげで王はすぐにその母を赦しました。が、その純粋な司祭の身を思い、悲しみました。

＊　＊　＊

この物語から、神に到達する神秘的直観知《マァリファァ》があればどんなに小さな微粒子ですらも光に透かして見つけることができると識りなさい。もし一つの微粒子が太陽へと続く道を見つけられないなら、永遠に見えないままで終わってしまうのだ。だが、もし一つの微粒子が神秘的直観知《マァリファァ》を得れば、太陽から百もの光を得ることになるのだ。

【第五話】アヤーズと彼の眼病の話

見知らぬ者たちの邪視のせいで、アヤーズは眼の病に罹ってしまいました。痛みで彼の眼は血のようになり、彼の両眼という水仙の花瓶は鬱金香《チューリップ》のように真っ赤になってしまいました。十日ほどが経ちましたが、彼の眼の痛みはますます激しくなりました。眼の痛みがあまりに激しくなったので、アヤーズは嘔吐し気を失ってしまいました。マフムードにアヤーズの容態が知らされ、マフムードは馬に乗ってアヤーズの許へ向かいました。マフムードはそっとアヤーズの枕元にやって来ると、自分の唇に指を置き、看病している者たちに言いました。

「心せよ、王が来ているとアヤーズに言ってはならぬぞ。」

そう言ってから、征服者たる王が座ると、アヤーズは喜んでその場から跳び上がり、眼を開けて喜んで座ったのです。実に素晴らしい！　小姓たるアヤーズが、まるで自由の身であるかのように座ったのです。人々はアヤーズに言いました。

「おお、あなたは気を失ったのです。あなたの肉体は残ったまま、魂が去ってしまったのです。眼の痛みでふらふらして、魂と肉体の間を彷徨ったのです。それなのに、王が枕元に来たら、嘔吐していたあなたが跳び起きるとは、どういうことですか？　誰もあなたに言っていなかったし、あなたも王を待ち焦がれていたわけでもなかったのに、どうやってマフムードのことがわかったのですか？」

アヤーズはこう答えました。

「聞く必要も見る必要もありません。私の魂は耳や眼から解放され、自由なのです。私には魂で王の匂いがわかるのです。自らの命で王の匂いを嗅ぐと、たとえ死んでしまっていようとも、私は生き返るのです。」

預言者ヤアクーブ（ヤコブ）の目がユースフ（ヨセフ）の匂いによって視力を取り戻したのを知らないのか？　それなのに、あなたは眼が痛いくらいでなぜじたばたするのか？　別離の苦痛のせいでどれほどその身を苦しめるのか？　以前にも嗅いだことのある匂いを嗅いだ時、あなたは光輝く両世界を得たのだ。なぜなら、そのごくわずかな見識っていた光は、百もの太陽のごとく明るいからだ。神の愛は永遠なので、ほんのわずかであっても両世界より素晴らしいのだ。神はあなたをとても愛しておられる。喜びで胸が張り裂けんばかりでないか?!　人間の存在とイスラーム哲学を円の形で表すとすれば、聖者たちはこの円を歩み経験してきたのであり、全霊をかけて神のために苦痛の点を選び、それを結んで円とした。聖者たちは、神にただ一度呼びかけてもらうために、数千もの魂をかけた。そしてそれでも聖者たちは、神が呼びかけてはくれないのではないかと心配で仕方がないのだ。

＊　＊　＊

【第六話】ジルジース(3)――彼に平安あれ――の話

三度、火と血の中で、その異教徒はジルジースの身体の上で車輪状の刃を引き回しました。ジルジースの身体は少しずつ砕けていき、その粉で鬱金香《チューリップ》の畑が出来上がりました(4)。彼がこの苦痛に耐えていると、天の声が聞こえました。

「我との友情を吹聴する者は誰でも、澱《おり》のない澄んだ葡萄酒を飲むことはないだろう。神の友にふさわしいのは、車輪が身体の七つの部分を轢《ひ》いた者である。」

人々は彼に言いました。

「哀れなジルジースよ、地に倒れて埃塗れの今、何か望みはあるか?」

ジルジースは言いました。

「私の望みは、今一度車輪に轢かれ、苦痛のなかでバラバラにされ、再び天の声が下ること。神は私の魂にこれほどの苦痛がもたらされたことを記録なさり、我らの友情において歩を踏み出されたのだから。」

＊　＊　＊

あなたには神の友情の価値がわかっていない。なぜなら、あなたは常に人生に執着しているからだ。神との友情を育《はぐく》む者となりなさい。さもなければ、神の友の友となりなさい。

【第七話】ユースフ(ヨセフ)とズライハー——彼らに平安あれ——の話

ある日、清らかなユースフが歩いていくと、地面にズライハーが坐っているのを見ました。ズライハーは盲目でしたが、彼女は既にこの世から目をそむけていました。病と貧しさに苦しんでいましたが、何にも増して身寄りのない孤独な身であることに苦しんでいました。常に百以上もの悲哀を味わい、ユースフ以上にユースフの悲哀を味わっていました。道端に坐り、まるでユースフの通る道から巻き上がる土埃を得ようとしているかのようでした。もしかして王ユースフの歩む道の土埃が巻き上がるかもしれないと望みを抱いているかのようでした。ユースフはズライハーを見るとこう言いました。

「おお、神よ、このよぼよぼで盲目の者に何をお望みか？　彼女は預言者たちを侮辱したというのに、なぜ彼女をお召しにならないのですか？」

するとジャブラーイール（ガブリエル）が現れ、こう言いました。

「我は彼女を召しはせぬ。なぜなら彼女は我に呼ばれるのを心待ちにしているからだ。この世界一つ分、我に呼ばれることを愛しているのだ。彼女にはそなたへのたゆまぬ愛があるので、そなたゆえに我も彼女を愛しているのだ。園に薔薇の死を望むようにと誰がそなたに言ったか？　我が友の死を誰がそなたに望めと言ったのか？　もし一生涯かけて苦しみを味わい、齢を重ねたのならば、そなたのために彼女を若返らせよう。彼女は自分の大切《アズィーズ》な魂をそなたに捧げたのだから、もし今、魂のように我《われ》が彼女を大切《アズィーズ》にすれば、それはそなたのためなのだ[5]。彼女は我がユースフへの惜しみない愛に満ち溢れているので、誰が彼女を憎んで彼女の命を奪おうとするだろうか？　もし彼女がそなたのような王を愛していると主張するなら、彼女の涙を流す両目が彼女の愛の証人だ。この恋する者が自分の目をその愛の証人とする時、ズライハーの存在価値は日ごとに増していく。この魂を捧げるということが理解できれば、恋人たちの秘密について、そなたもようやくほんの少し理解できるだろう。もし魂を捧げるということがわからないのであれば、いくらそなたに話しても全く無駄だ。そしてもし一瞬の内に彼女がそなたに魂を捧げるなら、ズライハーのほうがそなたより格が上となり、永遠となるかもしれんぞ。」

【第八話】荒野でのイブラーヒーム・アドハムの話(6)

イブラーヒーム・アドハムが次のように語りました。

私がメッカ巡礼に喜び勇んで向かっていた時、ザートゥイルク（メッカ巡礼のための白く縫い目のない巡礼服を身に着ける場）にやって来ると、七十人ほどのスーフィーを見かけました。みな耳や鼻から血を流し、惨めに、地面に倒れ伏していました。私は急ぎ彼らの許へ駆けつけ、まだ息のある一人を見つけました。彼の魂は旅立っていましたが、まだ肉体はこの世にありました。彼の生涯は終わっていましたが、虫の息がありました。私はそっと彼の許に歩み寄り、尋ねました。

「どうしたのですか？　私に話してください。」

彼は口を開いて言いました。

「おお、イブラーヒームよ、神の友情を畏れよ。偉大なる神は、残酷に無慈悲に、我らの命を奪いました。ローマの異教徒のように、地に打ち倒したのです。神はメッカ巡礼者たちと闘われるのです。なぜならメッカ巡礼者たちの魂は神の手の内にあるからです。導師《シャイフ》さま、ご存じですか、我々七十人はカアバに向かっていたのです。みな出発する前に集まり、沈黙を誓いました。我々は道中一瞬たりとも神以外のものに思いを馳せない、他の何ものをも見ることなく聞くこともなく、ひたすら耐え忍んで共に居ようと言ったのです。

ついに我々は出発し、ザートゥイルクでヒズルに会いました。清らかなヒズルが我々に挨拶をしたので、我々も挨拶を返しました。我々は皆、彼に会ったことを喜び、心の中で言いました。「我々は救われた」と。ヒズルの歓迎を受けたので、旅の幸先は良いと考えたのです。

こう我々が思った時、背後から天の声が聞こえました。「食物も眠りもない邪な者どもよ、お前たちは要求ばかりする大嘘つきである。お前たちの誓いも約束も、我は受け容れはせぬ。なぜなら我以外のものに意識を向けたからだ。我との契約からわずかに道を外れたので、裏切り、我以外のものに騙されたのだ。我がお前たちの血を無残に流さないうちは、お前たちは平和や友情を求めることはできないだろう。」

そして神は我々みなの血を地面に流したのです。神を愛してやまない者たちの血を哀れんではくださらなかったのです。」

イブラーヒーム・アドハムはその男に尋ねました。

「あなたはどうして死なずにすんだのですか？」

男はこう答えました。

「こう言われたのです。「お前はまだ準備ができておらぬ。まだ不完全なので、我が剣が見えないのだ。お前の準備ができたら、希望も展望もない者よ、その時みなの仲間に加えてやろうぞ。」」

男はこう言うと、その魂は天に召されました。そして彼の姿も他の人々の姿も、まるで最初からいなかったかのように消え、名前も忘れ去られてしまったのでした。

＊　＊　＊

この道を歩む聖者たちの血に、どれほどの価値があるだろう？　ここには血で回る水車があるのだから。神への道を歩む途中、視力を失った者もいれば、苦労に苦労を重ねた挙げ句、命を捧げた者もいる。眼も魂も捧げないのであれば、あなたは何者なのか？　真なる魂も真なる眼も得ることなく、死んだら忘れ去られてしまうのだ。

【第九話】シュアイブ(7)――彼に平安あれ――の物語

シュアイブは神に会い見えんと切望して十年もの間涙を流しつづけ、盲目になって生きつづけていました。神は彼の視力を回復させ、その後十年、彼は大いに泣いて血の涙を流すほどでした。泣きつづけた彼の両眼は再び視力を失いましたが、神はもとの視力よりもよく見えるほどの視力を彼に与えました。その後十年、また彼は泣きつづけ、またもや見ることができなくなりました。盲目となっても泣いていたので、この世を支配する神は彼に啓示をおくりました。

「もし地獄を怖れて血の涙を流すのなら、そなたを永遠に自由にしよう。だが、もし天国のために涙を流すのなら、そなたに天国も鶏の丸焼きも与えようぞ。」

シュアイブはすぐに口を開いてこう言いました。

「おお、その支配が永遠であるお方よ、私はあなたに会いたくてたまらず、このようにひどく泣いているのです。なぜなら私は天国の光も地獄の炎も気に留めていないからです。一瞬たりとも楽園を思いません、地獄を思って叫ぶこともありません。私はあなたのおそばに永遠に居なければならないのです。私の痛みはお話ししたとおりです。どうすべきかあなたはご存じのはず。」

よく識っている、あの愛しい声が聞こえました。

「我に会いたくて泣いているなら、今もっと泣くがよい。大いに泣くがよい。お前のしようとしていることはとても難しいのだから。」

するとシュアイブは言いました。

「おお、秘密を識るお方よ、どうか私に視力を与えないでください。神に会えないうちは私は見る必要がないのですから。」

愛しい人々よ、もし神に会うことがないなら、大いに泣きなさい。とても悲しいことなのですから。心の中に神に会いたいという切望の思いがあればあるほど、神を求めてやまない者たちの眼の中の涙は日ごとに多くなるのですから。

【第十話】地獄に堕ちた人々の話

次のように語り伝えられています。

イスラームのある人々の集団のなかで、神は一部の人々に何の利益も求めずただたいへん慈悲をおかけになります。

天の声が聞こえます。「彼らを今すぐ血塗れにし、地獄へ連れていくのだ。」

地獄の入り口で、彼らは一度だけ、神にほんの少し猶予を求めます。すると神の声が聞こえます。

「我は決して遅れて事をなすことはないのだ。今、我はこの人々に千年に匹敵する一年という時間を与えようぞ。何か理由があるからではなく、恩寵として。」

語り伝えられているところによれば、苦悩に満ちたこの人々はこの期間ずっと昼夜問わず泣きつづけます。この千年が終われば、彼らはもう一度猶予を必要とします。彼らはあと二度神に猶予を求め、自分たちの苦痛の上に血の涙を流します。この三千年以上にも値する間ずっと、彼らは泣きつづけ、血の中をのたうち回ります。そして、なぜ彼らがそれほどまでに泣いているのか、誰もその惨めな人々に一瞬たりとも尋ねようとはしないでしょう。

＊　＊　＊

ある聖者が言った。「百の哀れな魂は、私の魂のように、この人々の一粒の涙に匹敵する。神にしか治療できない痛みを神が彼らの心に与えたのだから。あなたがこの痛みを味わわないかぎり、神はあなたを治療するようにという命令をお下しにはならない。神が与える一度の苦痛は、あなたにとって百の命にも勝る。その痛みは多くの治療よりもあなたにとってよいのだから。たとえアブー・ウバイダ[8]があなたの外科医であっても、あなたの心は決して癒やされることはないのだ。さあ、頭から地面に身を投げよ。神が友としてあなたを地面から起こしてくれるかもしれない。それでもなお、あなたが神の足許から頭を離さなければ、あなたはあなたにとって自由と同等の価値ある縛りを手にするだろう。」

【第十一話】スルタン・マフムードとアヤーズの話

ある日、信仰篤い、勝利のスルタン・マフムードが、彼のアヤーズにこう尋ねました。

「この世の中で、お前は何に嫉妬するのか？　正直に答えておくれ。」

アヤーズはこう答えました。

「あなた様が足をのせるどの石にも、私は嫉妬します。我が心はあなたが足を置く石への嫉妬で叫んでいます。だってその石は、頬をあなたの足裏でこすってもらえるのですから。もしこの幸運が私の手に入れば、私はいつでも頭をあなたの足の裏に置きます。私の頬があなたの足の下にあれば、いつも私の顔はあなたの庇護の下にあることになります。もしアヤーズの顔があなたの足の下にあれば、アヤーズは人間としての最高の幸せを味わうことになりましょう。

＊　＊　＊

どれほど努力しても、敬愛してやまない神が注目してくださらないなら、別の新しい方法を考えなさい。ロスタム《ダスターン》がタマリスクの生い茂る地でどのようにイスファンディヤールに策《ダスターン》を講じたか（9）、あなたは知らないのか？　外見上できることは何でもやりなさい。欺瞞《ダスターン》や策略によって進みなさい。が、神秘的直観知《マアリファ》を手にするため、自己を無にしなさい。内面では禁欲しなさい。欺瞞《ダスターン》によって道が開けるかもしれない。その結果、わずか一瞬、神という友と共に居られるかもしれない。もし一瞬でも愛しい神と共に居られるなら、自身が悲しみから解放されているのがわかるだろう。神がどこに居て、自分がどこに居るのか、よくご覧なさい。辿り着けなくても当然なのだ。

【第十二話】マジュヌーンとライラーの話

ある日マジュヌーンが楽しげに隊商宿の前に座っていました。生の煉瓦でできた塀があり、その塀にはライラーの絵が描いてありました。誰かがこう言いました。

「私はいろいろと知りたいと思い、経験も重ねてきたが、ついに心の望むところに着いたぞ。今夢か現《うつつ》か、ライラーとマジュヌーンが共に居るのを見ているのだ。この二人が共に居るのを誰が見たことがあるだろうか？　おお、神よ、この世で誰がこの栄光を味わったことがあるだろう？」

男の言葉をマジュヌーンが聞き、自らの苦痛に満ちた心の状態を聞くと、叫び声を上げてこう言いました。

「これは間違いではない。マジュヌーンは一瞬たりともライラーから離れてはいないからだ。私と彼女との間には、両世界が創造される以前に、結ばれる基礎がしっかりと打ち立てられていたのだ。」

第二十一章

息子は言いました。

「父上がくださったあらゆる忠告で僕は束縛から解放されました。父上の忠告が僕の百もの問題を解決してくれたのです。銅を純金に変えたのです。父上のくださったあらゆる言葉がためになります。今すぐ役に立つうえ、永遠に気高いままです。でも、僕は錬金術に対する情熱を心に抱いているのです。なぜならそれを通して人は信仰と現世を結びつけることができるからです。いつかこの世と信仰が一体となったら、僕も愛する人と永遠に結ばれるでしょう。なぜならこの世と信仰の助けなくしては、僕は神のご加護も得られないでしょうから。」

父の答え

父王は言いました。

「お前の頭は見栄であふれんばかりだな。こうした考えは真実からかけ離れているのだから。お前がありとあらゆる善悪の区別をつけないかぎり、お前は名前だけの恋人にすぎない。もし愛を全うしたいなら、次の三つの条件下に居続けなければならない。

第一に嘆き悲しむこと、第二に燃えつづけること、第三に血を流すこと。もしお前がこの三つの海から出れば、お前の愛する神はお前を幕帳《とばり》の向こうへ入れてくれるだろう。さもなければ、神はお前の歩む道に多くの棘を置くことだろう。もしお前が今の言葉を理解できないなら、次の話がその説明としては十分だろう。」

【第一話】バルフの太守の娘が恋に落ちた話

たいへん崇高な太守がバルフの地に住んでおりました。正義と公正さにおいて彼はきわめて誠実な王で、彼の支配はダーヴァルザミーンと呼ばれる広大な地にまで及んでおりました。勇敢さと軍の統率力において彼は得難い人物であり、この敬虔さの源たる太守はカアブという名でした。彼の考えから太陽の恵みと月の威光が生まれ、彼の寛大さによって宮廷の文人や楽人の名声と糧がもたらされました。彼の公正さにより、彼の王国内の狼と羊はすぐに仲良くなりました。彼の権力を恐れて、荒れ狂った海の水も石で消された炎のように静まり返り、彼の慈悲によって、この世の人々すべてが罪を犯そうとも、一瞬のうちに心から消えてしまうほどでした。カアブが怒ると、火はたちどころに消えて炭のように黒くなってしまうのでした。彼の威光の高さに比べれば、他の人々の高みなど井戸に沈んでしまうほど。どう表現したらよいでしょう、みな方向を見失ってしまうほどでした。彼の忍耐強さは山よりも堅固であり、地面は土埃にすぎない程度に彼の足許にあるだけでした。彼の怒りによって火は山の中に隠れ、石のような心にも涙を溢れさせました。彼の輝きから天空の太陽が光を得て、遠くから世界中を照らしました。彼の寛大さは海や鉱山を恥じ入らせ、海と鉱山の奥深くにある宝石がその輝きを失いました。彼の慈悲にすがって薔薇の花びらは物乞いをするものの、彼に恥じて面紗《ヴェール》の下に隠れるのでした。彼のすばらしい人格ゆえに麝香が世界中に匂い立ち、現世から来世にまで届くほどでした。

この善良なる太守にはたいへん美しいと世に評判の息子がおりました。その息子は太陽の光のように輝く頬をしており、彼の前では月ですら卑しい下僕にすぎないほどでした。王は息子をハーリスと名づけ、双子座が月に仕えるのと同様に、月がハーリスに仕えていました。

王には宮殿に、その命にかえても惜しくないほどいとおしく大切にしている娘もおりました。その白銀の胸をした娘の名はザイヌルアラブ（アラブの宝飾）といい、多くの心を惑わせ、虜にしました。その美しさは世界中の美女を不安に陥れ、この世で美しいものはすべて彼女の美しさに含まれてしまうというほどでした。彼女の賢さに比べれば、すべての賢者は狂人にすぎず、世界中で彼女の美しさは評判でした。彼女の名前が口の端にのぼるとどこでも、その場の空気がユースフ（ヨセフ）[1]の姿を映し出すかのようでした。満月ははるか高い天から彼女を見つけるといつも、膝をついて敬うのでした。天国の戸口に立つ天使が彼女の額を見ると、それはエデンの園に着く前の天国を目にするのでした。彼女の巻き毛の先が地面にふれると七つの天が騒然とするほどでした。彼女の目は水仙のようで、その二輪の水仙はアーモンドの形をした花瓶に活《い》けられており、まるで二つの魔法が二人の黒人の子供を罠にかけているかのようでした。その黒人の子供はそれぞれ、手当たり次第心に向かって矢を射かけました。彼女の流し目という矢が射かけられると、恋する者たちの心は的となるのでした。彼女の紅玉《ルビー》のような唇は、砂糖とはまた別の特別な甘さがあり、砂糖でできた霊薬のようでした。彼女の口は潤った真珠入りの小箱で、どの真珠も他の粒より美しく輝いていました。彼女の真珠のような三十の歯がのぞくと、どの魂も命を投げだそうとするほどでした。彼女の紅玉《ルビー》の唇は、宝石に飾られた杯で、天国の澄んだ葡萄酒をたたえていました。天が彼女の顎という銀色の球を見ると、天は球のように頭も足もなく転がるかのように、いともたやすく恋に落ちるのでした。その美しさを形容するのは不可能で、私はなんと形容しようかただ思い悩むだけです。彼女ほど才能豊かな人はおりませんでした。なぜなら彼女は人から耳にしたことをすぐさま詩文にして表し、一連の真珠のように繋げたからです。詩才にたいへん長《た》けていたので、まるで彼女の唇から言葉に味わいを入れ込んだようでした。

父は娘を案じ、娘のことをたいへん気遣っていました。

父に死の時が迫ると、父は息子を呼び寄せ、娘のことを頼み、こう言いました。

「いいか、妹を頼むぞ。面倒をみてやっておくれ。どうあってもなんとかしてやらねばなるまいぞ。いい人生が送れるよう、とりはからってやっておくれ。多くの良家の男たち、勇敢な強者たち、王子たちから結婚の申し出があったのじゃが、わしは誰にもやらなかった。もしお前があいつにふさわしい男を見つけられるなら、わしは神をこの言葉の証人としよう。わしを心配させないでおくれ。」

ありとあらゆることを息子に語ると、息子は父の言ったことをすべて受け容れました。ついに、父の魂は身体から離れました。私にはなぜカアブがこの世に生まれ、そして去っていったのかわかりません。人は生きているかぎり、巡る天のように高低があるもの。神の弓は人間の手にはありません。人の生死については誰もわかりません。どのくらい生きるべきか誰が知っているでしょうか。生まれてきた人はなぜ去らなければならなかったのでしょうか。

父王が神の宮殿へ逝ったので、息子が王位につきました。公正と正義で世を輝かせ、世の中は公正で知られたアヌーシールヴァーン王の息を感じました。農民や軍隊に銀貨を、多くの司令官に大太鼓と旗を与えました。多くの愚かな考えを人々の脳みそから駆逐し、多くの圧政者を転覆させました。必要に応じ、節度をもって、妹を自分の魂のように大切によく世話をしました。さあ、お聞きなさい、運命の歯車を回す神が、彼女にどのような戯れを仕掛けたかを。

　ハーリスには比類なき小姓が一人おり、宝庫の管理をしておりました。その月のような美青年の名はバクターシュといいました。彼に匹敵する人がいるかどうか、私にはわかりません。彼の美しさは世界の摩訶不思議の一つでした。彼への愛で味わう悲哀はなんともすばらしい心持ちでした。その美しさは諺になるほどで、多くの人が彼を愛するのに誰も彼と結ばれはしませんでした。彼の顔が映ると、壁に飾られた絵も動き出すほどでした。彼の漆黒の長い髪が輪を描けば、黒髪が妬みました(2)。彼の長い髪は反抗者たちをも下僕とするほど美しく、二つに分けられた長い髪は後ろで一つにまとめられていました。両の眉はいつもこよなく美しく、弦を張りたての弓のようでした。彼の目はアーチンドの強力なライバルでした。彼の睫毛の列は恋する者の心の列を乱し、二列になって雨のように矢を射かけました。穴の紅玉《ルビー》のような小さな口をしており、その中にはまだ穴の開けられていない三十の真珠が隠されていました。そう、そしてその紅玉《ルビー》の口に穴が開けられたなら、それはまさに彼の舌というダイヤモンドで開けられたにほかならないのです。唇には永遠の命がありました。なぜならその唇こそが魂にとっての生命の水だったからです。彼の歯については、ミーム(3)のような小さな口一つに三十二の価値ある徴がある、と語ることができます。美しさにおいては彼はまるでユースフのようでした。あなたは彼の顎の窪みをどう語りますか？　彼の顎の窪みを見た時からどうすればよいのか、私は気を失ってしまうほどです。顎の窪みまで来たので、もう私は黙ることにいたしましょう。

　宮殿の前にはみごとな庭園がありました。そこはハーリスにとって現世の楽園でした。恋する小夜啼鳥《ブルブル》は夜じゅう眠らず、薔薇に向かって歌いつづけていました。薔薇は愛嬌や媚びを存分に示して、蕾《つぼみ》をほころばせはじめました。生まれたての赤子のように、赤い薔薇が緑の産着《うぶぎ》から現れました。東風がズライハーのように走り寄り、ユースフ（ヨセフ）のシャツのように薔薇の裳裾《もすそ》が裂けました。生命の水の番人のヒズルのような爽《さわ》やかな風が荒野を吹き過ぎ、ヒズルが通り過ぎた荒野は緑になりました。光る流星はその刃を鋭くし、雨によって雲は百もの手綱を緩めました。緑の草原は手をさしのべ、その手は雨の真珠に満たされました。スミレはお辞儀をして、自分の足に接吻してしまうのでした。ハナズオウは血まみれになって咲きはじめました。水仙は黄金の杯を手にし、雨でできた砂糖のような乳を飲んでいました。鬱金香《チューリップ》は頭を垂れ、その王冠が腰に触れるほどでした。数千ものユースフが花園から姿を現し、シャツの香りがカナアーンにまで漂いました。鳥たちは歌声で草原を満たし、平原はその囀《さえず》りで賑わっていました。明け方には、麝香の風が水面をなで、さざ波が立っていました。それはまるでアフラースィヤーブが「鎖帷子の川」を見つけたかのようでした[4]。なぜなら、新春の風にのって水は鎖帷子のように鎖状になったからでした。四方八方から、天国のコウサル河のような川が流れており、その川のごくわずかな雫ですら生命の水なのでした。

　庭園の前には土星にまで届くほどの城が聳え立っており、ハーリスの王座はその前面におかれていました。王ハーリスは輝く陽のごとく、スライマーン（ソロモン）のように最前に坐していました。双子座のように腰帯に手をかけた小姓たちは、誰も糸杉のようにすらりとした背丈で、優美に控えておりました。不屈のトルコ人たちは列を作り、胸に手を当てて控えておりました。ハーリスの誇り高く賢明な廷臣たちは、ハーリスの威厳の前に目を伏せていました。世界中の貴族たちですら、ハーリスの目には生まれの卑しい者に映りました。世界の秩序は、ハーリスの崇高な意見によるのでした。ハーリスの運が目覚めていたので争いは眠り、ハーリスの怒りを怖れて火も涙で目をいっぱいにしました。ハーリスは、土星のように敵に対しては復讐に燃え、顔は木星に似て白く輝き、月のように美しく、水星のように高い地位を得て、陽のように崇高でした。

その時、カアブの娘が露台に姿を現しました。その宴は非常に豪華に彼女の目に映りました。しばらくあちこち眺め、ついに彼女は月のような美男を目にしました。彼女はバクターシュの顔や頬を、上衣を纏った糸杉のような背丈を目にしました。この世のすべての美しさが彼の顔には与えられており、ユースフと同じように、すべての美が彼に備わっていました。バクターシュは酌人として王の前に立っており、長いお下げ髪が足許にまで垂れていました。酔ったバクターシュの顔は柘榴《ざくろ》の花のようで、その睫毛は彼を恋う者の目には棘のように映りました。砂糖が甘い泉から湧き出ていました。汗が昴星のように月に宿っていました。酔って酒杯を満たしたり、ラバーブ(5)を楽しげに爪弾いたりしていました。小夜啼鳥《ブルブル》のように歌ったり、薔薇のように魅力をふりまいたりしていました。

このようにあまりに美しい彼の顔を見たので、カアブの娘は彼の髪の毛一本一本にこの世すべてを与えるにふさわしいと思いました。すぐさま恋の炎が彼女の心に燃え上がり、彼女が持っていたすべてを奪い去りました。その火が彼女の魂にあまりに強い影響を及ぼしたので、その火で彼女の身体は意識を失ってしまいました。彼女の心は恋し、魂は厳しく非難しました。頭のてっぺんから足の先まで、彼女の存在は無となりました。両の眼からは雲から降る雨のように血が流れました。わずか一時《いっとき》の間に洪水が起こってしまいました。バクターシュへの彼女の愛があまりに彼女を根こそぎ引き抜いたので、まるで彼女は磔《はりつけ》にされたかのようでした。一目で彼の罠にかかってしまったので、彼女から夜眠りは去り、昼には平穏が去ってしまいました。どうにもしようがなくなり、彼女は自分の頭と足の区別もつかないほどになりました。夜中血の涙を流し、嘆き悲しみつづけました。彼女は蠟燭のように、ひたすら燃えつづけました。彼女の魂を襲った恋の火があまりに激しかったので、再び平静を失い迷子のようになりました。苦痛と悲哀のせいで、その月のような美女は一年間病の床についてしまいました。

ハーリスは医者を連れてきましたが、何の役に立つというのでしょう、あの偶像のような美女は、治療の施しようのない苦痛に苦しんでいたのですから。こんな苦痛をどこで治してもらえるでしょうか。心は愛しい人によってのみ癒やされるのですから。

幕帳《とばり》の奥で、姫には乳母がおり、その乳母は手立てを講じることに長けていました。百もの策を用いて月のような美女を問いつめました。

「どうしたのですか、姫よ。本当のことを話しなさい。」

もちろん、最初は、その月の美女は何も語りませんでしたが、ついに口を開いて言いました。

「過日、私はバクターシュを見ました。彼の髪と顔が私の魂を燃え上がらせ、私の心を輝かせました。ほろ酔いで胸にはルバーブをかき抱いていました。彼のせいで、私はどうすればよいのかわからないほど悩んでいるのです。彼が「萌える若葉」の曲を口ずさめば、彼の美声で鳥たちは空へと飛びはじめるのでした。花園で「萌える若葉」が奏されると、まさに薔薇たちがその音色に酔いしれるのでした。彼は自分の選んだ調子で撥《ばち》を打ち、ムハーリフを奏するために調音しました。ムハーリフというのは反逆という意味なので、この世で決して真っ直ぐではないのですが、彼の音階では高音と低音が見事に調和するのでした。私の心は反逆《ムハーリフ》のように手がつけられなくなり、孤独になりました。

私はどうしたらよいでしょう？　私はその音階の奏者には届かないのですから。今私はこの世で最も取り乱してしまいました。なぜなら、私はすべての恋する人々の仲間となったから。あの誇り高き者の歌声を聞いた時、私の目から涙の川が流れました。彼への愛で、私は意識を失ったので、悲哀の百年が私に訪れました。彼のお下げ髪が私の心をかき乱したので、私の平静という王国は終わりを告げました。彼のお下げ髪の輪があまりにしっかりと私を縛ったので、私の肝が干上がるほど我が心は血と化しました。私がこんなにも病んで取り乱してしまったのは、彼の価値があまりに素晴らしすぎるせいなのです。バクターシュほど美しい人はいません。彼より美しいことなど、誰にもありえません。人があの糸杉について語る時、どうして他の誰かについて語ることなどありえましょうか。彼の額は銀でできたポロ競技場のようです。彼のお下げ髪でポロの棒を作ったとて、何を怖れることがありましょうか。この競技場であの曲がった彼のポロの棒で、私は彼の顎から球を運ぶでしょう。もし彼があのお下げ髪を使って私をポロのように運ぶなら、球のような私の頭を転がすでしょう。彼の顔があまりにきらきらと輝けば、その顔のごく一部ですら百もの月の断片《かけら》となるでしょう。彼の頬という月に暈《かさ》がかかり月光が届かなくなると、新月が悲哀で嘆くことになるでしょう。心奪う髪が輪状になると、各々の輪に百もの恋する者の心が捕らわれるのでした。彼の水仙のような瞳は黒く、まるでバーリスの宴で隅を選んだかのような隠者となりました。彼の秋波《ながしめ》という矢が任務を果たすと、槍や投げ槍は役に立ちませんでした(6)。彼のあの三十の歯はきれいに一列に並び、私の血で彼の唇が微笑むようにと命令を出すのです。高価な真珠のような彼の歯は、あこや貝を番人に随《したが》えるほどで、その白さはあこや貝を負かすほどでした。彼の口はわずかに口を開いて微笑むピスタチオのように小さく、その口の中には多くの骰子《さいころ》のような歯がありました。吉報をもたらすかのような彼の微笑みは明けゆく朝のようで、彼の歯はこのうえなく真っ白でした。彼の唇には十万以上の奴隷がおりました。なぜなら、彼の唇には生命の水よりはるかに不死が含まれているからです。彼の生えたての柔らかな口髭は、ムハッカク書体やナスフ書体(7)のように美しく、彼の唇は世界中を所有しているのです。世界は彼の三十の星のような歯の下にあり、彼のりんごのような顎のせいで、私は樅《もみ》のようにすらりとした背丈のあの人ゆえ、花梨《かりん》のような黄色い我が顔の上に、柘榴の種のような血の涙を落としました。私はあのすらりとした糸杉の愛に捕らわれているので、私の顔はすっかり青ざめてしまい(8)、よくなる見込みはないのです。彼の背丈という矢に恋した悲哀は絶えず、弓のような私に弦を張って引っ張りつづけています。ねえ、今すぐ行ってきてはくれませんか。この二人の恋人の仲をとりもってちょうだいな。彼にこの話をしに行ってちょうだい。この二人の恋人の間の愛の礎になってちょうだい。この秘密を彼に言ってちょうだい。もし彼が怒ったら、私はその怒りを百もの魂で大歓迎しますから。私たち二人を並ばせてちょうだいな。一人の男、一人の女にも知られることのないようにね。」

　こう言うと、カアブの娘は恥も外聞も捨て去り、心の血で次のようにしたためました。

「おお、眼に見えずとも常に私の心に居る人よ、どこにいるのですか？　あなたは私の目の前にはいません。いったいどこにいるのですか？　私の両眼はあなたから輝きを得ています。私の心はあなたから神秘的直観知《マアリファ》をも得ているのです。さあ、私の眼と心を客としてもてなしてください。さもなければ剣をとり、私を殺してください。この世にある王国の財産すべて、私の眼には入りません。私にはもう半分の命しか残っていないのです。なぜこの半分の命をあなたに捧げずにいられましょう。なぜなら、私はあなたなしではたとえ百の命があろうとも必要ないからです。あなたは我が心を奪いました。もし千の心を持っていたとしても、私はそれをあなたに捧げるしかありませんでした。一瞬たりとも、私はあなたから心を引き離すことなどできはしません。なぜなら私は我が魂のように愛しい人から心を引き離すことなどできないのですから。私はあなたへの愛の苦痛を我が心に受けます。私はあなたのお下げ髪という偶像崇拝に我が信仰を捧げます。あなたなしでは私には心も信仰もありません。なぜあなたは私をこのように当惑させ続けるのですか？　あなたの顔が見えず、私の顔は金貨の黄金色のように病的です。あなたの顔への愛によって私はもうにっちもさっちもいかなくなってしまいました。私はあなたを見ました。あなたのような人は他にはいません。あなたのような糸杉の背丈の人を見たことなどありません。もし我が許へ来てくれるなら、私は救われるでしょう。さもなければ私はどこへなりとも去ってしまいましょう。私は指一本ずつに灯りを持って、平原でも庭園でもあなたを探し求めましょう。もし我が許へ蠟燭のように現れてくれるなら、それでいいのです。が、さもなければ灯りのように私は消えて我が命は尽きたと思ってくださいませ。」

カアブの娘はこの手紙を書き終わると、次に月のような美しい自分の顔を描きました。乳母に渡すと、乳母はあの優しい月のような美しい男の許へ向かいました。

バクターシュは彼女の画を見て詩を読むと、彼女の絵姿と詩に驚きを隠せませんでした。一時間ほどバクターシュは心ここにあらずの状態となり、愛が芽生えると彼の心は彼女に会いたくてたまらず、血を流しました。愛という鮫《さめ》が彼を制圧し、彼の脇や服の裾は血の海と化しました。彼女の顔を見ずに彼はこの世を見たので、まるで天も地もないかのように、何ものも彼に希望を抱かせませんでした。彼は頭も足もない無力な球のようで、帽子を足に、靴を頭に置いているかのようでした。バクターシュは乳母に言いました。

「おお、弁舌に長けたお方、起ってあの偶像のようなお方の許へ行き、私からと彼女にこう伝えてください。

「私にはあなたの顔を見るための眼がありません。あなたなしで安らぐための忍耐強さは私にはありません。私は今あなたなしでどうすればよいのでしょうか？　あなたなしでこのような苦痛に耐えることはできません。あなたの自由にたなびく長い髪のように、私は幕帳《とばり》を破り悪評を立てたのです。なぜなら私はあなたの顔に恋したのですから。あなたのお下げ髪が私を混乱させたのです。なぜなら私の命はあなたの長い髪次第なのですから。あなたを見ることなしに、あなたは私の魂の中に入り込みました。私の心は立ち上がり、血の中に坐り込んだのです。あなたは自身を私の魂の中に隠しました。なのになぜ、あなたは魂の血に飢えているのですか？　月のあなたを愛し、夜に生きる私を、夜明けが来ると欺くのはやめてください。おお、雲に隠れし月よ、太陽のように誇り高く剣を抜くのはやめてください。もしあなたが私の眼を見えるように照らし、私を喜ばせてくれるなら、私は百もの魂であなたを愛することができるでしょう。もう私は死にそうです。おお、我が命よ、私を理解してくれればよいのですが。さもなければ私がどうなるか、あなたにはおわかりのはず。」

乳母はあの月の許へ戻っていき、彼女に対する小姓の愛を知らせました。

「彼はあなた以上に恋しています。彼の心はまるで愛という海に独りぼっちで漕ぎ出でたかのようでした。おお、月のような美女よ！　もしあなたの心が彼の愛について知るところとなると、あなたの心は彼から真の愛の苦痛を学ぶことになりますよ。」

姫の心はこの上ない喜びに満ちあふれました。嬉しさのあまり、彼女の頬を涙が流れ落ちました。その心輝かす美女はどうしてよいのかわからず、ただひたすら昼夜を問わず、詩を口ずさみ抒情詩《ガザル》を詠みました。姫は詩を詠むようになり、バクターシュに送りつづけました。彼女は秀でた詩人となりました。

小姓バクターシュは彼女から送られてくる詩を読むたびに、ますます彼女への愛を募《つの》らせ、驚きを増すのでした。

しばらく時が経ったある日、あの心輝かす美女が露台へ姿を現しました。バクターシュは一目見てすぐに姫と知りました。バクターシュは日々彼女の肖像を見て恋い焦がれていたからです。バクターシュが彼女の衣の裾をつかんだので、姫は怒り、彼を袖にしてこう言いました。

「無礼者、なんて図々しいこと！　お前は狐にすぎぬというに、なぜ獅子になろうとするの？　どんな男も私に近寄る勇気すらないというに、私の衣の裾をつかむなど、いったい何様のつもりなの？」

小姓は姫に言いました。「私はあなたの通る小路の土埃にすぎません。せめてお顔を隠しておいてくださったなら……。なぜ日夜を問わず私に詩を送ったのですか？　あの心奪う美しい絵姿で、なぜ私の心を奪ったのですか？　最初に私を狂わせておきながら、なぜまるで見知らぬ者のように私を扱うのですか？」

その白銀の胸の美女はこう答えました。

「お前はこの神秘について少しもわかっていないのですね。我が胸の内に神への愛が起こったので、私は神の代わりにお前をかりそめの恋人としてみただけなのです。百人の奴隷ですらこの愛と比べれば足りないというのに、私は神ではなくお前を詩で称えたのです。お前の人生には、私が真の愛の対象としてお前のことを詩に詠むだけで十分ではなかったの？　お前はこうすることで恥の礎を置いたのです。お前は情欲に溺れたのだから、もう私はお前に詩を捧げはしません。」

姫はこう言うと彼の前から去りました。彼の心は百倍も恋してしまいました。

私はミフナのアブー・サイード(9)の次のような言葉を読んだことがあります。

「私はそこに行き、カアブの娘の様子について、彼女が厳格な神秘家になったかと尋ねました。」

アブー・サイードは続けました。

「彼女が詠む詩の意味から、私にははっきりわかりました。地上の恋人バクターシュへの燃えさかる愛ゆえにはこのような詩は詠むことができないと。その詩は創造されし者、バクターシュには関わりがなく、彼女は神のためだけに生きていたのです。彼女の詩の意味するところは精神的に完璧でした。奴隷はたまたまそこを通りかかった仮想の相手にすぎなかったのです。」

恋の病に罹った姫は、その情熱のなかで悲しみに浸りながら日夜詩を詠みつづけました。ある日次のような詩を詠みながら、楽しげに草原を歩んでいました。

「ああ、夜風よ、吹きすぎだわ、私のことをあの心奪うトルコ人に伝えておくれ。こう伝えるのです、「あなたは渇きによって私から眠りを奪いました。私から水を奪い、私の血を飲んだのです。」」

赤ら顔の水汲み人夫がおり、いつも水差しに水を汲んで姫の許へ運んできていました。月のような「心奪うトルコ人」の代わりに、姫は「赤ら顔の水汲み人夫」と置き換えました。これが彼女の兄に疑いを抱かせ、妹に対して不名誉の眼差しを投げかけることになったのです。

この事件から一ヶ月ほど過ぎた時、ハーリスは軍を率いて戦闘に出ることになりました。数えきれないほどの多勢の軍は天の巡りのごとく多く、もはや数えられませんでした。剣や楯を持った軍は波打ち、この世はその剣と楯によって明るくなりました。軍は山や平原から繰り出し、大地をのせた牛は驚いて氷の上で動けなくなった驢馬のようになりました。

一方、ハーリスは軍を率いて早朝、門を出ました。ハーリスはとても幸運な男で、彼の軍もエネルギーに満ちて強く、ハーリスの公正さのように天蓋も兜も高くかかげられていました。一方ではハーリスには勝利が下僕のように伴い、他方では征服と勝利がハーリスに同行していました。軍勢は戦闘になだれ込み、殺戮が始まりました。土埃が戦場一帯に舞い上がり、蒼穹《そうきゅう》にまで騒ぎが届くほどでした。大地は天の耳をつんざき、天地がひっくり返ったかのようでした。大地はハーリスの敵の血で鬱金香《チューリップ》の園と化しました。矢の雨が雫のように降り注ぎました。まるでこの世が堤防を壊し、死体が堤防の割れ目を塞ぐために積み上げられたかのようでした。死が人の命を攻撃しようと爪を研ぎ澄ませていました。運命は復讐のために歯を研いで待ち構えていました。まるで最後の審判の日のようでした。悪魔ですらその騒動を目にして驚くほどでした。ハーリスはその隊列の前に進み出て、世界一つ分の兵らを導きました。軍勢を率い、ハーリスは獅子のように進み、攻撃をしかけました。至高なる天は星々と共に目を見開いて驚き、戦闘の成り行きを眺めました。

奇跡のように、ハーリスが敵の首を切ると、騒動は最後の審判の日まで鎮められました。ハーリスの剣が敵を薔薇のような血で洗うと、勝利の薔薇が彼の剣から萌え出づるのでした。ハーリスの矢が蒼い天へと高く高く向かうと、イーサー（イエス）の針の穴を通り抜けるほどでした。

一方、月のような美男バクターシュは、諸手に剣を持ち四方八方に振るっていました。ついに邪視がとりつき、バクターシュは矢を頭に受けひどく傷ついてしまいました。その優美な男は危うく敵の手に捕らえられそうになりました。顔を覆った娘が隊列におり、手には武器を持ち、騎乗していました。娘は隊列の前に山のごとく進み出たので、その場に居並ぶ者すべての心に畏怖の念が起こりました。誰もその白銀の胸をした者が誰なのか知りませんでした。

娘は口を開き、こう言いました。

「この怠けようはいったい何なのですか？　私は王、私には天空という大臣がいます。我が歩兵は月と太陽で、私に随行しています。もし私が巡るチェス盤の上で馬を駆けさせれば、獅子のような勇者のごとくすべてを負かしてみせます。私は私に反抗する者は誰でも、象の足許に投げつけ、負かしてみせます。もし私が鋭い剣を抜けば、私は獰猛な獅子の肝臓を取り出してみせます。私の火を噴く剣を煌《きら》めかせれば、それを怖れて火の胆汁が水になることでしょう。蛇のような槍を手で回せば、私と戦おうと列に出る者は誰もいないでしょう。もし鉄床が我が槍の前に現れようとも、私の一突きで粉々に壊れることでしょう。私の突きに鉄床は耐えきれず、鉄床から芸香一粒すら残らないでしょう。私の矢という鳥が弦《つる》から放たれると、天空の鳥の喉から「あっぱれ！」の声が上がるでしょう。鞍の革帯から投げ縄を解くと、私は地面に敵を風のようになぎ倒すでしょう。私はラクシュを駆けさせ、戦闘の扉を開けます。なぜなら戦闘においては私はロスタムにひけをとらない存在であり、生粋のロスタムなのですから。」

こう言うと、勇者のごとく十人ほどの敵を殺しました。剣を手にしたままバクターシュの許へ行き、バクターシュを抱き上げ戦列の後方へと戻しました。彼女が誰なのか誰にも識られることなく、彼女は姿を消しました。

あの偶像のような美女はどこかの一隅に隠れてしまい、敵の軍勢は海のようになだれ込みました。危うく町に人が誰もいなくなりそうになった時、ハーリスに救いの手が差しのべられ、ブハラの王の許からの多くの人々が王の敵の軍勢を敗北させ、死者たちが惨めに置き去りにされました。

ハーリスは喜びと勝利に満ちて町に入り、あの機敏な騎士を探しました。しかし、誰もその騎士の消息を知らず、「まるで妖精のように消えてしまった」と、みな口を揃えて言うばかりでした。

真っ暗な夜が訪れ、月が杯を口に運んでいました。一晩中、月の円盤はまるで石鹼の丸い塊のように光の泡を投げかけていました。世界を照らす王たる月が、その石鹼で血の涙で汚れた頰を夜明けまで洗っていました。

鴉のように黒い夜が明けると、愛しい人を想い、姫の心は籠の中の鳥のようでした。バクターシュの負った傷にたいへん心を痛めていたので、一目見ただけで姫の魂は燃えてしまうほどでした。姫の魂をあの愛しい人が傷つけたせいで、一瞬たりとも彼女は眠ることも休むこともありませんでした。どうすれば姫の心が安まるというのでしょう？　血の涙で姫は手紙をしたためました。雄弁な姫は次のように詩を詠みました。

「ジャスミンの香りの月が語るのをお聞きなさい。王冠にふさわしい頭に、矢尻が何の用があるというのでしょう？　敵の首が――混乱してしまうがいいわ！――絞首台以外に上がることのないように！　あなたが注意を払わないような人は、もし不運に見舞われて死んでしまうとしても当然で、驚くには値しません。あなたのために土を被らない人は、あなたの魂と頭にかけて無となることは確実です。あなたに対して嫉妬深い敵が高位であれば、蛇のように頭に一撃を喰らわすこと、それが方策です。そしてもし愚かな敵があなたに反抗すれば、その頭を引っこ抜き、それを別のところに置くがいいのです。そうすればあなたも楽になります。あなたに対して誠実でない人は死んでしまえばいいのです。もし再び敵があなたと戦おうと決心すれば、その敵は消されるにふさわしいのです。もし人があなたの前に頭を垂れないならば、ほんのわずかすら自分のことを気にかけないためであり、つまりはそんな人は自分で死にたいのです。あなたの頭はたいへん価値があるので、王冠があなたによってその栄光を得るのです。いいえ、あなたの幸運な頭はあらゆる人間に価値と気高さを与えるのです。

巡る天は、常にあなたの前にまた頭を垂れるために、頭を高く掲げるのです。もし私の起こした問題があなたの邪魔をするなら、私めの頭があなたの頭を救うために切り落とされますように！　あなたの前に私は地に伏したのです。私のような百の頭があなたのために犠牲とならんことを！　敗北の傷に恨みを抱く人がもし再び攻撃してこようとも、あなたの怒りによって頭を垂れるでしょう。(10)喜びの樹の果実を味わう者は、もしあなたを想わずに葡萄酒を飲むなら、悲哀を味わうことになりましょう。あなたに対して、無知であるのに賢いと吹聴する者が、あなたの名を刻まずに金貨を作れば、作り損なったことになります。メッカ巡礼に行こうと決めた者は、もしあなたの命令なしに巡礼すれば、過ちを犯したことになります。

あなたに何が起こって、あなたは血の中に浸っているのでしょう？　私以上にあなたの痛みに苦しんでいる者はおりません。私は一晩中蠟燭のように燃えつづけ、夜が明けると私は何もできず放心状態です。愛によって私は蠟燭のように常に笑います。(11)そして蠟燭が溶け落ちて冷えて固まるように、私の両眼からの洪水を防ぐ堤防を築くのです。蠟燭のように涙と炎の中で笑っているのは、私も蠟燭のように愛によって生きているからです。もし私が夜明けを望めば、私はこれほど苦しまずにすんだのです。我が魂に届いた炎のせいで、我が両眼から数千の泉が滴り落ちます。これほど熱を帯びる愛の炎がこのような涙で大水を生んでも、驚くには値しません。これほどまでに身を焦がす私に何を求めるのでしょう？　昼夜を問わず私が身を焦がさない時はありません。土と血の中で私をのたうち回らせないでください。天のように私を翻弄しないでください。私がどうすればよいのかわからないのを知っているくせに、いったい私の足に何を巻き付けようとしているのでしょう？　私があなたに陶酔しきっていると、私があなたゆえに身を投げ出していると、あなたはご存じです。いつも悲哀と共に生きる私は、誰にも辛い思いをさせていないというのに、なぜ血の中でのたうち回るのでしょうか？　あなたへの愛によって私はあまりに我を失くしたので、私もどうすればよいのか皆目見当もつかないのです。我が心は苦痛に疲れ果てました。私は悲哀の館の扉を堅く閉ざしました。私の身体を残酷にバラバラにして、どうしてこのように苦しめるのですか？　いつまで私を芸香のように火にくべて燃やすつもりなのですか？　あなたと結ばれたいという望みがなければ、私からは埃も煙も残らないでしょう。私の魂は罪深いのです。なぜなら、私はあなたと結ばれたいという望みによって生きているからです。[12]私は別離という言葉にも耐えられませんし、恋する私は愛しい人と結ばれることにも耐えられはしないのです。心の平静を失った者のごとく、私は我が苦痛の千分の一についてあなたに語りました。もし乳母を見つけたら、またあなたに語りましょう。さもなければ私はこの愛の秘密を己の魂の中にしまい込みます。」

　乳母はこの手紙を持って出発しました。あまりに急《せ》いて向かおうとしたので、足でというより頭で向かったかのようでした。まるで、筆がその頭先でさらさらと文字を書くように。

　バクターシュの頭はひどく傷ついていたので、姫の手紙で心が癒やされ、安らかになりました。彼の眼からは血の涙が洪水のように溢れ出し、多くの愛のメッセージを送りました。

「愛しい女《ひと》よ、いつまで僕を独りにしておくのですか？　病人を見舞おうとはしないのですか？　さあ、愛しい女《ひと》よ、心優しい友のように、独りぼっちでいる者の枕元に少しでもよいから座っておくれ。今日僕の頭に傷が一つあるとするなら、僕の魂には千もの傷があるのです。おお、心照らす人よ！　貴女に逢いたくてたまらず、僕のシャツは経帷子となってしまいました。」

　彼はこう言うと気を失いました。

数日が過ぎ、苦痛を知るバクターシュは正気を取り戻しました。ある日、あの心照らす姫が座っているところに詩人ルーダキー(13)が偶然通りかかりました。ルーダキーが溶けた黄金のような詩句を詠むと、姫はそれより優れた詩句を詠みました。その日、師たるルーダキーは多くの詩句を詠み、姫は優れた詩句を返したのです。ルーダキーはその美しく、苦痛を知る姫の才能の優美さに驚嘆しました。その白銀の胸の姫の愛は明白となり、ルーダキーは出発しました。ルーダキーは秘密を知った時、そこからブハラに向けて旅を続けたのです。

ブハラで、ルーダキーはハーリスを助けた王の許へ急ぎ参上しました。ハーリスも偉大な王に礼を申し述べるために到着していました。その日は王主催の宴が催され――なんと言えばよいのでしょうか――心躍る楽園のようでした。

王がルーダキーに詩を求めたので、ルーダキーは立ち上がって口を開きました。カアブの娘の詩句を憶えていたので、すべて諳《そら》んじてみせると、宴はたいへん盛り上がりました。王はルーダキーに「これを詠んだのは誰か？　真珠に穴を穿った(14)のは誰か？」と言いました。ルーダキーがどうしてハーリスに気づくことができたでしょう？　ルーダキーは詩にも葡萄酒にも酔っていたのですから。陶酔していたルーダキーはこう答えました。

「おお、陛下！　詩はカアブの娘の作です。姫は、とある小姓にぞっこんで、まるで罠にかかった鳥のようです。もう随分と姫には食事も眠りもありません。詩や抒情詩を詠むことしかできずにいるのです。思いを込めた数多の詩を詠み、密かに奴隷の許に送っています。もし姫の愛が炎のようでないなら、姫からこれほど見事な詩は生まれてこなかったでしょう。」

ハーリスはこの話を聞き、雷に打たれたかのようでした。たとえ、その時酔っているふりをしようとも。ハーリスはすぐに自分の国に戻り、この秘密を妹に知られないようにしました。ハーリスの心はずっと怒りで煮えくり返っていましたが、感情を押し殺して耐えていました。なんとかして尻尾をつかまえ、妹を殺そうとしたのです。

その月のような美女が詠んだ詩は、どれもバクターシュの許に折を見て届けられ、バクターシュは小箱に大切にしまい、蓋が開かないようにしっかり閉めていました。ジャスミンの胸のバクターシュには、その小箱の中には宝石があると思い込んでいた友人がおりました。その友人は小箱の蓋を開け、詩を読んでしまいました。ハーリスの許へ持ってきて読んできかせたのです。ハーリスの心は、その秘密が白日のもとに晒されたせいで炎に満ち、妹を始末することに着手したのです。

まず、王はあの特別な小姓を縛り上げ、井戸に放り込みました。それから王は、あの白銀の胸の妹のために、館の風呂を焚《た》くよう命じました。それから王は妹の両手の血管を切り、手当をせず放置するよう命じたのです。そして王は妹を浴場に入れ、煉瓦や漆喰で出入り口を閉ざしました。その白由な糸杉のような姫はひどく泣き叫びましたが、いくら叫んでも無駄でした。どのように彼女が亡くなっていったか、誰が知っているでしょう？　世界中の人々がどれほど彼女のことで心を痛めたことでしょうか。このような話を誰が聞いたことがあるでしょうか？　このようなことが誰に起きたことがあるでしょうか？　このような嘆き、このような苦痛、このような苦悩を、この世でいったい誰が、一日たりとも味わったことがあるでしょうか？　もしあなたが恋しているなら、さあ、苦痛を、真の恋人の選ぶ道を、ご覧なさい。

あの月のような美女の周囲に火が感じられました。が、そのすべての火は突然おさまりました。その不吉な浴場から火が起こり、もう一つの詩という火が起こりました。若さゆえに生じた火、血の涙から生まれた火が起こりました。愛と自尊心の苦痛による火、中傷と驚愕による炎が起こりました。病気と無気力による炎が、恍惚と陶酔による炎が起こりました。このような火を、たとえ数多の水があろうとも、誰が消せるでしょうか？　誰がこれほどの火に耐えることができましょうか？　あの月のような美女は指先を血に浸し、多くの詩を書き付けました。自分の血で壁中に、心を痛めつつたくさんの詩を書き付けたのです。浴場の壁を詩で埋め尽くした時、彼女の身体の血もほとんど残っていませんでした。壁中、詩でいっぱいにした時、まるで壁の一部のように、彼女はばたりと倒れ伏しました。血と愛と火と涙の中で、多くの悲哀と共に、彼女の魂は旅立ったのです。

翌日、浴場が開けられた時、あの心輝かす美女がどのようだったか、私はどう語ればよいのでしょう？　頭から足まで血に浸っていたのです。彼女は運び出されて水で清められ、血で心を満たした姫は地中に埋葬されました。人々はその日浴場の壁を目にしました。そこにはあの心輝かす美女の次のような詩が書いてありました。

「我が愛しいお方、あなたなしでは私の両眼は二つの泉にすぎません。私の顔は心の血で染められています。あなたのせいで私は睫毛から滴る大水に溺れているのです。いえ、違うわ、溺れているのではなく、私を大水がさらったのです。あなたは私の魂を奪い、その内に楽しげに居座ったのです。いえ、違うわ、あなたが座っているのは火の中。私の心に入ってきて、外へ出ようとはしないのです。いいえ、違うわ、あなたは血の中に入ってはこないでしょう。あなたは私の両眼から二つの川が流れ出るようにしたので、その涙で身体が洗えると浴場に来たのですが、欺されました。ここは私の死に場所ですね。私はフライパンの中の魚のようです。あなたはこの浴場にいる私の許にやって来てはくれないのですか？　私の愛は、神の御前で、生きながら地獄に落とされるという運命を定められたのです。地獄の中で苦しみながら、秘密を血で描くために。このような話がどのように書かれるべきか、血のみで書かれるべきか、あなたが知るよしもありません。私はこの地獄のような浴場を天国だと思っています。私は今本当の楽園に囲まれています。神が私の運命を地獄としたので、私の話は恋人たちの楽園と化しました。愛の世界には三つの道があります。一つは炎、もう一つは涙、そして残る最後は血です。今私は炎で焼き尽くされようとしています。そして時に血を流し、時に涙を流しているのです。私は火で魂が燃やされることを願いましたが、魂の中にあなたがいるので叶いませんでした。我が涙で愛しい人の脚をすすぎましょう。我が血を差し出す代わりに命への希望はありません。我が魂から燃えさかる火で、この世のすべての愛を知らない人たちを燃やしましょう。我が頬を伝うこの涙で、まだ愛を味わったことのない人たちすべての顔を洗いましょう。もしまだ私に道が残されているなら、この血ですべての恋人たちの頬を薔薇色にしてあげましょう。私を燃やすこの愛の炎で、私は七つの地獄を見せてあげましょう(15)。血の激流となったこの涙で、雨に降り方を教えてあげましょう。まるで海のようなこの血で、暁に顔の赤らめ方を教えてあげましょう。この火で地獄が私に百もの炎を求めるほど、私はこの世を焼き尽くしました。我が涙で両世界を最後の審判の日まですっかりぬるみにしたのです。この血で私は天の通り道を塞いだので、天は血で回る水車に変わってしまいました。あの愛しい方が持つごくわずかな不快さの復讐として、涙で地面を運び去ります。私の愛しいお方を思い描いたお姿以外、この火ですべてを燃やしてしまいましょう。あなたは私の身体の血をすっかり飲み干したのですよ、さあ、召し上がれ、おお、愛しいお方。今、火と涙と血の中で、私は悲痛な想いでこの世を去ろうとしています。あなたなしで私の生命は尽きようとしています。あなたのものである私は、あなたの許を去り、逝きます。あなたは永遠でありますように。」

姫が血でこう綴り終えると死が訪れ、その魂も抜け殻から旅立ちました。ああ、悲しいかな！　いや、その数十万倍も、上手な騎手たるバクターシュの残酷な死が悲しくてなりません。

最後に、バクターシュは機会を逃さず、井戸から這い上がりました。明け方こっそりとハーリスの首をかき、そのまま姫の墓へと向かい、身に纏っていた服を裂いて悲しみを露わにし、短剣を取り出すと自分の胸を一突きにしました。バクターシュはこの儚い世から去り、その心は牢や重い鎖から完全に解き放たれました。彼には唯一の恋人なしで生きることは耐えがたかったのです。バクターシュは姫なしでこの世を耐えることができなかったので、私のお話はここでおしまい。

第二十二章

息子は言いました。

「父上、錬金術とは何ですか？　なぜならそれなしでは僕は生きられないからです。それなしでは僕がこの世で目的に到達することができない錬金術について、教えてください。」

父の答え

父王は息子に、ギリシアのプラトンについての話を語りはじめました。

【第一話】プラトンとアレキサンダーの物語

世界の師たるプラトンが最初に行ったのは錬金術を編み出すことで、銅を金塊に変えるような錬金薬液を作ることでした。五十年間彼は一隅に隠れたまま、卵の殻と毛髪で薬液を作り、ごくわずかの錬金術で多くの黄金を作るに至りました。プラトンにとって黄金を作るのがあまりに容易《たやす》くなったので、彼には土も黄金も同じ価値となりました。

ある日、彼は自分にこう言いました。

「心よ、自分自身の本質の錬金薬を作ることを考えてはどうだろうか。今日自身の努力で錬金術により卵の殻と毛髪から黄金ができたのだから、もし自分の本質から錬金薬を作れたなら、その錬金薬の価値は全世界よりも高くなるだろう。お前の命は卵の殻に劣りはしないし、お前の魂の価値も毛髪より少なくはなかった。五十年もの間、この錬金術に取り組んできて、昼も夜も眠らず励んできたではないか。今もしお前が賢いなら、この錬金薬を作れ。両世界をこの新たな錬金術のために捧げよ。」

彼はこう決意すると、千年の間この世の人々から離れ、励みました。自身の本質から錬金薬を作り、彼は両世界を輝きで満たしたのです。月から魚まで、この世のありとあらゆる存在は、彼にとって明らかになりました。彼によって神秘が開示されたのです。

次の千年の間、彼は自らの神秘を解こうとしました。彼は自分の存在の神秘を解明しました。冬には彼は頭から足まで全身に塗る薬を持っており、その薬のおかげで、山羊のように身体中に毛が生え、寒さから身体を守るようになりました。彼は別の薬も作りだし、それは夏に自分の身体に塗るものでした。それを塗ると体毛が抜け落ち、夏の暑さを凌《しの》ぐのでした。彼はまた別の薬も作り、それは六年ごとに服用するものでした。それを飲むと彼の気質は平衡を保った状態となり、湿気が身体に悪影響を与えることがなくなりました。たとえ彼が地上で最も優れた人物だったとしても、彼の食事と衣服は千年もの間このようでした。

ある日、アリストテレスがアレキサンダーを伴ってプラトンの許を訪れました。プラトンは悲しそうに、六方を山々に囲まれた大きな洞窟に坐っていました。地下には泉があり、プラトンはそこに坐っていましたが、彼の胸は不安でいっぱいでした。アレキサンダーとアリストテレスは長い間そこに坐って待ちましたが、賢老は一言も発しませんでした。

アレキサンダーは言いました。

「老師よ！　何か語ってください。あなたからお言葉を聞こうと、我々はやって来たのです。」

時代の師はこう答えました。

「究極のところ、人間の真実は沈黙である。永遠の価値があるのは沈黙なのだから、在りたいのであれば永遠という色に染まるがよい。」

アレキサンダーは言いました。

「もし何か食べ物が欲しいのでしたら、身体に力が漲るように用意いたします。」

人間のなかの人間たるプラトンは、こう答えました。

「おお、王よ、私の身体を厠《かわや》にするでない。食してはならぬ。厠に行くために食するのは価値がないからだ。お前が厠に行くために食することは価値がないのだ。もし私の腹が不浄の溜まり場となったら、私には知識も叡知も残りはしないだろう。」

アレキサンダーは言いました。

「比類なきお方よ、お眠りになって少しお休みになられてはいかがですか？」

賢師はこう答えました。

「これから私は大いに眠ることになるのだ。それがどのくらいなのか、どのようなのか、誰にもわからない。私にとっての生命は今しかないのだ。私の生命は一瞬ごとに新しく生まれ変わっているので、わずかたりとも眠るのはよくない。」

プラトンはこの会話に嫌気がさし、洞窟に入って彼らから遠ざかってしまいました。アレキサンダーとアリストテレスは、自分たちはプラトンとあまりに違うと知り、苦痛と苦悶により大いに嘆き悲しみました。

＊　＊　＊

プラトンの人生がどのようだったか、彼の知識や見識が彼をどのように導いたか、聞いたことがあるだろうか？　もしあなたが、この世の神秘を解き明かす真の錬金術を識らないなら、プラトンから学びなさい。錬金術で卵の殻や毛髪を金銀に変えることがどれほど重要だというのか？　あなたの身体を魂に、あなたの魂を苦痛に変えなさい。なぜなら、これが真の人間のなす錬金術なのだから。

【第二話】聖者とアブー・アリー・トゥースィー(1)の物語

賢く善良なある聖者が、アブー・アリー・トゥースィーについて次のように語りました。

アブー・アリー・トゥースィーは、上衣を羽織ったある男にこう言ったそうです。

「さあ、纏っている上衣を捨て、無に帰することに努めよ。お前の頭から足まで上衣で覆っている間は、お前は不幸そのものだからだ。神への道で、お前の全存在は背である。背ではなく顔に変えよ。それから、その顔をすっかり眼に変えよ。この神秘を解するため、その眼を心に変えよ。そして心を苦痛に変えよ、おお、神への道を歩む者よ。そして、お前が苦痛から苦痛そのものに変わったら、お前は癒やしへと変わり、真の人間となるのだ。もしお前が苦痛というものを知りたければ、死がお前の眼の前にあるぞ、これが生命というもの！　しかし、真の苦痛とは、誰も両世界で味わったことのないものであるということを知るがよい。」

【第三話】苦痛とは何たるかと問われた狂人の話

ある人が狂人の男にこう尋ねました。

「あなたが味わう苦痛とは何ですか？」

狂人は答えました。

「苦痛とは、手を切られた者がそれを取り戻したいと常に思う感情であり、あるいは十日間喉が渇いてとにかく水が欲しいと思う感情です。神秘を明らかにするために人が神を激しく求めるのと同じです。」

＊　＊　＊

おお、愛しい者よ、真の苦痛とは、あなたが本来持つべきものを持たないということである。あなたはそれを識らないのに、それを常に求めなければならない。私もあなたがどうすればよいのかわからない。が、あなたが努力すべきであり、あなたが努力することが重要であることは確かである。それ以外はすべて無である。今あれやこれや求めたりすれば、混乱するのみであなたは何も得ることはない。

【第四話】母親と市場に行き迷子になった子供の話

一人の女が市場に子供を連れてきました。その子は母親からはぐれ、激しく泣いていました。悲しがって自分の頭に土をかけたり、涙も涸《か》れ果てるほど泣いたりしていました。その子が血の涙と土に塗《まみ》れているのを見て、人々は命に関わるのではないかと怖れ、その子に言いました。

「お母さんの名前は何というのかい？　教えておくれ。」

子供は言いました。「知らないよ。」

人々は言いました。「おお、気の狂わんばかりの子よ、坊やの家の住所を教えておくれ。」迷子は言いました。「家も場所もわからないよ。」

そこで人々は言いました。「坊やの住む地区の名前を教えておくれ、そうすれば坊やも惨めさから救われるだろう。」

子供は言いました。「僕の魂は悲しみでいっぱいなんだ。住んでいる地区の名前なんかわからないよ。」

人々は言いました。「それならどうすればいいんだい？　坊やは悲しんでいて、それを見て私たちも悲しい思いをしているのだ。」

子供は言いました。「僕は道に迷ったんだ。母さんも母さんの名前もわからない。住んでいる地区も家も知らない。母さんそのものしかわからないんだ。僕は独りぼっちで困っているんだ。母さんにここに居てほしいということしか、僕にはわからない。僕の魂は血塗れだとわかっている。なぜなら、僕には母さんがいなきゃならないからだ。他のことなんて何もわからないよ。」

＊　＊　＊

もしあなたの全存在が苦痛と化したら、あなたは神との合一という聖域に足を踏み入れるにふさわしくなり、両世界で完全にそれにふさわしい人間と化すのである。しかし、たとえ神との合一の階梯に到達し、神と融合しても、あなたは神ではなく、神の映し絵にすぎない。だからこそ、あなたは常に美しく見目麗しい。さまざまな美を目にし、その美を見ようと目を開けている人間よ！　両世界は神の存在に満ち溢れている。もし神だけを見たいのなら、あなた自身を決してみないよう、気をつけなさい。神の存在の映し絵である以上、傲慢になったり驕り高ぶったりせず、神だけを見るように努めなさい。人間よ！　自分の心的境地がどのようかご覧なさい。よく注意してみれば、あなたは自分自身では美しくも善でもないことがわかるだろう。神の本質が美しいにすぎないのだ。自身を、この魂や肉体を見てはならない。神の美しさをご覧なさい、あなた自身ではなく、

【第五話】ユースフ（ヨセフ）――彼に平安あれ――が鏡を見る話

ユースフが鏡を覗き込み、自分の月のような顔を褒め称えていました。しかし、鏡はこう思ってい

ました――愚かなのは鏡なのに――自分を褒めているのだと。なんと愚かなことでしょう！　たとえユースフが称讃されるにふさわしい美しさを持っていたとしても、ここでは鏡も大切でした。なぜなら、ユースフの美しさを示し、映し出していたからです。もし愛しいお方が鏡を見たら、その美しさは鏡に映し出されます。そしてもし鏡が取り外されたなら、誰が彼自身の美しさに気づいたでしょうか？　また、もしユースフが自身の美しさを目にしていたら、彼自身果物も手も切ってしまったことでしょう。彼の美しい顔は彼には見えなかったので、彼は自分自身への愛ゆえに死ぬことはなかったのです。自身を見つめることはできなかったので、彼は自身への愛ゆえに苦しむことはなかったのです。しかし、もし別の人が彼を見たなら、果物も手も切ってしまったことでしょう。

＊　　＊　　＊

もしあなたにユースフのような愛しい人がいたら、あなたはまずヤアクーブ（ヤコブ）のような眼差しを持たなければならない。鏡があなたを美しく映し、目に見えない美しさを明らかにするために。神はご自身の美しさに面紗《ヴェール》を被せられた。アーダム（アダム）をご自身の鏡として創造なさった。神はご自身の顔を鏡ではっきりとご覧になり、目に見えない美しさを見えるようになさった。神はご自身の美しさを大いに称讃された。誰か別の人を称讃したと思うことなかれ。もし誰かが自惚れて、自分は美しいと思ったなら、彼は鏡と同じ過ちを犯すことになる。自分の美しさに疑いを抱く代わりに、鏡に罪があると見なし、鏡の存在を否定することになる。もし百世紀もの間あなたが隠遁して自身の顔を見ようとしても、あなたは見ることができないだろう。自身の顔を見た者を、あなたは見たことがあるのか？　誰かこのような神秘を聞いたことがあるなどと、誰も聞いたことがないのである。もしあなたが鏡の中に像を見るなら、どうしてあなたは自身の実際の顔を見ることができるだろうか？　あなたの顔は永遠でも、儚いものでもないので、どうしてあなたはそれを見ることができるというのか？　自身の顔を見ることは不可能なので、鏡を前に置いて見るしかないのだ。鏡の前で溜息をつかぬよう気をつけよ。なぜなら、月のような顔が曇って見えてしまうからだ。あなたの生の源とはならない冷たい吐息は魂の中に留めておくがよい。海士《あま》のように息を潜《ひそ》めておくのだ。もし自身の内にほんのわずかでも欠陥や困難を感じたら、神の存在の映し絵はあなたのなかで何の価値もない。もし真の存在を持ちたいと願うなら、死人のようであってはならないし、眠った者や覚醒した者のようであってもならない。存在を消し、偉大な神という存在の前では自己を滅するのだ。あなたがこの世で探し求めているものはあなたの内にあるのだから、それを求めて世の中を探し歩く必要はない。もし神の存在の内に自らを消して無となれば、神を恋う者たちの魂が自分の中に見つかるだろう。

【第六話】アフマド・ガザーリー(2)の話

何ものをも惜しまない、心輝かす聖者たちの前で、ある日アフマド・ガザーリーが次のように語りました。

ヤアクーブ（ヤコブ）は、麗しいユースフ（ヨセフ）の美を探し求めて、悲哀の館からエジプトへやってきました。ユースフは素早くヤアクーブに近づき、その悲しみに打ちひしがれた者をきつく抱きしめました。

しかし、ヤアクーブはこう叫びました。

「ユースフはどこ？　ユースフは井戸に落ちたのか？」

人々はヤアクーブに言いました。

「何を言っているのですか？　胸にかき抱いているのになぜ彼を探しているのですか？　あなたはカナアーンでユースフのシャツの匂いを嗅いでいたではないですか。今彼を目の当たりにしているというのに、まるで見ていないかのようではないですか。」

預言者ヤアクーブは答えて言いました。

「今日私はすっかりユースフそのものになった。私自身はヤアクーブの存在に属した下僕にすぎなかったのだ。ユースフという名前を聞いてから、もうヤアクーブは存在しないのだ。私は全身全霊で私だった。ユースフは何処《いずこ》と思っていたが、私は私自身を見つけたので、それでもう終わったのだ。」

＊　＊　＊

もしばしの間あなたがあなた自身の前に頭を垂れれば、あなたが探し求めているもののなんらかの徴を見つけるだろう。しかしすべてから解放されれば、悲しくもならないし、嬉しくもなりはしない。神はあなたをこの卑しい巡る天の下から引き出し、真実に到達した聖者たちの色に染めるだろう。

【第七話】アブー・アリー・ファールマディー(3)の話

雄弁な、神への道の案内人たちが、アブー・アリー・ファールマディーについてこう語りました。彼はこう言いました。「おお、人間よ、もし神に呼ばれても喜んではならないし、もし神に失望されたり拒否されたりしても気落ちしてはいけません。あなたが受け容れられてもそれを成功と見なしてはならないし、否定されたからといって敗走してはいけません。なぜなら、もしあなたが一瞬たりとも富に欺《だま》されなければ、不幸によって悲しむこともないからです。神はあなたをこの世のさまざまな色から解き放ち、別の色に変えてあなたをこの世から連れ出すでしょう。もしこの色があなたの弊衣の色となれば、両世界はあなたの竜涎香の香りに満ちるでしょう。もしあなたがこの純粋で混じり気のない香りを得れば、あなたの銅は黄金(4)に、肉体は魂に、そして無となるでしょう。もしこの色を得れば、おお、比類なき者よ、何ものもあなたにとって永遠ではなくなります。すべてのものはあなたを通して存在を見出すのだから、どうしてあなたが他のものを望むことがありましょうか？　あなたが神のなかに消滅し、いわばあなたが神の位階に到達するような時、人々からあなたは何かを要求されるかもしれませんが、あなたは誰からも何も求めはしないのです。」

【第八話】ある人がマジュヌーンに質問する話

友人の一人が、マジュヌーンにこう尋ねました。

「お前はライラーをどのくらい愛しているのかい？」

マジュヌーンが答えました。

「最高天と穹天の神にかけて、僕はライラーのことを愛していません。なぜそんなことを問うのですか？」

友人は言いました。

「こんなにも詩を詠み、昼も夜も食べもせず、眠りもせず、惨めに土と血にまみれ、愛の道を歩んでいるのに、何を言っているのかい？」

答えて曰く、

「それはもう過ぎたこと。今やマジュヌーンがライラーであり、ライラーがマジュヌーンなのです。二元性は今や消え去り、すべてがライラーであり、マジュヌーンは端に追いやられ、その存在は消え、唯一あるのはライラーなのです。」

＊　＊　＊

乳と葡萄酒のように、彼らは溶けて一つになった。彼らは二元性という欠点から解放されたのである。ここで一元性が明らかになったので、二元性が存在する場所はもうない。もし全存在をもってあなたが神を求めるなら、行きなさい。そして自身を神の存在のなかに消滅させなさい。そうすれば真のあなたが現れる。あなたがこの人生で二度と自身を見つけられないように、自身を消滅させなさい。

【第九話】バーヤズィードと旅人の話(5)

バーヤズィードの見知らぬ者が、バーヤズィードを訪ねてやって来て、まるで知り合いであるかのようにドアを叩きました。家の中で、その賢人は考えに耽《ふけ》って立っておりました。

バーヤズィードは言いました。

「どこから来たのか言わないのですか？」

見知らぬ者は言いました。

「私はあなたにとって全く見知らぬ者です。バーヤズィードが私のために祈ってくれることを望み、遠い所からここへやって来たのです。」

世界を輝かす師はこう答えました。

「おお、托鉢僧よ、三十年間、私はバーヤズィードに逢いたいと願ってきました。ずいぶんと探し回ったのですが、彼の埃すら目にしませんでした。彼に何が起こり、どこに行ったのか、私にはわかりません。彼と別れてから三十年になるのです。バーヤズィードの存在は、神への愛の結果、黄金に変わり、今やおよそ三十年、誰にも真のバーヤズィードの消息はわからないのです。」

*　　*　　*

永遠に黄金に融け込んで一体となった人は、決して自分自身を知ることができない。しかし、常に錬金術とは、神秘主義道を歩む修行者がそれを「神の光」と称するものである。もし真の錬金術である神の光がしばしの間異教徒の上に輝けば、世界中の人々がその影響を受ける。もしその光がファラオの魔術師の上に輝けば、ファラオの魔術師は消し去られる。もしその光が老婆の上に輝けば、ラービア[6]のように若く美しい神智家の女性に変わり、世界中どこにも存在しえない男のような立派な偉人となる。そして、もし神の光が土を耕す人の上に射せば、その農夫はハルカーニー[7]のように幸せで恵まれた、傑出した聖者となり、多くの黄金を得るだろう。そして、もしわずかでもこの神の光がマアルーフ[8]の上に輝けば、彼は正しい道に導かれ、キリスト教徒からイスラーム教徒になる。そして、もしフダイル[9]の許に現れれば、彼は追い剝ぎから神秘主義道を歩む修行者となる。はたまたその光がイブン・アドハムの魂に入ると、彼の心は両世界のスルタンとなる。もしその光が肉体に落ちれば、その土（でできた肉体）は心となり、もし心に落ちれば心は清らかな魂となる。魂が自身の内にその光を得ると、両世界はもはや存在しなくなる。魂がその光の中に完全に消滅すると、「スブハーニー[10]」と「アナー・アル・ハック[11]」という言葉が生まれ出づる。その光が天国に入れば、神から「この手紙は我からであり、これを受け取った結果幸せになり、支配がその永遠に続く王へと変わる者に送る」という伝言が届く。神からの特別な衣服を纏った時、この手紙は神から神と合一した人間に届くのである。あなたが永遠に最も神聖なる者になり得た時、あなたの肉体すべては心に、そしてあなたの心すべては魂となる。神の光という錬金術があなたに美しい顔と善なる性格を与えた時、神があなたに神秘的直観知《マアリファ》を授け、あなたを完全にすることを期待しなさい。

【第十話】マフムードと師ハルカーニーの物語

旅から戻る途中、マフムードが早朝ハルカーニーの許を訪れました。しかし、師を試そうと、王はお気に入りのアヤーズを呼び、自分の服を着せてこう言いました。

「私は王の番人で、彼が心輝かす王である。」

しかし、ハルカーニーは一瞥しただけで王に言いました。

「あなたは王の命を守る番人ではありません。さあ、前へどうぞ、托鉢僧の品格をもった王よ、なぜなら今神があなたに最高位をお与えになったのですから。おお、マフムードよ、あなたは、たとえ王であろうとも、あなたの心は清貧な生活を求めています。あなたは全世界の王であり、すべてを手にしており、またそうでなければなりません。あなたは全世界の王であるのに、なぜ托鉢僧のようにパン一片を欲しがるのですか？　永遠に称えられる神もかつてこのようなことをなさったのを知らないのですか？　神には数え切れないほど多くの善なる性格があり、世界は神智家と叡知で満ちていました。神はご自身の全力を用いて人間を創造なさいました。が、神はあまりに偉大すぎ、多くの善なる性質をお持ちだったため、人間は神を自分たちの想像できる範囲内でしか思い描くことができなかったのです。神はあまりに純粋でおられたので、人間の性質を受け容れ、ご自身をその性質の範囲内で人間にお示しになられたのです[12]。私が貧しい人間の姿に身をやつし、あなたの信仰心を試そうとあなたの家の戸口でパンと水を求めた時、どちらも得られずに去りました[13]。あなたは私をあなた自身に対し絶望させたのです。おお、我が友たる人間よ、もし私があなたを求めるのと同じようにあなたが私を求めるのならば、実にすばらしいことです。」

＊　＊　＊

愛しい者よ、これはいったいどういうことなのか、私には理解できない。苦痛とは何なのか、愛とは何なのか。そしてこれはどのような業なのか。神の位階は何も必要とせず、永遠である。それに対して服従は人間が神に対してとるべき道である。神であることは一つの神秘であり、大いなる謎であり、[14]誰にもこの謎は解けない。実際、人々は王マフムードの特別な服を纏ったアヤーズのような存在である。最初、神はご自身の姿形を作り、最後にご自身の属性を作られた。神はあなたの名をご自身の名にすることもあれば、ご自身の名を我々人間の名とすることもある。もう規則など存在しないのだから、私は何を言えばよいのだろう。神は近くにおわし、あなたは遠くにいる。私は何を語ればよいのか？　人間よ、あなたが自分自身と自分の望みだけを考えているかぎり、決して神や真実を見つけることはできないだろう。自身を忘れた時、真実を理解し、神の存在を絶対的真実として理解することができるだろう。もしあなたがこの神秘主義道において真実たる麝香を求めるなら、あなたは夜明けの麝香鹿《じゃこうじか》に劣ることのないようにせよ。

【第十一話】麝香鹿の話

高名な師たちが語った話です。

四十日の間昼も夜も、草も茨も食べず、ほんの一度か二度香しい薔薇しか食べない鹿がおります。四十日間清らかに過ごし、夜明けに自分の頭を朝の方に向けます。その瞬間がその鹿の心の血を通り過ぎると、その鹿の麝香嚢《のう》から麝香が流れ出します。その瞬間ゆえに麝香が生み出されるのです。その瞬間ゆえに人々が求めるようになるのです。

＊　＊　＊

この世で、血がそれによって一瞬で麝香に変わる瞬間があることなど、誰が知っているだろうか。その清らかな瞬間に血が麝香に変わる時、その瞬間は土をも精神に変えることができるのだ。そう、神の光が魂に射し込む時、あなたの身体は直ちに魂の色を帯びるのだ。これ以上、何を語ればよいだろうか。もう私は何も語れはしない。なぜならこれ以上何かを語ることは許されていないからだ(15)。もしあなたが錬金術を実践するなら、このように実践せよ。ただし、この錬金術を信仰の道において実践せよ。真の錬金術をこの広い世界で見つけることができないのなら、自らの魂の内に求め、自分の内に見つけなければならない。他に何を知りたがるのか？　もしあなたが神秘主義道を歩む人間であるなら、この錬金術を実践せよ。なぜならこれが魂のための神的な錬金術なのだから。これ以上の秘密をあなたに語ることは、絞首台の上で語るのでなければ許されはしまい。これ以上の数階梯があるのだ。私には誰かがそれについて知っているかどうかわからない。私は自身でこの道を歩みつづけることはできない。なぜなら、この道では溜息をつくという、とても容易い行動しか許されていないのだから。もし私の心から声が上がるなら、私は真実に到達するために歩む修行の道中の出来事を語ろう。さもなければ、神秘は秘められたままのほうがよい。

終章

ある詩の価値がたとえ神のおわす最高天より高いとしても、ファリード(1)の詩の足許にも及びはしません。私以前あるいは同時代のいかなる詩人も、私の詩のような詩を詠うことはできなかったし、どれほど自分の詩を天高く掲げてきたとしても、私の詩の美しさに及びはしません。誰もそこまで到達しえない高さにまで、私は自分の詩を掲げてきました。あなたにイーサー（イエス）の息を示しました。夜明けのように、白い手(2)を示しました。私が自分の生きた証として残した詩は、まるで天国の楽園のように美しいのです。気高い男たちは多くの夜を朝まで、我が庭園で心躍らせるのです。自分は詩人で、その詩は見事であると主張する者は、真の朝(3)のように真実を語り、その詩は卓越しています。もしその詩人が私の時代まで生きており、私の詩を読んだら、恥ずかしくなって死んでしまったことでしょう。そう、アッタールの詩という太陽が現れると、偽の夜明けはもう残りはしないのです。私の詩という海は完璧なので、私の詩はまるで数千の湧泉のようで、その美しい岸で読者たちはあれこれ思いをめぐらすのです。私の詩という海が一瞬ごとにどの岸にも湧き出る美しい泉を生み出す時、どの泉もまるで至高なる太陽のようであり、世の中に光を惜しみなく与えるのです。我が詩という海からの助力がもしなかったなら、天には宝石も星もなかったでしょう。太陽は最後の審判の日には暗くなるでしょうが、この詩は永遠に明るいままです。天国で毎日愛の調子で心輝かす妖精たちが詠うのです。我が詩はすべて神との合一を清らかに詠ったもので、もし天国で詠ったとしても何を怖れることがあるでしょうか。神の宝物の扉を私は開け、この作品を「神の書」と名づけました。七つの天に棲む聖者たちは、アッタールの「神の書」を読むことでしょう。この作品の栄誉によって、私には王位があります。なぜなら、「神の書」は神の慈悲深さに由来するからです。神が私に一瞬ごとに新たな魂を贈ってくださり、一瞬ごとに不可視界から私に食べ物を贈ってくださるのです。私が不可視界から糧を得ているので、なぜ哀れな者に捕らわれることがありましょうか？ 我が心は神からの教えを会得《えとく》し、この世の学問という温かい食事を求めはしません。粗野な性格の私は孤独に坐し、この世のハムザというスープ(4)だけで十分なのです。この粗野《ヴァフシー》な人間はこのハムザを思うと落ち着いてはいられないのです。スープ《ハムザ》と粗野《ヴァフシー》(5)な人間の話を知っても、私には何の益もないのです。私はこの蒼天の下に囚われているので、私がこの世で必要とするのは家の扉だけです。この世の長さと幅を、天の蒼さとこの世の広さを知ってどうすればよいのでしょうか？ 私は何も必要とはしませんが、もし必要があるなら邪視を除《よ》けるために火にくべる芸香がごくわずかあれば、それでよいのです。私は何に対しても必要を感じない、満足という土地の王なので、常に私は望むことはなんでもすることができるのです。

【第一話】学舎を通りかかった男の話

ある聖者が学舎の前を通りかかったところ、二人の子供が目に留まりました。一人にはパンと肉料理があり、もう一人にはパンしか食べ物がありませんでした。一方がもう一人の肉料理を欲しがりました。肉料理なしではどうにもできなかったからです。最初の子供が言いました。

「もし僕の犬になって、犬みたいに僕の後を走ってついてくれれば、僕の肉料理がもらえるかもよ。さもなければパンだけで他には何もなしさ。」

言われた子供はそうすることに同意し、犬のように道を走り回りました。最初の子は口に縄をつけ、「犬になれ。犬の啼き声を真似て、犬みたいに走り回れ」と言いました。言われた子は言われたとおりにし、パンの上に肉料理をもらいました。

聖者はその子に言いました。

「幼い子よ、もしお前が賢かったら、パンだけで満足し、犬になることなどなかっただろうに。犬のように走り回らないようにするなら、肉料理を断たなければならないのです。」

＊　＊　＊

あなたはいつまで犬のように死体と骨を求めてこの世を走り回るのか？　スルタン・マフムードは一行あたり一枚の銀貨を『王　書《シャー・ナーマ》』の詩人に与えた。しかし、たとえ象に積んで運ぶほどの多くの銀貨だったとしても、詩人にとっては安酒ほどの価値もなかったのだ。詩人の大志をご覧なさい。そしてどんな報酬を得たかもご覧なさい。ありがたいことに、私は信仰の道に熟達しており、この世で誰をも必要とはしていない。私は自分が必要としている以上のものを持っている。どうしてさらに手を伸ばす必要があるだろうか？

【第二話】神を崇める男の言葉

ある日、神秘に手が届いていた、神を崇める男がこう言いました。

「あなたが持っていたり、必要としたりするものはすべて、あなたにとって、それを持つよりも断念するほうがよいのです。あなたにとって両世界にあるものすべてがないことのほうが、あることよりもよいのです。」

＊　＊　＊

もし両世界が楽園であるなら、私の魂が眺めるべき、我が魂の目の保養の場として十分である。(6) 私の清い魂は天国の楽園に等しいので、私の周囲には多くの人が集まってくる。しかし、私の魂は美しい楽園のようであるが、残念ながら真の仲間や親友と呼べる存在はいない。どの仲間も私にとっては不幸や悩みの種なので、まるで幕帳《とばり》のようである。したがって我が不変の友として私は書物を選んだのである。私には仲間を見つけることができないので、私はこの書の中で自分の悲しみを打ち明ける。私には、心の海の中に、このような言葉を生み出す真珠しかない。言葉数が少なかろうと多かろうと、どうして話しかける相手を探すだろうか？　私は自分自身に話しかけるのだ。私は世界中に手を伸ばしたが、この世で仲間を見出すことができなかった。私は真の意味での友、純粋で誠実な友を求めていたが、残念ながらこの世で私は本当の友を得ることはできず、真の友情を味わうことはなかった。どこにも、ごくわずかでも誠実さを見出せる人に私は会っていない。私が私自身に対して誠実でないのだから、他人に誠実さを求めるのが間違いなのだ。私が自身に誠実でないのだから、この世で誰が私に対して誠実であろうか。今日、信仰の道を歩む中で、真の信仰者を見かけることはなかった。かの有名な「純正同胞団《イフワーン・アッ・サファー》」(7)の人々ですら、今日誠実な信者が目に留まることはない。随分と歩んできたが、まだかつて居た場所に私はいる。これほど歩んで何のためになるのか、私にはわからない。

　心よ、お前と共に座っていた者たちも、仲間たちも去ってしまった。お前はいつまで無駄な努力を続けるのか？　行くがよい。いつまでずるずると先延ばしするのか？　あなたは、無為に過ごす者のようにこの世を貪り、自分に割り当てられた仕事のことなど少しも考えなかった。たとえ夜明けに一瞬の時があろうと、その瞬間というのは誠実ではないのだ(8)。まだ時間のあるうちに、今日自分のすべきことを行いなさい。もしまだ自分の内に火が燃えているなら、火を燃え上がらせなさい。酔っている者も素面《しらふ》の者も、皆眠ってしまった。あなたはいつ眠りから覚めるのか？　あなたは暗闇の中で眠らなければならないのに、いつまであなたにこの名状しがたい、深遠な言葉を語ればよいのか。イブラーヒーム（アブラハム）のようにあなたは善い言葉を語るのに、なぜナムルード（ニムロド）のように残虐に振る舞うのか？　あなたが真の人間として死ぬことができないなら、あまりにも残念だ。なぜなら、動物の一死骸としてこの世を去ることになるのだから。人間よ、なぜ言葉にそれほどこだわり、話しつづけるのか？　もしあなたが真の人間であるなら、神へとつながる心的境地を求めるのだ。あなたの心が、もし話すことよって落ち着きを得るのであれば、真の人間の境地を決して理解することなどできはしない。結局のところ、こうした言葉は上っ面にすぎず、重要ではない。真の人間のように、自分の心的境地を得ることを求めよ。あなたは貴重な人生の時間を話すことに費やしてしまった。いつになったら行動するのか？　たとえ詩が完璧の極致に達していたとしても、よく見れば、詩を詠むことは真の人間にはふさわしからぬこと。もしあなたがほんのわずかでもわかっていたなら、あなたは物語を語ることしかしなかっただろう。だが、私には、あなたの詩が常にあなたの偶像であったことがわかる。あなたには偶像崇拝以外することがないのだから。

【第三話】ウワイス(9)に質問した男の話

清らかな魂の男がウワイスにこう尋ねました。

「三十年間、某という男が自分の墓を掘ってそこに経帷子を吊り下げ、その墓に坐り込み、しばらく泣き止みませんでした。日中休むことなく、夜は眠らず、目からは絶えず涙を流しつづけ、涙も涸《か》れ果てました。彼ほど神を畏れる境地にいる人はいません。清らかな師よ、あなたは彼に会ったことがありますか?」

ウワイスは、自分をその場所へ連れていくように言いました。その場所へ行くと、その男が死の剣を恐れ、魂を怖れているのを見ました。幻のように痩せ細った姿で、満月のようだった顔は痩せ細った三日月と化していました。いずれの目からも洪水のように血の涙が流れ、心は悲しみに満ち、まるで炎が燃えさかっているかのようでした。経帷子を前にし、墓穴も掘ってありました。彼はまるで死人のように、墓のそばにうずくまっていました。ウワイスは言いました。

「おお、神秘を知らぬ者よ、この墓と経帷子がそなたを神から遠ざけるのだ。自ら作り出す幻を崇拝しているではないか。そなたは墓と経帷子を崇拝しているではないか。お前は墓と経帷子にとらわれ、三十年間神から遠ざかってきた。そなたにとって、墓と経帷子が偶像だったのだ。それらは神への道においてそなたの追い剝ぎだったのだ。」

その男は自分のなかにこの不幸があるとわかると、彼の魂が心から抜け出ました。真実の神秘が見えなくなっていたので、彼は叫び声を上げ、墓へと落ちました。鳥のように、存在という罠から飛び立って、彼は死に、偶像崇拝から解き放たれたのでした。

＊　＊　＊

神を畏れ、禁欲に生きる人は、常に死について考えている。実際に、死やそれに付随する墓や経帷子について考えることは、彼にとっては幕帳《とばり》のようなものである。なぜなら、神という根本的な真実に考えが及ばず、死を怖れることによって神から遠ざかる原因になるからである。アッタールよ、あなたの幕帳《とばり》はこれとは違う。なぜならあなたの幕帳《とばり》とあなたが真実から遠ざかる要因となるものは、あなたの詩であるからだ。私が壊した数多の偶像があった。今私は自分の詩の前に偶像崇拝者のように立っている。生涯において、私は数千もの小さな障害を取り除いてきたが、今や美しき愛が障害に変わってしまった。もし私が障害を捨てることができるなら、私は飛ぶだろう。さもなければ、私は逆さまに死ぬであろう。私は偶像によって神から遠ざけられているので、どうして神と秘密を分かち合うことなどできようか？　私に襲いかかった不幸は、確信があるのだが、私自身がもたらしたものだ。アッタールはこれまで人々に多くの詩を語ってきたが、もし人々に対してではなく自分自身に語ったのだとしても、第七天より高いところまで達し、天使たちよりも高みに昇るほどに彼の地位は高くなっただろう。気をつけよ、ダキヤーヌースの語った邪悪な言葉の結果、一匹の犬が高い地位に昇り、彼の誤った言葉を受け容れ、彼に靡《なび》いた人々は不運に見舞われる。(10) 心よ、この世が人間にとって安息の地でないなら、この世の富や地位も不幸である。名誉と権力ゆえに頭を高く掲げるでない。

悲哀に耐え、溜息をつくな。人間よ、あなたは今まで随分多く語ってきた。今、誠実な人のごとく、他人の話をよくお聞きなさい。多くの不幸は言葉ゆえにその話し手にふりかかる。黄金に名誉があるのは、黄金は黙しているからだ。筆先が太くなり二つに割れたように見えるから、筆は削られるのだ。秤《はかり》には舌形の針がついているゆえ、一粒の麦ですら正確に計ることが期待される。最後の審判の日、すべての身体の部分がその善行や悪行について話し終えると、神は各部分の舌を抜いて話せなくなるようになさる。百合の花は、十の舌形の花弁があるにもかかわらず沈黙を選んだゆえ、自由で気高いのだ。もし沈黙を選び、山のように黙していたいのなら、岸に泡を打ち寄せる、荒れ狂う海のようであってはならない。

【第四話】ビザンツのアレキサンダーの死の話

アレキサンダーがこの世を去った時、ある賢人がこう言いました。

「めでたい王よ、あなたは地中に消えるように運命づけられているのに、なぜあれほど世俗の楽しみに耽ったのですか？」

王は賢人に言いました。

「善言の賢人よ、最後はこうなるとは知らなかったのだよ。」

＊　　　＊　　　＊

ああ、悲しいかな、我が人生よ。私には「悲しいかな！」と叫ぶことしかできないのだから。我が人生で得たものを見た時、自分に完全に失望したのだ。私は神に到達するため、生涯かけて自分の破滅を求め、自身の損失のために行動してきた。我が人生すべては、私が憶えているかぎり、よりよくなるという望みのなかで費やされてきたが、今ではより悪くなっている。この世は私から健康を奪い、私に病気を与えた。この世は私から若さを奪い、代わりに老齢を与えた。もはや私は肉体にも魂にも存在しないので、一時たりとも私でありたいと願いはしない。私には死しか残っていない。なぜなら我が人生はわずかたりとも残っていないからだ。この世で永遠に生きることは決してできはしないと私は確信した。だから、神の本質において消滅すること以外に正しい道はない。この世は時に美しく、私の喜びの源となるが、時には私を激しく悲しませる。天国へ連れていくという約束があったり、地獄へ落とされるという脅しがあったりするからだ。私がこの世で得たすべては我が心だった。だが、今やそれは血に変わり、私にはもう何もわからない。我が心を満たすなんと多くの悲しみがあることか。我が心はなんと多くの火や血で満たされることか。この海に沈むことは確かである。だが、再び上がってこられないのではないかと私は怖れる。なぜ我が心は死をこれほどまで怖れるのか？　なぜなら私は何ものでもなく、私の心は無と結びついているからか？　我が人生は幻想や妄想のなかで過ぎていき、私はこの世で生きるということをなんら理解できなかった。だから、再びこの世に来てここでもう一度人生を送ろうなどとは思わない。私の手には何も残っておらず、私のなしたことは誤りだらけだった。我が魂の足は困惑してぬかるみにはまったままである。私は沙漠で道に迷ったムーサーの民のようである。神を人間に喩えることもあれば、神を何かに喩えるのは誤りだと考え、神に対する比喩をやめることもあり、どのような考え方の派に属すべきなのかわからない。私は神に呼ばれてもいないし、神から拒絶されてもいない。信心と不信心の間に立っているのである。今私はこの世の一隅に座り、どうすればよいかわからず頬杖をついている。もしあなたがこの世一つ分の悲哀を持っていたら、しばし我が心の傍らに寄り添っておくれ。私にはあまりに多くの悲哀があるので、それはまるで我が心に百もの山があるかのようだ。一瞬ごとに十万もの苦痛が雨のごとく天空からこの心に降り注ぐ。棘のある薔薇のような我が人生が過ぎ、棘で痛い思いをするように、我が人生は棘のようなこの世の難問で時を無駄にしてしまった。今人生の終わりを迎えんとする時、私は何をどうすればよいかわからないのだ。私は自分の人生について語ることはできないので、私は息を止め、口を閉ざそう。私は何を言えばよいのか？　私が語りたいと思ったことはもう既に語られている。誰に対して語ればよいのか？　人間はみな眠りに落ちている。学問を語る言葉は太陽のように燃えており、叡知を語る言葉は永遠に口を閉ざしたままである。とても辛い思いに耐えてきて、私は自分の戸惑いと流離《さすら》いの話をわずかながらあなたに語った。あなたは私に「自分の苦労話を語ってくれるな！」と言うだろう。だが、もし語らなければ私は死んでしまうだろう。なぜなら、これほどの苦痛を一人で耐えることなど私にはあまりにきついからだ。あなたは私に絶えず私の苦労話を乞うてきたが、私の身を焦がすほどの苦痛に満ちた話を恐れはしないのか？　愛しい者よ、私はあなたに自分の経験してきたことを語った。私のために祈ることを嫌がらないでおくれ。もしあなたが私のために清らかに祈ってくれたら、百もの光が私の墓を照らすことだろう。誰にも何も手に入らないのだ。もし時折手に入るとしても常にではないのだ。だから、恥も偽善もなく、早朝の人々の祈りによって、自分を満足させるほうがよいのだ。今、私は心の民を彼らの誠実な祈りのために神とのみ対峙できる場へと呼び寄せる。この対話に私が期待するのはあなたが私のために祈ってくれること以外にはない。なぜなら、何をしようと人々にお返しの期待をしないのは唯一、神だけだからである。愛しい人よ、私はあなたに聖者たちの心的境地を語った。もしあなたも彼らのようであるなら、私を忘れないでおくれ。あなたがごくわずかでもこの神秘を感じ取るならば、あなたの胸は永遠に常に不安に満ちあふれるだろう。もしあなたがこのことについて嘆き悲しむなら、あなたは悲嘆に暮れるのが似つかわしい。だが、あなたはあまりに愚かなので、私の嘆きの声を聞くと、それをくだらない遊びとしか受け取らず、重きを置いてはくれない。嘆き悲しむのは高い志の持ち主にふさわしいことである。なぜなら、嘆き悲しむことは不幸な人々のすることだからである。もしあなたが愛しい人を失った恋人であるなら、または恋に取り乱し不幸であるなら、あなたには嘆き悲しむことしかなすべきことがないのである。嘆き悲しむこと以外、選択の余地はないのである。あなたは徴のないものの徴を求めているのだ。そしてあなたの探求には終わりがないのである。驚きだ！　あなたは何も失ってなどいない。なぜあなたはそれほど熱心に探し求めつづけるのか？

【第五話】土を篩《ふるい》にかける男の話

ある人が土を篩にかけている男にこう言いました。
「何も失くしていないのに何を探し求めているのか？　無力な者よ、失くしもせずに探しても、失くしていないのだから見つかるはずもない。」

土を篩う男はこう言いました。

「もっと驚くべきことがほかにある。それは、もし失くさなかったものを見つけなかったとしても、私は大いに悩まされているということである。これはあなたが最初に言ったことよりもっと驚くべきことである。」

＊　＊　＊

誰も何かを見つけることも失くすこともできないというのが、この世で人間のあるべき姿である。沈黙を続けることも語ることもできないのは当然なのである。あなたがあなた自身にとって真なる存在であるということが大切なのだ。あなたは何かを得たり沈黙したりするのでもなく、何かを失くしたり語ったりするのでもなく、すべての選択を完全に神に委ね、何かを得ては失くし、語っては沈黙するといった具合に、常に神との合一の境地、自己消滅の境地にいるべきなのである。

【第六話】預言者アイユーブ(11)（ヨブ）の話

ある聖者が語ったことです。

預言者アイユーブは、何年もの間、虫に困らされていました。その大いなる苦痛は、彼が溜息をつき、神に助けを求めるために与えられたのでした。アイユーブが溜息をつくと、神は彼を救いました。

ザカリヤーの頭上に、残酷にも鋸が掲げられた時、神はザカリヤーに言いました。

「もしそなたが溜息をつけば、そなたの名を預言者の名簿から抹消しようぞ。鋸がそなたの息の根を止めるまで、痛みに耐え、溜息をつくことなかれ。」

＊　＊　＊

神の不思議のなせる業をご覧なさい。神は一人には溜息を求め、もう一人には沈黙を求めたのである。人は自分の胸から溜息をつくこともできず、自分で沈黙することもできない。このことをよく考えよ。肉体と魂という二つは、まるで表面も底も見えない海のようである。真実と神に到達するためには多くの神秘が存在し、あなたにはそれらが皆目理解できない。神の御前においては、人にとって沈黙も、語ることも、行動しないことも、行動することもよくないのである。この階梯においては神が人間の行動を決めるのであり、人間自身には自由選択の余地は与えられていないのである。おお、神に近づかんとする聖者よ、あなたはこの世でいつまでもがき苦しむのか？　自分で自由意志に基づいた選択ができなくても、あなたは神の愛しい下僕であり、真実を理解するために大いに努力しなければならないというのに、どのようにして自身をすっかり虚空にして無になるというのか？　真実に到達するためには長い道程を進まなければならないというのに、あなたの前には数千以上もの闇と光の幕帳《とばり》があるのだから、あなたはそれを自分で取り除かなければならない。なぜならあなたの道は神からとても遠いからだ。最後の審判の日まで数千もの障害があり、あなたの歩む道は危険に満ちているというのに、どうやって無事に到達しようというのか？　この道を無事に歩む唯一の方策は、神の恩恵と助けによってすべての幕帳《とばり》を一つずつ取り除くことである。あなた一人ではそれをできはしない。太初から存在する神の恩恵がないなら、この世におけるいかなる苦痛も癒やされることはないだろう。

【第七話】アラブ人と預言者ムハンマドの話

一人のアラブ人が預言者の許へやって来て、預言者の脇に腰を下ろしました。アラブ人は言いました。

「私が持参したカバンの中に何があるか、もしあなたが言い当てたら、私はムスリムになりましょう。」

預言者は言いました。

「一羽の鳩と二羽の雛鳩がいますね。」

預言者の奇跡に見られた真実により、アラブ人はすぐさま心底からムスリムになりました。アラブ人は預言者に言いました。

「預言者よ、誰があなたに教えてくれたのですか?」

預言者は言いました。

「神という偉大なるスルタンです。」

その場にいたすべてのアラブ人は、鳩の一件に驚いておりました。その鳩は二羽の雛鳥をしっかりと羽の下に抱いていたのですから。

預言者は言いました。

「おお、友らよ、あなた方はなぜこのことに驚いているのですか？　私を創造物の許に公然と送った神に誓って、神はこの世にいる罪人一人一人を、今日この母鳩が二羽の子鳩に注ぐ愛の百倍も愛しています。この母鳩は、愛の何たるかをあなた方に示したのです。」

【第八話】預言者の御前にいた女の話

預言者が言いました。

「信仰において泥のように薄汚い、身持ちの悪い女がおりました。沙漠の中の道を歩き進むと、井戸に出くわしました。そこに一匹の犬が立っており、喉がとても渇いているため舌を出しているのを見ました。女は犬を可哀想に思い、自分の用事を捨て置き、自分の靴をバケツ代わりに、チャードルをロープ代わりにして水を汲み、犬に与えました。すると神は女に両世界での栄誉を与えたのです。天界飛行の夜、私は月のように美しい、その女の居場所が、エデンの園であるのを見たのです。」

＊　＊　＊

ふしだらな女が犬に水をやり、神からこれほどの報いを得た。もしあなたが一瞬でも誰かの心に安らぎを与えれば、あなたの得る報いは両世界に勝る。あなたの心が自身の存在に気づき、常に神の御前にいることを知る時、善い行いをするのであり、その結果として神からのとても大きな報いを得るのである。人間よ、もし自身の悪魔的な面から遠ざかり、清らかになれば、最初の預言者たるアーダムのように、罪から清められるだろう。もしあなたの魂が悪魔のように高慢になれば、決して神の永遠の慈悲の恩恵にあずかることはないだろう。悪魔が神に対して不遜な態度に出て、神の言うとおりアーダムに対して跪拝しなかったのは、悪魔が神の大いなる慈悲に気づいており、後悔すれば神の慈悲と赦しが得られると思ったからである。

【第九話】アラファート山(12)でのシブリーとイブリース

世界を輝かすイマーム、シブリーが、ある日、アラファート山を通りかかると、突然イブリースに目が留まりました。シブリーはイブリースに言いました。

「おお、神に呪われし者よ、お前には神への信仰心もなければ、神を敬う気持ちもない。なぜこの集団の中で歩いているのか？　お前の運命はあまりに暗いというのに、神に対してまだ希望を抱いているのか？」

悲哀に満ちたイブリースはこの言葉を聞くと、口を開いてこう言いました。

「おお、この世の導師《シャイフ》よ、十万年もの間、永遠に、私は怖れと希望のなかで神を崇拝してきました。天使たちを神の御前へと案内しました。道に迷った者たちを神の宮居にまで導きました。我が心は神への崇敬の念で満ち、私は神の唯一性をよく認識していました。それにもかかわらず、神は理由もなく突然私を彼の宮居から追いやったのです。神の宮居にいる人々は誰も敢えて「彼をなぜ突然追いやったのですか？」と聞く勇気をもたなかったのです。もし理由もなく神が再び私を受け容れるなら、誰も声を上げられないのは驚くに値しません。理由もなく神にはねつけられるのなら、理由もなく神に招かれるかもしれません。神のなす業には「どうして」も「なぜ」もないのですから、神への希望を捨てることも誤りなのです。最初から神の怒りが私の拒絶を命じたのなら、神の恩寵が私を呼び戻すことがあっても不思議はないでしょう。」

＊　＊　＊

おお、神よ！　私にはあなたがこの哀れな下僕にどのような運命を与えようとされているのかわからない。誰もあなたのお決めになることをしる術を持たないのだから。あなたは一人の人を百もの愛撫で招き、別の一人を百もの悲哀で追いやる。前者が服従・礼拝したからでもなく、後者が罪を犯したからでもなく、誰もあなたの神意を洞察することはできない。あなたのような人は誰もいないという、あなたにとっての重要な事柄について、あなたに誓って、皆があなたの御前に集まる最後の審判の時、あなたは全員を平等に扱うということを私は誓う。私の罪を大目に見て、私を赦し、恩寵をもって惨めな私を見よ。あなたの怒りという象の足で私を殺さないでおくれ。私には蟻ほどの忍耐もないのだから。私には一匹の蟻ほどの力もないのだから、私にはあなたの怒りという象に耐えることもできない。悲哀に満ちた私の心を喜ばせておくれ。私を殺すか、私の首からくびきを解いておくれ。私が過ちを犯したのは、自分自身に対してである。あなたに大いなる恩寵があり、最後には私を赦してくださるとわかっていたので、私は罪を犯したのだ。私が正しいことをなそうが過ちを犯そうが、自分に対してしたこととあなたはご存じのはず。あなたは私の善悪など必要としていないので、それらを看過し、私を救い給え。たとえ私が善や悪に縛られているとしても、私は善悪についてそれが善だとか悪だとか言いはしない。理由もなくあなたは多くの人々に幸運を与えるのだから、今私にも理由なく与えておくれ。理由もなくあなたは私にこの存在をお与えになったのだから、理由なく私をあなたの寛大さの中に沈めておくれ。神よ、私の苦痛はあなたにとって何の益もないのだから、私に慈愛と寛大さを与えたまえ。なぜならあなたの寛大さには理由などないのだから。私の行為によって私の幕帳《とばり》を引き裂かないでおくれ。私がしてきたことに線を引いて消しておくれ。神よ、私は多くの罪を犯してきて、それを自分でもわかっている。だが、あなたが赦してくれることを私は望んでいる。なぜなら、どれほど罪を犯してきた罪人であろうと、結局はあなたの寛大さを受けることになるのではないのか？　そしてその者は生まれ落ちた日のように何の罪もない清らかな身になるのだ。これまで異教徒として過ごしてきても、信仰告白によってその者の心は洗い清められ、永遠の信仰を得るのだ。

神よ、たとえ私が多くの罪を犯したせいで穢れた不浄の者であろうと、その寛大さによって私が今まさに生まれてきたばかりの者で、なんらの罪も犯してはいないと考えたまえ。私をあの後悔している異教徒だと思っておくれ。そして今イスラームに帰依したばかりの者だと考えておくれ。

【第十話】バーヤズィード(13)が異教徒帯《ズンナール》を結ぶ話

バスタームの聖者バーヤズィードが死の淵に横たわっていた時、友人らにこう言いました。

めるのだから。」

「おお、善なる人々よ、今すぐ私のために異教徒帯《ズンナール》を持ってきておくれ。この哀れな狂人が腰に締

人々の間から叫び声が上がりました。

「異教徒帯《ズンナール》はあなたのためになりません。神秘のスルタンよ、どうしてバーヤズィードの腰に異教徒帯《ズンナール》がありえようか?」

バーヤズィードは再び友人らに異教徒帯《ズンナール》を求めましたが、誰も持ってきてはくれませんでした。何度もしつこく頼みましたが、誰もどうすればよいのかわかりませんでした。

皆こう言いました。

「もし導師《シャイフ》が非難されるべきであると運命づけられていたら、我々がどうしてそれを妨げられるだろうか?」

友人らは異教徒帯《ズンナール》を持ってくると、バーヤズィードはそれを腰に締め、大いに涙を流しました。それから顔を地面にこすりつけ、魂の苦痛と心の痛みに叫びました。目から血の涙を大いに流すと、腰の異教徒帯《ズンナール》を解き、こう言いました。

「おお、唯一の比類なき神よ、あなたの永遠なる神性にかけて、あなたに懇願します。私が異教徒帯《ズンナール》を解く時、この七十年間罪を犯してきた一人の人間と見なしてください。七十年間罪を犯してきた異教徒でも、一瞬のうちに後悔して神の寛大さを受けることができるかもしれないのです。私がこの瞬間あなたに帰依したその異教徒です。たとえ遅かったとしてもあなたに帰依したのです。」

こう言うと、彼は改めて信仰告白をし、きりがないほどに大いに嘆き悲しんだのでした。

たとえ私が遠い道程を歩んできたとしても、たった今やって来たと思い給え。神よ、私にはあなたの前では私が無に等しいとわかっている。無である者をどうやって問いただそうとなさるのか？　私に何があるだろうか？　果てしない苦痛。この世の財産としてあなたへの愛のために脈打つ心臓があるだけだ。壊れて焼け焦げた心とは、何という心を持っていることか。壊れたものから税をとるとは何がお望みか？　もしあなたが無力を求めるなら、私には多くの無力がある。私ほど無力な者を私は知らない。私の悲哀をあなた以外他の誰も知らない。他の誰かが知らなくとも、あなたは知っているのだ。あなたがすべてをご覧になっているとわかっているのに、なぜ私は語るのか？　私が求めようと求めなかろうと、あなたはお与えになる。私が語ろうが語るまいが、あなたご自身はご存じ。我らは鎖に縛られた、無力で哀れな者。この哀れで不運な者らに何ができるというのか？　神よ、あなたは世界を創造なさったが、創造においていかなる損得もない。したがって、罪人たちの犯した罪はあなたになんの損害も与えないのだから、あなたの寛大さは罪人たちをも包み込むことになるのだ。

＊　　　＊　　　＊

【第十一話】イブラーヒーム・アドハム(14)の祈禱

カアバ神殿の前で、イブラーヒーム・アドハムが神に向かってこう言いました。

「この世の支配者たる神よ、私が罪を犯さぬよう、清浄で罪なきままであなたの御許へ行かれるよう守り給え。私が出くわすかもしれぬ罪人たちから私を守り給え。」

　すると、天から声がしました。

「そなたが我に求める純潔は、すべての人間が我に求めるものである。もし我がそなたの願いと彼らの願いとを叶え、そなたらがみな純潔でいたなら、そなたらは我が寛大さを全く得られなかったであろう。」

＊　　＊　　＊

　神の恩寵は数千もの果てしのない海のようである。しかし、神の下僕たる人間は恐怖におののく。私には私の絶望が何なのかも、私の彷徨う理性の歩むべき道が何なのかも、わからない。私にはこの世において、一つの魂どころか魂半分以外何も持っていない。私は人生からなんら利益を得なかった。苦しみつづけたが、いい思いは少しも味わわなかった。この世を去り死ぬことには満足している。神よ、あなただけが私をこの生からお救いくださる。私はこの生よりも死を重んじる。

【第十二話】店から物を欲しがった放蕩者の話

　ある放蕩者がひどく苦しみながら、ある男の店の前に立っておりました。放蕩者は店の男に物を求めましたが、店の男は与えませんでした。放蕩者は店の前に長いこと立ちつくしておりました。意地の悪い狡猾な店主が口を開きました。

「お前自身が傷つかないかぎり、何もお前にはやらんぞ。お前が自分の身体を傷つければ、私から現金を得られるぞ。さもなければこのままずっと立ちつくし、物乞いしつづけることになる。」

するとすぐに放蕩者は服を脱ぎ、店主にこう言いました。

「よくご覧なされ。もし俺の全身を――頭から足まで――くまなく見れば、傷のない箇所など見つけられはしねえだろうよ。俺のどこに傷をつければよいのか、教えてくれよ。俺にはわからねえんだから。もし俺の身体で傷ついていない箇所があるんなら、俺が自分の身体を傷つけりゃあんたにとって罪となりますぜ。だって傷をつけられる場所などどこにも残っちゃいねえんだから。足から頭まで傷をつけられる場所なんぞねえから、俺が安らげるようなもんをおくれよ。俺の身体は傷だらけで、これからは魂が傷を受ける番なんですよ。」

＊　＊　＊

神よ、私はこの物乞いの放蕩者のよう。なぜなら、身体中傷だらけで、傷のない場所などないからだ。私の身体を頭から足まで探しても、私の身体中が傷だらけであることがおわかりになるだろう。そしてそのあまりのことに誰かに語るだろう。私は数多の自分の傷を見る時だけ、真の安らぎをおぼえる。もし一瞬ごとに私が新たな多くの傷の痛みを感じなければ、私は安らぎをおぼえはしない。たとえ私の全身がこの傷のせいで痛んだとしても、もしこの苦痛に嫌気がさして不満を口にすれば、私は異教徒に等しい。あなたがお創りになったこの世において、私にはあなたから離れているという悲しみ以外、いかなる悲しみもない。ああ、悲しいかな、私には、あなたから離れているという悲しみの足許に雨のごとく降り注げるほど数多の魂はない。神の御名を聞くと、私は全身全霊で神の御許へ行こうとし、いてもたってもいられなくなる。私はあなたに会った時、自分自身を忘れてしまった。私は自分を殺した。なぜなら、あなたに会うことによって新しい価値ある生を得たからだ。もし絶えず私がこの状態を保つことができれば、完全の域に達したと言うことができる。だが、もしそうでなければ、私はあなたと遠く離れていることに耐えられないので、無と化すだろう。神よ、この狂いし心の手をとってください。私をこの苦悩に満ちた牢獄から解き放ってください。私の魂が肉体から離れんとする瞬間、私が死にかけている時、私は他の人々への希望など何ら抱きはしない。神よ、私を墓の中に入れる瞬間、我が肉体を光り輝かせ、あなたを知ることによって我が心に永遠の安らぎをお与えください。我が肉体が墓の中で滅び、土と化したら、我が魂に安らぎを与え、広く果てしない海のようなあなたの寛大さを私にもお与えください。

【第十三話】マスウードの息子アブドゥッラー(15)とその婢女の話

マスウードの息子アブドゥッラーには、百もの技芸に長けた婢女がおりました。が、ある時必要が生じ、彼はその婢女を売ろうとしました。その勇者は婢女にこう言いました。

「行って服を洗い、髪を梳《す》いてこい。お前を売るぞ。必要だからな。心ではお前を求めていても、お金が必要なので、心の求めを無視してお前を売らなければならないのだ。」

婢女は彼の命令にしたがって行動し、髪を梳くと二、三本の白髪が抜け落ちました。婢女の目がその白髪に留まると、数千もの血の涙が彼女の頬を伝って落ちました。マスウードの息子アブドゥッラーがそれを目にしました。彼女の両眼から雲のように血の雨が降るのを見たのです。彼は婢女に言いました。

「そなたはなぜ泣いているのか？　私がそなたを売るからか？　そなたは婢女ではないか！　今まさに売られようという時にそなたが悲しむなら、私はそなたを売らないと誓おう。だからもう泣くな。静かにするのだ！」

婢女は言いました。

「私は売られたくなくて泣いているのではないのです。私が泣いているのは次のような理由からです。私は旦那様の許で生涯かけて働いてきました。そのお方のために白髪になるまでお仕えしたのに、結局はそのお方に絶望することとなりました。なぜ私は結局は私をお金欲しさで売ってしまうようなお方にお仕えしてきたのでしょう？　なぜ私は老いてお金のために処分されてしまう場所で青春を過ごしてしまったのでしょう？　なぜ私は私の奉仕が売られてしまう場所で人生を過ごしたのでしょうか？　なぜ神の宮居が私の前にある時、別人の宮居へと顔を向けてしまったのでしょうか？　そのような宮居が自分の前にある時、どうして人は別の宮居へと歩むことがありましょうか？　ご主人様、私の言葉に耳を傾けないでくださいまし。たとえもう今の私に何の価値もなかろうとも、私をお売りください。」

すぐさまジャブラーイールが神の宮居に入り、永遠の満月すなわち神にこう言いました。

「アブドゥッラーに告げなさい。「おお、誠実なる者よ、そのような苦痛を与えてはならぬ。彼女はムスリムであったにもかかわらず、彼女の髪は白くなってしまったのだ。彼女こそ自由を享受すべきである。」」

＊　＊　＊

神よ、私はあなたの下僕。年老いてから私を売りに出すことなかれ。たとえ私がこの世で礼拝行為をしていなくとも、ムスリムでありつつ私の髪は白くなってしまった。もしあなたが私を軽んじて嫌って売るなら、私は真の地獄で過ごすことになる。なぜならあなたから遠く離れていることは私にとっては地獄そのものだからである。魂を燃やし、心を燃やすことで何が起こるというのか？　一匹の蟻によって、そのような日に何が起こるというのか？　神秘を知るお方よ、あなたの栄光にかけて誓う。私を無力の穴に投げ込むことなかれ。あなたの怒りという手で私を蠟のようにねじ曲げることなかれ。ご自身の恩寵で私を滅ぼすことなかれ。私の善行も悪行もまだ行われていないと見なし給え。あなたの恩寵で私を自身から奪い給え。なぜなら私が行ってきた善行と悪行はどれも、私の首につながれたくびきだからである。もしあなたが私を目覚めさせなければ、私は無意識という眠りのなかにいる死人のようだと見なし給え。私は彷徨い、おちぶれているが、あなたは高みにおわす。私を引き上げ給え。私をおちぶれさせたのはあなたなのだから。私は長い間あなたの囚われ人。あなたの御前へ到達する道を示し給え。あなたの寛大という扉を、私に向けて開け給え。そして我が全人生をあなたに到達するための道で過ごさせ給え。我が心を奪い、私をあなたの偉大さのなかに埋没させ給え。私は自分のせいで自分をすっかりだめにした。神よ、私を自分自身から救い給え！　もし解放してくださるなら、私を私から解放し給え。あなたはお望みのままに振る舞えるのだから。私から自分自身を奪い給え。私を忘我とせよ。なぜならもう自分に辟易《へきえき》してしまったからだ。自分自身をこの目に価値なきものと映るようにし給え。

あなたが誰のことも何でもよくご存じなのを私は知っている。だから、私をこの血の渦潮から引き上げ給え。私を無我とし、私があなたに夢中になるようにし給え。決して一度たりとももう私を我へ戻すことなかれ。私をあなたの宮居の犬と呼んでかまわないが、決してあなたの宮居から遠ざかることのないようにし給え。なぜなら、あなたへ到達する道では私は犬ですらなく、まるで犬のための骨のような、犬よりも価値なき存在にすぎぬのだから。神よ、もしあなたの御前では犬のような私が、道中、骨を見つけたなら、永遠に幸福を感じられることだろう。

【第十四話】至高なる神の御名を麝香で香《かぐわ》しくしたバシャル・ハーフィー[16]の話

バシャル・ハーフィーが早朝、葡萄酒の澱を飲み酔っ払ってはいましたが、魂は清らかに歩いておりました。道に一片の紙切れを見つけたところ、その紙には神の名が記されていました。彼のこの世での所有物といえば、一粒の大麦だけでした。彼はそれを売って麝香を求めました。どれほどの儲けがあったというのでしょう！

夜、神を求める男は神の御名を麝香で香りづけし、香《かぐわ》しくしました。その夜、夜明け前に、彼は天の声がする夢を見ました。

「おお、我が名を地面から取り上げ、崇拝の念をもって我が名を芳香で満たし、清めた者よ。そなたを真実を求める者としたぞ。そなたを芳香で満たし、清らかにしたのだ。」

＊　　＊　　＊

神よ、この雄弁なアッタールは、あなたの御名を詩という香水で香しくした。たとえ薬商《アッタール》にどれほど芳香があろうと、あなたの御名は常に香しいのだ。あなたの恩寵によって、アッタールをあなたの扉の土埃とせよ。あなたの御名で彼を有名にせよ。神よ、アッタールはあなたに対してなんらお仕えしてこなくとも、唯一あなたの寛大さのみを望んでいるのだ。

「神の書」と名づけられ、真実に精通した導師《シャイフ》によって書かれた書または逸話集は、真実を発見し、他の人々を導くものであり、ここで終わりとなる。著者はムハンマド・アッタール・ニーシャーブーリーであり、神への道を歩むことを許された選ばれし者であり、真実へと友を導く者であり、真実と宗教と信仰において比類なき指導者である。神よ、彼の上に最高の平安と祝福を送り給え。

註

序章

（1）アッバース朝のカリフの正装は黒であった。アッタールの時代、イスラーム世界でのアッバース朝の影響力はまだ絶大であった。

（2）「運命の夜」と称される夜には、神への願い事は何でも、いかなる祈りであろうとも叶《かな》えられるとされている。

（3）クルアーン第四章一七一節「マルヤムの子マスィーフ・イーサー（＝イエス）は、アッラーの使徒であり、マルヤムに授けられたアッラーの御言葉である」を示唆する。

（4）クルアーン第七章一七二節「あなたがたの主が、アーダムの子孫の腰から彼らの子孫を取り出され、彼らを自らの証人となされた時を思え。（その時アッラーは仰せられた。）「我は、あなたがたの主ではないか。」彼らは申し上げた。「はい、わたしたちは証言いたします。」」を示唆する。

（5）クルアーン第八五章二一～二二節「いやこれは、栄光に満ちたクルアーンで、守られた碑板に（銘記されている）」を参照。

第一章

（1）メッカはイスラームで最も重要な聖地で、アラビア半島西部にある都市。カアバ神殿があり、イスラーム以前からの巡礼地として知られる。

（2）イスラーム世界では、通常、成年自由人ムスリム男性二人または男性一人と女性二人が同一内容の証言を行えば、裁判官はそれを事実として判決の基礎とする。不貞の場合にはムスリム男性四人の証言が必要とされる。

第二章

（1）アリーはシーア派初代イマーム、スンニー派第四代正統カリフ。シーア派ではアリーとアリーの子孫のみがイスラーム共同体の指導者たるイマームとなることができるとされている。

（2）カールーンは、リディアの大金持ちの王クロイソス（紀元前五四六年没）のこと。文学作品においては、大金持ちの代表として言及されることが多い。

（3）ダーウードはクルアーンに登場する預言者の一人、旧約聖書のイスラエル王ダビデ。その息子スライマーン（ソロモン）も預言者であり、鳥や動物と話す超能力を有し、風やジンを操り、叡知を授かったことがクルアーンに記されている。

（4）アリーはその強さや勇敢さゆえに「獅子（shir, ghażanfar, haydar）」という異名で呼ばれていた。

（5）かつて、ペルシア文化圏では、巨大な魚の上に牛がおり、その牛の角の上に大地が存在すると考えられていた。また、天は第一天から第七天までの層状で、月は第七天に位置すると考えられていた。つまり「月から魚に至るまで」とは、「天地の間に存在するものすべて」を指す表現である。

（6）ヌーシールヴァーン（またはアヌーシールヴァーン）は、正義と公正さで知られるササン朝ペルシア時代の王。

（7）イスラームでは犬は不浄な動物と見なされている。

（8）リッターによれば、この「師ジュンディー」とは、おそらくバーバー・カマール・ジュンディーを指す。著名なスーフィー、ナジュムッディーン・クブラー（一二二〇年没、ルーミーの師たるシャムス・タブリーズの師）の弟子。

（9）トゥースのマアシュークは、ホラーサーンの高名な神秘主義者アブー・サイード・アブー・アル・ハイル（九六七〜一〇四八年、次話に登場）と同時代の神秘主義者で、「理性ある狂者《ウカラーイ・マジャーニーン》」の一人。「理性ある狂者《ウカラーイ・マジャーニーン》」とは、愚かさや狂気の外観とは裏腹に、突然知性の閃《ひらめ》きを見せて人々を驚かせたり欺いたり、あるいは単純無知な道化を装いながら逆に自己の目的を果たしたりする人物のこと。本書には多くの「理性ある狂者」が登場する。
（10）アブー・サイード・イブン・アビー・ハイル（九六七〜一〇四九年）はホラーサーン地方の高名な神智家。
（11）アブー・アル・ファズル・ハサンは、十世紀のホラーサーンの偉大な神智家。
（12）ユースフ（ヨセフ）はクルアーンに登場する預言者の一人。ユースフは非凡な能力と美しい容姿のため兄弟から疎《うと》まれ、兄たちによって井戸に落とされて死んだものとされてしまうが、通りかかった隊商に拾われてエジプトに行き、エジプトの支配者の許で奴隷として働く。支配者の妻の陰謀で捕らわれの身となったユースフを夢解釈の力が救い、ついにはエジプトの大臣となる。愛児を喪った悲しみで失明していた父ヤアクーブ（ヤコブ）とも再会を果たし、父の視力も戻る。

第三章

（1）イブラーヒーム（アブラハム）はクルアーンに登場する預言者の一人。「神の友」を意味するハリール・アッラーと呼ばれることがある。神の命に忠実に従い、愛息イスマーイール（イシュマエル）を犠牲にしようとした瞬間に、代わりの獣が与えられたという伝承に基づき、イスラーム世界では犠牲祭が盛大に催されている。
（2）イブラーヒーム・アドハムは、イスラーム初期（八世紀）の聖者。禁欲主義者であったがゆえ、イスラーム世界では多くの奇跡譚や逸話が広く知られている。

（3）導師《シャイフ》クッラカーニーはホラーサーン出身の十一世紀の神智家。第二章註10のセルジューク朝初期のホラーサーン地方の高名な神秘主義者アブー・サイード・イブン・アビー・ハイルと親交があったとされる。

（4）ユースフの物語の中で、愛息ユースフが死んだと知らされ、悲しみに暮れる父ヤアクーブの館をさす表現。次の逸話を示唆している。

（5）大天使ジャブラーイールは、ユダヤ教やキリスト教ではガブリエルと呼ばれる。神からの啓示を預言者や選ばれし聖者に伝える天使。

（6）イブン・ヤーミーン（ベンヤミン）はユースフの唯一の弟。兄たちがユースフを妬《ねた》んで井戸に落とした時、末弟のイブン・ヤーミーンは父ヤアクーブと家にいた。ユースフの物語については第二章註12を参照のこと。

（7）マジュヌーンとは、元来はジンと呼ばれるアラブの魔神・精霊・妖鬼に取り憑かれ狂気を帯びた人をさす名称。このマジュヌーンを固有名詞とした悲恋物語『ライラーとマジュヌーン』は十二世紀にはニザーミー、十五世紀にはジャーミーといったペルシア詩人が物語詩として詠い上げた。アラブのアーミル族のカイスはライラーという娘に激しい恋心を抱き求婚するものの、ライラーの一族がこれを拒み、彼女を別の男と結婚させてしまう。カイスは狂乱に陥った後、一度ライラーと会う機会を得たのみで息をひきとってしまう。

第四章

（1）魂（ナフス）は、イスラーム神秘主義では表層的自我という意味で否定的に用いられることが多い。ナフスには三段階あり、最下位が「悪を命ずる魂」、次が反省的自我である「非難する魂」、最上位が「安寧の魂」すなわち神的自我である。

（2）自分の持つ宝物のうちでも最も大切なもの。小さいが価値あるもの。

（3）ジームはペルシア語のアルファベット六番目の文字ج、ミームはペルシア語のアルファベット二十八番目の文字م。この二文字の形状で前髪を表現している。
（4）ジャムシードはイランの神話『王書《シャー・ナーマ》』に登場する善王。
（5）当時は「責め苦や罰の源は天である」と考えられていた。天は血に飢えており、軍も敵の血に飢えている。よって天と軍は似ている、という論理である。
（6）マギはゾロアスター教の司祭。「マギたちの多神教」はゾロアスター教の二元論を指す。
（7）スルタン・マフムードは、ガズナ朝（九七七～一一八七年）最盛期の王。文学作品では、小姓アヤーズへの寵愛がしばしば理想的な主従関係あるいは恋愛として取り上げられる。第七章第十七話、第八章第四話、第十二章第八話、第十四章第十一話、第二十章第十一話も参照のこと。

第五章

（1）ペルシア語では「魚（māhī）から月（māh）まで」。第二章註5も参照のこと。
（2）シブリーは九～十世紀の神智家で、古典期スーフィズムを代表する一人。シャタハートと呼ばれる酔言を多く残したことで知られる。
（3）神と霊的合一を果たした理想的人間のこと。神の写しと考えられる。
（4）アブー・アル・カースィム・ハマダーニーとは、ハディース（預言者ムハンマドの言行録）に精通した説教師、アブー・アル・カースィム・ユースフ・ビン・ムハンマド・ビン・ユースフ・ビン・ハサン・ハマダーニー（九九一～一〇七五年）をさすと思われる。
（5）アッタールは、神秘主義詩にイランの神話や文化の要素をシンボルとして取り入れた最初の詩人の範疇に入る。ここでは、ペルシア詩人フィルダウスィー（九三四～一〇二五年）が高らかに詠い上げたイランの民族英雄叙事詩『王書《シャー・ナーマ》』の登場人物を、効果的に神秘主義的解釈に用いている。イランと敵対する国トゥーラーンの王アフラースィヤーブが、イランの英雄ビージャンを井戸に幽閉する話をもとに、アッタールは「ビージャンという人間存在がアフラースィヤーブ的魂という井戸に落ちる」と表現する。ビージャンをその井戸＝魂から救うイランの最大の英雄ロスタムを神秘主義道の導師に重ね、導師に助けを求める修行者の姿をビージャンに重ねるというわけである。

（6）導師に譬えられるロスタムは、イランの王カイホスローの許へ救出に赴く。ここでアッタールはカイホスローを霊（ルーフ）に譬えている。そのカイホスローは世界中の出来事を映し出す不思議な酒杯「ジャムの酒杯」を手にしていることで知られるので、不可視を見ることの譬えとされる（「ジャム」とはイランの伝説上の善王ジャムシードの略称。音調の関係で「ジャムの酒杯」として広く知られているが、神話の中ではこの不可思議な酒杯の持ち主はカイホスローである）。

（7）バーヤズィードは九世紀の高名な初期の神智家、バスターミーのこと。ヤズィードはウマイヤ朝第二代カリフで、イマーム・フサインを殺害したことで知られる。ここでは、アッタールはバーヤズィードとヤズィードという酷似した固有名詞で音遊びをしつつ、前者を敬虔な信者、後者を倫理・道徳的に腐敗した人間の象徴として用いている。

（8）ウマル（五九二～六四四年）は第二代正統カリフ。彼の時代にイスラームの布教が公然化し、カアバ神殿でムスリムが礼拝することが可能となったため、ファールーク（真偽を分かつ人）という称号で呼ばれることもある。

（9）スルタン・マフムードについては、第四章第五話を参照のこと。

（10）ジャアファル・サーディク（六九九・七〇二～七六五年）は、十二イマーム派の第六代、またはイスマーイール派の第五代イマームで、シーア派法学の基礎を築いた学者。

第六章

(1) ハールートとマールートは共に天使。天使が地上に棲むと人間同様に堕落するかどうかを試すために選ばれて、天からバビロンの地に下されたとされる。魔術を操ることで知られるため、堕天使や悪魔という呼称も存在する。
(2) アレキサンダーがバビロンで没すると予言されていたことを示唆する。
(3) 死天使イズラーイールは四人の大天使の一人。巨大な姿で多数の眼や舌をもつとされており、その容姿はユダヤ教の伝承と類似している。また、この話は伝承として流布していたと考えられ、本話と酷似した話がモウラヴィーの『精神的マスナヴィー』の第一章第八話にも見られる。
(4) ファフルッディーン・アスアド・グルガーニー（一〇五四年没）は、『ヴィースとラーミーン』という恋愛叙事詩を詠ったことで知られる十一世紀のペルシア詩人。この逸話に登場する王は、おそらくセルジューク朝創始者トゥグリル・ベグ（九九五～一〇六三年）。
(5) ハッラージュ（八五七／五九～九二二年）は、高名な神智家。「アナー・アル・ハック（我は神）」という酔言で知られ、絞首台で処刑されたその壮絶な最期をアッタールは散文作品『神秘主義聖者列伝』においても詳細に描写している。詳細は次話。
(6) ペルシア語の表現では「顔がサフランのように黄色くなる」。
(7) ペルシア語のアルファベット十番目の文字ذ。
(8) ペルシア語のアルファベットは三十二文字、アラビア語のアルファベットは二十九文字である。
(9) ペルシア語の文字は短母音が表記されないため、補助符号として文字の上下にしるしを付すことによってa, e, o等の短母音を示す場合がある（ファトへ、キャスレ、ザンメ）。また、母音がつかない場合には小さな丸印や点を文字の上に付すこともある（ソクーン）。
(10) 導師《シャイフ》ヌーリー（伝九〇七年没）は、ホラーサーンのバグシュール出身の神秘主義道の偉大な導師《シャイフ》の一人。

（11）本書第五章第四話を参照のこと。

第七章

（1）ナムルード（ニムロド）はイブラーヒーム（アブラハム）の時代の権力者（バビロニアの王）で、イブラーヒームを火に投げ込んだとされる。ナムルードとイブラーヒームの関係は、ファラオとムーサー（モーセ）の関係と似ている。

（2）第五章註7を参照のこと。

（3）アイユーブ（ヨブ）については、旧約聖書ヨブ記に以下の記述がみられる。
　ウツの地にヨブという名のたいへん裕福な男がおり、完全で正直で神を畏《おそ》れ、悪から身を遠ざけることで知られていた。彼は神への感謝の念を忘れず、品行方正だったため、悪魔が彼を妬むほどだった。ヨブの高潔さを神が認めたため、悪魔はヨブの信仰はなんらかの利益を期待しているためであり、財産や幸福を失えば神を呪うだろうと指摘した。ヨブに絶大なる信頼をおく神は、悪魔の指摘を受け容れてアイユーブの財産と最愛の者を奪うが、ヨブが神への信頼を失うことはなかった。悪魔は今度はヨブの肉体に苦痛を与えんとし、ヨブはひどい皮膚病に冒される。それでもヨブは辛抱し、誰に何を言われようとも神への信仰の道を外れなかったため、ついに神はヨブから奪った財産や幸福を彼に返し、ヨブは七人の立派な息子と三人の美しい娘をもつに至る。

（4）ユースフ・ハマダーニーは、ユースフ・イブン・アイユーブ（一〇四八〜一一四〇年）という当時の偉大な神智家の一人。イラン西部の町ハマダーン近くのブーザンジェルド村出身。

（5）クルアーンに登場する預言者ユースフの話は第二章註12で既述したが、ここではその後半部分、すなわちエジプトでユースフが仕えた主人の妻ズライハーによる誘惑とその顛末を思い起こす必要がある。美男ユースフを誘惑したズライハーは、自分の思いどおりにならないユースフが主人を裏切ったと嘘をつき、牢獄へ送る。無実のユースフは夢解きをした功績で解放され、やがてエジプトの支配者となる。年老いたズライハーは盲目となり物乞いをする惨めな生活を送っていたが、王となったユースフと再会して若さと美貌と視力を取り戻し、神に感謝する。
(6) アブー・バクル・スファーラは、アッタールと同時代の神智家の一人。
(7) ここで「自堕落な罪深き人」と訳出したペルシア語は tar-dāmani であり、身を持ち崩したり不貞をはたらいたりすることをさす。字義どおりには、スカートが濡れていることを表す。
(8) バスラのハサン(六四一~七二八年)は、禁欲主義者として突出した初期の神秘家。ラービアは、ラービア・アダヴィーヤ(八〇一年没)、イスラーム初期の女性神秘家。神への愛を大胆に語ったことで知られる。
(9) イラン南西部に位置するケルマーンは、棗椰子の名産地として今でも知られている。
(10) 本書第二章第八話を参照のこと。
(11) ミーハナ(ミフナともいう)はホラーサーンにある町で、導師《シャイフ》アブー・サイードの出身地。「ミーハナの導師《シャイフ》」とはアブー・サイードのことをさす。
(12) アヤーズは、ガズナ朝(九七七~一一八七年)最盛期の王スルタン・マフムードが寵愛したトルコ系の小姓。スルタン・マフムードについては、第四章註7の説明も参照のこと。

第八章

(1) ムハンマド・イブン・アリー・ハキーム・ティルミズィーは、九世紀の神秘家でティルミズ(現ウズベキスタン内)出身。
(2) ズン・ヌーンは、半ば伝説的人物とされる八~九世紀のスーフィー。
(3) スルタン・マフムードとアヤーズについては、第七章第十七話を参照のこと。

（4）シブリーについては本書第五章第一話を参照。

（5）第六章註1を参照のこと。

第九章

（1）ジャムの酒杯の所有者ジャムシード王は、ザッハークに頭を鋸で縦に真っ二つに割られて死んだ。

（2）ムーサーがファラオの御前で杖を大蛇に変えた奇跡をさす。

（3）ラームはペルシア語のアルファベット十七番目の文字ل、アリフはペルシア語のアルファベット最初の文字ا、アリフとラームを組み合わせるとلاという形が生まれ、これは頭布《ターバン》の両端が突出して見える巻き方を示す。よって「ラーム・アリフ」で頭布《ターバン》を表すことがある。また、「ラーム・アリフ」の組み合わせは、アラビア語で「無」を意味する。

（4）ブフルールは、アッバース朝第五代カリフであったハールーン・アッラシード時代の実在の人物ともいわれる「理性ある狂者《ウカラーイ・マジャーニーン》」の典型。

（5）クーフィー体はイスラーム書道の書体の一種。

（6）アブー・アリー・シャキーク・ビン・イブラーヒーム・バルヒー（八〇九年没）は、ホラーサーンの傑出した禁欲主義的な神秘主義導師。

（7）サーメリー（サマリア）はムーサー（モーセ）の時代の偽預言者。イスラームの伝承によれば、ムーサーがシナイ山で神のお告げを受けているまさにその時、ムーサーの足許から土をすくい上げ、その土と黄金で作った子牛の像を崇拝するよう人々を唆《そそのか》したとされる。

（8）アブー・バクル・ムハンマド・ビン・ムーサー・ファルガーニーという九〜十世紀初頭のホラーサーンの神智家。ジュナイドやアブール・ハサン・ヌーリーの教友でもあった。人生の大半をマルヴとアビーヴァルドで過ごした。没年は九三二年以降。

(9) 人間は土から創られたので土の性質を有し、悪魔(サタン)は火から創られたので、火の性質をもつと考えられる。
(10) アブー・アリー・ファズル・ビン・ムハンマド・ファールマディー(一〇一四~一〇八四年)は、説教師・神智家。ホラーサーン地方トゥース近郊ファールマド出身。その雄弁さで名声を得ていた。
(11) 神は人間の目には収まりきらないほど偉大すぎて、その姿をお見せにならないのである。

第十章

(1) ハールートとマールートについては、第六章註1を参照。
(2) スルタン・サンジャルは、セルジューク朝(一〇三八~一一九四年)の中興の祖。アッバーサ・トゥースィーは、アブー・ムハンマド・アッバース・ビン・ムハンマド・アッサーリー・トゥースィーという、ホラーサーンの雄弁な説教師。一一五四年、グズ族によって殺害された。
(3) クルアーン第二四章二四~二五節に以下の記述がある。
「その日(=最後の審判の日)、舌や手足が、彼らの行いについて、彼らに不利になるような証言をする。その日、神は彼らの当然の報いを、少しも減らすことなく与える。彼らは、神こそが明らかな真理であることを知るであろう。」
(4) アーイシャは、第一代正統カリフ、アブー・バクルの娘で、預言者ムハンマドの最愛の妻。
(5) ラービアについては、本書第七章第十一話を参照。
(6) ブフルールについては、本書第九章第二話を参照。
(7) ライス・ブー・サンジャは、アッタールと同時代の神智家の一人。
(8) イマーム・ムハンマド・ビン・ムハンマド・ガザーリー・トゥースィー(一〇五八~一一一一年)は、高名なスンナ派イスラーム法学者、宗教思想家。

第十一章

（1）バスラのハサンについては本書第七章第十一話を参照。
（2）ペルシアのハビーブは、七〜八世紀初頭の高名なイラン人の隠者。神にアラビア語ではなくペルシア語で祈禱していた。
（3）シブリーについては本書第五章第一話を参照。
（4）七という数字は完全数を表す。
（5）バーヤズィードについては、第五章註7を参照のこと。
（6）アブー・アブドゥッラフマン・アブドゥッラー・ビン・ムバーラク・マルヴァズィー（七三六〜七九七年）は、ホラーサーンの傑出した隠者の一人。
（7）病気になったことを表す比喩表現。
（8）四人の大天使の一人で、終末到来時にはラッパを吹き鳴らす役目をもつ。
（9）マケドニア王アレキサンダーは、イスラーム世界では、英雄や破壊者、征服者のみならず、聖人や哲人としても受容されている。
（10）アブー・アイユーブ・ハーリド・ビン・ザイド・アンサーリーは、預言者ムハンマドの教友の一人。預言者はメディナ入りの際、彼の家に入った。
（11）バスラのハサンについては本書第七章第十一話を参照のこと。
（12）シャムウーンは元来ユダヤ人名であるが、アッタールがここで描くシャムウーンは火を崇《あが》めるゾロアスター教徒である。

第十二章

（1）カイホスローとジャムの酒杯については第五章註6を参照のこと。

(2) シブリーについては本書第五章第一話を参照のこと。
(3) ペルシア語では「木星の顔をした」という表現で、色白の美少年を表す。
(4) ここではシブリーに対する尊称。
(5) 預言者ムハンマドが天界飛行の際に乗った馬。
(6) マリクシャーはセルジューク朝(一〇三八～一一九四年)第三代スルタンで、セルジューク朝最盛期を治めた。在位一〇七二～九二年。
(7) アブー・サイードについては本書第二章第八話を、マアシュークについては第二章第七話を参照。
(8) 恋する者の口は常に苦いということ。
(9) ムスリムが、断食月明けのイード(祭り)を待ち望み、月を観察することを指す。
(10) クルアーン第二四章三五節に、「アッラーは、天地の光である。(中略)光の上に光を添える」とある。
(11) イブラーヒーム・アドハムについては本書第三章第一話を参照のこと。

第十三章

(1) ゴグとマゴグは、アレキサンダーが太陽の昇る地に巨大ダムを築いて閉じ込めたとされる、世界の北東部に棲む伝説上の蛮族。
(2) セム族の伝説や旧約聖書に登場する、ムーサー(モーセ)の時代の巨漢で、非常に背が高く、ヌーフ(ノア)の洪水の際、山々が水に飲まれんとしている時ですら、水は彼のくるぶしまでしかなかったという。また、首が非常に長かったため頭が天に届いたという。
(3) スィヤーヴァシュはイラン民族英雄叙事詩『王書《シャー・ナーマ》』に登場する王子。燃えさかる火の中を無事に通り抜けたため、神によりその身は潔白と証された。
(4) アブー・アブドゥッラフマン・ターウース・ビン・カイサーン・ヤマーニー(七二三または七二四年没)

はイラン人で、イランの王ホスローがイエメンに彼を派遣した。七世紀の高名な隠者の一人。シーア派信奉者。

（5）天界飛行とは、ある夜預言者ムハンマドが神によりメッカのカアバ神殿から天上界の楽園まで旅をしたとされる昇天伝説。預言者は天馬ブラークに跨がって天へと上昇し、天の諸階層や火獄を見た後、神の御前へ到達したとされる。

（6）ササン朝ペルシア第二十四代皇帝。ホスロー一世とも呼ばれる。

（7）ブズルジミフル（またはブズルグミフル）はササン朝ホスロー一世（＝ホスロー・アヌーシールヴァーン）の宰相。

（8）ブフルールについては本書第九章第二話を参照。

（9）アッバース朝第五代カリフ、ハールーン・アッラシードの妻でアミーンの母。アッバース朝カリフ時代の名高い人物の一人であり、多くの逸話が残されている。

（10）ササン朝時代の宮廷楽人でホスローと親交もあった。

（11）アブー・ウマル・アーミル・ビン・シャラーヒール・シャウビーは七世紀の学者の一人。クーファ出身。

（12）一ミスガールは約五グラム。よって二十ミスガールは約百グラム。

（13）世界を囲むと信じられた、最も遠い地にある、人の棲まない伝説上の山で、その高さは天空に届くほどであるとされる。

（14）ファズルはアッバース朝カリフ時代の偉大な政治家の一人。第五代カリフ、ハールーン・アッラシードの侍従。八二三年没。

第十四章

（1）睫墨（スルマ）はアンチモンの粉末でできており、視力回復に効果があるとされ、現代イラン人女性もアイシャドウとして用いている。
（2） イスラーム文化では、錬金術に関する多くの著作を残したエジプトの賢人とされるが、実際には、さまざまな時代、国籍、宗教の複数の人物を合わせた総体をさす。イスラーム文化で最も広く知られているヘルメス像は、クルアーンに登場する預言者の一人、イドリースである。
（3） ナムルード（ニムロド）については、本書第七章第二話を参照。
（4） この四要素とは、世界を構成する四元素（水・土・風・火）と人間の四体液（血液、粘液、黄胆汁、黒胆汁）をさす。
（5） 原文では次に一行あるが、前後の行と意味が繋がらず不要と判断されたため、訳出しなかった。
（6） 同右。
（7） ミフラーブは、モスクの内壁にある、メッカの方角を表す窪み。
（8） アリフとダールは共にペルシア語のアルファベットの文字。アリフの形状については第九章註3を、ダールの形状については第六章註7を参照のこと。
（9） 第二代カリフ、ウマルについては本書第五章六話を参照のこと。
（10） 古代イラン人は、天空を「逆さの海」と考え、自分の思いどおりにならない運命を司ると見なしていたため、こうした表現が用いられる。
（11） ムハンマド・イーサーとは、アブー・アル・ハサン・アリー・イブン・イーサー・イブン・ダーウード・カーティブという、カイロの大臣（九四五年没）のことを指すらしい。
（12） サナーイーやアッタールの詩によると、マハスティーともマフサティーとも発音されてきたようだが、本書では「マハスティー」で統一した。
（13） サンジャルについては本書第十章第一話を参照のこと。

第十五章

（1）イブラーヒームが神に息子イスマーイールを捧げようとして天使に制止される、犠牲祭の由来となる逸話である。
（2）イランの神話では、鍛冶屋のカーヴェの革旗の下に集結した民衆の力によって蛇王ザッハークが打倒された後、イラン王の血を引くファリードゥーン王がめでたくイランの王座についた。
（3）フマーの影に覆われた人には幸運が訪れると考えられていた。
（4）ガザーリーについては第十章第十話を、スルタン・サンジャルについては第十章第一話を参照。
（5）ササン朝（二二四〜六五一年）最後の王。水車小屋で亡くなったとされる。
（6）ギャズは長さの単位で約一メートル。したがって、二ギャズは二メートル弱。
（7）ササン朝ホルムズ四世の時代の有名な軍司令官。
（8）前文で言及された火星は赤く光る星であり、紅玉《ルビー》も赤い石であるため、古くはこの二つの間に何らかの関係があると見なされていた可能性がある、そうしたことを示すアッタールの詩句。
（9）イブラーヒーム・アドハムについては、本書第三章第一話と次話を参照のこと。
（10）ヒズルは、イスラーム世界では生命の水を飲んだ預言者であり、ムーサーの精神的な師である。イスラーム神秘主義においては神秘主義道を歩む修行者を導く師。
（11）ルクヌッディーン・アブー・アル・カースィム・アッカーフ（アッカーフは「馬の荷鞍職人」の意）は、十二世紀のイスラーム法学者・神秘主義導師の一人。一一五四年、グズ族によってニーシャーブールで殺された。

第十六章

（1）明るい木星は、すべてに精通する「天の判事」と見なされている。

（2）ハールーン・アッラシードはアッバース朝第五代カリフ。
（3）ズバイダについては第十三章註9を参照のこと。
（4）アラビア語で「サブト」は土曜の意。
（5）スィヤーヴァシュについては、第十三章註3を参照のこと。

第十七章

（1）老婆（ザール）と、ロスタムの父親の名ザールとをかけている。現世は狡猾な老婆に譬えられる。
（2）イランの詩人・数学者・天文学者。一〇四八〜一一三一年。日本でも『ルバーイヤート（四行詩集）』が広く知られている。
（3）ファーティマは預言者ムハンマドの娘、シーア派初代イマーム・アリーの妻。
（4）ウサーマ・ビン・ザイド・ビン・ハーリサ・カルビーは、預言者ムハンマドの教友の一人。
（5）第一代正統カリフ。
（6）本書第五章第六話を参照のこと。
（7）古代イランでは、大地は巨大な牛の角の片方にのり、その牛はまた巨大な魚の上にのっていると考えられていた。
（8）「巡る天は決して休むことはない」とは、天動説を示す。
（9）アブー・バクル・ヴァッラークは、在バルフ、ホラーサーンの導師《シャイフ》の一人。彼の詠んだペルシア語の詩句は最古のペルシア語詩の一つと見なされている。
（10）アブー・アブドゥッラー・スフィヤーン・サウリー（七一三〜七七七年）は、八世紀の隠者・ハディース学者の一人。
（11）預言者ムハンマドの最後の教友。

（12）初代カリフ、アブー・バクルのこと。スィッディークとは「真実の人」の意。

第十八章

（1）ブルキヤーとアッファーンは、ペルシア文学では常に一緒に登場し、スライマーンの指輪を手に入れようと旅を始めた二人として知られる。『千夜一夜物語』や『バルアミーの歴史』等にもこの二人の物語が収められている。

（2）王《カリフ》マアムーンはアッバース朝第七代カリフ（在位八一三〜八三三年）。ハールーン・アッラシードの息子。

（3）アスマイーは、アブドゥルマリク・ビン・クライブ（七三九〜八二八年）というアラブの傑出した文人。

（4）第七天の上にあるとされる、ナツメ属の樹木。

（5）ハールーン・サラフスィーとして知られたアフマド・ニーシャーブーリーは十〜十一世紀の神智家の一人。

（6）ヒズルについては本書第十五章第八話を参照。

（7）アブー・ザカリヤー・ヤヒヤー・ビン・ムアーズ・ラーズィー（八七一年没）は、当時の傑出したホラーサーンの神秘主義者で雄弁な説教者。

（8）アブー・アリー・アフマド・ビン・ムハンマド・ビン・カースィムは、アブー・アリー・ルードバーリー（九三三年没）として知られた、バグダードの神秘主義者。

（9）この鳥の骨を持つ子供は、愛されるようになると信じられている。

（10）革製のズボンは、当時のやくざの服装。

（11）イスラームの逸話では、イーサーは一本の針をもっていたために第四天までしか昇ることができなかったとされている。よって、イーサーの居場所は第四天とされる。第四天は太陽の居場所でもある。アッタールは、「あなた方読者はイーサーと同じ間違いを繰り返さないように、一本の針ですらもこの世の物に執着してはならない」と語っているのである。

第十九章

（1）アター・ビン・アビー・ムスリム・ホラーサーニー（六七〇／六七九～七五二年）は、ハディース学の学者。
（2）カーフ山については、第十三章註13を参照のこと。
（3）ハイヤーン・ビン・マアバドは歴史上実在した記録がなく、伝説上の人物であると考えられる。
（4）「現世は死肉であり、それを望む者は誰でも犬との交わりを耐えなければならぬ」との言葉を残した、第四代正統カリフ、初代イマームのアリーをさすと考えられる。
（5）トゥースのアッバーサについては、本書第十章第一話を参照のこと。
（6）ジャアファル・サーディク（六九九／七〇二～七六五年）は、シーア派十二イマーム派の第六代イマーム。シーア派法学の基礎を築いた学者として知られる。
（7）ヤヒヤーについては本書第十八章第七話を参照のこと。
（8）ナムルードは鼻に蠅が入ったことが原因で落命する。
（9）第六章註5を参照のこと。
（10）ハット地域はバーレーンとオマーンの沿岸地域。インドからここに運ばれてきて売られた槍は、ハッティーと呼ばれて広く知られた。

第二十章

（1）第十三章註9を参照のこと。
（2）シャープールとは「王の息子」の意。

（3） ジルジースはイスラエルの民の預言者。ありとあらゆる拷問で殺されても神の命により生き返った。

（4） 鬱金香《チューリップ》は現代イランにおいても聖戦士《シャヒード》の描写に頻繁に用いられる。

（5） ズライハーの夫の名、アズィーズ・ミスルを想起させる句である。

（6） イブラーヒーム・アドハムについては本書第三章第一話を参照のこと。

（7） シュアイブは、マドヤンの民に遣わされた預言者の一人。旧約聖書とクルアーンによれば、シュアイブの娘の一人と結婚するため、ムーサーはシュアイブが条件として提示した七年間の羊番を受け容れ、その結果、結婚に至ったとされる。

（8） アブー・ウバイダ・アーミル・ビン・アブドゥッラー・ビン・ジャッラーフ（六三九年没）は、預言者ムハンマドの教友の一人。ここでは単に、アッタールは彼の姓が「外科医」を意味するジャッラーフであることからの連想にすぎない。

（9） ロスタムは、タマリスクの生える地からタマリスクでできた矢を集め、イスファンディヤールの急所である目を射ることによって、イスファンディヤールに勝利した。

第二十一章

（1） 原文では「革袋のように」とある。チーズやヨーグルト等の乳製品を作る際に用いる革袋をさす。革袋に乳を入れて振ると袋にしわができ、それが膝をついた人のように見えるため、アッタールがこのような表現を用いたと考えられる。

（2） 原文では「彼のインドの巻き髪がシナに坐れば、アビシニア人の前髪が妬む」とあり、地名での言葉遊びも含まれた表現。

（3） ミームはペルシア語のアルファベットの一つ。形状については第四章註3を参照。

（4） ゼレフ（鎖帷子）川はスィースターンに実在する川。アフラースィヤーブとこの川との関係については

「スィースターン付近は、以前は人が住む繁栄した土地で、川がスィースターンから流れてきていたが、アフラースィヤーブが泉を塞ぎ、覆ってしまったため、水はゼレフ川へと流れそこが湖と化し、スィースターン付近は広く乾いた荒地となった」との記録がある。

(5) タールに似た弦楽器。

(6) ペルシア文学では、愛の対象は恋する者が殺されることを喜び、笑うという残酷さがその特徴である。

(7) ムハッカク書体もナスフ書体も、アラビア／ペルシア書道の書体の一つ。

(8) 原文では「花梨のように黄色くなる」という表現。第六章註6も参照のこと。

(9) ミフナのアブー・サイードについては本書第二章第八話を参照のこと。

(10) 版では az qahr-e to dar gasht が採用されているが、プールナームダーリヤーン氏によればこれは明らかな誤りで、動詞部分は bar gasht でなければならない。

(11) 「蠟燭が笑う」とは、蠟燭の炎がちらちらと揺れる様子のこと。

(12) イスラーム神秘主義では、究極的には、恋する者は愛の対象と結ばれたいと願う階梯（vesāl）を通過し、愛そのものだけを考えるさらなる高い階梯（'eshq）に到達することが望ましいとされる。

(13) ペルシア文学史でペルシア詩人の父と評されるアブー・アブドゥッラー・ジャアファル・ビン・ムハンマド・ルーダキー・サマルカンディー（九四〇年没）のこと。

(14) 「真珠に穴を穿つ」とは、詩作することの比喩的表現。

(15) 「七つの地獄を見せる」とは、どれほど激しく燃えるか見せよう、という意味。

第二十二章

(1) アブー・アリー・トゥースィーは、アブー・アリー・ファールマディーのこと。本書第九章第十一話を参照のこと。

(2) アブー・アル・ファトフ・アフマド・ビン・ムハンマド・ガザーリーは、本書第十章第十話に登場したイマーム・ムハンマド・ガザーリーの弟。特筆に値する神秘主義思想家。トゥースで生まれ、ガズヴィーンで亡くなった。

(3) 本書第九章第十一話を参照のこと。

(4) イスラーム神秘主義道では、その道を歩む修行者の人間としての存在が「銅」に喩えられる。人間は努力を重ね、苦行を積むことによって、自己の存在の「銅」を「黄金」に変えるのである。

(5) 第五章註7を参照のこと。

(6) 本書第七章第十一話を参照のこと。

(7) 十世紀の有名な神秘家アブー・アル・ハサン・ハルカーニーについては、アッタールの『イスラーム神秘主義聖者列伝』に次のような記述がある。

「[アブー・アル・ハサン・ハルカーニーは] 小さな庭園を有しており、一度鋤《すき》で掘ると銀が出てきた。二度目には金が出た。三度目には真珠や宝石が出てきた。彼は言った。「神よ！　アブー・アル・ハサンはこのような物に欺されはしない。私はあなたのような神的なものからこの世に戻りはしないのです。」」

(8) マアルーフ・カルヒーは、九世紀の偉大な神秘家。両親はキリスト教徒だった。

(9) フダイルはもともと追い剝ぎの親分で、バーヴァルド・マルヴ間を通る隊商を襲っていた。ある隊商でクルアーンの一節を聞いた時、心的境地に変化が起き、隠遁生活を送るようになった。

(10) バーヤズィードの酔言「スブハーニー・マー・アアザム・シャアニー（我は何と穢れがなく清浄であることか！）」をさす。

(11) ハッラージュの酔言「アナー・アル・ハック（我は神なり）」をさす。

(12) 原文ではこの次に一行あるが、不要と判断し削除した。

(13) 同右。

(14) 人間は実際には貧しくありきたりの存在であるが、神がご自身と同じように創造なさったので、人間の外見は美しく善なる存在にみえるという、アッタールの考えの現れ。
(15) イスラーム神秘主義では、修行者はすべての神秘を言葉にして表現して明らかにすることを許されていない。

終章

(1) ファリードはアッタールの名(ファーストネーム)である。
(2) ムーサーの手。奇跡を起こす手で、太陽のように輝いたことから「白い手」と呼ばれる。
(3) 「真の朝」とは夜が完全に明けること。また、数行後の「偽の夜明け」とは、早朝に一瞬空が白んでまたすぐに暗くなる様子のこと。
(4) ハムザとは、古くから作られてきた伝統的な、酸味の効いたスープ(アーシュ)のこと。
(5) 預言者ムハンマドの伯父ハムザは、ヴァフシーという名の人物に殺された。
(6) 「我が魂は元来天国に属していたため、我が魂の行く(帰る)先は楽園である」ということを含意する。
(7) 十世紀頃バスラを本拠地として活動した、イスマーイール派の宗教的政治秘密結社。霊魂の救済を目指し、イブン・スィーナーをはじめとする多くの思想家に影響を与えた。
(8) 本章註3を参照のこと。
(9) ウワイス・カラニー(六五七年没)は、イスラーム最初期の経験主義的禁欲家。預言者ムハンマドの時代にイスラームに帰依したものの、年老いた母を一人にして旅に出ることはなく、預言者に直接会うことはなかった。しかし、預言者とウワイスは会わずして互いに強い愛着を抱き、預言者が言ったとされる「私にはイエメンから漂ってくるウワイスの香水の匂いがする」という文はペルシア神秘主義文学で有名である。ウワイスはイマーム・アリーとムアーウィヤとの戦いで亡くなったとされる。

（10）クルアーンの洞窟章の「洞窟の民」の逸話が伏線となっている。ダキヤーヌースの圧政を逃れて洞窟に身を隠した若者たちと一匹の犬は、三百九年の間眠りについたという。

（11）アイユーブ（ヨブ）とザカリヤーは共にクルアーンに登場する預言者。神はアイユーブに多くの試練を与えたが、アイユーブはすべてに耐え、何も言わなかった。しかし、神はアイユーブが溜息をついて嘆き、神に助けを求めることを欲したので、アイユーブの身体を虫だらけにした。これに非常に困ったアイユーブは溜息をつき嘆き、神に助けを求めたので、神はアイユーブを救った。ザカリヤーは敵を恐れた時、神のご加護を欲する代わりに大きな木の虚《うろ》に身を隠した。敵が木を切って危うく彼の頭が切られそうになった時、ザカリヤーは恐怖と痛みで叫んだ。だが、神はザカリヤーを快く思っていなかったので、彼の溜息や嘆きは神にとっては無用だったのである。

神は、ザカリヤーに対するように、人間が困難に対して溜息をつくという反応を示すことしか求めないこともあるが、アイユーブの例のように、神自身がその人を助けるためにその人が溜息をつき嘆くよう求めることもある。

（12）アラファート山はメッカ近くの聖なる山。

（13）バーヤズィードについては第五章註7を参照のこと。

（14）イブラーヒーム・アドハムについては本書第三章第一話を参照のこと。

（15）アブドゥッラー・ビン・マスウードは、イスラームにおける古人の一人で、預言者ムハンマドの教友の一人としてバドルの戦いをはじめとする多くの戦いで預言者の許で戦った。クルアーンの朗誦に長けていたことで知られる。

（16）バシャル・ビン・ハーリス・ビン・アリー（七六七〜八四一年）は、ホラーサーンのマルヴ出身の隠者。バグダードで生活した。裸足で歩いていたため、「裸足《ハーフィー》」のバシャルとして知られた。

解説

佐々木あや乃

イスラーム神秘主義とアッタール

日本から遠く離れた西アジアに位置するイランの地、そしてその公用語たるペルシア語が育《はぐく》んだペルシア語文化圏は、七世紀中葉にササン朝ペルシア帝国の崩壊、そしてイスラーム化という大きな変革の波に晒《さら》された。イスラーム化したもののアラブ化しなかったイランでは、イラン文化とイスラーム文化の融合体としてのペルシア文学が、イスラーム化以前からの伝統に基づいた宮廷文学の大いなる発展と平行して、厭世的傾向を有する神秘主義的思想を呈示する作品を生みはじめていた。ここでいう神秘主義思想とは、イスラーム神智学《イルファーン》と呼ばれる思想、神・実在についての直観的知識をさす。

そもそも、ウマイヤ朝（六六一〜七五〇年）に見られるような、イスラーム指導体制を布《し》いた宗教指導者による過剰なまでの現世志向と、その傀儡《かいらい》政権による圧政や盲目的狂信によって、イスラーム社会に普及したのが、イルファーンという批判の精神である。それがペルシア文学のなかへと引き継がれた一つの結果として、ペルシア語によるイスラーム神秘主義文学作品は誕生した。

初期の神秘主義道は禁欲主義と神への畏怖の念がその核をなしていた。ウマイヤ朝の宮廷的な腐敗や享楽主義・現世志向は本来のイスラームの精神とは相容れない側面を多く生み出したため、神秘主義修行者たちは夜も寝ずに苦行に励み、一日に五度の礼拝を課す等、清貧をモットーとする禁欲主義を是とするようになっていった。そして、この禁欲主義と神への畏怖の念から次第に神への愛が生まれていく。本書第七章第十一話に登場する女性神智家ラービア（八〇一年没）やバスラのハサン（七二八年没）は、こうした「神への愛」に気づいた神智家の代表格である。さらに、本書で随所に登場する神智家バーヤズィード・バスターミー（八七四または八七七没年）の「神は自分の内に在る」という考えを引き継いだのが「アナー・アル・ハック（我は神）」の酔言で有名なハッラージュ Abū ʻAbdullāh al-Ḥusayn ibn Manṣūr al-Bayżāwī al-Ḥallāj（八五七／五九〜九二二年）である。アッタールの傑作『鳥の言葉 *Manṭiq al-Ṭayr*』にはこのハッラージュの「陶酔 sukr」を見てとることができる。

ハッラージュに続く神智家たちは、社会的規範に反しない醒めたスーフィーの代表格であるジュナイド（九一〇年没）に代表される派と、シブリー（九四六年没）に代表される「理性ある狂者《ウカラーイ・マジャーニーン》」の二派に大別される。この段階におけるイルファーンでは、理性 ʻaql は知性 kherad に勝るものとなり、計算され尽くした理性など認められなくなってくるのである。

アッタールは、このハッラージュからシブリーの路線の神智家に属する――「神は自分の内に在る」という信念に基づき、それを広めんとして「理性ある狂者《ウカラーイ・マジャーニーン》」を効果的に用いた――ペルシア神秘主義詩人である。

ペルシア神秘主義詩とアッタール

では、アッタール以前のペルシア神秘主義詩の流れを押さえておくことにしよう。

ペルシア文学研究者が神秘主義詩として最初に注目したのは、十世紀のアブー・ザッル・ブーズジャーニー Abū Ẕarr Būzjānī（九七七年没）の抒情詩《ガザル》である。その後、名高い神秘家ハッラージュとアブー・サイード・アブー・アル・ハイル Abū Saʿīd Fażl Allāh ibn Abī al-Khayr Mihnaʾī（一〇四九年没）の作品とされるペルシア語詩に疑義を抱かざるをえないのであれば、バーバー・ターヒル Bābā Ṭāhir（一〇五八年没）の名が挙げられてしかるべきであろう。バーバー・ターヒルは、ファフラヴィヤートと称される方言で詠んだ詩の中に、イスラーム神秘主義の概念を実直に詠ったことにより、後世のイスラーム神秘主義詩人の歩むべき道を開拓したと評価されている。

特別な感情体験を有し、神秘主義修行者の倫理的な道を歩む詩人たちに課せられたのは、叙事詩《マスナヴィー》と抒情詩《ガザル》という二つの詩形による神秘主義詩を広く人口に膾炙《かいしや》させることであった。この点において、サナーイー Abū al-Majd Majdūd ibn Ādam Sanāʾī Ghaznavī（一一三四年没）の存在はきわめて大きい。サナーイーは、後世のルーミー Jalāl al-Dīn Rūmī/Mowlavī（一二七三年没）へと繋がる、叙事詩形を用いて神秘主義を紡いだ先駆者として、またハーフィズ Khājah Ḥāfiẓ Shīrāzī, Shams al-Dīn Muḥammad ibn Muḥammad（一三九〇年頃没）の抒情詩を導く、ペルシア抒情詩の進むべき道を開拓した最初のペルシア神秘主義詩人として、文学史上高い評価を得ている。代表作である大叙事詩『真理の園 *Ḥadīqat al-ḥaqīqah*』は難解な大作ではあるものの、日本でもこの作品研究に意欲的に取り組むことのできる実力を兼ね備えた若手研究者の登場が期待されるところである。その後、四行詩《ルバーイー》という詩形も、特にアッタールの手によって、神秘主義的な意味を伝達しやすいということが証明されるに至る。

サナーイーの開拓した道筋にしたがって誕生したのが、十二世紀アッタールの『鳥の言葉』、『神の書 *Ilāhī-nāmah*』等に代表される神秘主義叙事詩群、さらに十三世紀のルーミーによるペルシア語神秘主義叙事詩の最高峰『精神的マスナヴィー *Mathnavī-ye ma'navī*』、神秘主義の精髄と評される抒情詩集『シャムス・タブリーズ詩集 *Divān-e Shams*』である。テヘラン大学文学部教授で現代ペルシア文学研究の第一人者、シャフィーイー・キャドキャニー氏はこうした神秘主義詩の流れを俯瞰し、「アッタールの詩はイランの神秘主義詩の完成に至る一つの段階を示す」（Shafī'ī Kadkanī 1383/2004, p.20）とし、ペルシア語神秘主義詩史を大海原に喩え、サーマーン朝（八七三〜九九九年）期に始まる禁欲・倫理詩を手前の海岸に、向こう岸を近現代詩人ハーテフ・イスファハーニー Hātef Eṣfahānī（一七八三年没）やハビーブ・ホラーサーニー Ḥabīb Khorāsānī（一九〇九年没）と見なすと、そこに三つの大波――第一の大波はサナーイー、第二の大波がアッタール、そして第三が最も高い波であり、いわずもがなルーミー――が見えると表現する。この三つの大波の前後にも波は生じたものの、これらに比すると小波にすぎないとの見解も付している。

ペルシア神秘主義詩は、サナーイーをきっかけに、その目線を宮廷から庶民へと移していった。宮廷人や学者たちを対象とした威厳ある難解な言葉は、平易で一般的な言葉へとその座を明け渡したのである。そして読者・聴衆層は、学者や優れた文人から庶民や修行者へと移り、彼らは全身を神に対する熱情で染め上げたのである。この点で特筆に値する高い評価を受けているのがアッタールなのである。

アッタールとその詩作品について

アッタールとその作品については、既に黒柳恒男訳『鳥の言葉』と藤井守男訳『イスラーム神秘主義聖者列伝』の解説に詳しいが、初めてアッタール作品の翻訳に触れる読者の方々のためにも、ここでは重複しない範囲で理解の助けになる最低限の解説を試みたい。

アッタール Farīd al-Dīn Muḥammad ʻAṭṭār al-Nīshābūrī（一二二一年没）は本名をファリードゥッディーン・ムハンマド・イブン・イブラーヒーム・ニーシャーブーリーといい、父親がペルシア語でアッターリーと称される薬種屋であったこと、そして彼自身もこの職業を継いだことによって「アッタール」を雅号として名声を得たことが知られている。薬種屋というのは、現代ではバーザールで生薬や香辛料の香りを漂わせている店構えが想像されるであろうが、当時は慣習として医業にも従事していた。つまり、アッタールは、薬や医術を介して市井の人々と常に接点をもつ詩人だったということになる。

しかしながら、このようなアッタールが突如として俗世に背を向け、禁欲・隠遁・敬虔の道を選んだ経緯はおろか、彼の人生についてはわずかな奇跡譚や伝説が残されているにすぎず、いくつかの逸話に頼るよりほか術がない。ここでは十五世紀のペルシア詩人ジャーミーの『親交の息吹 *Nafaḥāt al-Uns*』より、逸話を紹介しておこう。

アッタールが薬種屋で商売をしていた時のこと。一人の托鉢僧が訪れ、何度か次のように言った。「神の道において何か私に恵んでおくれ。」しかし、アッタールは彼に一瞥もくれなかった。するとと托鉢僧は言った。「お前はどのように死ぬつもりか?」アッタールは言った。「お前が死ぬのと同じようにさ。」托鉢僧は言った。「お前が私と同様に死ねるとでも思っているのか?」アッタールが「ええ」と答えると、托鉢僧はその場で木製の椀を頭の下に置き「ああ、神に命を捧げん!」と言ったかと思うと、息絶えてしまった。アッタールは強い衝撃を受け、店を閉め、神への道を歩むこととした。

（'Abd al-Raḥmān Jamī 1991, p.597）

アッタールの唯一の散文作品の邦訳『イスラーム神秘主義聖者列伝 *Tazkirat al-Awliyā*』の藤井守男氏の解説に詳述されている通り、現在ではアッタールの真作と見なされているのは、抒情詩集『アッタール詩集 *Dīvān-e 'Aṭṭār*』、叙事詩集は『鳥の言葉』、『神の書』、『神秘の書 *Asrār-nāmah*』、『災厄の書 *Muṣībat-nāmah*』の四作品、四行詩集『選択の書 *Mukhtār-nāmah*』、そして既述の散文作品『神秘主義聖者列伝』の計七作品である。そのうちの四叙事詩作品『災厄の書』、『神の書』、『神秘の書』、『鳥の言葉』は、イランのペルシア文学研究者の間で「もしこの四作品がなければ、ペルシア語のクルアーンと称され、比類なき神秘主義叙事詩としてペルシア文学史上に君臨するルーミーの大叙事詩『精神的マスナヴィー』は、拠り所のない孤高の作として放置されたに違いない」と言われるほど、高く評価された叙事詩群である。

彼の最初の作品とされる『神秘の書』は、長短の物語や寓話を用いて神秘主義のさまざまなテーマを扱っている。例えば第五章では愛がいかに重要であるか、そして愛が知性に勝るということに力点が置かれている。『神秘の書』は、サナーイーの『真理の園』との類似点が多く指摘される叙事詩である。

次いで執筆されたのが本書『神の書』であるが、本作については次項で詳述することとしよう。

アッタールの最も重要かつ傑作と評される神秘主義叙事詩は『鳥の言葉』である。この作品は、一言で言うならば、内面探求の修行道《タリーカ》を歩む神秘主義修行者《スーフィー》の道程を、艱難辛苦に満ちた七つの谷を越える鳥たちの旅に喩えた作品である。神秘主義修行者《スーフィー》が自身の内面を重視しておこなう実践的な神秘主義《スーフィズム》には段階があり、外面的な法規定《シャリーア》を熟知し、内面探求の修行道《タリーカ》を歩み、ついに真理《ハキーカ》に到達するとされる。これらの段階はしばしば、陸地（海岸）で海を眺める人、海に実際入ってみる人、そして海に潜って海の底に眠る真珠を得た人に各々喩えられる。また、火の喩えもよく用いられる。火の存在を単なる知識として知っているのが外面的な法規定《シャリーア》の段階、実際に火の形状を目の当たりにし、それがいかに明るいか、いかに熱いかを認識するのが内面探求の修行道《タリーカ》の段階、そして真理《ハキーカ》は火に実際に触れ、あるいは身を投じて火と一体化し、燃え尽きてしまう段階である。真理に到達し神と合一した結果が消融《ファナー》であり、この域に達した人々が奇跡譚に語られている神智家《アーリフ》たちである。さらにこの消融《ファナー》の状態の継続は存続《バカー》と呼ばれる。アッタールは『鳥の言葉』でシンボリックな物語をちりばめつつ、神秘主義道の七つの階梯を示す、七つの艱難辛苦の谷を鳥たちが越えていくストーリーを語りながら、修行者がついに神と一体となり自我消滅に至るまでの過程を、ペルシア文学でもともと重要なキャラクターであった鳥類の王「霊鳥《スィームルグ》」と、その御前に辿り着いた「三十羽の鳥《スィームルグ》」という二つの同音異句を巧みに用いて描ききっている。この傑作に込められたメッセージは、ペルシア語圏で広く親しまれている、次のルーミーの言葉（四行詩の一部）に凝縮されているといえよう。

この世に存在するものは何であれ、あなたの外に在るのではない
自身に求めよ　望むものは何であれ、あなた自身なのだから

最後の叙事詩『災厄の書』も物語や寓話、逸話によって構成された作品である。世界をめぐる旅人が神話的・宇宙的存在、自然、預言者、魂等と出会い、彼らに精神的な助けを求めるものの断られてしまい、最終的には自身の精神的指導者《ピール》の許へ戻り、彼が対話してきた相手が誰なのか、何なのか、説明を受けるという筋である。

アッタール晩年の作、四行詩集『選択の書』は、読者や聴衆が神秘主義に関心を抱くよう、哲学的なアレンジが加えられ、思想家の特有の苦渋を伴った一神秘主義作品として呈示されており、イラン国内で何度も出版されている。

詩集に収録されている頌詩と断片詩に関しては、神秘主義詩ではあるものの叙事詩群のレベルには達していないと評されている一方、抒情詩は、神秘主義道において修行者が禁欲の階梯に留まらず、努力して通過し、神の恩寵の助けも得られれば、愛を経験することができると考えるアッタールの考えが見事に反映されており、研究対象として注目されつづけている。

アッタールが叙事詩群で用いた数多の逸話には、さまざまな社会階層の人々が描き出されており、過去の時代の人々の暮らしぶりが如実に反映されている。よって、アッタールの逸話研究により、当時の社会を浮き彫りにできる可能性は非常に高い。また、アッタールの用いた逸話の多くが、後にルーミーの『精神的マスナヴィー』をはじめとする他の重要なペルシア文学作品において再構築されているという点は、実に興味深い。

『神の書』について

神秘主義道において、修行者が神秘主義という心ゆかしい精神体験を通して神との一体感を得、自我消滅《ファナー》の後に来る存続《バカー》という人智を越えた段階へと導かれるための内面探求の修行道《タリーカ》を描出した『鳥の言葉』の前段階、すなわち外面的な法規定《シャリーア》を描いた作品が本書『神の書』である。つまり、『神の書』を経て『鳥の言葉』を読むことによって、神秘主義道の流れに沿った「旅」に出ることができるのである。

『神の書』は、当時の慣習に基づいて神、預言者ムハンマド、第四代までのカリフへの称讃が高らかに詠われた後、八行にわたり人間の魂を読者に呈示し、人間の魂から生まれる六人の息子——欲情、悪魔、理性、知識、清貧、神の唯一性への信仰——について語りはじめる。そして、アッタールは、ある王が六人の王子に各々の夢や願望について尋ね、息子たちが順に答えるという枠物語を始めるのである。王と王子たちの物語が基底とされているため、当初は『王の書 *Khusrau-nāmah*』とも称され、アッタール自身も晩年に自身の四行詩集『選択の書』の中でこの別タイトルに言及している。サナーイーの『真理の園』を『神の書』と称した写本もいくつか存在し、ルーミーがサナーイーの同作品を『神の書』と称していたこともあるため、これらと本書を混同することのないよう留意する必要がある。ともかく、この枠物語が通奏低音のように流れる中、父王が王子らを諭し導くために語る約二百六十にも及ぶ興味深い逸話が、枠物語の中でさまざまな旋律を華麗に奏でる趣向となっているのが本書である。

まず、欲情の象徴である第一の王子は、妖精の王の娘を切望する。妖精の王の娘は、魂の象徴であるアニマ、すなわち男性の内にある女性的元型である。元来、妖精は肯定的（天使的）側面と否定的（悪魔的）側面の二面性を兼ね備えるものであるが、魂の超自然の力の象徴であり、イランでは通常、優美さ・完璧さ・美の顕現として天使の姿で描かれる。妖精は美貌を兼ね備えた魅力的な若い女人の姿をし、身籠もるために神々や王や神話に登場する英雄と交わるのが常である。この妖精たるアニマは、愛の顕現と根源である。第一の王子は、自身のアニマを求めていると解釈することができる。父王は息子が納得し満足する答えを与えるために純粋な愛の例として、美しく善良な妻が夫の留守中に次々と出現する男たちに苦しみながらも自身の愛を貫き通すという、我々にかの有名なサド侯爵の『美徳の不幸』を彷彿とさせるような物語を語ってきかせる（第一章第一話）。それにもかかわらず、王子が「欲情なくしてはこの世に自分たちですら存在し得なくなる」と主張するのに対し、父王は欲情を完全に否定するわけではなく、官能的な情欲を選んだことでより高次元の愛――その極端な例は愛しい人のために死を望むこと――について王子が何も知らないことになるのだと諭し、より高いレベルの愛について語り始める。それでも王子は引き下がらず、妻をもたなければ子供も授からないと主張する。父王は父親になるには神秘的直観知《マアリファ》を有することが必要条件であると説き、さらに言葉を重ねる。最後にようやく王子は妖精の娘の居場所を教えてほしいと父王に頼む。その答えがインド人サルパータクの物語（第四章第一話）である。

第二の王子は悪魔（人間の無意識の陰の部分）の象徴であり、魔術を求める。魔術を求めることは自分探しの象徴的表現である。ユングによれば、人間の無意識の陰の部分とは、人間の性格の最も深い部分に隠された最も罪深い部分であり、その源は原初の人間に遡る。陰はありとあらゆる罪と過失の源であり、無意識のうちに人間はその陰でもある。第二の王子は自らの無意識の暗い陰の部分を識《し》ることを望んでいるのである。

父王は悪魔の力に征服されている息子に「お前の善行が自らの快楽のためとは、なんと空虚な生き方よ」と嘆くが、息子は「欲望のままに生きるには多少なりとも魔術が必要」と主張する。それに対して父王は、人生を無駄に過ごしてはならないと逸話を語って息子を諭そうとするが、息子は父の理想は高すぎ、自分はただ魔術を少し身につけたいだけと主張、それに対して父王は神が正しいあるいはお前に相応しいと判断されることに邁進すべきと答える。最後に息子は魔術とはいったい何なのかと父王に尋ね、父王は逸話を語ってきかせるのである。

第三の王子は理性の象徴であり、ジャムの酒杯を求める。ジャムの酒杯とは、この世のありとあらゆる秘密を映し出す宝であり、元来ペルシアの神話・民族英雄叙事詩『王書《シャー・ナーマ》 *Shāh-nāmah*』ではカイホスローという王の所有物として描かれている。ここでは、ジャムの酒杯は、真実を求める理性の象徴である。『神の書』においては、理性は忌み嫌われるものではない。現世の地位や富を求めるための理性は非難されるが、真実を求める理性は称讃されるのである。父王は息子がジャムの酒杯を切望するのは傲慢さや出世欲ゆえであると言うが、息子は高位や名声を望んで何が悪いと食い下がる。父王は神への服従が自分を高める最良の方法と説くが、息子は自分の身の丈に合った名声や地位しか望みはしないと主張し、父王はどれほどわずかな地位や名声に対する執着であっても、それこそがお前が堕ちるきっかけとなり得るのだと説いてきかせる。最終的には王子は父王にジャムの酒杯とは何であるか、説明を求め、父王は逸話をもってそれに答える。

第四の王子は、神秘的直観知《マアリファア》の象徴である。生命の水を望む。酒杯を手にいれることができたならば、永遠の命を得られる生命の水で酒杯を満たそうと考えるのは自然といえよう。イスラーム神智学《イルファーン》においては、生命の水は至高なる神の愛の泉である。その恩恵に浴した者は誰も決して消滅することはないと考えられている。また、生命の水自体を神から授かる知識、すなわち真なる神秘的直観知《マアリファ》と見なしてもよいであろう。預言者や聖者は生命の水を暗黒の海の中に隠れる「光の海」と解釈してきた。「光の海」に到達するためにはいくつもの暗黒を通過しなければならないと考えられていたのである。これは、神秘主義道においていくつもの階梯を経て神に到達するのと似ている。つまり、神秘的直観知《マアリファ》によって神智家《アーリフ》になる段階が、第四の王子である。父王は死を怖れてはならず、永遠の生を願うことはしてはならぬと説く。王子が父王に生命の水とは何かと説明を求めると、父王は逸話でそれに答える。

　第五の王子はファクルと呼ばれる清貧や窮乏——神と結ばれること、完璧になることを求めてやまない状態——の象徴であり、スライマーンの指輪を切望する。スライマーンの指輪とは、この指輪を持つと天使も悪魔も自由に動かすことができ、動物と話ができ、動物の気持ちも理解できるようになる秘宝である。ペルシア文学では通常は印章の付いたスライマーンの指輪は権力の象徴であり、精神界、物質界ともに征服した証である。スライマーンはこの印章付き指輪を用いることによって、すべての悪鬼を支配したといわれる。指輪は結婚指輪や司祭の指輪に象徴されるように、通常は互いに結ばれること、相互契約、互いに結びつくという運命の証である。すなわち、神と結ばれて神と一つになる自我消滅《ファナー》の準備段階が清貧《ファクル》なのである。父王は息子に君主としてこの世を支配することなどに価値はないと説くが、息子は支配欲のない人間などいない、王の権力こそが人生の喜びと主張する。納得しない息子に対し父王が現世の王権など儚《はかな》いものにすぎないと伝えると、ようやく息子はスライマーンの指輪自体について父王に尋ね、引き下がる。

　第六の王子は神以外の何も存在しないと見なす、削ぎ落とされた心的境地の象徴であり、錬金術を望む。錬金術は、さまざまな金属や薬品等を溶解・混合して一つに仕上げた時、価値ある黄金となっていることを可能にする術であり、つまりは、魂の浄化による心的境地の変化、光輝く神の御前（完全人間）への到達の階梯を象徴する。父王は息子を欲に支配されたと非難する。息子は極度の貧困によって不信心が生まれる、黄金はそれを防ぐことができると主張する。それに対して父王は俗世的なものと信仰を関連づけることは大いなる過ちと教え、息子はその教えに感謝の意を表明しつつも、錬金術が現世の生活でも信仰生活でも有用であると主張してやまないため、父王はそれを強く否定し、愛と物欲が相容れないものであることを息子にわからせようと、かの有名なラービア（バルフの太守の娘）の物語を語るのである。

　いずれの王子に対しても父王は、彼らの望むものはどれも魂を欺くものであり、彼らは幻や妄想に欺され、自尊心と地位にしがみつき、富に対する貪欲さを剝き出しにしているのだと言い、彼らが求めるべきはもっと崇高で永遠なるものであるべきと説く。換言すれば、アッタールは欲情、幻想、自尊心と立身出世、生への執着、支配欲そして金銭欲との人間の葛藤を描出している。「この世に存在するものの価値は何か」、「人間の深遠なる願いは何か」、「最後には死を迎え消滅するこの世において、この世に存在するものへの執着から解放されるため何をすべきか」といった問いをめぐるアッタールの思想の展開ともいえる。この世に対する心の執着や希望をどのように見なすべきか、この世の魅力からどのように解放されることを求めるべきなのか、という、人間誰しもに突き付けられる問題提示である。

つまり、『神の書』は、この世に生を享けた人間が、創造主たる神への畏敬と感謝の念を抱きつつ、日々何を思い、何を愛《いと》おしみ、何を探求しつつ人生という旅路を歩めばよいのかという、人間の生にとって根本的かつ永遠のテーマを扱った作品なのであり、突き詰めれば自分探しの旅と見なすことができる。だからこそ我々日本人にも共感できうる言葉を随所に見いだすことができるのである。

読者の方々のなかには、「それならそれで王と六人の王子の話のみで一作品として完結するではないか」と思われる方もいらっしゃるだろう。つまり、膨大な逸話など不要ではないかと感じられるかもしれない。だが、そう思われた方々には、再度枠物語の父王と王子たちとの質疑応答と言葉の応酬に注目していただきたい。一人の人間の内面の象徴たる王子たちは誰も、父王の短い言葉に即座に満足したり納得したりはしない。彼らを黙らせるため、父王は次から次へと逸話を繰り出し、その結果ようやく王子たちは納得する。父王が一人の王子に複数章を割いて語りつづけているのが何よりの証である。これはペルシア文学、いやペルシア文化の大きな特徴の一つといえるのではなかろうか。卑近な例になってしまうが、現代でも実際にイラン人と交渉する際、彼らの頑とした主張に対抗し、相手を説得することの厳しさを味わった人は少なくあるまい。相手の頑強な主張を崩して納得してもらうためには、言葉を幾重にも重ねて畳みかける必要が大いにある。自分が信じている一つの物、現象、思想を、まるで一人のモデルのように、髪型、衣装や化粧、また見る角度を変えることによって、その都度魅力的にアピールしていく。これこそ彼らの文化的素地に埋め込まれている技法である。我々のように言わずとも察する文化ではなく、手を変え品を変え、とにかく言葉を尽くして語りつづけ、相手を説得し納得させる習慣が根付いているのであり、結果として雄弁家が優位とされる社会に育まれた人々なのである。まして人間の精神に働きかける神秘主義思想という、自己と向き合う旅に読者・聴衆を誘うことを目的として叙事詩を詠む以上、逸話の力を借りた説話文学的要素は詩人にとって必要不可欠な、頼れる助っ人的存在なのである。時に我々日本人には緩慢で冗長にすら思える膨大な逸話の数々は、『鳥の言葉』や『神の書』をはじめとする叙事詩群においてたいへん重要な役割を担っており、そこにペルシア語圏の人々は色彩と優雅さと一種の刺激すら見出しているのである。しかしながら、こうした作品の体裁に慣れない日本人読者の方々であっても、各々の逸話を読み物、物語として楽しく読み味わっていただければ、ペルシア文化の香りに自らを誘う体験となることは間違いない。あまり難しく考えすぎず、まずはページを繰って逸話を物語として読み進めて親しんでいただければ、その先にはきっと心に響く言葉たちとの出会いが待ち受けているはずである。

『神の書』の特筆すべき点として訳者が挙げておきたいのは、同じペルシア神秘主義詩人といえども、アッタールとルーミーの姿勢に大きな違いがあるということである。

アッタールは庶民と同レベルの目線で逸話を語り、社会のありとあらゆる人やものに対する優しい視線を投げかける。特に、「理性ある狂者《ウカラーイ・マジャーニーン》」というキャラクターは、アッタール作品、とりわけ本書に際立った存在である。実在の人物として描出されるブフルールをはじめ、みすぼらしいなりの翁《おきな》や媼《おうな》が、社会の良識を一顧だにすることなく権力者たちに歯に衣着《きぬ》せぬ言葉で思いのたけをぶちまけるその姿に、潔さや小気味よさを感じる読者は少なくないであろう。そしておそらくはこの「理性ある狂者《ウカラーイ・マジャーニーン》」が、十四世紀のハーフェズ――今なおペルシア語圏で一種神聖視されている、ペルシア抒情詩の最高峰に君臨する詩人――が理想的な人間像として描出した「遊蕩児《リンド》」というキャラクターと無関係ではあるまい。

また、本書冒頭の逸話の主人公「高潔な女」や第二十一章第一話に描出されている「ラービア（バルフの太守の娘)」をはじめとする「女性」に注がれる眼差しにも、優しさや正義感のみならず、彼女らに対する敬意すら感じられる。当時、貴賤を問わず女性の存在に社会的価値を認めることの稀であったことは容易に推測できるが、アッタールはいかなる女性であろうとも、とにかく『神の書』のなかで女性に光を当てたいという強い願望を実現しているかのように見える。さらには、当時の社会で決して肯定的に注目を浴びることのなかったであろう女男、子供、ならず者、猫、犬、さらには土塊や燃えかすに至るまで、通常見落としてしまいがちな、あるいは目もくれないような、ありとあらゆる人や物にスポットライトを当て、逸話の主人公に据えている。よくぞ世の中の隅々に至るまで温かな目配りができるものぞと、胸がぽっと温まり、なんともいえないほのぼのとした気持ちにさせてくれる。が、その一方で、逸話を語り終えた直後に下すアッタールの結論は少々威圧的であり、読者はアッタールに対して反論や議論の余地を与えられてはいないかのように、多少なりとも窮屈で抑圧される印象を抱く。

ルーミーはアッタールとは対照的である。元来高名な学者であったためであろうか、逸話は読者や聴衆を惹きつける内容ではあるものの、例えばアラブ人、ユダヤ人、非ムスリム、犬等を一貫して忌むべき存在として冷遇し、かなり残酷な表現や描写も目に留まり、心を痛めながら読み進めることを強いられることもしばしばある。が、ルーミーが何を伝えんとして語ってきたか、その目的が集約されている逸話の最終行(もしくは最後の数行)では、彼は自分の結論を明白に述べることを極力避け、読者や聴衆に対して疑問を呈し、彼らが自分で考える余地を十二分に与えてくれているのである。これぞまさに教師の鑑とでもいうべきであろうか。ただし、訳者はすべてのアッタール作品とルーミー作品をつぶさに読み込んだわけではないので、これはあくまでも『神の書』を訳し終え、若干のルーミーの作品に親しんだことのある、現時点での訳者の感想にすぎないのではあるが。

本書は、イランで出版された最新のシャフィーイー・キャドキャニー教授校訂 *Ilāhī-nāmah-i ʻAṭṭār (Farīd al-Dīn Muḥammad ibn Ibrāhīm Nīshābūrī)*, Moqaddame, taṣḥīḥ va taʻlīqāt-e doctor Moḥammad-rezā Shafīʻī Kadkanī, Enteshārāt-e sokhan, Tehrān, 1387/2008 より、冒頭の神・預言者・正統カリフへの称讃のみを除いた全訳である。原文はペルシア文学独自の詩形の一つであるマスナヴィー詩形で、ハザジ hazaj 韻律（厳密にはハザジの変調 hazaj-e mosaddas-e maḥẕūf）で作詩されている。この韻律を図示すると上のようになる。

— — ◡ ／ — — — ◡ ／ — — — ◡

（◡は短音節、—は長音節。右から左へ読む）

しかしながら、原文のマスナヴィー詩形の特徴や韻律のリズムを生かしつつ韻文調で和訳することは訳者の力量では到底叶わず、説話文学であることに鑑みて散文で訳出することとした。大半の逸話の後半部分、三つの星印の後はアッタール自身が語る、逸話から導かれた結論であり、原文でも逸話本文と区別して収録されている。

訳者とアッタールの『神の書』の出会いは、今から十数年前、大阪大学で現代イラン小説を専門に研究されている藤元優子先生より「語りと女性」という科研費プロジェクトへの参加をお声掛けいただき、『神の書』に登場する女性に焦点を絞った研究発表に取り組む機会を与えていただいたことがきっかけである。さらにその研究について恩師黒柳恒男先生にご報告した折、先生から頂戴した「是非とも全訳するように」との強い励ましのお言葉も訳者の背中を強く押してくれた。しかし、それ以来細々と取り組んできたものの、訳者の遅筆により、二〇一四年に泉下の客となられた先生に拙訳をお目にかけることは叶わなかった。これだけは今なお深く後悔の念に苛まれる。

訳出にあたっては、かつて訳者の博士論文主任指導教員で、在イラン人文学・文化学研究所文学部門教授タギー・プールナームダーリヤーン先生と、訳者の勤務先の特定外国語教員として二〇一五年より四年間ペルシア語・ペルシア文学教育に携わってくださったナスリーン・シャキービー先生の多大なるご助力を仰いだ。お二人は訳者の疑問・質問に幾度となく懇切丁寧な説明・解釈を付してご教示くださった。深い感謝の念に堪えない。

訳者を温かく励ましつづけてくださった友人や同僚の方々のお名前を一人ずつ挙げることは紙幅の関係から控えさせていただくが、みなさまのご厚情にこの場を借りて衷心より感謝申し上げる。

なお、ペルシア古典文学作品の日本での出版実現のため、快く支援を申し出てくださった在東京イラン・イスラム共和国大使館文化参事室（イラン文化センター）、「売れない」本の出版を持ちかけたにもかかわらず、根気よく出版への道を切り拓いてくださった保科孝夫氏に、心よりお礼申し上げたい。

二〇一九年八月

参考文献

アッタール著：藤井守男訳『イスラーム神秘主義聖者列伝』、国書刊行会、一九九八年
アッタール著：黒柳恒男訳『鳥の言葉』、平凡社東洋文庫、二〇一二年
黒柳恒男『ペルシア文芸思潮』、近藤出版社、一九七七年

‘Abd al-Raḥmān Jāmī, Nūr al-Dīn. Moqaddame, taṣḥīḥ va ta‘līqāt-e Maḥmūd ‘Ābedī, *Nafaḥāt al-Uns min ḥażarāt al-Quds*, Eṭṭelā‘āt, Tehrān, 1991.

‘Aṭṭār, Farīd al-Dīn. Translated from the Persian by John Andrew Boyle, *THE ILĀHĪ-NĀMA or Book of God of Farīd al-Dīn ‘Aṭṭār*, Manchester University Press, 1976.

‘Aṭṭār Nīshābūrī. (moqaddame, taṣḥīḥ va ta‘līqāt) Moḥammad-Reżā Shafi‘ī Kadkanī, *Manṭiq al-Ṭayr-e ‘Aṭṭār*, Sokhan, Tehrān, 2004.

Hellmut Ritter. Translated by John O’Kane with Editorial Assistance of Bernd Radtke, *THE OCEAN OF THE SOUL Men, the World and God in the Stories of Farīd al-Dīn ‘Aṭṭār*, LEIDEN・BOSTON, 2013.

Pūrnāmdāriān, Taqī, *Gomshode-ye lab-e daryā; ta’ammolī dar ma‘nī va ṣūrat-e she‘r-e Ḥāfeẓ*, Tehrān, Sokhan, 1993.

———, *Dīdār bā sīmorgh (she‘r va ‘erfān va andīshe-hā-ye ‘Aṭṭār)*, Pazhūheshgāh-e ‘olūm-e ensānī va moṭāle‘āt-e farhangī, Tehrān, 2011.

Shafi‘ī Kadkanī, Moḥammad-Reżā, *Zabūr-e fārsī: Negāhī be zendegī va ghazal-hā-ye ‘Aṭṭār*, Āgāh, Tehrān, 1999.

Yāḥaqqī, Moḥammad Ja‘far, *Kolliyāt-e tārīkh-e adabiyāt-e fārsī*, Sāzemān-e moṭāle‘e va tadvīn-e kotob-e ‘olūm-e ensānī-e dāneshgāh-hā (SAMT), Markaz-e taḥqīq va towse‘e-ye ‘olūm-e ensānī, 2011.

本書の刊行に際して、在東京イラン・イスラム共和国大使館文化参事室より助成を受けた。

佐々木《ささき》あや乃《の》

1966年、平塚市生まれ。2003年、テヘラン大学人文学部博士号取得。現在、東京外国語大学大学院総合国際学研究院准教授。専攻、ペルシア語・ペルシア文学。主な著作に、『バッカナリア 酒と文学の饗宴』（共著。成文社、2012年）、『世界を食べよう！ 東京外国語大学の世界料理』（共著。東京外国語大学出版会、2015年）、『イランとイスラム』（共著。春風社、2010年）、*Indian and Persian Prosody and Recitation*（共著。Saujanya Publication, 2012年）、「ペルシア神秘主義説話文学の女性像――アッタールの『神の書』より」（『総合文化研究』19号、2016年３月）、「ペルシア神秘主義説話文学にみる「狂人」」（『総合文化研究』18号、2015年３月）などがある。

神の書――イスラーム神秘主義と自分探しの旅　東洋文庫896

2019年８月９日　初版第１刷発行

訳注者　佐々木あや乃

発行者　下中美都

印刷　創栄図書印刷株式会社
製本　大口製本印刷株式会社
DTP　平凡社制作

発行所
電話編集 03-3230-6579
営業 03-3230-6573
振替 00180-0-29639
〒101-0051
東京都千代田区神田神保町3-29
株式会社 平凡社

平凡社ホームページ https://www.heibonsha.co.jp/

ISBN 978-4-582-80896-4
NDC 分類番号929.93　全書判（17.5 cm）　総ページ552

乱丁・落丁本は直接小社読者サービス係でお取替えします（送料小社負担）

《東洋文庫の関連書》

- 12 薔薇園《グリスターン》〈イラン中世の教養物語〉 サアディー著 蒲生礼一訳
- 42 ペルシア放浪記〈托鉢僧に身をやつして〉 A・ヴァーンベーリ著 小林高四郎 杉本正年訳
- 71 75 85 93 127 218 246 290 339 356 388 399 443 449 455 482 502 530 551 アラビアン・ナイト 全一八巻・別巻一 前嶋信次 池田修訳
- 134 ペルシア逸話集〈カーブースの書・四つの講話〉 カイ・カーウース ニザーミー著 黒柳恒男訳
- 150 王書《シャー・ナーメ》〈ペルシア英雄叙事詩〉 フィルドゥスィー著 黒柳恒男訳
- 191 七王妃物語 ニザーミー著 黒柳恒男訳
- 299 ハーフィズ詩集 ハーフィズ著 黒柳恒男訳
- 310 ホスローとシーリーン ニザーミー著 岡田恵美子訳
- 331 カリーラとディムナ〈アラビアの寓話〉 イブヌ・ル・ムカッファイ著 菊池淑子訳
- 394 ライラとマジュヌーン〈アラブの恋物語〉 ニザーミー著 岡田恵美子訳
- 609 ゾロアスター教論考 E・バンヴェニスト G・ニョリ著 前田耕作編・監訳
- 621 ペルシア見聞記 J・シャルダン著 岡田直次訳注

- 644 ペルシア王宮物語〈ハレムに育った王女〉 タージ・アッサルタネ著 アッバース・アマーナト編 田隅恒生訳
- 647 ペルシア民俗誌 A・J・ハーンサーリー サーデク・ヘダーヤト著 岡田恵美子 奥西峻介訳註
- 669 千夜一夜物語と中東文化〈前嶋信次著作選1〉 前嶋信次著 杉田英明編
- 673 イスラムとヨーロッパ〈前嶋信次著作選2〉 前嶋信次著 杉田英明編
- 679 〈華麗島〉台湾からの眺望〈前嶋信次著作選3〉 前嶋信次著 杉田英明編
- 684 書物と旅 東西往還〈前嶋信次著作選4〉 前嶋信次著 杉田英明編
- 729 730 アルファフリー 全二巻〈イスラームの君主論と諸王朝史〉 イブン・アッティクタカー著 池田修 岡本久美子訳
- 780 782 785 マカーマート 全三巻〈中世アラブの語り物〉 アル・ハリーリー著 堀内勝訳注
- 797 果樹園《ブースターン》〈中世イランの実践道徳詩集〉 サアディー著 黒柳恒男訳
- 821 鳥の言葉〈ペルシア神秘主義比喩物語詩〉 アッタール著 黒柳恒男訳
- 826 ユースフとズライハ ジャーミー著 岡田恵美子訳